朱自清 著

你我的文学

上海文艺出版社

前　言

一

　　1934 年底，37 岁的朱自清编订完他个人的第四本文集《你我》。在此之前，他出版了三本书，诗文集《踪迹》（1924），散文集《背影》（1928），游记《欧游杂记》（1934），已确立新文学家的声名。这三本书各有所长。《踪迹》中收入的长诗《毁灭》，曾被时人誉为新文学中的《离骚》，而《背影》一集，更是脍炙人口，其中《背影》一篇，20 世纪 30 年代初就入选中学国文教材，诵读至今。至于《欧游杂记》，则是朱自清受清华大学教授福利之惠，赴英国访学一年的产物，此时他已代理清华大学中文系主任，又在和陈竹隐谈着恋爱，于事业于生活，都已进入一个稳定阶段，行文自然又添了一份从容。他的老友叶圣陶日后有这样的评价，"他早期的散文如《匆匆》、《荷塘月色》、《桨声灯影里的秦淮河》都有点做作，太过于注重修辞，见得不怎么自然。到了写《欧游杂记》、《伦敦杂记》的时候就不然了，全写口语，从口语中提取有效的表现方式，虽然有时候还带一点文言成分,但念起来上口,有现代口语的韵味,叫人觉得那是现代人口里的话,不是不尴不尬的'白话文'……现在大学里如果开现代本国文学的课程,或者有人编现代本国文学史,论到文体的完美,文字的全写口语,朱先生该是首先被提及的"。

可以说,这三本书已经在新文学的诸多领域都开辟出相当深远的空间,无论从哪个方向走下去,前途都未可限量。

然而,紧接下来的《你我》一集,作者却透露出令人意外的迷惘。这本集子,是应郑振铎之邀而编,收了从1924年到1934年的29篇散文,基本可算是十年创作的回顾。在序里,他自认这本集子里最中意的一篇,竟是写于1931年的《论无话可说》。在这篇小文章里,他对自己有一个近乎否定式的回顾:"十年前我写过诗;后来不写诗了,写散文;入中年以后,散文也不大写得出了——现在是,比散文还要'散'的无话可说。""有些人生活太丰富了,太复杂了,会忘记自己,看不清楚自己,我是什么时候都'了了玲玲地'知道,记住,自己是怎样简单的一个人。""但是为什么还会写出诗文呢?——虽然都是些废话。这是时代为之!十年前正是五四运动的时期,大伙儿蓬蓬勃勃的朝气,紧逼着我这个年轻的学生;于是乎跟着人家的脚印,也说说什么自然,什么人生。"但为什么又无话可说呢?那是因为入了中年,"但中年人是很胆小的;他听别人的话渐渐多了,说了的他不说,说得好的他不说。所以终于往往无话可说——特别是一个寻常的人像我。"

原来,曾经惊动千万人的华丽,不过仍是青春期的产物

（我们今天会说无限漫长的青春期，实际上真正曾拥有漫长青春期的是五四时期的那一代人，他们大放青春歌喉之时，多半已届而立之年），写《论无话可说》时的朱自清34岁，生命的前半段就要告一段落，在青春期创造的冲动过去之后，他有点不知所措。

于是，《你我》一集竟可以看成朱自清一生创作的分水岭，此后他虽仍著作不辍，但作为新文学家的朱自清已"无话可说"，继而代之的，是作为中国文学研究者和普及者的朱自清。在我看来，朱自清一生最值得珍视的成就，正是在这个阶段完成的。

这也是眼前这本书编选的起点。

二

在人们通常的印象里，朱自清自然是一位著名的散文家；唯有读过大学中文系的人，可能会知道朱自清也是一位名气不小的诗人；进而若从事新诗研究，又会遇到朱自清的《新诗杂话》和《中国新文学大系·诗集》编选导言，讶异他还是一位绕不过去的新诗批评家和新文学史家；至于对古典诗歌有兴趣的读者，又或早或晚都会碰上他写的《古诗十九首释》和《诗言志辨》，并且获益良多；继而若是想做一番经史子集的启蒙，朱自清的《经典常谈》又是常被提及的入门读物；而假如你是专门做民国教育研究的，又会发现诸多大中学国文教材的编订体例和教学理念，与朱自清都有着极密切的关系。

是朱自清这个人本身太过复杂吗？凡是读过其年谱或者传

记的读者，可能都会同意我之前引用过的他对自己的判断，"怎样简单的一个人"。在朱自清的时代，他真的只能算一个很简单的作家和学者，但因为我们这个时代在文化上的极端贫弱，就连这种简单也还消化不了，还要一减再减。

但简单并非狭隘，要全面地认识和理解朱自清，我以为仍要先了解他的三种出身。

一是北大哲学系的专业出身。1917 年，朱自清 20 岁，这一年秋天他进入北大中国哲学系。大学四年，他和如今很多大学生一样，对于课外的热情远远要高于本专业，尤其又恰逢那么一个风起云涌的时代。这四年他写诗、搞文学翻译、参加新潮社、上街游行……至于哲学课程对他的影响，大概随着毕业就烟消云散了，直到很多年以后，当他写作《经典常谈》、《标准与尺度》、《论雅俗共赏》的时候，我们发现，他每每能将一些缠夹不清、错综复杂的道理，用极其简省的笔墨，有条不紊、清楚明白地叙述出来。语言学家朱德熙曾经对此深为赞赏，他拿朱自清《经典常谈》里的"《史记》、《汉书》"一节举例，"……这一段话意思错综复杂，很不容易说清楚，但经过作者的整理，却都串联了起来。一步一步说下来，顺理成章，要言不烦。我们读这段文字的时候，如果不仔细分析，随随便便看下去，可能觉得没有什么出奇之处，但如果仔细想一想，特别是假设让我们来写，就会感到不好办了，结果恐怕不是说不清楚，就是啰嗦不堪（注意，原文只有三百来个字）。相形之下，就可以看出作者的高明之处来。"这种以简驭繁的能力，我想多少还是和北大哲学系那四年逻辑思维的训练有关。

二是中学教员的职业出身。1920年朱自清大学毕业，偕妻儿赴杭州浙江省立第一师范任国文教员，开始其粉笔黑板的生涯。之后辗转于江浙各地，历任扬州江苏省立八中、上海吴淞中国公学、温州浙江省立第六师范、台州浙江省立第十中学、温州第十师范、宁波浙江省立第四师范、上虞白马湖春晖中学的国文教师。五年时间，七个地方，八所学校，如此频繁的跳槽，放在今天也是罕见的，这倒不是因为他自己爱折腾，也不是因为他难与人相处（他可是出了名的温厚忠良），实在是时局动荡，中学教员生计窘迫使然。这五年他虽过得清苦动荡，却对中学国文教育的重要性和方式方法都有了相当深切的体会，中学教师和大学教授在授课方式上有所不同，后者可狂可狷，重在诱发学生的创造力和心性；前者却最好温和质朴，按部就班，重在给学生打下扎实和正确的基础。这段时间，他还得以与同为中学教员的俞平伯、叶圣陶、夏丏尊、丰子恺等人结下终身的友谊，谈笑诗酒，相互砥砺，可以说对其一生都有根本性的影响。我们现在中学生能读到的诸如《背影》、《荷塘月色》、《给亡妇》等散文，其实里面有很多况味，是成年人才能懂得并有所获益的，反倒是他后期的很多著作，无论谈古诗抑或新诗，经典抑或当下，倒真的都是面向大中学生的写作，不仅特别重视语言文字的具体运用，而且还处处注意读者的程度、阶段性的需要以及最容易出现的问题。对于大中学生而言，朱自清后期的著作能带给他们的益处，要胜过那些早期美文无数倍。

三是诗人的创作出身。很多时候我们都会忘记，朱自清最早是以一个诗人身份出现在文坛的。他发表的第一篇作品，是读大学的时候在《时事新报·学灯》上的新诗《"睡罢，小小的人"》；他的第一部出版著作，是1922年文学研究会出版的八人诗歌合集《雪朝》，其中朱自清排在第一辑，收诗十九首。他的第一部个人作品集《踪迹》，其中大半也是新诗。自从1925年进入清华教书后，他调整方向，自认"国学是我的职业，文学是我的娱乐"，虽然新诗是不大写了，却从此开始学习写旧诗，自编过《敝帚集》和《犹贤博弈斋诗抄》，从不发表，只是朋友相娱，却终身不辍。一个人若是热爱诗歌，这个人真实的一面我们就可以多一分把握，因为诗歌有时是比日记更能见真性情的。说到朱自清的性情，钱基博30年代中期曾赠书给朱自清，其中一册上题言道："十年不见，每一念及短小沉默近仁之器，辄为神往。"据说朱自清颇爱此语，所谓"短小沉默近仁"的评断，大概他自己也是心有戚戚的。

他的诗歌风格，和他性情也很相仿，多是一种淡淡的天鹅绒样的悲哀，不耀眼，却有其打动人心之处，叶圣陶以为他的旧诗气味近于贺铸，茅盾则对他的新诗称赞道："我个人的偏见，极喜欢朱自清先生的诗……我觉得那中间的悲哀，只要地球上尚有人时，总是不灭的。"这不灭的悲哀，亦就是人人同有之情。很多年后，他寄居在成都，于抗战烽火中开始为《古诗十九首》一一作释，虽只完成九篇，但那些游子思妇，逐臣弃妻，朋友阔绝，古今同有之情，再次化作清和平远的文字，在我看来，那显然是朱自清最好的作品。

三

在对朱自清这个人有了一个基本认识之后，接下来有必要简单谈一下朱自清后半生供职的清华大学对他的影响。清华最早是留美预备学校，得西风浸润之先，后又有国学院四大导师，立中西会通之本，朱自清是清华中文系的创始人之一，后历任中文系主任16年，深得众望，几次想辞职都辞不掉，对清华中文系学风影响最深，同时也受清华整体学风影响至深。

清华老校歌云，"东西文化，荟萃一堂"，所谓东西文化，在当时，其实又可替换为新旧文化，我们今天常会提到当年北大蔡元培提出的"兼容并包"，但其实那主要还是在管理和用人的层面，强调学者的思想自由，辜鸿铭和胡适，刘文典和陈独秀，八竿子打不到一起的新人旧人能共存一处，最终受益的，是大学和学生；而清华的"荟萃一堂"，则率先指向学者自身对新旧文化融合会通的理解，是先体现在每一个清华教授的个体身上，再折射给每一个学生。所以，从王国维、陈寅恪，到吴宓、钱钟书，再到朱自清、闻一多，他们在学术和性情上都有会通古今中西的相似之处，所以，后来王瑶会提出"清华学派"的说法，也基于此。

纵观朱自清后半生的治学与文章，这种会通的特色也很明显。从事诗学批评，他每每古诗、歌谣与新诗、译诗并举，结合传统和现代；谈论语文写作，他在分析语言文字的欧化和实用趋向的同时，也不忘汉语自身的本土特色；讲解文学鉴赏，他强调唯有在透彻了解源流的基础之上，才可能有好的鉴赏和发挥。他刚入清华不久，就写过一篇《现代生活的学术价值》，于古代，于西洋，他最后都要归结到现代上来。

眼前这本朱自清选集，也是遵照如上的特色所编。"楔子"里的两篇，可以看到一个人面临的矛盾其实就是这个人，他最好的办法，不是去解消矛盾，而是理解它，并在矛盾中生活、成就。后面共分三辑，第一辑"诗学批评：传统与现代"，选择的是作者论古诗、新诗的批评文章，是作者一生最为用心之处；第二辑"语文写作：致用与守正"，收录了作者谈语言文字及具体写作的精彩篇章，从中我们可以看到一个关心现代汉语在现实生活中如何正确运用的朱自清，他曾预断，好的新闻写作要比文学写作更重要，这个判断，在今天慢慢成为现实；第三辑"文学鉴赏：了解与欣赏"，其中的《〈唐诗三百首〉指导大概》，本是写给中学老师的教参，却几乎是一篇唐诗简史，从中也可以看到，好的文学鉴赏，唯有深入然后才有可能浅出。

而这三辑所概括的三类文章，诗学批评、语文写作和文学鉴赏，也可视作朱自清后半生努力的三个方向。如果说，诗歌和散文写作都必然是从创作者主体出发，从执笔的"我"开始的，那么这类批评、鉴赏和知识性的文章，则都首先要感受到作为普通读者的大众的需求，从将要阅读到这些文字的"你"开始，而朱自清一生，似乎可以看作从"我"开始、最后走向"你"的一生。我们一定还记得那个刚刚编订完《你我》的朱自清，《你我》是其中一篇谈论现代汉语中人称代词使用的文章，之所以被用作书名，据朱自清自己说，只是因为这是其中较长的一篇，但我们现在就能明白，其实并非这么简单，我们曾把这本集子看成他一生创作的分水岭，正是因为无论从实际内容还是比喻的意义上，这本被唤作《你我》的小书，都见证了这样一条从"我"走向"你"的旅途。

因此，我们把这本选集取名为《你我的文学》，并力图呈现这样一个更为真实和更有价值的朱自清，他强调文学与普通读者的关系，不作抽象的谈论，只是从一个词、一句话、一首诗乃至一些具体问题出发，却最终令我们明白，所谓文学，其实不是一种外在的装饰，它就在你我中间。

张定浩
2009年6月

目 录

前言   001

楔子：无与有

论无话可说   003
现代生活的学术价值   006

诗学批评：传统与现代

论诗学门径   017
诗教   024
古诗十九首释   059
陶诗的深度   102
再论"曲终人不见，江上数峰青"   110
什么是宋诗的精华   114
论中国文学选本与专籍   123
论中国诗的出路   127
诗韵   135

诗的趋势 143
《中国新文学大系》诗集导言 150

语文写作：致用与守正

中国语的特征在哪里 161
日本语的欧化 172
鲁迅先生的中国语文观 179
中国文的三种型 183
如面谈 190
你我 200
译名 216
什么是散文 240
中国散文的发展 243
怎样学习国文 261
论别字 266
语文杂谈 270
写作杂谈 275
关于写作答问 280
《文心》序 283
闻一多先生怎样走着中国文学的道路 286

文学鉴赏：了解与欣赏

文学的一个界说	299
文学的标准与尺度	310
诗文评的发展	318
古文学的欣赏	330
论百读不厌	336
论逼真与如画	343
"好"与"妙"	355
《唐诗三百首》指导大概	373

楔子：无与有

论无话可说

十年前我写过诗；后来不写诗了，写散文；入中年以后，散文也不大写得出了——现在是，比散文还要"散"的无话可说！许多人苦于有话说不出，另有许多人苦于有话无处说；他们的苦还在话中，我这无话可说的苦却在话外。我觉得自己是一张枯叶，一张烂纸，在这个大时代里。

在别处说过，我的"忆的路"是"平如砥"、"直如矢"的；我永远不曾有过惊心动魄的生活，即使在别人想来最风华的少年时代。我的颜色永远是灰的。我的职业是三个教书；我的朋友永远是那么几个，我的女人永远是那么一个。有些人生活太丰富了，太复杂了，会忘记自己，看不清楚自己，我是什么时候都"了了玲玲地"知道，记住，自己是怎样简单的一个人。

但是为什么还会写出诗文呢？——虽然都是些废话。这是时代为之！十年前正是五四运动的时期，大伙儿蓬蓬勃勃的朝气，紧逼着我这个年轻的学生；于是乎跟着人家的脚印，也说说什么自然，什么人生。但这只是些范畴而已。我是个懒人，平心而论，又不曾遭过怎样了不得的逆境；既不深思力索，又未亲自体验，范畴终于只是范畴，此外也只是廉价的，新瓶里装旧酒的感伤。当时芝麻黄豆大的事，都不惜郑重地写出来，现在看看，苦笑而已。

先驱者告诉我们说自己的话。不幸这些自己往往是简单的，说来说去是那一套；终于说的听的都腻了。——我便是其中的一个。这些人自己其实并没有什么话，只是说些中外贤哲说过的和并世少年将说的话。真正有自己的话要说的是不多的几个人；因为真正一面生活一面吟味那生活的只有不多的几个人。一般人只是生活，按着不同的程度照例生活。

这点简单的意思也还是到中年才觉出的；少年时多少有些热气，想不到这里。中年人无论怎样不好，但看事看得清楚，看得开，却是可取的。这时候眼前没有雾，顶上没有云彩，有的只是自己的路。他负着经验的担子，一步步踏上这条无尽的然而实在的路。他回看少年人那些情感的玩意，觉得一种轻松的意味。他乐意分析他背上的经验，不止是少年时的那些；他不愿远远地捉摸，而愿剥开来细细地看。也知道剥开后便没了那跳跃着的力量，但他不在乎这个，他明白在冷静中有他所需要的。这时候他若偶然说话，决不会是感伤的或印象的，他要告诉你怎样走着他的路，不然就是，所剥开的是些什么玩意。但中年人是很胆小的；他听别人的话渐渐多了，说了的他不说，说得好的他不说。所以终于往往无话可说——特别是一个寻常的人像我。但沉默又是寻常的人所难堪的，我说苦在话外，以此。

中年人若还打着少年人的调子，——姑不论调子的好坏——原也未尝不可，只总觉"像煞有介事"。他要用很大的力量去写出那冒着热气或流着眼泪的话；一个神经敏锐的人对于这个是不容易忍耐的，无论在自己在别人。这好比上了年纪的太太小姐们还涂脂抹粉地到大庭广众里去卖弄一般，是殊可不必的了。

其实这些都可以说是废话，只要想一想咱们这年头。这年头要的是"代言人"，而且将一切说话的都看作"代言人"；压根儿就无所谓自己的话。这样一来，如我辈者，倒可以将从前狂妄之罪减轻，而现在是更无话可说了。

但近来在戴译《唯物史观的文学论》里看到，法国俗语"无话可说"竟与"一切皆好"同意。呜呼，这是多么损的一句话，对于我，对于我的时代！

1931 年

现代生活的学术价值

近来在《北京大学国学门研究所周刊》上，看到顾颉刚先生的《一九二六年始刊词》，又在《晨报副刊》上看到他的论小戏转变的杂记，又在《现代评论》上看到杨金甫先生论国学的文字，我也引起了一些感想。我的感想与他们二位的主旨无甚关涉，只是由他们的话引起了端绪而已。

可惜三篇文只有一篇在我手边，我所要用的话，有些已不能确忆；现在只略述大意，以资发凡。顾先生说，我们研究学问，不一定要向旧书堆里去找；我们若愿留意，可以在每日所闻所见里寻到许多研究的材料。可是一向无人注意这种材料，他们以不平等的眼光看待古代和现代的东西。敦煌石室出来的物事，谁都当做珍物秘玩；但是北大国学门研究所风俗室里的弓鞋和玩具，便有人摇头了。顾先生在那篇《一九二六年始刊词》的第二节里，记这种"势利"的情形，最是有趣。杨先生《从红毛鬼子说到北大国学周刊》的时候，很谦虚地说，他最喜欢《周刊》上搜集的歌谣和民间故事，其余是不大懂得的。若我不猜错,他是喜欢现代的东西的。

《一九二六年始刊词》的第三节里,论学术平等,真是十分透彻,顾先生说:

> 凡是真实的学问,都是不受制于时代的古今,阶级的尊卑,价格的贵贱,应用的好坏的。

下面举了许多有力的例,来说明这条原则。我现在所要说的,大致仍不出顾先生的范围,但我想专注重"时代的古今"一种限制上。我们生活在现代,自然与现代最有密切关系,但实际上最容易忘记的也是现代。庄子说,"鱼相忘于江湖",可以断章取义地用来说明这种情形。因此人或梦想过去,或梦想将来;"梦想过去"或"梦想将来"的价值相等或不等,且不用问;而忘记了现在,失去自己的立场,至多也只是"聊以快意"而已,什么也得不着!我们中国人一直是"回顾"的民族,我们的黄金世界是在古代。"梦想过去"的空气笼罩了全民族,于是乎觉得凡古必好,凡古必粹,而现在是"江河日下"了。我不敢说中国人是最鄙弃"现在"的民族,我敢说我们是最鄙弃"现在"的民族之一。过去有过去的价值,并非全不值得回顾,有时还有回顾的必要;我所不以为可的,是一直的梦想,仅仅乎一直的梦想!他们只抱残守缺地依靠着若干种传统,以为是引他们上黄金世界的路。他们绝不在传统外去找事实,因此"最容易上古人的当"。上当而不自知,永远在错路上走,他们将永不认识过去的真价值。他们一心贯注的过去,尚且不能了了,他们鄙夷不屑的现在，自然更是茫然。于是他们失去了自己，只麻木地一切按着传统而行；直到被传统压得不能喘气而死。

要知道单只凭着若干种传统，固不足以知今，亦不足以知古。偶读《论衡·谢短》篇，有一节很可以说明这层意思：

> 夫儒生之业五经也，南面为师，旦夕讲授章句，滑习义理，究备于五经可也。五经之后，秦汉之事，无不能知者（此句疑有衍文），短也。夫知古不知今，谓之陆沉；然则儒生，所谓"陆沉"者也。五经之前，至于天地始开，帝王初立者，主名为谁，儒生又不知也。夫知今不知古，谓之盲瞽。五经比于上古，犹为今也；徒能说经，不晓上古，然则儒生所谓盲瞽者也。
>
> ……………
>
> 儒不能都晓古今，欲各别说其经，经事义类，乃以不知为贵也，事不晓，不以为短，请复别问儒生。各以其经旦夕之所讲说……夫总问儒生以古今之义，儒生不能知；别名以其经事问之，又不能晓；斯则坐守信师法（依《论衡·举正》改），不颇博览之咎也。

王充的目的在劝人博览，与本篇主旨无甚关涉；但他说知今与知古同样重要，泥古的"儒生"不但不知今，实也不知古，不但不知广义的古，连他们所泥那一点儿古，其实也不曾能明白：这却是他的卓见。他骂他们是"陆沉"，是"盲瞽"，真是快人快语。只可惜王充死了快二千年了，到现在，"儒生"——而且何止"儒生"!——的情形还是一样!

你只看近年来同学的复兴,便可知道个中的消息。我并不来附和吴稚晖先生,要将线装书扔到茅厕里去;我只觉得复兴后的国学所走的"大路",并不曾比旧日宽放多少,这是令人遗憾的!胡适之先生在《北大国学季刊》的发刊辞里,说起清代三百年的学问家,只在几部经书里打圈子,不肯将研究的范围扩大;所以成功虽有,到底太狭窄了,不能有真正的通学(大意如此)。但这也是时代使然。那时是闭关时代,参考比较的资料不多,无以启发一般人的新思想;所以只想做补苴罅漏的工夫,不能做融会贯通的事业。现在的时代可不同了,我们受了"外国的影响",已历有年所;外国的影响可以给我们许多好处,但有一点最重要的,就是:现代生活的学术价值!使我们知道,不仅古代载籍及器物等,配做学术研究的材料,现代载籍及器物等也配的!不仅载籍及庄严的器物等配做学术的资料,就是一支山歌之微,一双弓鞋之细,也配的。这种平等的观念,中国从前虽有人略略提起(如王充),但早被传统的空气压下去了;近来的复活,却全是外国的影响。不过所谓外国的影响,也就可怜得很!据我所知,只在国语文学运动和五四运动以后数年间,现代的精神略一活跃而已。这时期一般人多或少承认了现代生活的价值,他们多或少从事于现代生活的研究。研究舶来的新的"文化科学"的,足以遮没了研究国学的人;于是乎兴了"国粹沦亡"之叹。但这种叹息,实在大可不必;因为不久国学就复兴了,而且仍是老样子——有几个"旁逸斜出,舍大道而弗由"的是例外。其实有几个肯"旁逸斜出",敢"旁逸斜出"呢!所谓老样子者:一,国学外无学;二,古史料外无国学。在这两个条件之下,现代生活的学术价值等于零!

本篇系就中国立论,我所谓现代生活的学术价值,就是以现代生活的材料,加入国学的研究,使它更为充足,完备;而且因为增多比较的事例,使它更能得着明确的结论。不过"国学"这个名字,极为含混;似乎文化科学、自然科学、哲学、文学,都可包罗在内——我想将来还是分别立名的好。我说以现代生活的材料加入国学,现在一般研究——实在应该说迷信!——国学的人,决不肯如此想。大约是由于"傲慢",或婉转些说,是由于"学者的偏见",他们总以为只有自己所从事的国学是学问的极峰——不,应该说只有他们自己的国学可以称得起正宗的学问!他们自己的国学是些什么呢?我,十足的外行,敢代他们回答:经史之学,只有经史之学!你看,他们所走的"大路",比清代诸老先生所曾走的,又宽放了多少?左右是在些古史料里打圈儿!不想研究了这么些年的国学,还只在老路上留恋着!我不是说在这条老路上走的,一些没有进步;但是我们所要的是更长足的进步,是广开新路!即如我们所敬服的王静安先生,他早年的确是一个开新路的人;他在《宋元戏曲史》的序里说戏曲史这种学问,古人没有做过,是由他创始的。这种"创新"的精神(虽然并非以现代生活为材料),是值得珍贵的,而且他还研究西洋哲学呢。但他后来渐渐改变态度,似乎以为这种东西究竟是俚俗,是小道,不值得费多大的气力;他于是乎仍走上了那条"大路",便是经史之学!自然,他的走上这条"大路",决不算我们的损失;他根据了他的新材料，发明了许多新见解——所给与我们的已经很厚了。他虽不再开新路，但在老路旁，给我们栽了许多新鲜的树木和花草，他的工作确是值得珍贵的。假使我们只有少数学者如此，我们不但不觉得不好，而且觉得是必要的；因为我们需要经史之学的专家，正和需要别的专家一样。但同时得承认，他们是有偏见的。他们的偏见若变成一般研究国学者的意见，如今日一样，那却是妨碍国学的长足的发展的；大家挤在一条路上，最是不经济！所以为一般研究者计，我们现在非打破"正统国学"的观念不可。我们得走两条路：一是认识经史以外的材料（即使是弓鞋和俗曲）的学术价值；二就是认识现代生活的学术价值。

实在，我们现在不怕没有人研究那难研究的古史料，只怕没有人研究这较易研究的现代生活——现在的也是将来的史料。我常想一般研究国学者轻今而重古的原因，除"黄金世界在古代"一条根本信仰外，——这个信仰或自觉或不自觉——不外"难得"与"新异"两端。"物稀为贵"，敦煌石室的片纸只字失了就完了，从此不能再有，况发现也是偶然碰着机会，不是能随心所欲的。因此行市便大了。而且东西是古代的，非我们所素习，使我们感着一种新鲜的异代的趣味，正和到新国土感着异域的趣味一样。因此行市便大了。但这两端儿竟所关不巨，所关最巨者，厥惟那个根本信仰；此经史之学所以为正统也。但我们得知道："后之视今，犹今之视昔。"无论传统的精神变化如何，我们的子孙必有人努力研究我们，和我们研究"先民"一样。他们所有的困难，也将和我们现在所有的大同小异。我们上古的先民，大概还不知道怎样研究自己，所以只有若干简陋的生料（恕我大胆，"六经"也在其中！）留给我们；中古近古的先民却又研究古人，远过于研究自己，所以也没有完备的材料，记载或解释他们自己生活的，留给我们。我们的困难便由此而生；我们现在所知于我们的先民的，实在是极少极少的！我们是没法的了，我们的子孙难道还有受这种困难的必要么！我们得给他们预备一条平坦的路，而这实在也有我们自己的好处。我们谁都有求知欲不是？我们谁都要求满足不是？而且我们谁都愿意别人明白我们，愈多愈好。这就得了！试问若只有人研究古代史，而却没有人提纲挈领地告诉我们民国十五年来的政治、经济、学术、文艺迁变之迹，我们能满足么？若只有人研究《诗经》，而却没有人告诉我们现在孟姜女歌曲的本末，我们能满足么？有人听见说到元代的杂剧，明代的传奇，便肃然起敬（其实在正宗的国学家看来，这些也只是小道），听见说到皮黄或顾先生说的小戏，便鄙夷道，"这有什么道理"！是的，这有什么道理！有人研究小学，研究《说文》，研究金文，研究甲骨文，至矣，尽矣；至于破体俗字，那当然是不登大雅之堂，不值通人一笑的。但破体俗字在一般社会生活里，倒也有些重要，似非全无理由可言；而且据魏建功先生说，这些字也并非全无条例，如"歡"省作"欢"，"觀"省作"观"，"權"省作"权"，"勸"省作"劝"，是很整齐的，颇值得加以研究。是的，在小学家看来，这又有什么道理！然而我相信张东荪先生的话，他说："凡文明都是有价值的；凡价值都是有时代性的。"我们且不管价值的时代性，我们只要知道，古史料只是古代生活的遗迹；现代生活是现代生活的自身，为甚反该被人鄙夷呢？我并不劝大家都来研究现代生活，我没有那么功利；我只说应该有些人来专门地或附带地研究现代生活，不要像现在这般寂寞便好了。因为我们既要懂得古代，也一样地——即使不是更迫切地——要懂得现代。而且人有"自表"的本能，我们将我们自己表白于异国人和后世人，不但是我们的责任，而且是我们的快乐，这自然也非先懂得现代不可。至于将现代与古代打成一片，那更是我们所切望；但这种通学是不容易得的。

"自知"诚哉是极难的；以现代人研究现代生活，"当局者迷"的毛病，或者是难免的。但我不相信局外的人会比局中的人强；与其让外国人或后世人研究我们，还不如我们自己研究好。我们即使不能完全了解我们自己和时代，但所了解的总一定比别人多；因为我们有许多的活证，外国人不懂得用，后世人得不着用。所以现代人研究现代生活，比较地实在最为适宜；所以为真理的缘故，我们也应该有些人负这个责任。至于研究的方法，不用说我是相信科学方法的。研究的途径，我也说了：一是专门就现代生活作种种的研究，如宗教、政治、经济、文学等；搜集现存的歌谣和民间故事，也便是这种研究的一面。一是以现代生活的材料，加入旧有的材料里共同研究，一面可以完成各种学术专史，一面可以完成各种独立的中国学问，如中国社会学、中国宗教学、中国哲学——现在中国地质的研究颇有成绩，这种通常不算入国学之内，但我想若将国学一名变为广义，也未尝不可算入。这两种工作都须以现代生活为出发点；现在从事的人似乎都很少。——传统的和正宗的空气压得实在太厉害了！但现代这一块肥土，我们老是荒弃不耕，总未免有些可惜吧！

或者有人要说，"国学"一名，本只限于历史，考古一方面，正和"埃及学"一样，原可不必勉强牵入现代的材料。但无论史，考古等学问的完成，一部分仍非依赖现代的材料不可，而"国学"一名，意味也与"埃及学"绝不相同——埃及是已亡的国家，故"埃及学"所涵，有一定的范围；中国是生存的国家，"中国学"所指，何能限定呢！话又说回来了，我想"国学"这个名字，实在太含混，绝不便于实际的应用；你看英国有"英国学"否？日本有"日本学"否？据我所知，现存的国家没有一国有"国学"这个名称，除了中国是例外。但这只是"国学"这个笼统的名字存废的问题，事实上中国学问应包含现代的材料，则是毋庸置疑的。因为我们是现代的人，即使研究古史料，也还脱不了现代的立场；我们既要做现代的人，又怎能全然抹杀了现代，任其茫昧不可知呢？现在研究史料的人，似乎已经不少；我盼望最近的将来多出些现代研究的专家，这是我们最不可少的！而更要紧的，先要打破那"正统国学"的观念，改变那崇古轻今的风气；空冒无益，要有人先做出几个沉重的例子看看才行！有"现代的嗜好"的人努力吧！

1926 年

பிற学批评：传统与现代

论诗学门径

本文所谓诗,专指中国旧体诗而言;所谓诗学,专指关于旧诗的理解与鉴赏而言。

据我数年来对于大学一年生的观察,推测高中学生学习国文的情形,觉得他们理解与鉴赏旧诗比一般文言困难,但对于诗的兴味却比文大。这似乎是一个矛盾,其实不然。他们的困难在意义,他们的兴味在声调;声调是诗的原始的也是主要的效用,所以他们虽觉难懂,还是乐意。他们更乐意读近体诗,近体诗比古体诗大体上更难理解,可是声调也更谐和,便于吟诵,他们的兴味显然在此。

这儿可以看出吟诵的重要来。这是诗的兴味的发端,也是诗学的第一步。但偶然的随意的吟诵是无用的;足以消遣,不足以受用或成学。那得下一番切实的苦工夫,便是记诵。学习文学而懒于记诵是不成的,特别是诗。一个高中文科的学生,与其囫囵吞枣或走马看花地读十部诗集,不如仔仔细细地背诵三百首诗。这三百首诗虽少,是你自己的;那十部诗集虽多,看过就还了别人。我不是说他们不应该读十部诗集,我是说他们若不能仔仔细细读这些诗集,读了还不和没读一样!

中国人学诗向来注重背诵。俗话说得好:"熟读唐诗三百首,不会作诗也会吟。"我现在并不劝高中的学生作旧诗,但这句话却有道理。"熟读"不独能领略声调的好处,并且能熟悉诗的用字、句法、章法。诗是精粹的语言,有它独具的表现法式。初学觉得诗难懂,大半便因为这些法式太生疏之故。学习这些法式最有效的方法是综合,多少应该像小儿学语一般,背诵便是这种综合的方法。也许有人想,声调的好处不须背诵就可领略,仔细说也不尽然。因为声调不但是平仄的分配,还有四声的讲究;不但是韵母的关系,还有声母的关系。这些条目有人说是枷锁,可是要说明旧诗的技巧,便不能不承认他们的存在。这些我们现在其实也还未能完全清楚,一个中学生当然无须详细知道,但他会从背诵里觉出一些细微的分别,虽然不能指明。他会觉出这首诗调子比另一首好,即使是平仄一样的律诗或绝句,这在随便吟诵的人是不成的。

现在的中学生大都不能辨别四声,他们也没有"韵"的观念。这样便不能充分领略诗的意味。四声是平、上、去、入四种字调,最好幼时学习,长大了要难得多。这件事非理论所能帮助,只能用诵读《四声等韵图》(如东、董、冻、笃之类,《康熙字典》卷首有此图)或背诵近体诗两法学习。诵读四声图最好用自己方音,全读或反复读一行(如东、董、冻、笃)都可。但须常读,到任举一字能辨其声为止。这方法在成人也是有效的,有人用过,不过似乎太机械些。背诵近体诗要有趣得多，而且是一举两得的办法。近体诗的平仄有一定的谱，从那调匀的声调里，你可渐渐地辨别，这方法也有人用过见效，但我想怕只能辨别平仄，要辨别四声，还是得读四声图的。所以若能两法并用最好。至于"韵"的观念，比较容易获得，方法仍然是背诵近体诗，可是得有人给指出韵的位置和韵书的用法。这是容易说明的，与平仄之全凭天籁不同。不过单是说明，没有应用，不能获得确实的观念，所以还要靠背诵。固然旧诗的韵有时与我们的口音不合：我们以为不同韵的字，也许竟是同韵，我们以为同韵的字，也许竟会不同韵，但这可以预先说明。好在大部分不致差得很远，我们只要明白韵的观念，并非要辨别各字的韵部，这样也就行了。我只举近体诗，因为古体诗用韵较不整齐，又往往换韵，而所用韵字的音与现在相差也更远。至于韵即今日所谓母音或元音，同韵字即同母音或元音的字，押韵即将此类字用在相"当"的地位，这些想是中学生诸君所已知道的。

记诵只是诗学的第一步。单记诵到底不够的，须能明白诗的表现方式，记诵的效才易见。诗是特种的语言，它因音数（四五七言是基本音数）的限制，便有了特种的表现法。它须将一个意思或一层意思或几层意思用一定的字数表现出来；它与自然的散文的语言有时相近，有时相远，但决不是相同的。它需要艺术的工夫。近体诗除长律外，句数有定，篇幅较短，有时还要对偶，所以更其是如此。固然，这种表现法，记诵的诗多了，也可比较同异，渐渐悟出，但为时既久，且未必能鞭辟章学诚分诗话为论诗事与辞两种，最为明白。成书最早的诗话，要推梁钟嵘的《诗品》（许文玉《诗品释》最佳，北京大学出版社代售），将汉以来五言诗作者分为上中下三品，所论以辞为主。到宋代有"诗话"之名，诗话也是这时才盛。我只举魏庆之《诗人玉屑》及严羽《沧浪诗话》两种。前者采撷南宋诸家诗话，分类编成，能引人入胜；后者始创"诗有别材别趣"之说，影响后世甚大（均有石印本，后者并有注）。袁枚的《诗法丛话》（有石印本）也与《诗人玉屑》同类，但采撷的范围直至清代。至于专论诗话的，有郭绍虞先生的《诗话丛话》，见《小说月报》二十卷一、二、四诸号中，可看。诗话之外，若还愿意知道一些诗的历史，我愿意介绍叶燮《原诗》（见《清诗话》，文明书局发行）；《原诗》中论诗学及历代诗大势，都有特见。黄节先生《诗学》要言不烦，只是已绝版。陆侃如先生《中国诗史》听说已由大江书铺付印，那将是很好的一部诗史，我念过其中一部分。此外邵祖平《唐诗通论》（《学衡》十二期）总论各节都有新意；许文玉《唐诗综论》（北京大学出版社代售）虽琐碎而切实，均可供参考。宋诗有庄蔚心《宋诗研究》（大东书局），材料不多，但多是有用的原料，较《小说月报》、《中国文学研究》中陈延杰《宋诗的派别》一文要好些。再有，胡适先生《白话文学史》和《国语文学史》中论诗诸章，以白话的立场说旧诗趋势，也很值得一读的。

附注　文中忘记说及顾实的《诗法捷要》一书（上海医学书局印）。这本书杂录前人之说（如方回《瀛奎律髓》、周弼

《三体唐诗》等),没有什么特见,但因所从出的书有相当价值,所以可看。书分三编:前编论绝句,中编论律诗,均先述声律,次列作法,终举作例;后编专论古诗声韵。初学可先看前两编。

1931 年

诗　教[*]

一　六艺之教

"诗教"这个词始见于《礼记·经解》篇：

> 孔子曰："入其国，其教可知也。其为人也温柔敦厚，《诗》教也。疏通知远，《书》教也。广博易良，《乐》教也。洁静精微，《易》教也。恭俭庄敬，《礼》教也。属辞比事，《春秋》教也。故《诗》之失愚，《书》之失诬，《乐》之失奢，《易》之失贼，《礼》之失烦，《春秋》之失乱。
>
> "其为人也温柔敦厚而不愚，则深于《诗》者也。疏通知远而不诬，则深于《书》者也。广博易良而不奢，则深于《乐》者也。洁静精微而不贼，则深于《易》者也。恭俭庄敬而不烦，则深于《礼》者也。属辞比事而不乱，则

---

* 本文节选自《诗言志辨》。

深于《春秋》者也。"

《经典释文》引郑玄说:"《经解》者,以其记六艺政教得失。"这里论的是六艺之教;《诗》教虽然居首,可也只是六中居一。《礼记》大概是汉儒的述作,其中称引孔子,只是儒家的传说,未必真是孔子的话。而这两节尤其显然。《淮南子·泰族》篇也论六艺之教,文极近似,不说出于孔子:

> 六艺异科而皆同道(《北堂书钞》九十五引作"六艺异用而皆通")。温惠柔良者,《诗》之风也。淳庞敦厚者,《书》之教也。清明条达者,《易》之义也。恭俭尊让者,《礼》之为也。宽裕简易者,《乐》之化也。刺几(讥)辩义(议)者,《春秋》之靡也。故《易》之失鬼,《乐》之失淫,《诗》之失愚,《书》之失拘,《礼》之失忮,《春秋》之失訾。六者圣人兼用而财(裁)制之。失本则乱,得本则治。其美在调,其失在权。

"六艺"本是礼、乐、射、御、书、数,见《周官·保氏》和《大司徒》;汉人才用来指经籍。所谓"六艺异用而皆通",冯友兰先生在《原杂家》里称为"本末说的道术统一论";也就是汉儒所谓"六学"。六艺各有所以为教,各有得失,而其归则一。《泰族》篇的"风""义""为""化""靡"其实都是"教";《经解》一律称为"教",显得更明白些。——《经解》篇似乎写定在《淮南子》之后,所论六艺之教比《泰族》篇要确切些。《泰族》篇"诗风"和"书教"含混,《经解》篇便分得很清楚了。

汉儒六学,董仲舒说得很明白,《春秋繁露·玉杯》篇云:

> 君子知在位者之不能以恶服人也,是故简六艺以赡养之。《诗》、《书》序其志,《礼》、《乐》纯其养,《易》、《春秋》明其知。六学皆大,而各有所长。《诗》道志,故长于质。《礼》制节,故长于文。《乐》咏德,故长于风。《书》著功,故长于事。《易》本天地,故长于数。《春秋》正是非,故长于治人。能兼得其所长,而不能遍举其详也。

他将六艺分为"《诗》、《书》""《礼》、《乐》""《易》、《春秋》"三科,又说"六学皆大,而各有所长",可见并不特别注重诗教,和《经解》篇、《泰族》篇是相同的。《汉书》八十八《儒林传叙》也道:

> 古之儒者博学虖六艺之文。六艺(原作"学",从王念孙《读书杂志》校改)者,王教之典籍,先圣所以明天道、正人伦、致至治之成法也。……及至秦始皇……六学从此缺矣。……

这就是所谓"异科而皆同道"了。六艺中早先只有"《诗》、《书》、《礼》、《乐》"并称。《论语·述而》:"《诗》、《书》执礼,皆雅言也。"《泰伯》:"兴于《诗》,立于礼,成于乐。"前者《诗》、《书》和礼并称,后者《诗》和礼乐并称。《庄子·徐无鬼》篇："横说之则以《诗》、《书》、《礼》、《乐》"，《荀子·儒效》篇："故《诗》、《书》、《礼》、《乐》之〔道〕归是矣"（从王先谦《荀子集解》引刘台拱说加"道"字）；《诗》、《书》、《礼》、《乐》已经是成语了。《诗》、《书》、《礼》、《乐》加上《易》、《春秋》，便是"六经"，也便是六艺。《庄子·天运》篇和《天下》篇都曾列举《诗》、《书》、《礼》、《乐》、《易》、《春秋》，前者并明称"六经"，《荀子·儒效》篇的另一处却只举《诗》、《书》、《礼》、《乐》、《春秋》，没有《易》；可见那时"六经"还没有定论。段玉裁《说文解字叙注》里谈到这一层：

> 周人所习之文，以《礼》、《乐》、《诗》、《书》为急。故《左传》曰："说《礼》、《乐》而敦《诗》、《书》"，《王制》曰："春秋教以《礼》、《乐》，冬夏教以《诗》、《书》"。而《周易》，其用在卜筮。其道取精微，不以教人。《春秋》则列国掌于史官，亦不以教人。故韩宣子适鲁，乃见《易》象与鲁《春秋》；此二者非人所常习明矣。

段氏指出《易》、《春秋》不是周人所常习，确切可信。不过周人所习之文，似乎只有《诗》、《书》；礼乐是行，不是文。《礼古经》等大概是战国时代的记载，所以孔子还只说"执礼"；乐本无经，更是不争之论。而《诗》在乐章，古籍中屡称"诗三百"，似乎都是人所常习；《书》不便讽诵，又无一定的篇数，散篇断简，未必都是人所常习。《诗》居六经之首，并不是偶然的。

董仲舒承用旧来六经的次序而分《诗》、《书》,《礼》、《乐》,《易》、《春秋》为三科,合于传统的发展。西汉今文学序列六艺,大致都依照旧传的次第。这次第的根据是六学发展的历史。后来古文学兴,古文家根据六艺产生的时代重排它们的次序。《易》的八卦,传是伏羲所画,而《书》有《尧典》:这两者该在《诗》的前头。所以到了《汉书·艺文志》,六艺的次序便变为《易》、《书》、《诗》、《礼》、《乐》、《春秋》;《儒林传》叙列传经诸儒,也按着这次序。《诗经》改在第三位。一方面西汉阴阳五行说极盛。汉儒本重通经致用,这正是当世的大用,大家便都偏着那个方向走。于是乎《周易》和《尚书·洪范》成了显学。而那时整个的六学也多少都和阴阳五行说牵连着,一面更都在竭力发挥一般的政教作用。这些情形,看《汉书·儒林传》就可知道:

《易》　宣帝时,闻京房为《易》明,求其门人得〔梁丘〕贺。……贺入说,上善之;以贺为郎。……以筮有应,繇是近幸,为大中大夫、给事中,至少府。……京房……以明灾异得幸。……费直……治《易》为郎,至单父令。长于卦筮。高相……治《易》……专说阴阳灾异。

《书》　许商……善为算,著《五行论历》。李寻……善说灾异,为骑都尉。

《诗》　申公……见上,上问治乱之事。申公……对曰:"为治者不在多言,顾力行何如耳。"……即以为大中大夫,……议明堂事。……弟子为博士十余人,……其治官民,皆有廉节,称其学官。王式……为昌邑王师。昭帝崩,昌邑王嗣立,以行淫乱废。昌邑群臣皆下狱诛。唯中尉王吉、郎中令龚遂以数谏减死论。式系狱当死。治事使者责问曰:"师何以亡谏书?"式对曰:"臣以《诗》三百五篇朝夕授王,至于忠臣孝子之篇,未尝不为王反复诵之也;至于危亡失道之君,未尝不流涕为王深陈之也。臣以三百五篇谏,是以亡谏书。"使者以闻,亦得减死论。

《礼》 鲁徐生善为颂(容)。孝文时,徐生以颂为礼官大夫。传……孙延、襄。……襄亦以颂为大夫,至广陵内史。延及徐氏弟子公户满意、桓生、单次皆为礼官大夫。而瑕丘萧奋以《礼》至淮阳太守。

《春秋》 眭孟……为符节令,坐说灾异诛。

这里《易》、《书》、《春秋》三家都说"阴阳灾异"。而见于别处的,《齐诗》说"五际",《礼》家说"明堂阴阳",也一道同风。这也是所谓"异科而皆同道",不过是另一方面罢了。

"阴阳灾异"是所谓天人之学;是阴阳家言,不是儒家言。汉儒推尊孔子,究竟不能不维持儒家面目,不能奉阴阳家为正传;所以一般立说,还只着眼在人事的政教上。前节所引《儒林传》,《易》主卜筮,《诗》当谏书,《礼》习容仪,正是一般的政教作用。而《书》"长于事"。《尚书大传》记子夏对孔子论《书》道:"《书》之论事也,昭昭若日月之代明,离离若参辰之错行。上有尧、舜之道,下有三王之义。"这几句话可以说明所谓《书》教。《春秋》 "长于治人"。《春秋繁露·精华》篇:

"《春秋》之听狱也，必本其事而原其志。志邪者不待成，首恶者罪特重，本直者其论轻。……听讼折狱，可无审邪！"《汉书》三十《艺文志》有"《公羊董仲舒治狱》十六篇"。《后汉书》七十八《应劭传》记着应劭的话："董仲舒老病致仕，朝廷每有政议，数遣廷尉张汤亲至陋巷问其得失。于是作《春秋决狱》二百三十二事，动以经对。"这就是《春秋》之教。这些是所谓六学，"异科而皆同道"所指的以这些为主。就这六学而论，应用最广的还得推《诗》。《诗》、《书》传习比《礼》、《易》、《春秋》早得多，上文已见。阮元辑《诗书古训》六卷，罗列先秦、两汉著述中引用《诗》、《书》的章节；《续经解》本分为十卷。《诗》占七卷，《书》只有三卷。可见引《诗》的独多，这有三个原故。《汉书·艺文志》云："凡三百五篇，遭秦而全者，以其讽诵，不独在竹帛故也。"《诗》因讽诵而全，因讽诵而传，更因讽诵而广传。《周易》也并无亡佚，《汉书·儒林传叙》云："及秦禁学，《易》为卜筮之书，独不禁，故传受者不绝。"可是《易》在汉代虽然成了显学，流传之广到底不如《诗》。这就因为《诗》一向是讽诵在人口上的。清劳孝舆《春秋诗话》卷三论引诗道：

〔春秋时〕自朝会聘享以至事物细微，皆引《诗》以证其得失焉。大而公卿大夫，以至舆台贱卒（？），所有论说，皆引《诗》以畅厥旨焉。……可以诵读而称引者，当时止有《诗》、《书》。然《传》之所引，《易》乃仅见，《书》则十之二三。若夫《诗》，则横口之所出，触目之所见，沛然决江河而出之者，皆其肺腑中物，梦寐间所呻吟也。岂非《诗》之为教所以浸淫人之心志而厌饫之者，至深远而无涯哉？

这里所说的虽然不尽切合当日情形，但《诗》那样的讽诵在人口上，确是事实。——除了无亡佚和讽诵两层，诗语简约，可以触类引申，断章取义，便于引证，也帮助它的流传。董仲舒说："《诗》无达诂，《易》无达占，《春秋》无达辞。"是就解经论，不就引文论。——王应麟以为"《诗》无达诂"就是《孟子》的"不以文害辞，不以辞害志"，是不错的。——就引文论，像《诗》那样富于弹性，可以说是独一无二的。

二　著述引诗

言语引《诗》，春秋时始见，《左传》里记载极多。私家著述从《论语》创始。著述引《诗》，也就从《论语》起始。以后《墨子》和《孟子》也常引《诗》，而《荀子》引《诗》独多。《荀子》引《诗》，常在一段议论之后，作证断之用，也比前人一贯。荀子影响汉儒最大。汉儒著述里引《诗》，也是学他的样子；汉人的《诗》教，他该算是开山祖师。汪中《述学·荀卿子通论》云：

荀卿之学，出于孔氏，而尤有功于诸经。《经典叙录》："《毛诗》，……一云，子夏传曾申。……根牟子传赵人孙卿子。孙卿子传鲁人大毛公。"由是言之，《毛诗》，荀卿子之传也。《汉书·楚元王交传》："少时尝与鲁穆生、白生、申公同受诗于浮邱伯。伯者，孙卿门人也。"……由是言之，《鲁诗》，荀卿子之传也。《韩诗》之存者《外传》而已。其引荀卿子以说《诗》者四十有四。由是言之，《韩诗》，荀卿子之别子也。……盖自七十子之徒既殁，汉诸儒未兴，中更战国暴秦之乱，六艺之传赖以不绝者，荀卿也。

荀子其实是汉人六学的开山祖师。而四家《诗》除《齐诗》外都有他的传授，可见他在《诗》学方面的影响更大。四家中《毛诗》流传较晚，鲁、齐、韩别称三家《诗》。《史记》一二一《儒林传》说："韩生推诗人之意而为《内外传》数万言，其语颇与齐、鲁间殊，然其归一也。"《齐诗》虽然多采阴阳五行说，而"其归"还在政教。《毛诗》因为与经传诸子密合，为人所重，不用说更其如此。陈乔枞在《韩诗遗说考序》里先引了《史记·儒林传》"其归一也"的话，接着道：

今观《外传》之文，记夫子之绪论与春秋杂说，或引《诗》以证事，或引事以明《诗》，使"为法者章显，为戒者著明"（郑玄《诗谱序》语）。虽非专于解经之作，要其触类引伸，断章取义，皆有合于圣门商、赐言《诗》之义也。况夫微言大义往往而有，上推天人性理，明皆有仁义礼智顺善之心，下究万物情状，多识于鸟兽草木之名。考风雅之正变，知王道之兴衰，固天命性道之蕴而古今得失之林邪？

这段话除一二处外可以当作四家《诗》的总论看，也可以当作著述引《诗》的总论看，也可以当作汉人《诗》教的总论看。

汉人著述引《诗》，当推刘向为最。他世习《鲁诗》。《汉书》三十六本传云：

> 向睹俗弥奢淫，而赵、卫之属起微贱，逾礼制；向以为王教由内及外，自近者始。故采取《诗》、《书》所载贤妃贞妇兴国显家可法则，及孽嬖乱亡者，序次为《列女传》凡八篇，以戒天子，及采传记行事，著《新序》、《说苑》凡五十篇，奏之。

他这三部书多"引《诗》以证事，或引事以明《诗》"，而《列女传》引《诗》更为繁密。《汉书》本传中存着他的封事、奏、疏五篇，一篇谏造陵，别篇都论灾异。各篇屡屡引《诗》，繁密不下于《列女传》。他的用意无非要"使为法者章显，为戒者著明"。他家著述引《诗》，引申或有广狭，用意也都不外乎此。阮元《诗书古训序》云：

> 《诗》三百篇，《尚书》数十篇，孔、孟以此为学，以此为教。故一言一行皆深奉不疑。即如孔子作《孝经》、子思作《中庸》，孟子作七篇，多引《诗》、《书》以为证据。若曰，世人亦知此事之义乎？《诗》曰某某即此也。否则尚恐自说有偏弊，不足以训于人。……元录《诗书古

训》……乃总《论语》、《孝经》、《孟子》、《礼记》、《大戴记》、《春秋》三传、《国语》、《尔雅》十经。……降至《国策》，罕引《诗》、《书》。……汉兴，……《诗》、《书》复出，朝野诵习，人心反正矣。子史引《诗》、《书》者，多存古训。……以晋为断。盖因汉、晋以前，尚未以二氏为训，所说皆在政治言行，不尚空言也。

所谓"以此为学，以此为教，故一言一行皆深奉不疑"，以及"多引《诗》、《书》以为证据"，正可见出段玉裁说的《诗》、《书》是周人所常习。"所说皆在政治言行"是征引《诗》、《书》的用意所在，也就是《诗》、《书》之教。《诗》、《书》之教，浑言之"异科而皆同道"，析言之又各有分别。现在单论汉人引《诗》，以著述为主，略为归类，看看所谓《诗》教的背景是什么样子。

阮元只概括的举出"政治言行"，我们看著述引《诗》要算宣扬德教的为最多。德教属于言行，可也包括在广义的政治里。如《韩诗外传》五云：

德也者，包天地之大，配日月之明，立乎四时之周，临乎阴阳之交，寒暑不能动也，四时不能化也。敛乎太阴而不湿，散乎太阳而不枯，鲜洁清明而备，严威毅疾而神，至精而妙乎天地之间者，德也。微圣人，其孰能与于此矣！《诗》曰："德輶如毛，民鲜克举之。"（《大雅·烝民》）

这是陈乔枞所谓微言大义,也是引《诗》断案。又如《列女传》三《鲁漆室女传》云:

> 漆室女曰:"夫鲁国有患者,君臣父子皆被其辱,祸及众庶。妇人独安所避乎!吾甚忧之。"……君子曰:远矣漆室女之思也。《诗》云:"知我者谓我心忧,不知我者谓我何求"(《王风·黍离》),此之谓也。

这里赞叹漆室女忧国的美德,是"引《诗》以证事"。又同书四《卫宣夫人传》云:

> 弟立,请曰:"卫,小国也,不容二庖,请愿同庖。"终不听。卫君使人愬于齐兄弟。齐兄弟皆欲与君,使人告女。女终不听,乃作诗曰:"我心匪石,不可转也。我心匪席,不可卷也。"(《邶风·柏舟》)

这里说《邶风·柏舟》是"贞一"的卫宣夫人所作,是"引事以明《诗》"。次于德教的是论政治的引《诗》。如《春秋繁露》十六《山川颂》云:

> 且积土成山,无损也成其高,无害也成其大,无亏也小其上,泰其下。久长安后世,无有去就,俨然独处,惟山之意。《诗》云:"节彼南山,惟石岩岩。赫赫师尹,民具尔瞻。"(《小雅·节南山》)此之谓也。

这是以山象征领袖的气象。又如《新书·礼》篇云：

> 故礼者，所以恤下也。……《诗》曰："投我以木瓜，报之以琼琚。匪报也，永以为好也。"（《卫风·木瓜》）上少投之，则下以躯偿矣。弗敢谓报，愿长以为好；古之蓄其下者，其施报如此。

这是论待臣下的道理，所谓触类引申。又如《汉书》六《武帝纪》元狩元年诏云：

> 盖君者，心也，民犹肢体。支体伤则心憯怛。日者淮南、衡山修文学，流货赂，两国接壤，怵于邪说而造篡弒。此朕之不德。《诗》云："忧心惨惨，念国之为虐。"（《小雅·正月》）已赦天下，涤除与之更始。

诏书引《诗》自责，汉代用《诗》之广可见。又《后汉书》八十七《刘陶传》，陶上议云：

> 臣尝诵《诗》至于鸿雁于野之劳，哀勤百堵之事（《小雅·鸿雁》："之子于征，劬劳于野"，"之子于垣，百堵皆作"），每喟尔长怀，中篇而叹。近听征夫饥劳之声，甚于斯歌。

悼古伤今，蔼然仁者之言，可作"温柔敦厚"的一条注脚。

引《诗》论学养的也不少。如《礼记·大学》云：

> 《诗》云："瞻彼淇澳，菉竹猗猗。有斐君子，如切如磋，如琢如磨。瑟兮僩兮！赫兮喧兮！有斐君子，终不可谖兮！"（《卫风·淇澳》）"如切如磋"者，道学也。"如琢如磨"者，自修也。"瑟兮僩兮"者，恂慄也。"赫兮喧兮"者，威仪也。"有斐君子，终不可谖兮"者，道盛德至善，民之不能忘也。

切磋琢磨久已成为进德修业的格言，也可见《诗》教的广远了。又如《韩诗外传》三云：

> 问者曰："夫仁者何以乐于山也？"曰："夫山者，万民之所瞻仰也。草木生焉，万物值焉，飞鸟集焉，走兽休焉，四方益取与焉。出云道风，嵸乎天地之间。天地以成，国家以宁。此仁者所以乐于山也。"《诗》曰："太山岩岩，鲁邦所瞻"（《鲁颂·閟宫》），乐山之谓也。

"仁者乐山"原是孔子的话（《论语·雍也》），这里是断章取义，以见仁者的修养与气度。引《诗》也是断章取义的作证。这一节可以跟前面引的《山川颂》比较着看。又《韩诗外传》二云：

> 上之人所遇，色为先，声音次之，事行为后。故望而宜为人君者，容也。近而可信者，色也。发而安中者，言也。久而可观者，行也。故君子容色，天下仪象而望之，不假言而知为人君者。《诗》曰："颜如渥丹，其君也哉！"（《秦风·终南》）

容色也是学养的表现。孟子道："仁义礼智根于心；其生色也，睟然见于面，盎于背，施于四体"（《尽心》上），正是这个意思。德教、政治、学养都属于人事；与人事相对的是天道。论天道的也常引诗。如《礼记·中庸》云：

> 《诗》曰："德輶如毛"（《大雅·烝民》），毛犹有伦，"上天之载，无声无臭"（《大雅·文王》），至矣！

这正是《论语》上孔子说的"天何言哉！四时行焉，百物生焉。天何言哉！"（《阳货》）又如《春秋繁露·尧舜不擅移汤武不专杀》篇云：

> 且天之生民，非为王也，而天立王以为民也。故其德足以安乐民者，天予之；其恶足以贼害民者，天夺之。《诗》云："殷士肤敏，祼将于京，侯服于周。天命靡常！"（《大雅·文王》）言天之无常予、无常夺也。

"天命靡常"在阴阳家五德终始说的解释下，成为汉代一般的信

仰。这里却没有提到五德说,只简截的引《诗》为证。又,汉人常谈的灾异也属于天道。同书《必仁且智》篇云:

> 天地之物有不常之变者谓之异,小者谓之灾。灾常先至而异乃随之。灾者,天之谴也;异者,天之威也。谴之而不知,乃畏之以威。《诗》云:"畏天之威"(《周颂·我将》),殆此谓也。

这一节可以作"灾异"的界说看。《汉书》九《元帝纪》,永光四年六月"戊寅晦,日有蚀之",诏云:

> 今朕晻于王道,夙夜忧劳,不通其理,靡瞻不眩,靡听不惑。是以政令多还,民心未得。……公卿大夫,好恶不同,或缘奸作邪,侵削细民。元元安所归命哉!乃六月晦日有蚀之。《诗》不云虖?"今此下民,亦孔之哀!"(《小雅·十月之交》)

《十月之交》正是纪日食之异的诗,所以诏书中引《诗》语,见得民生可哀,天变可畏;是罪己并责勉公卿大夫的意思。

此外有引《诗》以述史事、明制度、记风俗的。如《汉书》七十三《韦玄成传》,太仆王舜、中垒校尉刘歆议〔宗庙〕曰:

> 臣闻周室既衰,四夷并侵,猃狁最强——于今匈奴是也。至宣王而伐之。诗人美而颂之曰:"薄伐猃狁,至于太

原。"(《小雅·六月》)又曰:"啴啴推推,如霆如雷,显允方叔,征伐猃狁,荆蛮来威。"(《小雅·采芑》)故称中兴。……孝武皇帝……遣大将军、骠骑、伏波、楼船之属南灭百粤,起七郡;北攘匈奴,降昆邪十万之众。……东伐朝鲜,……断匈奴之左臂。西伐大宛,……裂匈奴之右臂。……中兴之功未有高焉者也。……

这里引《诗》述史,颂美武帝的中兴。又如《韩诗外传》八云:

……于是黄帝乃服黄衣,戴黄冕,致斋于宫。凤乃蔽日而至。黄帝降于东阶,西面,再拜稽首曰:"皇天降祉,不敢不承命!"凤乃止帝东囿(原作"国",据《说苑·辨物》篇校改),集帝梧桐,食帝竹实,没身不去。《诗》曰:"凤凰于飞,翙翙其羽,亦集爰止。"(《大雅·卷阿》)

这是神话,可是在古人眼里也是史。这不是引《诗》述史而是引《诗》证史。又如蔡邕《独断》下云:

宗庙之制,古学以为人君之居前有朝,后有寝;终则前制庙以象朝,后制寝以象寝。庙以藏主,列昭穆;寝有衣冠几杖象生之具。总谓之宫。《月令》曰:"先荐寝庙",《诗》云:"公侯之宫"(《召南·采蘩》),《颂》曰:"寝庙奕奕"(《鲁颂·閟宫》;《毛诗》作"新庙",蔡当据《鲁诗》),言相连也。

这是引《诗》以证宫的制度。又如《春秋繁露·郊祀》篇云：

> 为人子而不事父者，天下莫能以为可。今为天之子而不事天，何以异是？是故天子每至岁首，必先郊祭以享天，乃敢为地，行子礼也。每将兴师，必先郊祭以告天，乃敢征伐，行子之道也。文王受天命而王天下，先郊乃敢行事而兴师伐崇。其诗曰："芃芃棫朴，薪之槱之。济济辟王，左右趋之。济济辟王，左右奉璋。奉璋峨峨，髦士攸宜。"（《大雅·棫朴》）此郊辞也。其下曰："淠彼泾舟，烝徒楫之。周王于迈，六师及之。"（同上）此伐辞也。

这里引《诗》以明郊的制度。又如《汉书》二十八《地理志》云：

> 天水、陇西山多林木，民以板为室屋。及安定、北地、上郡、西河皆迫近戎狄，修习战备，高上气力，以射猎为先。故《秦诗》曰："在其板屋"（《小戎》），又曰："王于兴师，修我甲兵，与子偕行"（《无衣》）。及《车辚》、《四载》、《小戎》之篇，皆言车马田狩之事。

这是记风俗的引《诗》。

还有引《诗》以明天文地理的。又有用《诗》作隐语的。而诗篇入乐的意义，著述中也常论及。如《汉书》二十六《天文志》云：

> 西方为雨，雨，少阴之位也。月失中道，移而西，入毕，则多雨。故《诗》云："月离于毕，俾滂沱矣"（《小雅·渐渐之石》），言多雨也。

这两句诗里的天文学早就反映在孔子的故事里。《史记》六十七《仲尼弟子列传》云：

> 他日，弟子进问〔有若〕曰："昔夫子当行，使弟子持雨具。已而果雨。弟子问曰：'夫子何以知之？'夫子曰：'《诗》不云乎？"月离于毕，俾滂沱矣"。昨暮月不宿毕乎？'"……

故事未必真，却可见劳孝舆说的"事物细微，皆引《诗》以证其得失"（见前）那句话确有道理。又如《汉书·地理志》云：

> 魏国亦姬姓也，在晋之南河曲。故其诗曰："彼汾一曲"（《汾沮洳》），"寘之河之侧"（《伐檀》）。

这里引《诗》以明魏国的地理。至于用《诗》为隐语，春秋时就有了，直到汉末还存着这个风气。《后汉书》八十三《徐稚传》云：

> ……及林宗有母忧，稚往吊之，置生刍一束于庐前而去。众怪不知其故。林宗曰："此必南州高士徐孺子也。《诗》不云乎？'生刍一束，其人如玉'（《小雅·白驹》）。吾无德以堪之。"

这是无语的隐语，所以"众怪不知其故"。又，解释入乐《诗》篇的意义的，如《礼记·射义》云：

> 其节：天子以《驺虞》为节，诸侯以《狸首》为节，卿大夫以《采蘋》为节，士以《采蘩》为节。《驺虞》者，乐官备也。《狸首》者，乐会时也。《采蘋》者，乐循法也。《采蘩》者，乐不失职也。

这中间《狸首》篇是逸《诗》。

汉人著述引《诗》之多，用《诗》之广，由以上各项可见。无论大端细节，他们都爱引《诗》，或断或证——这自然非讽诵烂熟不可。陈乔枞所谓"上推天人性理"，"下究万物情状"，以至"古今得失之林"，总而言之，就是包罗万有。春秋以后，要数汉代能够尽《诗》之用。春秋用《诗》，还只限于典礼、讽谏、赋《诗》、言语；汉代典礼别制乐歌，赋《诗》也早已不行，可是著述用《诗》，范围之广，却超过春秋时。孔子道：

> 小子何莫学夫《诗》？《诗》可以兴，可以观，可以群，

可以怨。迩之事父，远之事君。多识于鸟兽草木之名。（《论语·阳货》）

这是《诗》教的意念的源头。孔子的时代正是《诗》以声为用到《诗》以义为用的过渡期，他只能提示《诗》教这意念的条件。到了汉代，这意念才形成，才充分的发展。不过无论怎样发展，这意念的核心只是德教、政治、学养几方面——阮元所谓政治言行，——也就是孔子所谓兴、观、群、怨。"温柔敦厚"一语便从这里提炼出来。《论语》中孔子论《诗》、礼、乐甚详，而且说：

兴于《诗》，立于礼，成于乐。（《泰伯》）

好像看作三位一体似的。因此《经解》里所记孔子论《诗》教、乐教、礼教的话，便觉比较亲切而有所依据，跟其他三科几乎全出于依托的不同。汉代《诗》和礼乐虽然早已分了家，可是所谓"温柔敦厚"，还得将《诗》、礼、乐合看才能明白。《韩诗外传》八有一个《诗》的故事：

〔魏〕文侯曰："中山之君亦何好乎？"〔苍唐〕对曰："好《诗》。"文侯曰："于《诗》何好？"曰："好《黍离》与《晨风》。"文侯曰："《黍离》何哉？"对曰："彼黍离离，彼稷之苗。行迈靡靡，中心摇摇。知我者谓我心忧，不知我者谓我何求。悠悠苍天，此何人哉！"文侯曰："怨乎？"

曰："非敢怨也，时思也。"文侯曰："《晨风》谓何？"对曰："'鴥彼晨风，郁彼北林，未见君子，忧心钦钦。如何如何！忘我实多！'——此自以'忘我'者也。"（原无末七字。许维遹先生据《文选·四子讲德论注》与《御览》七七九补。）于是文侯大悦，……遂废太子䜣，召中山君以为嗣。

这是一个很著名的故事，西汉王褒作《四子讲德论》，已经引用。宋王应麟《困学纪闻》三列举"兴于《诗》"的事例，第一件便是"子击（中山君名击）好《晨风》、《黍离》而慈父感悟"。其次是周磐。《后汉书》六十九本传云：

居贫养母，俭薄不充。尝诵《诗》至《汝坟》之卒章，慨然而叹。乃解韦带就孝廉之举。

《召南·汝坟》末章道："鲂鱼赪尾，王室如毁。虽则如毁，父母孔迩。"章怀太子《后汉书注》引《韩诗薛君章句》："以父母甚迫近饥寒之忧，为此禄仕。"周磐是"兴于《诗》""而为亲从仕"（《纪闻》语）的。后世因读诵而兴的例子还有些，多半也是"兴于《诗》"；而以孝思为主。这些都是实践的温柔敦厚的《诗》教。可是探源立论，事亲事君都是礼的节目，而礼乐是互相为用的，是相反相成的；所以要了解《诗》教的意义，究竟不能离开乐教和礼教。

三　温柔敦厚

《经解》篇孔颖达《正义》释"温柔敦厚"句云：

> 温谓颜色温润，柔谓情性和柔。《诗》依违讽谏，不指切事情，故云温柔敦厚是《诗》教也。

又释"《诗》之失愚"云：

> 《诗》主敦厚。若不节之，则失在愚。

又释"温柔敦厚而不愚"句云：

> 此一经以《诗》化民，虽用敦厚，能以义节之；欲使民虽敦厚，不至于愚。则是在上深达于《诗》之义理，能以《诗》教民也。故云"深于《诗》者也"。

更重要的是《正义》里下面一番话：

> 然《诗》为乐章，《诗》乐是一，而教别者：若以声音干戚以教人，是乐教也。若以《诗》辞美刺讽谕以教人，是《诗》教也。此为政以教民，故有六经。……此六经者，惟论人君施化，能以此教民，民得从之；未能行之至极也。若盛明之君为民之父母者，则能恩惠下及于民。则《诗》

有好恶之情,《礼》有政治之体,《乐》有谐和性情,皆能与民至极,民同上情。故《孔子闲居》云:"志之所至,《诗》亦至焉。《诗》之所至,礼亦至焉。礼之所至,乐亦至焉。"是也。其《书》、《易》、《春秋》,非是与民相感恩情至极者,故《孔子闲居》无《书》、《易》及《春秋》也。

这里将所谓六经分为二科,而以《诗》、《礼》、《乐》为"与民相感恩情至极者";《诗》、《礼》、《乐》三位一体,合于《论语》里孔子的话。而所谓"以《诗》化民",所谓"在上深达于《诗》之义理,能以《诗》教民",是概括《诗大序》的意思,《诗大序》又是孔子论"学《诗》"那一节话的引申和发展。所谓"以义节之",就是《诗大序》说的"发乎情,止乎礼义",也就是儒家说的"不偏之谓中"(《礼记·中庸》)。《诗》教究竟以意义为主,所以说"以《诗》辞美刺讽谕以教人";美刺讽谕不离乎政治,所谓"《诗》依违讽谏,不指切事情",就指美刺讽谕而言。

孔子时代,《诗》与乐开始在分家。从前是《诗》以声为用;孔子论《诗》才偏重在《诗》义上去。到了孟子,《诗》与乐已完全分了家,他论《诗》便简直以义为用了。从荀子起直到汉人的引《诗》,也都继承这个传统,以义为用。上文所分析的汉代各例,可以见出。但"《诗》为乐章,《诗》乐是一"是个古久的传统,就是在《诗》乐分家以后,也还有很大的影响。论乐的不会忘记《诗》。《礼记·乐记》云:

> 德者，性之端也。乐者，德之华也。金石丝竹，乐之器也。《诗》言其志也，歌咏其声也，舞动其容也。三者本于心，然后乐气（阮刻本原作"器"，据《校勘记》改）从之。

《诗》与歌舞合一。又云："乐师辨乎声《诗》。"又云："然后正六律，和五声，弦歌《诗》颂，此之谓德音。德音谓之乐。"都说的"《诗》乐是一"。论《诗》的也不能忘记乐。《诗大序》云：

> 情动于中而形于言。言之不足，故嗟叹之。嗟叹之不足，故永歌之。永歌之不足，不知手之舞之、足之蹈之也。情发于声，声成文谓之音。治世之音安以乐，其政和。乱世之音怨以怒，其政乖。亡国之音哀以思，其民困。

前七语历来论《诗》的不知引过若干次。但这一整段话也散见在《乐记》里，其实都是论乐的。而《诗》教更不能离乐而谈。一来声音感人比文辞广博得多，若只着眼在"《诗》辞美刺讽谕"上，《诗》教就未免狭窄了。二来以声为用的《诗》的传统——也就是乐的传统——比以义为用的《诗》的传统古久得多，影响大得多，《诗》教若只着眼在意义上，就未免单薄了。所以"温柔敦厚"该是个多义语；一面指"《诗》辞美刺讽谕"的作用，一面还映带着那"《诗》乐是一"的背景。这只要看看乐之所以为教，就可明白。《经解》以"广博易良"为乐教。

《正义》云:"乐以和通为体,无所不用,是广博;简易良善,使人从化,是易良。"《乐记》阐发乐教最详。《记》云:

> 乐也者,圣人之所乐也,而可以善民心,其感人深,其移风易俗。故先王著其教焉。

"乐以和通为体",所以说,"乐者,天地之和也","异文合爱者也"。又说:"仁近于乐","乐者敦和"。又说:"立之学等,广其节奏,省其文采,以绳德厚。"又说:"乐者,天地之命,中和之纪,人情之所不能免也。"从消极方面看,"乐至则无怨","暴民不作,诸侯宾服,兵革不试,五刑不用,百姓无患,天子不怒,如此则乐达矣"。"中和之纪"的"中"是"适"的意思。《吕氏春秋·适音》篇云:

> 夫音亦有适。……太巨太小,太清太浊,皆非适也。何谓适?衷,音之适也。何谓衷?小(原作"大",据许维遹先生《吕氏春秋集释》引陶鸿庆说改)不出钧,重不过石,小大轻重之衷也。

"衷""中"通用。"适"又有"节"的意思。同书《重己》篇"故圣人必先适欲"高诱注:"适犹节也。"又《荀子·劝学》篇道:"诗者,中声之所止也。"(王先谦《荀子集解》云:"此不言乐,以《诗》乐相兼也。")所谓"中声"当兼具这两层意思。杨倞注:"诗谓乐章,所以节声音,至乎中而止,不使流淫也。"大致不错。以上所引《乐记》和《荀子》的话，都可作"温柔敦厚"的注脚，是乐教，也未尝不是《诗》教。

礼乐是不能分开独立的。虽然《乐记》里说："乐者为同，礼者为异；同则相亲，异则相敬。"又说："礼节民心，乐和民声。"又说："乐者，天地之和也；礼者，天地之序也。"好像礼乐的作用是相反的。可是说"礼乐之情同"，《正义》云："致治是同。"又云：

> 是故先王之制礼乐也，非以极口腹耳目之欲也，将以教民平好恶而反人道之正也。

所以说"知乐则几于礼矣"。"平好恶"是"和"也是"节"；二者是相反相成的。《论语》，有子曰：

> 礼之用，和为贵。……知和而和，不以礼节之，亦不可行也（《学而》）。

礼也以和为贵，可见"和"与"节"是一事的两面，所求的是"平"，也就是"适"，是"中"。孔子论《关雎》"乐而不淫，哀而不伤"（《论语·八佾》）。何晏《集解》引孔安国云："乐不至淫，哀不至伤，言其和也。"是"和"，同时是"节"。又，《管子·内业》篇云：

> 凡人之生也，必以平正；所以失之，必以喜怒忧患。

> 是故止怒莫若《诗》，去忧莫若乐，节乐莫若礼，守礼莫若敬，守敬莫若静。

《诗》与礼乐并论；说"敬"，说"节"，说"平正"，也都可以跟《乐记》印证。而"止怒莫若《诗》"一语，更得温柔敦厚之旨。《经解》以"恭俭庄敬"为礼教，《正义》云："礼以恭逊、节俭、齐（斋）庄、敬慎为本。"恭俭是"节"，庄敬是"敬"；从另一角度看，也是一事的两面。所谓"《诗》依违讽谏，不指切事情"，正是"敬"与"节"的表现。古代有献诗讽谏的传统——汉代王式还以《三百五篇》当谏书，《周语》上邵公谏厉王说："天子听政，使公卿至于列士献诗，……而后王斟酌焉，是以事行而不悖。"《晋语》六范文子也向赵文子说到古之王者"使工诵谏于朝，在列者献诗，使勿兜（惑也）"。《白虎通·谏诤》篇云：

> 谏有五：其一曰讽谏，二曰顺谏，三曰窥谏，四曰指谏，五曰陷谏。讽谏者，……知祸患之萌，深睹其事未彰而讽告焉。……顺谏者，……出词逊顺，不逆君心。……窥谏者，……视君颜色不悦，且却；悦则复前，以礼进退。……指谏者，……指者，质也，质相其事而谏。……陷谏者，……恻隐发于中，直言国之害，励志忘生，为君不避丧身。……孔子曰："谏有五，吾从讽之谏。"事君……去而不讪，谏而不露。故《曲礼》曰："为人臣不显谏。"

这里前三种是婉言一类，后二种是直言一类；婉言占五之三，可见谏诤当以此种为贵。而文中引孔子的话，独推"讽谏"，并以"谏而不露"和《曲礼》"不显谏"等语申述意旨。《文选·甘泉赋》李善注："不敢正言谓之讽"，大概讽谏更为婉曲。《诗大序》云："下以风刺上，主文而谲谏；言之者无罪，闻之者足以戒。"郑玄笺："风刺"，"谓譬谕不斥言"，"谲谏，咏歌依违不直谏"。"主文"当指文辞，就是所谓"《诗》辞美刺讽谕"。讽谏似乎就是"谲谏"，似乎就指献诗讽谏而言。讽谏用诗，自然是最婉曲了。谏诤是君臣之事，属于礼；献诗主"温柔敦厚"，正是礼教，也是《诗》教。

....

就《诗》教看，更显然如此。高予以《小弁》篇为小人之诗，就是说它不及中，不过他错了。汉代关于屈原《离骚经》的争辩，也是讨论《离骚经》是否不及中，或不够温柔敦厚。《史记》八十四《屈原贾生列传》云：

> 屈平正道直行，竭忠尽智以事其君，谗人间之，可谓穷矣。信而见疑，忠而被谤，能无怨乎？屈平之作《离骚》，盖自怨生也。

又引淮南王安《叙离骚传》云：

> 《国风》好色而不淫，《小雅》怨诽而不乱。若《离骚》者，可谓兼之矣。……其文约，其辞微，其志洁，其行廉。

其称文小而其指极大，举类迩而见义远。……濯淖污泥之中，蝉蜕于浊秽，以浮游尘埃之外，不获世之滋垢，皭然泥而不滓者也。推此志也，虽与日月争光可也。

刘安以《诗》义论《离骚》，所谓"好色而不淫""怨诽而不乱"都是得其中；所以虽"自怨生"，还不失为温柔敦厚。但班固以为不然。他作《离骚序》，引刘氏语，以为"斯论似过其真"，又云：

且君子道穷，命矣。故潜龙不见是而无闷，《关雎》哀周道而不伤，蘧瑗持可怀之智，宁武保如愚之性，咸以全命避害，不受世患。故《大雅》曰："既明且哲，以保其身"（《烝民》），斯为贵矣。今若屈原，露才扬己，竞乎危国群小之间，以离谗贼。然责数怀王，怨恶椒、兰，愁神苦思，强非其人，忿怼不容，沉江而死，亦贬絜（洁）狂狷景行之士。多称昆仑、冥婚、宓妃、虚无之语，皆非法度之政（正），经义所载。谓之兼《诗》风雅而与日月争光，过矣。……虽非明智之器，可谓妙才者也。

这里说屈子为人和他的文辞中的怨责譬谕都不及中；总之，"露才扬己"，不够温柔敦厚。后来王逸作《楚辞章句》，叙中指出屈子"独依诗人之义而作《离骚》，上以讽谏，下以自慰"。又驳班氏云：

今若屈原，膺忠贞之质，体清洁之性，直若砥矢，言若丹青,进不隐其谋,退不顾其命。此诚绝世之行,俊彦之英也。而班固云云。昔伯夷、叔齐让国守分,不食周粟,遂饿而死。岂可复谓有求于世而怨望哉?且诗人怨主刺上,曰:"呜呼!小子,未知臧否,……匪面命之,言提其耳。"(《大雅·抑》)风谏之语,于斯为切。然仲尼论之,以为《大雅》。引此比彼,屈原之词,优游婉顺,宁以其君不智之故,欲提其耳乎?而论者以为"露才扬己",怨刺其上,强非其人,殆失厥中矣。

又说"《离骚》之文依托五经以立义焉,……诚博远矣",也是驳班氏的。王氏似乎也觉得屈原为人并非"中行"之士,但不以为不及中而以为"绝世"——"绝世"该是超中。至于屈原的文辞,王氏却以为"优游婉顺",合于"诗人之义"——"优游婉顺"就是温柔敦厚。屈子的"绝世之行"在乎自沉;自沉确是不合乎中——说是超中,倒未尝不可。战国文辞,铺排而有圭角;他受了时代的影响,"体慢"语切,不能像《诗》那样"不指切事情"也是有的。可是《史记》里说得好:

> 屈平……虽放流,眷顾楚国,系心怀王,不忘欲反,冀幸君之一悟,俗之一改也。其存君兴国而欲反覆之,一篇之中,三致志焉。然终无可奈何。

又以人穷呼天,疾病呼父母喻他的怨。他这怨只是一往的忠爱之忱,该够温柔敦厚的。至于他"引类譬谕",虽非"经义所载",而"依《诗》取兴",异曲同工,并不悖乎《诗》教。班氏也承认"后世莫不……则象其从容";这从容的气象便是温柔敦厚的表现,不仅是"妙才"所能有。那么,"露才扬己"确是"失中"之语,而淮南王所论并不为"过其真"了。

汉以后时移世异,又书籍渐多,学者不必专读经,经学便衰了下来。讽诵《诗》的少了,引《诗》的自然也就少了。乐府诗虽然代"三百篇"而兴,可是应用不广,不能取得"三百篇"的权威的地位;建安以来,五言诗渐有作者,他们更没有涵盖一切的力量。著述里自然不会引用这些诗。《诗》教的传统因而大减声势。不过汉末直到初唐的诗虽然多"缘情"而少"言志",而"优游不迫",还不失为温柔敦厚;这传统还算在相当的背景里生活着。盛唐开始了诗的散文化,到宋代而大盛;以诗说理,成为风气。于是有人出来一面攻击当代的散文化的诗,一面提倡风人之诗。这种意见北宋就有,而南宋中叶最盛。这是在重振那温柔敦厚的《诗》教。一方面道学家也论到了《诗》教。道学家主张"文以载道",自然也主张"诗以言志"。当时《诗》教既经下衰,诗又在散文化,单说"温柔敦厚"已经不足以启发人,所以他们更进一步,以《论语》所记孔子论《诗》的"思无邪"一语为教;他们所重在道不在诗。北宋程子、谢良佐论《诗》,便已特地拈出这一语,但到了南宋初,吕祖谦的《吕氏家塾读诗记》里才更强调主张,他成为这一说的重要的代表。他以为"作《诗》之人所思皆无邪",以为"《诗》人以无邪之思作之,学者亦以无邪之思观之,闵惜惩创之意自见于言外"。朱子却觉得如此论《诗》牵强过甚,以为不如说

"彼虽以有邪之思作之，而我以无邪之思读之，则彼之自状其丑者，乃所以为吾警惧惩创之资"。又道："曲为训说而求其无邪于彼，不若反而得之于我之易也。巧为辨驳而归其无邪于彼，不若反而责之于我之切也。"这便圆融得多了。

朱子可似乎是第一个人，明白的以"思无邪"为《诗》教。在《吕氏诗记》的序里，他虽然还是说"温柔敦厚之教"，但在《诗集传》的序里论"《诗》之所以为教"，便只发挥"思无邪"一语。他道：

> 诗者，人心之感物而形于言之余也。心之所感有邪正，故言之所形有是非。惟圣人在上，则其所感者无不正，而其言皆足以为教。其或感之之杂，而所发不能无可择者，则上之人必思所以自反，而因有以劝惩之。是亦所以为教也。
>
> 昔周盛时，上自郊庙朝廷而下达于乡党闾巷，其言粹然，无不出于正者。圣人固已协之声律而用之乡人，用之邦国，以化天下。至于列国之诗，则天子巡守，亦必陈而观之，以行黜陟之典。降至昭、穆而后，浸以陵夷；至于东迁而遂废不讲矣。孔子生于其时，既不得位，无以行帝王劝惩黜陟之政。于是特举其籍而讨论之，去其重复，正其纷乱。而其善之不足以为法，恶之不足以为戒者，则亦刊而去之，以从简约，示久远。使夫学者即是而有以考其得失，善者师之而恶者改焉。是以其政虽不足行于一时，而其教实被于万世。是则《诗》之所以为教者然也。

这是以"思无邪"为《诗》教的正式宣言。文中以正邪善恶为准，是着眼在"为人"上。我们觉得以"思无邪"论《诗》，真出于孔子之口，自然比"温柔敦厚"一语更有分量；但当时去此取彼，却由于道学眼。其实这两句话一正一负，足以相成，所谓"合之则两美"。道学眼也无妨，只要有一只眼看在诗上。文中从学者方面说到"考其得失，善者师之而恶者改焉"，阐明诗是怎样教人。又从作诗方面说到所感有纯有杂，纯者固足以为教，杂者可使上之人"思所以自反，而因有以劝惩之"，也足以为教。这都足以补充温柔敦厚说之所不及。原来不论"温柔敦厚"也罢，"无邪"也罢，总有那些不及中的。前引孔颖达说人君以六经教民，"能与民至极"者少，"未能行之至极"者多，可是都算行了六艺之教。那是说"教"虽有参差，而为教则一——《诗》教自然也如此。朱子却是说，《诗》虽有参差，而为教则一。经过这样补充和解释，《诗》教的理论便圆成了。但是那时代的诗尽向所谓"沉着痛快"一路发展。一方面因为散文的进步，"文笔""诗笔"的分别转成"诗文"的分别，选本也渐渐诗文分家，不再将诗列在"文"的名下，像《文选》以来那样。诗不是从前的诗了，教也不及从前那样广了；"温柔敦厚"也好，"无邪"也好，《诗》教只算是仅仅存在着罢了。这时代却有用"温柔敦厚"论文的，如杨时《龟山集》十《语录》云：

> 为文要有温柔敦厚之气；对人主语言及章疏文字，温柔敦厚尤不可无。……君子之所养，要令暴慢衺僻之气不

设于身体。

这简直将《诗》教整套搬去了,虽然他还是将诗包括在"文"里。这时代在散文的长足的发展下,北宋以来的"文以载道"说渐渐发生了广大的影响,可以说成功了"文教"——虽然并没有用这个名字。于是乎六经都成了"载道"之文——这里所谓"文"包括诗;——于是乎"文以载道"说不但代替了《诗》教,而且代替了六艺之教。

古诗十九首释[*]

诗是精粹的语言。因为是"精粹的",便比散文需要更多的思索,更多的吟味;许多人觉得诗难懂,便是为此。但诗究竟是"语言",并没有真的神秘;语言,包括说的和写的,是可以分析的;诗也是可以分析的。只有分析,才可以得到透彻的了解;散文如此,诗也如此。有时分析起来还是不懂,那是分析得还不够细密,或者是知识不够,材料不足;并不是分析这个方法不成。这些情形,不论文言文、白话文、文言诗、白话诗,都是一样。不过在一般不大熟悉文言的青年人,文言文,特别是文言诗,也许更难懂些罢了。

我们设"诗文选读"这一栏,便是要分析古典和现代文学的重要作品,帮助青年诸君的了解,引起他们的兴趣,更注意的是要养成他们分析的态度。只有能分析的人,才能切实欣赏;欣赏是在透彻的了解里。一般的意见将欣赏和了解分成两橛,

---

[*] 本文原在《国文月刊》1941年第6—9、15期刊登,仅释9首。——编注

实在是不妥的。没有透彻的了解，就欣赏起来，那欣赏也许会驴唇不对马嘴，至多也只是模糊影响。一般人以为诗只能综合的欣赏，一分析诗就没有了。其实诗是最错综的，最多义的，非得细密的分析工夫，不能捉住它的意旨。若是囫囵吞枣的读去，所得着的怕只是声调词藻等一枝一节，整个儿的诗会从你的口头眼下滑过去。

本文选了《古诗十九首》作对象，有两个缘由。一来十九首可以说是我们最古的五言诗，是我们诗的古典之一。所谓"温柔敦厚"、"怨而不怒"的作风，三百篇之外，十九首是最重要的代表。直到六朝，五言诗都以这一类古诗为标准；而从六朝以来的诗论，还都以这一类诗为正宗。《十九首》影响之大，从此可知。

二来《十九首》既是诗的古典，说解的人也就很多。古诗原来很不少，梁代昭明太子（萧统）的《文选》里却只选了这十九首。《文选》成了古典，《十九首》也就成了古典；《十九首》以外，古诗流传到后世的，也就有限了。唐代李善和"五臣"给《文选》作注，当然也注了《十九首》。嗣后历代都有说解十九首的，但除了《文选》注家和元代刘履的《选诗补注》，整套作解的似乎没有。清代笺注之学很盛，独立说解《十九首》的很多。近人隋树森先生编有《古诗十九首集释》一书（中华版），搜罗历来《十九首》的整套的解释，大致完备，很可参看。

这些说解，算李善的最为谨慎，切实；虽然他释"事"的地方多，释"义"的地方少。"事"是诗中引用的古事和成辞，普通称为"典故"。"义"是作诗的意思或意旨,就是我们日常说话里的"用意"。有些人反对典故,认为诗贵自然,辛辛苦苦注出诗里的典故,只表明诗句是有"来历"的,作者是渊博的,并不能增加诗的价值。另有些人也反对典故,却认为太麻烦,太琐碎,反足为欣赏之累。

可是,诗是精粹的语言,暗示是它的生命。暗示得从比喻和组织上作工夫,利用读者联想的力量。组织得简约紧凑,似乎断了,实在连着。比喻或用古事成辞,或用眼前景物;典故其实是比喻的一类。这首诗那首诗可以不用典故,但是整个儿的诗是离不开典故的。旧诗如此,新诗也如此;不过新诗爱用外国典故罢了。要透彻的了解诗,在许多时候,非先弄明白诗里的典故不可。陶渊明的诗,总该算"自然"了,但他用的典故并不少。从前人只囫囵读过,直到近人古直先生的《靖节诗笺定本》,才细细地注明。我们因此增加了对于陶诗的了解;虽然我们对于古先生所解释的许多篇陶诗的意旨并不敢苟同。李善注《十九首》的好处,在他所引的"事"都跟原诗的文义和背景切合,帮助我们的了解很大。

别家说解,大都重在意旨。有些是根据原诗的文义和背景,却忽略了典故,因此不免望文生义,模糊影响。有些并不根据全篇的文义、典故、背景,却只断章取义,让"比兴"的信念支配一切。所谓"比兴"的信念,是认为作诗必关教化;凡男女私情、相思离别的作品,必有寄托的意旨——不是"臣不得于君",便是"士不遇知己"。这些人似乎觉得相思、离别等等私情不值得作诗;作诗和读诗,必须能见其大。但是原作里却往往不见其大处。于是他们便抓住一句两句，甚至一词两词，曲解起来，发挥开去，好凑合那个传统的信念。这不但不切合原作，并且常常不能自圆其说；只算是无中生有，驴唇不对马嘴罢了。

据近人的考证，《十九首》大概作于东汉末年，是建安（献帝）诗的前驱。李善就说过，诗里的地名像宛、洛、上东门，都可以见出有一部分是东汉人作的；但他还相信其中有西汉诗。历来认为《十九首》里有西汉诗，只有一个重要的证据，便是第七首里"玉衡指孟冬"一句话。李善说，这是汉初的历法。后来人都信他的话，同时也就信《十九首》中一部分是西汉诗。不过李善这条注并不确切可靠，俞平伯先生有过详细讨论，载在《清华学报》里。我们现在相信这句诗还是用的夏历。此外，梁启超先生的意见，《十九首》作风如此相同，不会分开在相隔几百年的两个时代（《美文及其历史》）。徐中舒先生也说，东汉中叶，文人的五言诗还是很幼稚的；西汉若已有《十九首》那样成熟的作品，怎么会有这种现象呢！（《古诗十九首考》，中大语言历史研究所《周刊》六十五期）

《十九首》没有作者，但并不是民间的作品，而是文人仿乐府作的诗。乐府原是入乐的歌谣，盛行于西汉。到东汉时，文人仿作乐府辞的极多；现存的乐府古辞，也大都是东汉的。仿作乐府，最初大约是依原调，用原题；后来便有只用原题的。再后便有不依原调，不用原题，只取乐府原意作五言诗的了。这种作品，文人化的程度虽然已经很高，题材可还是民间的，如人生不常，及时行乐，离别，相思，客愁，等等。这时代作诗人的个性还见不出，而每首诗的作者，也并不限于一个人；所以没有主名可指。《十九首》就是这类诗；诗中常用典故，正是文人的色彩。但典故并不妨害《十九首》的"自然"；因为这类诗究竟是民间味，而且只是浑括的抒叙，还没到精细描写的地步，所以就觉得"自然"了。

本文先抄原诗。诗句下附列数字，李善注便依次抄在诗后；偶有不是李善的注，都在下面记明出处，或加一"补"字。注后是说明；这儿兼采各家，去取以切合原诗与否为准。

一

行行重行行，与君生别离①。
相去万余里，各在天一涯②。
道路阻且长，会面安可知③。
胡马依北风，越鸟巢南枝④。
相去日已远，衣带日已缓⑤。
浮云蔽白日，游子不顾反⑥。
思君令人老⑦，岁月忽已晚。
弃捐勿复道，努力加餐饭⑧。

①《楚辞》曰："悲莫悲兮生别离。"
②《广雅》曰："涯，方也。"
③《毛诗》曰："溯洄从之，道阻且长。"薛综《西京赋注》曰："安，焉也。"

④《韩诗外传》曰："诗云：'代马依北风，飞鸟栖故巢'，皆不忘本之谓也。"《盐铁论·未通》篇："故代马依北风，飞鸟翔故巢，莫不哀其生。"（徐中舒《古诗十九首考》）《吴越春秋》："胡马依北风而立，越燕望海日而熙，同类相亲之意也。"（同上）

⑤《古乐府歌》曰："离家日趋远，衣带日趋缓。"

⑥浮云之蔽白日，以喻邪佞之毁忠良，故游子之行，不顾反也。《文子》曰："日月欲明，浮云盖之。"陆贾《新语》曰："邪臣之蔽贤，犹浮云之鄣日月。"《古杨柳行》曰："谗邪害公正，浮云蔽白日。"义与此同也。郑玄《毛诗笺》曰："顾，念也。"

⑦《小雅》："维忧用老。"（孙𬬸评《文选》语）

⑧《史记·外戚世家》："平阳主拊其（卫子夫）背曰：'行矣，强饭，勉之！'"蔡邕（?）《饮马长城窟行》："长跪读素书，书中竟何如？上有'加餐饭'，下有'长相忆'。"（补）

诗中引用《诗经》、《楚辞》，可见作者是文人。"生别离"和"阻且长"是用成辞；前者暗示"悲莫悲兮"的意思，后者暗示"从之"不得的意思。借着引用的成辞的上下文，补充未申明的含意；读者若能知道所引用的全句以至全篇，便可从联想领会得这种含意。这样，诗句就增厚了力量。这所谓词短意长，以技巧而论，是很经济的。典故的效用便在此。"思君令人老"脱胎于"维忧用老"，而稍加变化；知道《诗经》的句子的读者，就知道本诗这一句是暗示着相思的烦忧了。"冉冉孤生竹"一首里，也有这一语；歌谣的句子原可套用，《十九首》还不脱歌谣的风格，无怪其然。"相去"两句也是套用古乐府歌的句子，只换了几个词。"日已"就是"去者日以疏"一首里的"日以"，和"日趋"都是"一天比一天"的意思；"离家"变为"相去"，是因为诗中主人身份不同，下文再论。

"代马"、"飞鸟"两句，大概是汉代流行的歌谣；《韩诗外传》和《盐铁论》都引到这两个比喻，可见。到了《吴越春秋》，才改为散文，下句的题材并略略变化。这种题材的变化，一面是环境的影响，一面是文体的影响。越地滨海，所以变了下句；但越地不以马著，所以不变上句。东汉文体，受辞赋的影响，不但趋向骈偶，并且趋向工切。"海日"对"北风"，自然比"故巢"工切得多。本诗引用这一套比喻，因为韵的关系，又变用"南枝"对"北风"，却更见工切了。至于"代马"变为"胡马"，也许只是作诗人的趣味；歌谣原是常常修改的。但"胡马"两句的意旨，却还不外乎"不忘本"、"哀其生"、"同类相亲"三项。这些得等弄清诗中主人的身份再来说明。

"浮云蔽白日"也是个套句。照李善注所引证，说是"以喻邪佞之毁忠良"，大致是不错的。有些人因此以为本诗是逐臣之辞；诗中主人是在远的逐臣，"游子"便是逐臣自指。这样，全诗就都是思念君王的话了。全诗原是男女相思的口气，但他们可以相信，男女是比君臣的。男女比君臣，从屈原的《离骚》创始，后人这个信念，显然是以《离骚》为依据。不过屈原大概是神仙家。他以"求女"比思君，恐怕有他信仰的因缘；他所求的是神女，不是凡人。五言古诗从乐府演化而出，乐府里可并没有这种思想。乐府里的羁旅之作，大概只说思乡；《十九首》中"去者日以疏"、"明月何皎皎"两首，可以说是典型。

这些都是实际的。"涉江采芙蓉"一首,虽受了《楚辞》的影响,但也还是实际的思念"同心"人,和《离骚》不一样。在乐府里,像本诗这种缠绵的口气,大概是居者思念行者之作。本诗主人大概是个"思妇",如张玉谷《古诗赏析》所说;"游子"与次首"荡子行不归"的"荡子"同意。所谓诗中主人,可并不一定是作诗人;作诗人是尽可以虚拟各种人的口气,代他们立言的。

但是"浮云蔽白日"这个比喻,究竟该怎样解释呢?朱筠说:"'不顾返'者,本是游子薄幸;不肯直言,却托诸浮云蔽日。言我思子而子不思归,定有谗人间之;不然,胡不返耶?"(《古诗十九首说》)张玉谷也说:"浮云蔽日,喻有所惑,游不顾返,点出负心,略露怨意。"两家说法,似乎都以白日比游子,浮云比谗人,谗人惑游子是"浮云蔽白日"。就"浮云"两句而论,就全诗而论,这解释也可通。但是一个比喻往往有许多可能的意旨,特别是在诗里。我们解释比喻,不但要顾到当句当篇的文义和背景,还要顾到那比喻本身的背景,才能得着它的确切的意旨。见仁见智的说法,到底是不足为训的。"浮云蔽白日"这个比喻,李善注引了三证,都只是"谗邪害公正"一个意思。本诗与所引三证时代相去不远,该还用这个意思。不过也有两种可能:一是那游子也许在乡里被"谗邪"所"害",远走高飞,不想回家。二也许是乡里中"谗邪害公正",是非黑白不分明,所以游子不想回家。前者是专指,后者是泛指。我不说那游子是"忠良"或"贤臣",因为乐府里这类诗的主人,大概都是乡里的凡民,没有朝廷的达官的缘故。

明白了本诗主人的身份，便可以回头吟味"胡马"、"越鸟"那一套比喻的意旨了。"不忘本"是希望游子不忘故乡。"哀其生"是哀念他的天涯漂泊。"同类相亲"是希望他亲爱家乡的亲戚故旧乃至思妇自己。在游子虽不想回乡，在思妇却还望他回乡。引用这一套彼此熟习的比喻，是说物尚有情，何况于人？是劝慰，也是愿望。用比喻替代抒叙，作诗人要的是暗示的力量；这里似是断处，实是连处。明白了诗中主人是思妇，也就明白诗中套用古乐府歌"离家"那两句时，为什么要将"离家"变为"相去"了。

"衣带日已缓"是衣带日渐宽松，朱筠说，"与'思君令人瘦'一般用意"。这是就果显因，也是暗示的手法；带缓是果，人瘦是因。"岁月忽已晚"和"东城高且长"一首里"岁暮一何速"同意，指的是秋冬之际岁月无多的时候。"弃捐勿复道，努力加餐饭"两语，解者多误以为全说的诗中主人自己。但如注八所引，"强饭"、"加餐"明明是汉代通行的慰勉别人的话语，不当反用来说自己。张玉谷解这两句道，"不恨己之弃捐，惟愿彼之强饭"，最是分明。我们的语言，句子没有主词是常态，有时候很容易弄错；诗里更其如此。"弃捐"就是"见弃捐"，也就是"被弃捐"；施受的语气同一句式，也是我们语言的特别处。这"弃捐"在游子也许是无可奈何，非出本愿，在思妇却总是"弃捐"，并无分别；所以她含恨地说："反正我是被弃了，不必再提罢；你只保重自己好了！"

本诗有些复沓的句子。如既说"相去万余里"，又说"道路阻且长"，又说"相去日已远"，反复说一个意思；但颇有增变。

"衣带日已缓"和"思君令人老"也同一例。这种回环复沓，是歌谣的生命；许多歌谣没有韵，专靠这种组织来建筑它们的体格，表现那强度的情感。只看现在流行的许多歌谣，或短或长，都从回环复沓里见出紧凑和单纯，便可知道。不但歌谣，民间故事的基本形式，也是如此。诗从歌谣演化，回环复沓的组织也是它的基本；三百篇和屈原的"辞"，都可看出这种痕迹。《十九首》出于本是歌谣的乐府，复沓是自然的；不过技巧进步，增变来得多一些。到了后世，诗渐渐受了散文的影响，情形却就不一定这样了。

二

> 青青河畔草，郁郁园中柳。
> 盈盈楼上女，皎皎当窗牖。
> 娥娥红粉妆，纤纤出素手。
> 昔为倡家女，今为荡子妇。
> 荡子行不归，空床难独守。

这显然是思妇的诗；主人公便是那"荡子妇"。"青青河畔草，郁郁园中柳"是春光盛的时节，是那荡子妇楼上所见。荡子妇楼上开窗远望，望的是远人，是那"行不归"的"荡子"。她却只见远处一片草，近处一片柳。那草沿着河畔一直青青下去，似乎没有尽头——也许会一直青青到荡子的所在罢。传为蔡邕作的那首《饮马长城窟行》开端道"青青河边草，绵绵思远道"，正是这个意思。那茂盛的柳树也惹人想念远行不归的荡子。《三辅黄图》说："灞桥在长安东，……汉人送客至此桥，折柳赠别。""柳"谐"留"音，折柳是留客的意思。汉人既有折柳赠别的风俗，这荡子妇见了"郁郁"起来的"园中柳"，想到当年分别时依依留恋的情景，也是自然而然的。再说，河畔的草青了，园中的柳茂盛了，正是行乐的时节，更是少年夫妇行乐的时节。可是"荡子行不归"，孤负了青春年少；及时而不能行乐，那是什么日子呢！况且草青、柳茂盛，也许不止一回了，年年这般等闲的度过春光，那又是什么日子呢！

"盈盈楼上女，皎皎当窗牖。娥娥红粉妆，纤纤出素手。"描画那荡子妇的容态姿首。这是一个艳妆的少妇。"盈"通"嬴"。《广雅》："嬴，容也。"就是多仪态的意思。"皎"，《说文》："月之白也。"说妇人肤色白皙。吴淇《选诗定论》说这是"以窗之光明，女之丰采并而为一"，是不错的。这两句不但写人，还夹带叙事；上句登楼，下句开窗，都是为了远望。"娥"，《方言》："秦晋之间，美貌谓之娥。""妆"又作"妆"、"装"，饰也，指涂粉画眉而言。"纤纤女手，可以缝裳"，是《韩诗·葛屦》篇的句子（《毛诗》作"掺掺女手"）。《说文》："纤，细也。""掺，好手貌。""好手貌"就是"细"，而"细"说的是手指。《诗经》里原是叹惜女人的劳苦，这里"纤纤出素手"却只见凭窗的姿态——"素"也是白皙的意思。这两句专写窗前少妇的脸和手，脸和手是一个人最显著的部分。

"昔为倡家女，今为荡子妇"，叙出主人公的身份和身世。《说文》："倡，乐也。"就是歌舞妓。"荡子"就是"游子"，跟后世所谓"荡子"略有不同。《列子》里说:"有人去乡土游于四方而不归者,世谓之为狂荡之人也。"可以为证。这两句诗有两层意思。一是昔既作了倡家女,今又作了荡子妇,真是命不犹人。二是作倡家女热闹惯了,作荡子妇却只有冷清清的,今昔相形,更不禁身世之感。况且又是少年美貌,又是春光盛时。荡子只是游行不归,独守空床自然是"难"的。

有人以为诗中少妇"当窗""出手",未免妖冶,未免卖弄,不是贞妇的行径。《诗经·伯兮》篇道:"自伯之东,首如飞蓬;岂无膏沐,谁适为容。"贞妇所行如此。还有说"空床难独守",也不免于野,不免于淫。总而言之,不免放滥无耻,不免失性情之正,有乖于温柔敦厚、怨而不怒的诗教。话虽如此,这些人却没胆量贬驳这首诗,他们只能曲解这首诗是比喻。这首诗实在看不出是比喻。《十九首》原没有脱离乐府的体裁。乐府多歌咏民间风俗,本诗便是一例。世间是有"昔为倡家女,今为荡子妇"的女人,她有她的身份,有她的想头,有她的行径。这些跟《伯兮》里的女人满不一样,但别恨离愁却一样。只要真能表达出来这种女人的别恨离愁,恰到好处,歌咏是值得的。本诗和《伯兮》篇的女主人公其实都说不到贞淫上去,两诗的作意只是怨。不过《伯兮》篇的怨浑含些,本诗的怨刻露些罢了。艳妆登楼是少年爱好,"空床难独守"是不甘岑寂,其实也都是人之常情,不过说"空床"也许显得亲热些。"昔为倡家女"的荡子妇,自然没有《伯兮》篇里那贵族的女子节制那样多。妖冶,野,是有点儿;卖弄,淫,放滥无耻,便未免是捕风捉影的苛论。王昌龄有一首《春闺》诗道:"闺中少妇不知愁，春日凝妆上翠楼。忽见陌头杨柳色，悔教夫婿觅封侯。"正是从本诗变化而出。诗中少妇也是个荡子妇，不过没有说是倡家女罢了。这少妇也是"春日凝妆上翠楼"，历来论诗的人却没有贬驳她的。潘岳《悼亡》诗第二首有句道："展转眄枕席，长簟竟床空。床空委清尘，室虚来悲风。"这里说"枕席"，说"床空"，却赢得千秋的称赞。可见艳妆登楼跟"空床难独守"并不算卖弄，淫，放滥无耻。那样说的人只是凭了"昔为倡家女"一层，将后来关于"娼妓"的种种联想附会上去，想着那荡子妇必有种种坏念头坏打算在心里。那荡子妇会不会有那些坏想头，我们不得而知，但就诗论诗，却只说到"难独守"就戛然而止，还只是怨，怨而不至于怒。这并不违背温柔敦厚的诗教。至于将不相干的成见读进诗里去，那是最足以妨碍了解的。

　　陆机《拟古》诗差不多亦步亦趋，他拟这一首道："靡靡江离草，熠熠生河侧。皎皎彼姝女，阿那当轩织。粲粲妖容姿，灼灼美颜色。良人游不归，偏栖独只翼。空房来悲风，中夜起叹息。"又，曹植《七哀诗》道："明月照高楼，流光正徘徊。上有愁思妇，悲叹有余哀。借问叹者谁？言是客子妻。君行逾十年，贱妾常独栖。"这正是化用本篇语意。"客子"就是"荡子"，"独栖"就是"独守"。曹植所了解的本诗的主人公，也只是"高楼"上一个"愁思妇"而已。"倡家女"变为"彼姝女"，"当窗牖"变为"当轩织"，"粲粲妖容姿，灼灼美颜色"还保存原作的意思。"良人游不归"就是"荡子行不归"，末三语是别恨离愁。这首拟作除"偏栖独只翼"一句稍稍刻露外，大体上比原诗浑含些，概括些；但是原诗作意只是写别恨离愁而止，从此却分明可以看出。陆机去《十九首》的时代不远，他对于原诗的了解该是不至于有什么歪曲的。

评论这首诗的都称赞前六句连用叠字。顾炎武《日知录》说："诗用叠字最难。《卫风·硕人》'河水洋洋，北流活活。施罛濊濊，鱣鲔发发，葭菼揭揭，庶姜孽孽'连用六叠字，可谓复而不厌，赜而不乱矣。《古诗》'青青河畔草，……纤纤出素手'，连用六叠字，亦极自然。下此即无人可继。"连用叠字容易显得单调，单调就重复可厌了。而连用的叠字也不容易处处确切，往往显得没有必要似的，这就乱了。因此说是最难。但是《硕人》篇跟本诗六句连用叠字，却有变化。——《古诗源》说本诗六叠字从"河水洋洋"章化出，也许是的。就本诗而论，青青是颜色兼生态，郁郁是生态。

这两组形容的叠字，跟下文的盈盈和娥娥，都带有动词性。例如开端两句，译作白话的调子，就得说，河畔的草青青了，园中的柳郁郁了，才合原诗的意思。盈盈是仪态，皎皎是人的丰采兼窗的光明，娥娥是粉黛的妆饰，纤纤是手指的形状。各组叠字，词性不一样，形容的对象不一样，对象的复杂度也不一样，就都显得确切不移；这就重复而不可厌，繁赜而不觉乱了。《硕人》篇连用叠字，也异曲同工。但这只是因难见巧，还不是连用叠字的真正理由。诗中连用叠字，只是求整齐，跟对偶有相似的作用。整齐也是一种回环复沓，可以增进情感的强度。本诗大体上是顺序直述下去，跟上一首不同，所以连用叠字来调剂那散文的结构。但是叠字究竟简单些；用两个不同的字，在声音和意义上往往要丰富些。而数句连用叠字见出整齐，也只在短的诗句像四言五言里如此；七言太长，字多，这种作用便不显了。就是四言五言，这样许多句连用叠字，也是可一而不可再。这一种手法的变化是有限度的；有人达到了限度，再用便没有意义了。只看古典的四言五言诗中只各见了一例，就是明证。所谓"下此即无人可继"，并非后人才力不及古人，只是叠字本身的发展有限，用不着再去"继"罢了。

本诗除连用叠字外，还用对偶，第一、二句、第七、八句都是的。第七、八句《初学记》引作"自云倡家女，嫁为荡子妇"。单文孤证，不足凭信。这里变偶句为散句，便减少了那回环复沓的情味。"自云"直贯后四句，全诗好像曲折些。但是这个"自云"凭空而来，跟上文全不衔接。再说"空床难独守"一语，作诗人代言已不免于野，若变成"自云"，那就太野了些。《初学记》的引文没有被采用，这些恐怕也都有关系的。

三

青青陵上柏，磊磊涧中石。
人生天地间，忽如远行客。
斗酒相娱乐，聊厚不为薄。
驱车策驽马，游戏宛与洛。
洛中何郁郁，冠带自相索。
长衢罗夹巷，王侯多第宅。
两宫遥相望，双阙百余尺。
极宴娱心意，戚戚何所迫。

本诗用三个比喻开端，寄托人生不常的慨叹。陵上柏青青，硐（通涧）中石磊磊，都是长存的。青青是常青青。《庄子》："仲尼曰：'受命于地，唯松柏独也，在冬夏常青青。'"磊磊也是常磊磊。——磊磊，众石也。人生却是奄忽的，短促的；"人生天地间"，只如"远行客"一般。《尸子》："老莱子曰：'人生于天地之间，寄也。'"李善说："寄者固归。"伪《列子》："死人为归人。"李善说："则生人为行人矣。"《韩诗外传》："二亲之寿，忽如过客。""远行客"那比喻大约便是从"寄"、"归"、"过客"这些观念变化出来的。"远行客"是离家远行的客，到了那里，是暂住便去，不久即归的。"远行客"比一般"过客"更不能久住，这便加强了这个比喻的力量，见出诗人的创造工夫。诗中将"陵上柏"和"硐中石"跟"远行客"般的人生对照，见得人生是不能像柏和石那样长存的。"远行客"是积极的比喻，柏和石是消极的比喻。"陵上柏"和"硐中石"是邻近的，是连类而及，取它们作比喻，也许是即景生情，也许是所谓"近取譬"——用常识的材料作比喻。至于李善注引的《庄子》里那几句话，作诗人可能想到运用，但并不必然。

本诗主旨可借用"人生行乐耳"一语表明。"斗酒"和"极宴"是"娱乐"，"游戏宛与洛"也是"娱乐"；人生既"忽如远行客"，"戚戚"又"何所迫"呢？《汉书·东方朔传》："销忧者莫若酒。"只要有酒，有酒友，落得乐以忘忧。极宴固可以"娱心意"，斗酒也可以"相娱乐"。极宴自然有酒友，"相"娱乐还是少不了酒友。斗是舀酒的器具，斗酒为量不多，也就是"薄"，是不"厚"。极宴的厚固然好，斗酒的薄也自有趣味——

只消且当作厚不以为薄就行了。本诗人生不常一意,显然是道家思想的影响。"聊厚不为薄"一语似乎也在摹仿道家的反语如"大直若屈"、"大巧若拙"之类,意在说厚薄的分别是无所谓的。但是好像弄巧成拙了,这实在是一个弱句;五个字只说一层意思,还不能透彻的或痛快的说出。这句式前无古人,后无来者,只是一个要不得罢了。若在东晋玄言诗人手里,这意思便不至于写出这样累句。也是时代使然。

游戏原指儿童。《史记·周本记》说后稷"为儿时","其游戏好种树麻菽",该是游戏的本义。本诗"游戏宛与洛"却是出以童心,一无所为的意思。洛阳是东汉的京都。宛县是南阳郡治所在,在洛阳之南;南阳是光武帝发祥的地方,又是交通要道,当时有"南都"之称,张衡特为作赋,自然也是繁盛的城市。《后汉书·梁冀传》里说:"宛为大都,士之渊薮。"可以为证。聚在这种地方的人多半为利禄而来,诗中主人公却不如此,所以说是"游戏"。既然是游戏,车马也就无所用其讲究,"驱车策驽马"也就不在乎了。驽马是迟钝的马;反正是游戏,慢点儿没有甚么的。说是"游戏宛与洛",却只将洛阳的繁华热热闹闹的描写了一番,并没有提起宛县一个字。大概是因为京都繁华第一,说了洛就可以见宛,不必再赘了罢?歌谣里本也有一种接字格,"月光光"是最熟的例子。汉乐府里已经有了,《饮马长城窟行》可见。现在的歌谣却只管接字,不管意义;全首满是片段,意义毫不衔接——全首简直无意义可言。推想古代歌谣当也有这样的,不过没有存留罢了。本诗"游戏宛与洛"下接"洛中何郁郁",便只就洛中发挥下去,更不照应上句,许就是古代这样的接字歌谣的遗迹，也未可知。

诗中写东都，专从繁华着眼。开首用了"洛中何郁郁"一句赞叹，"何郁郁"就是"多繁盛呵！""多热闹呵！"游戏就是来看热闹的，也可以说是来凑热闹的，这是诗中主人公的趣味。以下分三项来说，冠带往来是一；衢巷纵横，第宅众多是二；宫阙壮伟是三。"冠带自相索"，冠带的人是贵人，贾逵《国语》注："索，求也。""自相索"是自相往来不绝的意思。"自相"是说贵人只找贵人，不把别人放在眼下，同时也有些别人不把他们放在眼下，尽他们来往他们的——他们的来往无非趋势利、逐酒食而已。这就带些刺讥了。"长衢罗夹巷，王侯多第宅"，罗就是列，《魏王奏事》说，"出不由里门，面大道者，名曰第。"第只在长衢上。"两宫遥相望，双阙百余尺"，蔡质《汉官典职》说："南宫北宫相去七里。"双阙是每一宫门前的两座望楼。这后两项固然见得京都的伟大，可是更见得京都的贵盛。将第一项合起来看，本诗写东都的繁华，又是专从贵盛着眼。这是诗，不是赋，不能面面俱到，只能选择最显著最重要的一面下手。至于"极宴娱心意"，便是上文所谓凑热闹了。"戚戚何所迫"，《论语》："小人长戚戚。"戚戚，常忧惧也。一般人常怀忧惧，有甚么迫不得已呢？——无非为利禄罢了。短促的人生，不去饮酒，游戏，却为无谓的利禄自苦，未免太不值得了。这一句不单就"极宴"说，也是总结全篇的。

本诗只开始两句对偶，"斗酒"两句跟"极宴"两句复沓；大体上是散行的。而且好像说到哪里是哪里，不嫌其尽的样子，从"斗酒相娱乐"以下都如此——写洛中光景虽自有剪裁，却也有如方东澍《昭昧詹言》说的："极其笔力，写到至足处。"这种诗有点散文化，不能算是含蓄蕴藉之作，可是不失为严羽《沧浪诗话》所谓"沉着痛快"的诗。历来论诗的都只赞叹《十九首》的"优柔善入，婉而多讽"，其实并不尽然。

四

今日良宴会，欢乐难具陈。
弹筝奋逸响，新声妙入神。
令德唱高言，识曲听其真。
齐心同所愿，含意俱未申。
人生寄一世，奄忽若飙尘。
何不策高足，先据要路津。
无为守穷贱，轗轲长苦辛。

这首诗所咏的是听曲感心，主要的是那种感，不是曲，也不是宴会。但是全诗从宴会叙起，一路迤逦说下去，顺着事实的自然秩序，并不特加选择和安排。前八语固然如此，以下一番感慨，一番议论，一番"高言"，也是痛快淋漓，简直不怕说尽。这确是近乎散文。《十九首》还是乐府的体裁，乐府原只像现在民间的小曲似的，有时随口编唱，近乎散文的地方是常有的。《十九首》虽然大概出于文人之手，但因模仿乐府，散文的成分不少；不过都还不失为诗。本诗也并非例外。

开端四语只是直陈宴乐。这一日是"良宴会"，乐事难以备说，就中只提乐歌一件便可见。"新声"是歌，"弹筝"是乐，是伴奏。新声是胡乐的调子，当时人很爱听；这儿的新声也许就是"西北有高楼"里的"清商"，"东城一何高"里的"清曲"。陆侃如先生的《中国诗史》据这两条引证以及别的，说清商曲在汉末很流行，大概是不错的。弹唱的人大概是些"倡家女"，从"西北有高楼"、"东城一何高"二诗可以推知。这里只提乐歌一事，一面固然因为声音最易感人——"入神"便是"感人"的注脚；刘向《雅琴赋》道："穷音之至入于神"，可以参看，一面还是因为"识曲听真"，才引起一番感慨，才引起这首诗。这四语是引子，以下才是正文。再说这里"欢乐难具陈"下直接"弹筝"二句，便见出"就中只说"的意思，无须另行提明，是诗体比散文简省的地方。

"令德唱高言"以下四语，歧说甚多。上二语朱筠《古诗十九首说》说得最好："'令德'犹言能者。'唱高言'，高谈阔论，在那里说其妙处，欲令'识曲'者'听其真'。"曲有声有辞。一般人的赏识似乎在声而不在辞。只有聪明人才会赏玩曲辞，才能辨识曲辞的真意味。这种聪明人便是知音的"令德"。"高言"就是妙论，就是"人生寄一世"以下的话。"唱"是"唱和"的"唱"。聪明人说出座中人人心中所欲说而说不出的一番话，大家自是欣然应和的；这也在"今日"的"欢乐"之中。"齐心同所愿"是人人心中所欲说，"含意俱未申"是口中说不出。二语中复沓着"齐"、"同"、"俱"等字，见得心同理同，人人如一。

曲辞不得而知。但是无论歌咏的是富贵人的欢悰还是穷贱人的苦绪,都能引起诗中那一番感慨。若是前者,感慨便由于相形见绌;若是后者,便由于同病相怜。话却从人生如寄开始。既然人生如寄,见绌便更见绌,相怜便更相怜了。而"人生一世"不但是"寄",简直像卷地狂风里的尘土,一忽儿就无踪影,这就更见迫切。"飙尘"当时是个新比喻,比"寄"比"远行客"更"奄忽",更见人生是短促的。人生既是这般短促,自然该及时欢乐,才不白活一世。富贵才能尽情欢乐,"穷贱"只有"长苦辛"。那么,为甚么"守穷贱"呢?为甚么不赶快去求富贵呢?

"何不策高足,先据要路津",就是"为什么不赶快去求富贵呢?"这儿又是一个新比喻。"高足"是良马、快马,"据要路津"便是《孟子》里"夫子当路于齐"的"当路"。何不驱车策良马快去占住路口渡口——何不早早弄些高官做呢?——贵了也就富了。"先"该是捷足先得的意思。《史记》:"蒯通曰:'秦失其鹿,天下共逐之,高材捷足者先得焉。'"正合"何不"两句语意。从尘想到车,从车说到"辘轲",似乎是一串儿,并非偶然。辘轲,不遇也;《广韵》:"车行不利曰辘轲,故人不得志亦谓之辘轲。""车行不利"是辘轲的本义,"不遇"是引申义。《楚辞》里已只用引申义,但本义存在偏旁中,是不易埋没的。本诗用的也是引申义,可是同时牵涉着本义,和上文相照应。"无为"就是"毋为",等于"毋"。这是一个熟语。《诗经·板》篇有"无为夸毗"一句,郑玄《笺》作"女(汝)无(毋)夸毗",可证。

"何不"是反诘,"无为"是劝诫,都是迫切的口气。那

"令德"和在座的人说,我们何不如此如此呢?我们再别如彼如彼了啊!人生既"奄忽若飙尘",欢乐自当亟亟求之,富贵自当亟亟求之,所以用得着这样迫切的口气。这是诗。这同时又是一种不平的口气。富贵是并不易求的,有些人富贵,有些人穷贱,似乎是命运使然。穷贱的命不犹人,心有不甘;"何不"四语便是那怅惘不甘之情的表现。这也是诗。明代钟惺说,"欢宴未毕,忽作热中语,不平之甚"。陆时雍说:"慷慨激昂。'何不——苦辛',正是欲而不得。"清代张玉谷说:"感愤自嘲,不嫌过直。"都能搔着痒处。诗中人却并非孔子的信徒,没有安贫乐道,"君子固穷"等信念。他们的不平不在守道而不得时,只在守穷贱而不得富贵。这也不失其为真。有人说是"反辞"、"诡辞",是"讽"是"谑",那是蔽于儒家的成见。

陆机拟作变"高言"为"高谈",他叙那"高谈"道:"人生无几何,为乐常苦晏。譬彼伺晨鸟,扬声当及旦。曷为恒忧苦,守此贫与贱!""伺晨鸟"一喻虽不像"策高足"那一喻切露,但"扬声当及旦"也还是"亟亟求之"的意思。而上文"为乐常苦晏",原诗却未明说;有了这一语,那"扬声"自然是求富贵而不是求荣名了。这可以旁证原诗的主旨。

<h2 style="text-align:center">五</h2>

西北有高楼,上与浮云齐。
交疏结绮窗,阿阁三重阶。
上有弦歌声,音响一何悲。

谁能为此曲，无乃杞梁妻。
清商随风发，中曲正徘徊。
一弹再三叹，慷慨有余哀。
不惜歌者苦，但伤知音稀。
愿为双鸣鹤，奋翅起高飞。

这首诗所咏的也是闻歌心感。但主要的是那"弦歌"的人，是从歌曲里听出的那个人。这儿弦歌的人只是一个，听歌心感的人也只是一个。"西北有高楼"，"弦歌声"从那里飘下来，弦歌的人是在那高楼上。那高楼高入云霄，可望而不可即。四面的窗子都"交疏结绮"，玲珑工细。"交疏"是花格子，"结绮"是格子连结着像丝织品的花纹似的。"阁"就是楼，"阿阁"是"四阿"的楼；司马相如《上林赋》有"离宫别馆，……高廊四注"的话，"四注"就是"四阿"，也就是四面有檐，四面有廊。"三重阶"可见楼不在地上而在台上。阿阁是宫殿的建筑，即使不是帝居，也该是王侯的第宅。在那高楼上弦歌的人自然不是寻常人，更只可想而不可即。

弦歌声的悲引得那听者驻足。他听着，好悲啊！真悲极了！"谁能作出这样悲的歌曲呢？莫不是杞梁妻吗？"齐国杞梁的妻子"善哭其夫"，见于《孟子》。《列女传》道："杞梁之妻无子，内外皆无五属之亲。既无所归，乃枕其夫之尸于城下而哭。内诚动人，道路过者莫不为之挥涕，十日而城为之崩。"琴曲有《杞梁妻叹》，《琴操》说是杞梁妻所作。《琴操》说：梁死，"妻叹曰：'上则无父，中则无夫，下则无子，将何以立吾节？亦死而已!'援琴而鼓之。曲终,遂自投淄水而死。"杞梁妻善哭,《杞梁妻叹》是悲叹的曲调。

本诗引用这桩故事,也有两层意思。第一是说那高楼上的弦歌声好像《杞梁妻叹》那样悲。"谁能"二语和别一篇古诗里"谁能为此器?公输与鲁班!"句调相同。那两句只等于说:"这东西巧妙极了!"这两句在第一意义下,也只等于说:"这曲子真悲极了!"说了"一何悲",又接上这两句,为的是增加语气;"悲"还只是概括的,这两句却是具体的。——"音响一何悲"的"音响"似乎重复了上句的"声",似乎只是为了凑成五言。古人句律宽松,这原不足为病。但《乐记》里说"声成文谓之音",而响为应声也是古义,那么,分析的说起来,"声"和"音响"还是不同的。"谁能"二语,假设问答,本是乐府的体裁。乐府多一半原是民歌,民歌有些是对着大众唱的,用了问答的语句,有时只是为使听众感觉自己在歌里也有份儿——答语好像是他们的。但那另一篇古诗里的"谁能"二语跟本诗里的,除应用这个有趣味的问答式之外,还暗示一个主旨。那就是,只有公输与鲁班能为此器(香炉),只有杞梁妻能为此曲。本诗在答句里却多了"无乃"这个否定的反诘语,那是使语气婉转些。

这儿语气带些犹疑,却是必要的。"谁能"二句其实是双关语,关键在"此曲"上。"此曲"可以是旧调旧辞,也可以是旧调新辞——下文有"清商随风发"的话,似乎不会是新调。可以是旧调旧辞,便蕴涵着"谁能"二句的第一层意思,就是上节所论的。可以是旧调新辞,便蕴涵着另一层意思。这就是说,为此曲者莫不是杞梁妻一类人吗？——曲本兼调和辞而言。这也就是说那位"歌者"莫不是一位冤苦的女子吗？宫禁里，侯门中，怨女一定是不少的；《长门赋》、《团扇辞》、《乌鹊双飞》所说的只是些著名的，无名的一定还多。那高楼上的歌者可能就是一个，至少听者可以这样想，诗人可以这样想。陆机拟作里便直说道："佳人抚琴瑟，纤手清且闲。芳气随风结，哀响馥若兰。玉容谁得顾？倾城在一弹。"语语都是个女人。曹植《七哀诗》开端道："明月照高楼，流光正徘徊。上有愁思妇，悲叹有余哀。"似乎也多少袭用本诗的意境，那高楼上也是个女人。这些都可供旁证。

"上有弦歌声"是叙事，"音响一何悲"是感叹句，表示曲的悲，也就是表示人——歌者跟听者——的悲。"谁能"二语进一步具体的写曲写人。"清商"四句才详细的描写歌曲本身，可还兼顾着人。朱筠说"随风发"是曲之始，"正徘徊"是曲之中，"一弹三叹"是曲之终，大概不错。商音本是"哀响"，加上"徘徊"，加上"一弹三叹"，自然"慷慨有余哀"。徘徊，《后汉书·苏竟传》注说是"萦绕淹留"的意思。歌曲的徘徊也正暗示歌者心头的徘徊，听者足下的徘徊。《乐记》说："'清庙'之瑟……壹倡而三叹，有遗音者矣。"郑玄注："倡，发歌句也，三叹，三人从而叹之耳。"这个叹大概是和声。本诗"一弹再三叹"，大概也指复沓的曲句或泛声而言；一面还照顾着杞梁的妻的叹，增强曲和人的悲。《说文》："慷慨，壮士不得志于心也。"这儿却是怨女的不得志于心。——也许有人想，宫禁千门万户，侯门也深如海，外人如何听得清高楼上的弦歌声呢？

这一层，姑无论诗人设想原可不必黏滞实际，就从实际说，也并非不可能的，唐代元稹的《连昌宫词》里不是说过吗："李谟擫笛傍宫墙，偷得新翻数般曲。"还有，陆机说"佳人抚琴瑟"，抚琴瑟自然是想象之辞，但参照别首，或许是"弹筝奋逸响"也未可知。

歌者的苦，听者从曲中听出想出，自然是该痛惜的。可是他说"不惜"，他所伤心的只是听她的曲而知她的心的人太少了。其实他是在痛惜她，固然痛惜她的冤苦，却更痛惜她的知音太少。一个不得志的女子禁闭在深宫内院里，苦是不消说的，更苦的是有苦说不得；有苦说不得，只好借曲写心，最苦的是没人懂得她的歌曲，知道她的心。这样说来，"知音稀"真是苦中苦，别的苦还在其次。"不惜"、"但伤"是这个意思。这里是诗比散文经济的地方。知音是引用俞伯牙、钟子期的故事。伪《列子》道："伯牙善鼓琴，钟子期善听。伯牙鼓琴，志在登高山，钟子期曰：'善哉！峨峨兮若泰山。'志在流水，钟子期曰：'善哉！洋洋兮若江河。'伯牙所念，钟子期必得之。"《列子》虽是伪书，但这个故事来源很古（《吕氏春秋》中有）；因为《列子》里叙得合用些，所以引在这里。"伯牙所念，钟子期必得之"，这才是"善听"，才是知音。这样的知音也就是知心，知己，自然是很难遇的。

本诗的主人公是那听者，全首都是听者的口气。"不惜"的是他，"但伤"的是他，"愿为双鸣鹤，奋翅起高飞！""愿"的也是他。这末两句似乎是乐府的套语。"东城高且长"篇末作"思为双飞燕，衔泥巢君屋"；伪苏武诗第二首袭用本诗的地方很多，篇末也说"愿为双黄鹄，送子俱远飞"，篇中又有"何况双飞龙，羽翼临当乖"的话。苏武诗虽是伪托，时代和《十九首》相去也不会太远的。从本诗跟"东城高且长"看，双飞鸟的比喻似乎原是用来指男女的。——伪苏武诗里的双飞龙，李善《文选注》说是"喻己及朋友"，双黄鹄无注，李善大概以为跟双飞龙的喻意相同。这或许是变化用之。——本诗的双鸣鹤，该是比喻那听者和那歌者。一作双鸿鹄，意同。鹤和鸿鹄都是鸣声嘹亮，跟"知音"相照应。"奋翼"句也许出于《楚辞》的"将奋翼兮高飞"。高，远也，见《广雅》。但《诗经·邶风·柏舟》篇末"静言思之，不能奋飞"二语的意思，"愿为"两句里似乎也蕴涵着。这是俞平伯先生在《葺芷缭蘅室古诗札记》里指出的。那二语却是一个受苦的女子的话。唯其那歌者不能奋飞，那听者才"愿"为鸣鹤，双双奋飞。不过，这也只是个"愿"，表示听者的"惜"的"伤"，表示他的深切的同情罢了，那悲哀终于是"绵绵无尽期"的。

六

涉江采芙蓉，兰泽多芳草。
采之欲遗谁，所思在远道。
还顾望旧乡，长路漫浩浩。
同心而离居，忧伤以终老。

这首诗的意旨只是游子思家。诗中引用《楚辞》的地方很多，成辞也有，意境也有，但全诗并非思君之作。《十九首》是仿乐府的，乐府里没有思君的话，汉魏六朝的诗里也没有，本诗似乎不会是例外。"涉江"是《楚辞》里的篇名，屈原所作的《九章》之一。本诗是借用这个成辞，一面也多少暗示着诗中主人的流离转徙——《涉江》篇所叙的正是屈原流离转徙的情形。采芳草送人，本是古代的风俗。《诗经·郑风·溱洧》篇道："溱与洧，方涣涣兮，士与女，方秉蕳兮。"《毛传》："蕳，兰也。"《诗》又道："且往观乎，洧之外，洵訏且乐。维士与女，伊其相谑，赠之以勺药。"郑玄《笺》说士与女分别时，"送女以勺药，结恩情也。"《毛传》说勺药也是香草。《楚辞》也道"采芳洲兮杜若，将以遗兮下女"，"搴汀洲兮杜若，将以遗兮远者"，"被石兰兮带杜衡，折芳馨兮遗所思"，"折疏麻兮瑶华，将以遗兮离居"。可见采芳相赠，是结恩情的意思，男女都可，远近也都可。

　　本诗"涉江采芙蓉，兰泽多芳草"便说的采芳。芙蓉是莲花，《溱洧》篇的蕳，《韩诗》说是莲花，本诗作者也许兼用《韩诗》的解释。莲也是芳草。这两句是两回事。河里采芙蓉是一事，兰泽里采兰另是一事。"多芳草"的芳草就指兰而言。《楚辞·招魂》道："皋兰被径兮斯路渐。"王逸注："渐，没也；言泽中香草茂盛，覆被径路。"这正是"兰泽多芳草"的意思。《招魂》那句下还有"目极千里兮伤春心，魂兮归来哀江南"二语。本诗"兰泽多芳草"引用《招魂》，还暗示着伤春思归的意思。采芳草的风俗，汉代似乎已经没有。作诗人也许看见一些芳草，即景生情，想到古代的风俗，便根据《诗经》、《楚辞》，虚拟出采莲采兰的事实来。诗中想象的境地本来多，只要有暗示力就成。

采莲采兰原为的送给"远者"，"所思"的人，"离居"的人——这人是"同心"人，也就是妻室。可是采芳送远到底只是一句自慰的话，一个自慰的念头；道路这么远这么长，又怎样送得到呢？辛辛苦苦的东采西采，到手一把芳草；这才恍然记起所思的人还在远道，没法子送去。那么，采了这些芳草是要给谁呢？不是白费吗？不是傻吗？古人道："诗之失，愚。"正指这种境地说。这种愚只是无可奈何的自慰。"采之欲遗谁，所思在远道。"不是自问自答，是一句话，是自诘自嘲。

记起了"所思在远道"，不免爽然自失。于是乎"还顾望旧乡"。《涉江》里道："乘鄂渚而顾兮。"《离骚》里也有"忽临睨夫旧乡"的句子。古乐府道"远望可以当归"，"还顾望旧乡"又是一种无可奈何的自慰。可是"长路漫浩浩"，旧乡哪儿有一些踪影呢？不免又是一层失望。漫漫，长远貌，《文选》左思《吴都赋》刘渊林注。浩浩，广大貌，《楚辞·怀沙》王逸注。这一句该是"长路漫漫浩浩"的省略。漫漫省为漫，叠字省为单辞，《诗经》里常见。这首诗以前，这首诗以后，似乎都没有如此的句子。"还顾望旧乡"一语，旧解纷歧。一说，全诗是居者思念行者之作，还顾望乡是居者揣想行者如此这般（姜任修《古诗十九首释》，张五谷《古诗赏析》）。曹丕《燕歌行》道："念君客游思断肠，慊慊思归恋故乡"，正是居者从对面揣想。但那里说出"念君"，脉络分明。本诗的"还顾"若也照此解说，却似乎太曲折些。这样曲折的组织，唐宋诗里也只偶见，古诗里是不会有的。

　　本诗主人在两层失望之余,逼得只有直抒胸臆;采芳既不能赠远,望乡又茫无所见,只好心上温寻一番罢了。这便是"同心而离居,忧伤以终老"二语。由相思而采芳草,由采芳草而望旧乡,由望旧乡而回到相思,兜了一个圈子,真是无可奈何到了极处。所以有"忧伤以终老"这样激切的口气。《周易》:"二人同心。"这里借指夫妇。同心人该是生同室,死同穴,所谓"偕老"。现在却"同心而离居";"道路阻且长,会面安可知",想来是只有忧伤终老的了!"而离居"的"而"字包括着离居的种种因由种种经历;古诗浑成,不描写细节,也是时代使然。但读者并不感到缺少,因为全诗都是粗笔,这儿一个"而"字尽够咀嚼的。"忧伤以终老"一面是怨语,一面也重申"同心"的意思——是说尽管忧伤,决无两意。这两句兼说自己和所思的人,跟上文专说自己的不同;可是下句还是侧重在自己身上。

　　本诗跟"庭中有奇树"一首,各只八句,在《十九首》中是最短的。这一首里复沓的效用最易见。首二语都是采芳草,"远道"一面跟"旧乡"是一事,一面又跟"长路漫浩浩"是一事。八句里虽然复沓了好些处,却能变化。"涉江"说"采",下句便省去"采"字,句式就各别,而两语的背景又各不相同。"远道"是泛指,"旧乡"是专指;"远道"是"天一方","长路漫浩浩"是这"一方"到那"一方"的中间。这样便不单调。而诗中主人相思的深切却得借这些复沓处显出。既采莲,又采兰,是唯恐恩情不足。所思的人所在的地方,两次说及,也为的增强力量。既说道远，又说路长，再加上"漫浩浩"，只是"会面安可知"的意思。这些都是相思，也都是"忧伤"，都是从"同心而离居"来的。

七

明月皎夜光，促织鸣东壁。
玉衡指孟冬，众星何历历。
白露沾野草，时节忽复易。
秋蝉鸣树间，玄鸟逝安适。
昔我同门友，高举振六翮。
不念携手好，弃我如遗迹。
南箕北有斗，牵牛不负轭。
良无磐石固，虚名复何益。

这首诗是怨朋友不相援引，语意明白。这是秋夜即兴之作。《诗经·月出》篇："月出皎兮。……劳心悄兮。""明月皎夜光"一面描写景物，一面也暗示着悄悄的劳心。促织是蟋蟀的别名。"鸣东壁"，"东壁向阳，天气渐凉，草虫就暖也。"（张庚《古诗十九首解》）《诗经·七月》篇道："七月在野，八月在宇，九月在户，十月蟋蟀入我床下。"可以参看。《春秋说题辞》说："趣（同'促'）织之为言趣（促）也。织与事遽，故趣织鸣，女作兼也。"本诗不用蟋蟀而用促织，也许略含有别人忙于工作自己却偃蹇无成的意思。

"玉衡指孟冬,众星何历历",也是秋夜所见。但与"明月皎夜光"不同时,因为有月亮的当儿,众星是不大显现的。这也许指的上弦夜,先是月明,月落了,又是星明;也许指的是许多夜。这也暗示秋天夜长,诗中主人"忧愁不能寐"的情形。"玉衡"见《尚书·尧典》(伪古文见《舜典》),是一支玉管儿,插在璇玑(一种圆而可转的玉器)里窥测星象的。这儿却借指北斗星的柄。北斗七星,形状像个舀酒的大斗——长柄的勺子。第一星至第四星成勺形,叫斗魁;第五星至第七星成柄形,叫斗杓,也叫斗柄。《汉书·律历志》已经用玉衡比喻斗杓,本诗也是如此。古人以为北斗星一年旋转一周,他们用斗柄所指的方位定十二月二十四气。斗柄指着什么方位,他们就说是哪个月哪个节气。这在当时是常识,差不多人人皆知。"玉衡指孟冬",便是说斗柄已指着孟冬的方位了,这其实也就是说,现在已到了冬令了。

这一句里的孟冬,李善说是夏历的七月,因为汉初是将夏历的十月作正月的。历来以为《十九首》里有西汉诗的,这句诗是重要的客观的证据。但古代历法,向无定论。李善的话也只是一种意见,并无明确的记载可以考信。俞平伯先生在《清华学报》曾有长文讨论这句诗,结论说它指的是夏历九月中。这个结论很可信。陆机拟作道:"岁暮凉风发,昊天肃明明。招摇西北指,天汉东南倾。""招摇"是斗柄的别名。"招摇西北指"该与"玉衡指孟冬"同意。据《淮南子·天文训》,斗柄所指,西北是夏历九月十月之交的方位,而正西北是立冬的方位。本诗说"指孟冬",该是作于夏历九月立冬以后,斗柄所指该是西北偏北的方位。这跟诗中所写别的景物都无不合处。"众星何历历！"历历是分明。秋季天高气清，所谓"昊天肃明明"，众星更觉分明，所以用了感叹的语调。

"明月皎夜光"四语，就秋夜的见闻起兴。"白露沾野草，时节忽复易。秋蝉鸣树间，玄鸟逝安适！"却接着泛写秋天的景物。《礼记》："孟秋之月，白露降。"又："孟秋，寒蝉鸣。"又："仲秋之月，玄鸟归。"——郑玄注，玄鸟就是燕子。《礼记》的时节只是纪始。九月里还是有白露的，虽然立了冬，而立冬是在霜降以后，但节气原可以早晚些。九月里也还有寒蝉。八月玄鸟归，九月里说"逝安适"，更无不可。这里"时节忽复易"兼指白露、秋蝉、玄鸟三语；因为白露同时是个节气的名称，便接着"沾野草"说下去。这四语见出秋天一番萧瑟的景象，引起宋玉以来传统的悲秋之感。而"时节忽复易"，"岁暮一何速"（"东城高且长"中句），诗中主人也是"贫士失职而志不平"，也是"淹留而无成"（宋玉《九辩》），自然感慨更多。

"昔我同门友"以下便是他自己的感慨来了。何晏《论语集解》"有朋自远方来，不亦乐乎！"下引包咸曰："同门曰朋。"刑昺《疏》引郑玄《周礼注》："同师曰朋，同志曰友。"说同门是同在师门受学的意思。同门友是很亲密的，所以下文有"携手好"的话。《诗经》里道："惠而好我，携手同车。"也是很亲密的。从前的同门友现在是得意起来了。"高举振六翮"是比喻。《韩诗外传》："盖桑曰：'夫鸿鹄一举千里，所恃者六翮耳。'"翮是羽茎，六翮是大鸟的翅膀。同门友好像鸿鹄一般高飞起来了。上文说玄鸟，这儿便用鸟作比喻。前面两节的联系就靠这一点儿,似连似断的。同门友得意了,却"不念携手好,弃我如遗迹"了。《国语·楚语》下:"灵王不顾于民,一国弃之,如遗迹焉。"韦昭注,像行路人遗弃他们的足迹一样。今昔悬殊,云泥各判,又怎能不感慨系之呢?

"南箕北有斗,牵牛不负轭。"李善注:"言有名而无实也。"《诗经》:"维南有箕,不可以簸扬;维北有斗,不可以挹酒浆。""睆彼牵牛,不以服箱。"箕是簸箕,用来扬米去糠。服箱是拉车。负轭是将轭架在牛颈上,也还是拉车。名为箕而不能簸米,名为斗而不能舀酒,名为牛而不能拉车。所以是"有名而无实"。无实的名只是"虚名"。但是诗中只将牵牛的有名无实说出,"南箕"、"北有斗"却只引《诗经》的成辞,让读者自己去联想。这种歇后的手法,偶然用在成套的比喻的一部分里,倒也新鲜,见出巧思。这儿的箕、斗、牵牛虽也在所见的历历众星之内,可是这两句不是描写景物而是引用典故来比喻朋友。朋友该相援引,名为朋友而不相援引,朋友也只是"虚名"。"良无磐石固",良,信也。《声类》:"磐,大石也。"固是"不倾移",《周易·系辞》下"德之固也"注如此;《荀子·儒效》篇也道:"万物莫足以倾之之谓固。"《孔雀东南飞》里兰芝向焦仲卿说:"君当作磐石,妾当作蒲苇。蒲苇纫如丝,磐石无转移。"仲卿又向兰芝说:"磐石方且厚,可以卒千年。"可见"磐石固"是大石头稳定不移的意思。照以前"同门""携手"的情形,交情该是磐石般稳固的。可是现在"弃我如遗迹"了,交情究竟没有磐石般稳固呵。那么,朋友的虚名又有什么用处呢!只好算白交往一场罢了。

本诗只开端二语是对偶，"秋蝉"二语偶而不对，其余都是散行句。前书描写景物，也不尽依逻辑的顺序，如促织夹在月星之间，以及"时节忽复易"夹在白露跟秋蝉、玄鸟之间。但诗的描写原不一定依照逻辑的顺序，只要有理由。"时节"句上文已论。"促织"句跟"明月"句对偶着，也就不觉得杂乱。而这二语都是韵句，韵脚也给它们凝整的力量。再说从大处看，由秋夜见闻起手，再写秋天的一般景物，层次原也井然。全诗又多直陈，跟"青青陵上柏"、"今日良宴会"有相似处，但结构自不相同。诗中多用感叹句，如"众星何历历！""时节忽复易！""玄鸟逝安适！""虚名复何益！"也和"青青陵上柏"里的"极宴娱心意，戚戚何所迫！""今日良宴会"里的"何不策高足，先据要路津？无为守穷贱，轗轲长苦辛！"相似。直陈要的是沉着痛快，感叹句能增强这种效用。诗中可也用了不少比喻。六翮，南箕，北斗，牵牛，都是旧喻新用，磐石是新喻，玉衡，遗迹，是旧喻。这些比喻，特别是箕、斗、牵牛那一串儿，加上开端二语牵涉到的感慨，足以调剂直陈诸语，免去专一的毛病。本诗前后两节联系处很松泛，上面已述及，松泛得像歌谣里的接字似的。"青青陵上柏"里利用接字增强了组织，本诗"六翮"接"玄鸟"，前后是长长的两节，这个效果便见不出。不过，箕、斗、牵牛即照顾了前节的"众星何历历"，而从传统的悲秋到失志无成之感到怨朋友不相援引，逐层递进，内在的组织原也一贯。所以诗中虽有些近乎散文的地方，但就全体而论，却还是紧凑的。

八

冉冉孤生竹，结根泰山阿。
与君为新婚，兔丝附女萝。
兔丝生有时，夫妇会有宜。
千里远结婚，悠悠隔山陂。
思君令人老，轩车来何迟。
伤彼蕙兰花，含英扬光辉。
过时而不采，将随秋草萎。
君亮执高节，贱妾亦何为。

　　吴淇说这是"怨婚迟之作"（《选诗定论》），是不错的。方廷珪说："与君为新婚"，"只是媒妁成言之始，非嫁时"（《文选集成》），也是不错的。这里"为新婚"只是订了婚的意思。订了婚却老不成婚，道路是悠悠的，岁月也是悠悠的，怎不"思君令人老"呢？一面说"与君"，"思君"，"君亮"，一面说"贱妾"，显然是怨女在向未婚夫说话。但既然"为新婚"，照古代的交通情形看，即使不同乡里，也该相去不远才是，怎么会"千里远"、"隔山陂"呢？也许那男子随宦而来，订婚在幼年，以后又跟着家里人到了远处或回了故乡。也许他自己为了种种缘故，做了天涯游子。诗里没有提，我们只能按情理这样揣想罢了。无论如何，那女子老等不着成婚的信儿是真的。照诗里的口气，那男子虽远隔千里，却没有失踪；至少他的所在那女子还是知道的。说"轩车来何迟"！说"君亮执高节",明明有个人在那里。轩本是有阑干的车子,据杜预《左传注》,是大夫乘坐的。也许男家是做官的；也许这只是个套语,如后世歌谣里的"牙床"之类。这轩车指的是男子来亲迎的车子。彼此相去千里,隔着一重重山陂,那女子似乎又无父母,自然只有等着亲迎一条路。男大当婚,女大当嫁；彼此到了婚嫁的年纪,那男子却总不来亲迎,怎不令人忧愁相思要变老了呢！"思君令人老"是个套句,但在这里并不缺少力量。

何故"轩车来何迟"呢？诗里也不提及。可能的原因似乎只有两个：一是那男子穷,道路隔得这么远,亲迎没有这笔钱。二是他弃了那女子,道路隔得这么远,岁月隔得这么久,他懒得去践那婚约——甚至于已经就近另娶,也没有准儿。照诗里的口气,似乎不是因为穷,诗里的话,那么缠绵固结,若轩车不来是因为穷,该有些体贴的句子。可是没有。诗里只说了"君亮执高节"一句话,更不去猜想轩车来迟的因由；好像那女子已经知道,用不着猜想似的。亮,信也。——你一定"守节情不移",不至于变心负约的。果能如此,我又为何自伤呢？——上文道,"伤彼蕙兰花,……"；"贱妾亦何为？"就是何为"伤彼",而"伤彼"也就是自伤。张玉谷说这两句"代揣彼心,自安己分"(《古诗赏析》),可谓确切。不过"代揣彼心"未必是彼真心,那女子口里尽管说"君亮执高节",心里却在惟恐他不"执高节"。这是一句原谅他,代他回护,也安慰自己的话。他老不来,老不给成婚的信儿,多一半是变了心,负了约,弃了她,可是她不能相信这个。她想他,盼他,希望他"执高节"；

惟恐他不如此,是真的,但愿他还如此,也是真的。轩车不来,却只说"来何迟"!相隔千里,不能成婚,却还说"千里远结婚"——尽管千里,彼此结为婚姻,总该是固结不解的。这些都出于同样的一番苦心,一番希望。这是"怨而不怒",也是"温柔敦厚"。

婚姻贵在及时,她能说的,敢说的,只是这个意思。"兔丝生有时","过时而不采"都从"时"字着眼。既然"与君为新婚",既然结为婚姻,名分已定,情好也会油然而生。也许彼此还没有见过面,但自己总是他的人,盼望及时成婚,正是常情所同然。他的为人,她不能详细知道,她只能说她自己的。她对他的情好是怎样的缠绵固结呵。她盼望他来及时成婚,又怎样的热切呵。全诗用了三个比喻,只是回环复沓的暗示着这两层意思。"冉冉孤生竹,结根泰山阿","兔丝附女萝"都暗示她那缠绵固结的情好。冉冉是柔弱下垂的样子,山阿是山弯里。泰山,王念孙《读书杂志》说是"大山"之讹,可信,大山犹如高山。李善注:"竹结根于山阿,喻妇人托身于君子也。""孤生"似乎暗示已经失去父母,因此更需有所依托——也幸而有了依托。弱女依托于你,好比孤生竹结根于大山之阿——她觉得稳固不移。女萝就是松萝。陆玑《毛诗草木疏》:"今松萝蔓松而生,而枝正青。兔丝草蔓联草上,黄赤如金,与松萝殊异。""兔丝附女萝",只暗示缠结的意思。李白诗:"君为女萝草,妾作兔丝华",以为女萝是指男子,兔丝是女子自指。就本诗本句和下文"兔丝生有时"句看,李白是对的。这里两个比喻中间插入"与君为新婚"一句,前后照应,有一箭双雕之妙。——还有,《楚辞·山鬼》道,"若有人兮山之阿","思公子兮徒离忧"。本诗"结根大山阿"更暗示着下文"思君令人老"那层意思。

"兔丝生有时",为什么单提兔丝,不说女萝呢?兔丝有花,女萝没有;花及时而开,夫妇该及时而会。"夫妇会有宜",宜,得其所也;得其所也便是其时。这里兔丝虽然就是上句的兔丝——蝉联而下,也是接字的一格,可是不取它的"附女萝"为喻,而取它的"生有时"为喻,意旨便各别了。这两语是本诗里仅有的偶句;本诗比喻多,得用散行的组织才便于将这些彼此不相干的比喻贯穿起来,所以偶句少。下文蕙兰花是女子自比,有花的兔丝也是女子自比。女子究竟以色为重,将花作比,古今中外,心同理同。——夫妇该及时而会,可是千里隔山陂,"轩车来何迟"呢!于是乎自伤了。"一干一花而香有余者,兰;一干数花而香不足者,蕙。"见《尔雅翼》。总而言之是香草。花而不实者谓之英,见《尔雅》。花而不实,只以色为重,所以说"含英扬光辉"。《五臣注》:"此妇人喻己盛颜之时。"花"过时而不采",将跟着秋草一块儿蔫了,枯了;女子过时而不婚,会真个变老了。《离骚》道:"惟草木之零落兮,恐美人之迟暮。""夫妇会有宜",妇贵及时,夫也贵及时之妇。现在轩车迟来,眼见就会失时,怎能不自伤呢?可是——念头突然一转,她虽然不知道他别的,她准知道他会守节不移;他会来的,迟点儿,早点儿,总会来的。那么,还是等着罢,自伤为了什么呢?其实这不过是无可奈何的自慰——不,自骗——罢了。

九

庭中有奇树，绿叶发华滋。
攀条折其荣，将以遗所思。
馨香盈怀袖，路远莫致之。
此物何足贡，但感别经时。

《十九首》里本诗和"涉江采芙蓉"一首各只八句，最短。而这一首直直落落的，又似乎最浅。可是陆时雍说得好，"《十九首》深衷浅貌，短语长情"（《古诗镜》）。这首诗才恰恰当得起那两句评语。试读陆机的拟作："欢友兰时往，苕苕匿音徽。虞渊引绝景，四节逝若飞。芳草久已茂，佳人竟不归。踯躅遵林渚，惠风入我怀；感物恋所欢，采此欲贻谁！"这首诗恰可以作本篇的注脚。陆机写出了一个有头有尾的故事：先说所欢在兰花开时远离；次说四节飞逝，又过了一年；次说兰花又开了，所欢不回来；次说踯躅在兰花开处，感怀节物，思念所欢，采了花却不能赠给那远人。这里将兰花换成那"奇树"的花，也就是本篇的故事。可是本篇却只写出采花那一段儿，而将整个故事暗示在"所思"，"路远莫致之"，"别经时"等语句里。这便比较拟作经济。再说拟作将故事写成定型，自然不如让它在暗示里生长着的引人入胜。原作比拟作"语短"，可是比它"情长"。

诗里一面却详叙采花这一段儿。从"庭中有奇树"而"绿叶",而"发华滋",而"攀条",而"折其荣",总而言之,从树到花,应有尽有,另来了一整套儿。这一套却并非闲笔。蔡质《汉官典职》:"宫中种嘉木奇树。"奇树不是平常的树,它的花便更可贵些。

这里浑言"奇树",比拟作里切指兰草的反觉新鲜些。华同花,滋是繁盛,荣就是华,避免重复,换了一字。朱筠说本诗"因人而感到物,由物而说到人"。又说"因意中有人,然后感到树;……'攀条折其荣,将以遗所思',因物而思绪百端矣"。(《古诗十九首说》)可谓搔着痒处。诗中主人也是个思妇,"所思"是她的"欢友"。她和那欢友别离以来,那庭中的奇树也许是第一回开花,也许开了不止一回花;现在是又到了开花的时候。这奇树既生在庭中,她自然朝夕看见;她看见叶子渐渐绿起来,花渐渐繁起来。这奇树若不在庭中,她偶然看见它开花,也许会顿吃一惊:日子过得快呵,一别这么久了!可是这奇树老在庭中,她天天瞧着它变样儿,天天觉得过得快,那人是一天比一天远了!这日日的熬煎,渐渐的消磨,比那顿吃一惊更伤人。诗里历叙奇树的生长,便为了暗示这种心境,不提苦处而苦处就藏在那似乎不相干的奇树的花叶枝条里。这是所谓"浅貌深衷"。

孙𨰾说这首诗与"涉江采芙蓉"同格,邵长蘅也说意同。这里"同格"、"意同"只是一个意思。两首诗结构各别,意旨确是大同。陆机拟作的末语跟"涉江采芙蓉"第三语只差一"此"字,差不多是直抄,便可见出。但是"涉江采芙蓉"有行者望乡一层,本诗专叙居者采芳欲赠,轻重自然不一样。孙𨰾又说"盈怀袖"一句意新。本诗只从采芳着眼,便酝酿出这新意。采芳本为了袚除邪恶,见《太平御览》引《韩诗章句》。袚除邪恶,凭着花的香气。"馨香盈怀袖"见得奇树的花香气特盛,比平常的香花更为可贵,更宜于赠人。一面却因"路远莫致之"——致,送达也——久久的痴痴的执花在手,任它香盈怀袖而无可奈何。《左传》声伯《梦歌》:"归乎,归乎!琼瑰盈吾怀乎!"《诗·卫风》:"籊籊竹竿,以钓于淇。岂不尔思?远莫致之。"本诗引用"盈怀"、"远莫致之"两个成辞,也许还联想到各原辞的上语:"馨香"句可能暗示着"归乎,归乎"的愿望,"路远"句更是暗示着"岂不尔思"的情味。断章取义,古所常有,与原义是各不相干的。诗到这里来了一个转语:"此物何足贡?"贡,献也,或作"贵"。奇树的花虽比平常的花更可贵,更宜于赠人,可是为人而采花,采了花而"路远莫致之",又有什么用处!那么,可贵的也就不足贵了。泛称"此物",正是不足贵的口气。"此物何足贵",将攀条折荣,香盈怀袖,路远莫致,一笔抹杀,是直直落落的失望。"此物何足贡",便不同一些。此物虽可珍贵,但究竟是区区微物,何足献给你呢?没人送去就没人送去算了。也是失望,口气较婉转。总之,都是物轻人重的意思,朱筠说"非因物而始思其人",一语破的。意中有人,眼看庭中奇树叶绿花繁,是一番无可奈何;幸而攀条折荣,可以自遣,可遗所思,而路远莫致,又是一番无可奈何。于是乎"但感别经时"。"别经时"从上六句见出:"别经时"原是一直感着的,盼望采花打个岔儿,却反添上一层失望。采花算什么呢?单只感着别经时,老只感着别经时,无可奈何的更无可奈何了。"这次第怎一个'愁'字了得"呵！孙𬘑说："盈怀袖"一句下应以"别经时"，"视彼（涉江采芙蓉）较快，然冲味微减"。本诗原偏向明快，"涉江采芙蓉"却偏向深曲，各具一格，论定优劣是很难的。

陶诗的深度

——评古直《陶靖节诗笺定本》(《层冰堂五种》之三)

注陶诗的南宋汤汉是第一人。他因为《述酒》诗"直吐忠愤",而"乱以廋词,千载之下,读者不省为何语",故加笺释。"及他篇有可发明者,亦并注之。"所以《述酒》之外,注的极为简略。后来有李公焕的《笺注》,比较详些;但不止笺注,还采录评语。这个本子通行甚久;直到清代陶澍的《靖节先生集》止,各家注陶,都跳不出李公焕的圈子。陶澍的《靖节先生年谱考异》,却是他自力的工作。历来注家大约总以为陶诗除《述酒》等二三首外,文字都平易可解,用不着再费力去作注;一面趣味便移到字句的批评上去,所以收了不少评语。评语不是没有用,但夹杂在注里,实在有伤体例;仇兆鳌《杜诗详注》为人诟病,也在此。注以详密为贵。密就是密切,切合的意思。从前为诗文集作注,多只重在举出处,所谓"事";但用"事"的目的,所谓"义",也当同样看重。只重"事",便只知找最初的出处,不管与当句当篇切合与否;兼重"义"才知道要找那些切合的。有些人看诗文,反对找出处;特别像陶诗,似乎那样平易,给找了出处倒损了它的天然。钟嵘也曾从作者方面说过这样的话;但在作者方面也许可以这么说,从读者的了解或欣赏方面说,找出作品字句篇章的来历,却一面教人觉得作品意味丰富些,一面也教人可以看出哪些才是作者的独创。固然所能找到的来历,即使切合,也还未必是作者有意引用;但一个人读书受用,有时候却便在无意的浸淫里。作者引用前人,自己尽可不觉得;可是读者得给搜寻出来,才能有充分的领会。古先生《陶靖节诗笺定本》用昔人注经的方法注陶,用力极勤;读了他的书才觉得陶诗并不如一般人所想的那么平易,平易里有的是"多义"。但"多义"当以切合为准,古先生书却也未必全能如此,详见下。

从《古笺定本》引书切合的各条看,陶诗用事,《庄子》最多,共四十九次,《论语》第二,共三十七次,《列子》第三,共二十一次。用吴瞻泰《陶诗汇注》及陶澍注本比看,本书所引为两家所无者,共《庄子》三十八条,《列子》十九条;至于引《论语》处两家全未注出,当时大约因为这是人人必读书,所以从略。这里可以看出古先生爬罗剔抉的工夫;而《列子》书向不及《庄子》煊赫,陶诗引《列子》竟有这么多条,尤为意料所不及。沈德潜说:"晋人诗旷达者征引《老庄》,繁缛者征引班杨,而陶公专用《论语》。汉人以下宋人以前,可推圣门弟子者渊明也。"照本书所引,单是《庄子》便已比《论语》多;再算上《列子》,两共七十次,超过《论语》一倍有余。那么,沈氏的话便有问题了。历代论陶,大约六朝到北宋,多以为"隐逸诗人之宗",南宋以后,他的"忠愤"的人格才扩大了。本来《宋书》本传已说他"耻复屈身异代"等等。经了真德秀诸人重为品题,加上汤汉的注本,渊明的二元的人格才确立了。但是渊明的思想究竟受道家影响多,还是受儒家影响多,似乎还值得讨论。沈德潜以多引《论语》为言。考渊明引用《论语》诸处,除了字句的胎袭,不外"游好在《六经》"、"忧道不忧贫"两个意思。这里《六经》自是儒家典籍,固穷也是儒家精神,只是"道"是什么呢?渊明两次说:"道丧向千载。"但如何才叫做"道丧",我们可以看《饮酒》诗第二十云:"羲农去我久,举世少复真。汲汲鲁中叟,弥缝使其淳。""真"与"淳"都不见于《论语》,什么叫"真"呢?我们可以看《庄子·渔父》篇云:

> 真者,所以受于天也。自然不可易也。故圣人法天贵真,不拘于俗。

"真"就是自然。"淳"呢?《老子》五十八章,"其政闷闷,其民淳淳",王弼注云:

> 言善治政者无形无名,无事无政可举,闷闷然卒至于大治,故曰"其政闷闷"也。其民无所争竞,宽大淳淳,故曰"其民淳淳"也。

陶《劝农》诗云:"悠悠上古,厥初生民,傲然自足,抱朴含真。"《感士不遇赋》云："……抱朴守静，君子之笃素。自真风告逝，大伪斯兴……""抱朴"也是老子的话，也就是"淳"的一面。"真"和"淳"都是道家的观念，而渊明却将"复真""还淳"的使命加在孔子身上；此所谓孔子学说的道家化，正是当时的趋势。所以陶诗里主要思想实在还是道家。又查慎行《诗评》论《归园田居》诗第四云："先生精于释理，但不入社耳。"此指"人生似幻化，终当归空无"二语。但本书引《列子》、《淮南子》解"幻化"、"归空无"甚确。陶诗里实在也看不出佛教影响。

陶诗里可以确指为"忠愤"之作者，大约只有《述酒》诗和《拟古》诗第九。《述酒》诗"廋词"太多，古先生所笺可以说十得六七，但还有不尽可信的地方，——比汤注自然详密得远了。《拟古》诗第九怕只是泛说，本书以为"追痛司马休之之败"，却未免穿凿。至于《拟古》诗第三、第七，《杂诗》第九、第十一，《读山海经》诗第九，本书也都以史事比附，文外悬谈，毫不切合，难以起信。大约以"忠愤"论陶的，《述酒》诗外，总以《咏荆轲》、《咏三良》及《拟古》诗、《杂诗》助成其说。汤汉说："三良与主同死，荆轲为主报仇，皆托古以自见。"其实"三良"与"荆轲"都是诗人的熟题目：曹植有《三良诗》，王粲《咏史》诗也咏"三良"；阮瑀有《咏史》诗二首，咏"三良"及荆轲事。渊明作此二诗，不过老实咏史，未必别有深意。真德秀、汤汉又以《拟古》诗第八"首阳"、"易水"为说；但还只是偶尔断章取义。刘履作《选诗补注》乃云："凡靖节退休后所作之诗，类多悼国伤时托讽之词。然不欲显斥，故以'拟古'、'杂诗'等目名其题。"二十一篇诗就全变成"忠愤"之作了。到了古先生，更以史事枝节附会，所谓变本加厉。固然这也有所本，《毛诗传郑笺》可以说便是如此；但毛郑所引史实大部分岂不也是不切合的！以上这些诗，连《述酒》在内，历来并不认为渊明的好诗。朱熹虽评《咏荆轲》诗"豪放"，但他总论陶诗，只说"平淡出于自然"，他所重的还是"萧散冲澹之趣"，便是那些田园诗里所表现的。田园诗才是渊明的独创。他到底还是"隐逸诗人之宗"，钟嵘的评语没有错。朱熹又说"陶欲有为而不能者也"，这却有些对的。《杂诗》第五云："忆我少壮时，无乐自欣豫。猛志逸四海，骞翮思远翥。"《饮酒》诗第十六及《荣木》诗也以"无成""无闻"为恨。但这似乎只是少壮时偶有的空想，他究竟是"少无适俗韵，性本爱丘山"的人。

　　钟嵘说陶诗"源出于应璩，又协左思风力"。应璩诗存者太少，无可参证。游国恩先生曾经想在陶诗字句里找出左思的影响。他所找出的共有七联，其中《招隐》诗，"杖策招隐士，荒涂横古今"，确可定为《和刘柴桑》诗"山泽久见招"、"荒途无归人"二语所本，"聊欲投吾簪"确可定为《和郭主簿》诗第一"聊用忘华簪"所本。本书所举却还有左思《咏史》诗"寂寂扬子宅"（为渊明《饮酒》诗"寂寂无行迹"所本），"寥寥空宇中"（为渊明《癸卯岁十二月中作》"萧索空宇中"所本），"遗烈光篇籍"（同上"历览千载书，时时见遗烈"所本），及《杂诗》"高志局四海"（为渊明《杂诗》"猛志逸四海"所本）四句。不过从本书里看，左思的影响并不顶大。陶诗意境及字句脱胎于《古诗十九首》的共十五处，字句脱胎于嵇康诗赋的八处，脱胎于阮籍《咏怀》诗的共九处。那么，《诗品》的话就未免不贬不备了。但就全诗而论，胎袭前人的地方究竟不多；他用散文化的笔调，却能不像"道德论"而合乎自然，才是特长。这与他的哲学一致。像"结庐在人境，而无车马喧"，"人生归有道，衣食固其端。孰是都不营，而以求自安"，都是从前诗里不曾有过的句法，虽然他是并不讲什么句法的。

本书颇多胜解。如《命子》诗，"既见其生，实欲其可"的"可"字，注家多忽略过去，本书却证明"题目人以'可'字，乃晋人之常"。《和刘柴桑》诗，题下引《隋书经籍志注》，"梁有'晋'柴桑令《刘遗民集》五卷，《录》一卷"。证"刘柴桑"即"刘遗民"。此事向来只据李公焕注，得此确证，可为定论。又"弱女虽非男，慰情良胜无"，或以为比酒之醨薄，或以为赋，都无证据。本书解为比，引《魏书·徐邈传》及《世说》，以见"魏晋人每好为酒品目，靖节亦复尔尔"。《还旧居》诗"常恐大化尽，气力不及衰"，次句向无人能解；本书引《礼记·王制》"五十始衰"，及《檀弓》郑注，才知"常恐……不及衰"，即常恐活不到五十岁之意。《饮酒》诗第十六"孟公不在兹，终以翳吾情"，旧注都以"孟公"为投辖的陈遵，实与本诗不切；本书据诗中境地定为刘龚，确当不易。又第十八前以杨子云自比，后复以柳下惠自比。这二人间的关系，向来无人能说；本书却引《法言》及他书证明"子云以柳下惠自比，故靖节以柳下惠比之"。又如《杂诗》第六起四句云："昔闻长老言，掩耳每不喜；奈何五十年，忽已亲此事！"诸家注都不知

"此事"是何事。本书引陆机《叹逝赋序》"昔每闻长老追计平生同时亲故；或凋落已尽；或仅有存者……"，乃知指的是亲故凋零。

但书中也不免有疏漏的地方。如《停云》诗"岂无他人"，本节引《诗·唐风·杕杜》，实不如引《郑风·褰裳》切合些。《命子》诗"寄迹风云，冥兹愠喜"，下句本书引《庄子》为解，不如引《论语》公冶长"令尹子文三仕为令尹，无喜色；三已之，无愠色"。《归园田居》诗第二"常恐霜霰至，零落同草莽"，上句无注，似可引《诗·小雅·频弁》"如彼雨雪，先集维霰"，及《楚辞·九辩》"霜露惨凄而交下兮，心尚衮其弗济。霰雪雰糅其增加兮，乃知遭命之将至"。这两句诗是所谓赋而比的。《怨诗楚调示庞主簿邓治中》末云，"慷慨独悲歌，钟期信为贤"，"钟期"明指庞邓，意谓只有你们懂得我，不必引古诗为解。《答庞参军诗序》，"杨公所叹，岂惟常悲"；李公焕注，"杨公，杨朱也"。本书引《淮南子》杨子哭歧路故事，但未申其"义"。按《文选》有晋孙楚《征西官属送于陟阳侯作》诗，起四句云："晨风飘歧路，零雨被秋草。倾城远追送，饯我千里道。"这里的"歧路"只是各自东西的歧路，而不是那"可以南可以北"的了。可见这时候"歧路"一词，已有了新的引申义，渊明所用便是这个新义。"杨公所叹"只是"歧路"的代语，"叹"字的意思是不着重的。《和郭主簿》诗第一末云："遥遥望白云，怀古一何深。"本书解云："遥遥望白云"即"富贵非吾愿，帝乡不可期"也。这原是何焯的话，富贵二语见《归去来辞》。但怀古与白云或帝乡究竟怎样关联呢？按《庄子·天地》

篇,"华封人谓尧曰:'夫圣人鹑居而鷇饮,鸟行而无章。天下有道,与物皆昌。千岁厌世,去而上仙。乘彼白云,至于帝乡。三患莫至,身无常殃,则何辱之有!'"《怀古》也许怀的是这种乘白云至帝乡的古圣人。又第二末云:"检素不获展,厌厌竟良月",本书所解甚曲。"检素"即简素,就是书信;"检素不获展"就是接不着你的信。《饮酒》诗第十三"规规一何愚",引《庄子·秋水》"适适然惊,规规然自失也",不切,不如引下文:"子乃规规然而求之以察,索之以辩。"《止酒》诗每句藏一"止"字,当系俳谐体。以前及当时诸作,虽无可供参考,但宋以后此等诗体大盛,建除、数名、县名、姓名、药名、卦名之类,不一而足,必有所受之。逆推而上,此体当早已存在,但现存的只《止酒》一首,便觉得莫名其妙了。本书引《庄子》"惟止能止众止"颇切;但此体源流未说及。

古先生有《陶靖节诗笺》,于民国十五年印行,已经很详尽。丁福保先生《陶渊明诗注》引用极多。《定本》又加了好些材料,删改处也有;虽然所删的有时并不应删,就如《停云》诗"搔首延伫"一句,原引《诗经·静女》"爱而不见,搔首踟蹰"和阮籍《咏怀》"感时兴思,企首延伫",《定本》却将阮籍诗一条删去了。我们知道陶渊明常用阮诗,他那句话兼用《静女》及《咏怀》或从《静女》及《咏怀》脱胎,是很可能的。古先生这条注实在很切合。《定本》所改却有好的,如《饮酒》诗第十八的注便是。《诗笺》中四言诗注未用十分力,《定本》这一卷里却几乎加了篇幅一半。

再论"曲终人不见,江上数峰青"

在本志(《中学生》)六十号里见到朱孟实先生论这两句诗的文字,觉得很有趣味。自己也有点意思,写在这里,请孟实、丐尊二位先生指教。

先抄全诗:

省试《湘灵鼓瑟》
钱　起

善鼓云和瑟,常闻帝子灵。
冯夷空自舞,楚客不堪听。
苦调凄金石,清音入杳冥。
苍梧来怨慕,白芷动芳馨。
流水传湘浦,悲风过洞庭。
曲终人不见,江上数峰青。

这是一首试帖诗。诗题出于《楚辞·远游》篇,云:

> 使湘灵鼓瑟兮,令海若舞冯夷。

《旧唐书》一六八记此诗情形云:

> 起能五言诗。初从乡荐,寄家江湖。常于客舍月夜独吟,遽闻人吟于廷曰:"曲终人不见,江上数峰青。"起愕然。摄衣视之,无所见矣。以为鬼怪,而志其一十字。起就试之年,李昉所试《湘灵鼓瑟》诗,题中有"青"字。起即以鬼谣十字为落句。昉深嘉之,称为绝唱,是岁登第。

"绝唱"只说得好,只说得爱好,那个鬼故事当然是后来附会出来的。至于"究竟好在何处?有什么理由可说?"前人评语不外两端:一是切题,二是所谓"远神"。唐汝询《唐诗解》卷五十云:

> 瑟乃神灵所弹,原无处所,是以曲终而不见其人,徒对江上数峰而惆怅也。

这里只说得上一句:压根儿就不见人,不独曲终时为然。但"江上数峰青"又与题何干呢?"湘灵"王逸无注,洪兴祖补云:"上言'二女',则此'湘灵'乃湘水之神,非湘夫人也。"可见得以前颇有人以为湘灵就是湘夫人,就是帝尧的二女。《楚辞·九歌·湘夫人》有云:"九嶷缤兮并迎,灵之来兮如云。"王注云:"舜使九嶷之山神缤然来迎二女。"可见得湘夫人虽"死于沅、湘之中",却可在九嶷山里。又《山海经·中山经》云"洞庭之山,……帝之二女居之",这里的"二女"也就是湘夫人。那么,"江上数峰青"只是说人虽不见,却可想象她们在那九嶷山或"洞庭之山"里。钱起远在洪兴祖之前,他大概还将湘灵当作湘夫人的。

可是这么一说,这两句诗不过切题而已,何以"称为绝唱"呢?沈德潜《唐诗别裁集》评云:"远神不尽。"但又云:"落句固好,然亦诗人意中所有;谓得自鬼语,盖谤之耳。""神"字太麻烦,姑不去解释;说"远",说"不尽",究竟是什么呢?既是"诗人意中所有",该不是怎样玄虚的东西。我们可以想到所谓"远神"大概有两个意思:一是曲终而余音不绝,一是词气不竭,就是不说尽。这两个意思一从诗所咏的东西说,一从诗本身说,实在是一物的两面。

我们都知道"余音绕梁"、"响遏行云"两个成语,实在是两个典故,见《列子·汤问》篇,云:

……秦青……抚节悲歌,声振林木,响遏行云。
……昔韩娥东之齐,匮粮,过雍门,鬻歌假食。既去而余音绕梁欐,三日不绝。

前条说声响之高,后条说声响之久;"江上数峰青"也正说的是曲调高远,袅袅于江上青峰之间,久而不绝,该是从《列子》脱化而出。可是意境全然新的,并非抄袭。所以可喜。这是一。

《全唐诗话》卷一云：

> 中宗正月晦日幸昆明池赋诗。群臣应制百余篇。帐殿前结彩楼，命"昭容"选一篇为新翻御制曲。从臣悉集其下。须臾纸落如飞，各认其名而怀之。既退，惟沈（佺期）、宋（之问）二诗不下。移时一纸飞坠，竞取而观，乃沈诗也。及闻其评曰："二诗工力悉敌。沈诗落句云：'微臣雕朽质，羞睹豫章才。'盖词气已竭；宋诗云：'不愁明月尽，自有夜珠来。'犹陟健举。"沈乃伏，不敢复争。

沈说尽，宋不说尽，却留下一个新境界给人想，所以为胜。钱诗是试帖，与沈、宋应制诗体制大致相同，都是五言长律，落句也与宋异曲同工。上官昭容既定下标准在前头，影响该不在小；钱起的试官李昉或有意或无意大约也采取了这种标准，所以深为嘉许。这是二。

还有，据《旧唐书》所记及陈季等同题之作，知道此诗所限之韵中有"青"字。钱押得如此自然，怕也是成为"绝唱"的一个小因子。《唐诗别裁集》评语有云"神来之候，功力不与"，其实就是说的这个押韵的自然。

诗中他句也有可论，但纪昀差不多都说过了，见《唐人试律说》，在《镜烟堂十种》中。

1925年

什么是宋诗的精华

——评石遗老人（陈衍）评点《宋诗精华录》(商务印书馆出版)

本书仿严羽高棅的办法，分宋诗为初盛中晚四期，每期的诗为一卷。第一卷选诗三十九家，一百十七首，其中近体九十六首。第二卷选诗十八家，二百三十九首，其中近体一百六十四首。第三卷选诗三十二家，二百十二首，其中近体一百八十六首。第四卷选诗四十家，一百二十二首，其中近体一百零二首。全书共选诗一百二十九家，六百九十首，其中近体五百四十八首，占百分之七十九强，可见本书重心所在。《自序》云：

> 如近贤之祧唐宗宋，祈响徐仲车、薛浪语诸家，在八音率多土木，甚且有土木而无丝竹金革。焉得命为"律和声""八音克谐"哉！故本鄙见以录宋诗，窃谓宋诗精华乃在此而不在彼也。

开宗明义,便以近体为主。所谓"宋诗精华在此而不在彼",可以就音律而言,也可以就宋诗全体而言。照前说,老人的意见似乎和傅玉露相近;傅氏为张景星等《宋诗百一钞》(《宋诗别裁》)作序,有云:"宫商协畅,何贵乎腐木湿鼓!"不过傅氏就宋诗论宋诗,老人却要矫近贤之弊,用意各不相同罢了。照后一说,便有可商榷处。从前翁方纲选宋人七律,以为宋人七律登峰造极。本书所录七绝最多,七律次之;多选七律,也许与翁氏见解相同。多选七绝,却是老人的创举。他说过:

> 今人习于沈归愚先生各别裁集之说,以为七言绝句必如王龙标、李供奉一路,方为正宗;以老杜绝句在盛唐为独创一格,变体也。……沈归愚墨守明人议论故耳。(《石遗室诗话》)

老人此说,也有所本。近人是宋湘,老人已自言之(即在引文中,文繁,从略)。再远还有叶燮,他在《原诗》中说:

> 杜七绝轮囷奇矫,不可名状,在杜集中另是一格,宋人大概学之。宋人七绝,大约学杜者十六七,学商隐者十三四。

又说:

> 宋人七绝,种族各别,然出奇入幽,不可端倪处,竟

有轶驾唐人者。若必曰唐,曰供奉,曰龙标以律之,则失之矣。

看了这些话,老人的多选七绝也就不足怪了。

可是若说宋诗精华专在近体,古体又怎样呢?王士禛古诗选录五古以选体为主,唐代只收陈、李、韦、柳而不收杜,似乎还是明人见解。七古却以为自杜以后,尽态极妍,蔚为大国,所收直到元代的虞集、吴渊颖为止。可是所选的诗似乎偏重妥帖敷愉一种,排奡者颇少。这是《宋诗钞·序》所谓"近唐调"者。选宋人七古而求其"近唐调",那么,选也可,不选也可。但是宋人古体的长处似乎别有所在,所谓"妥帖""排奡",大概得之。五七古多如此,而七古尤然。这自然从杜韩出,但五言回旋之地太少,不及七言能尽其所长,所以七古比五古为胜。我们可以说这些诗都在散文化,或说"以文为诗"。不过诗的意义,似乎不该一成不变,当跟着作品的变化而渐渐扩展。"温柔敦厚"固是诗,"沉着痛快"也是诗。《宋诗钞》似乎只选后一种,致为翁方纲所诋。他在《石洲诗话》中说,《宋诗钞》所选古诗实足见宋诗真面目,虽然不免有粗犷的。石遗老人论古诗,重在结想"高妙"(《诗话》)。本书所选,侧重在立意新妙,合于所论。但工于形容,工于用事,工于组织,都是宋人古体诗长处,似乎也难抹煞不论。宋人近体自"江西派"以来,有意讲求句律,也许较古体精进些,可是古体也能发挥光大,自辟门户,若以精华专归近体,似乎不是公平的议论。我想老人论古诗语,原依白石《诗说》立言,并非盱衡全局。至于选录宋诗,原是偏主近体之音律谐畅者,以矫时贤之弊;古体篇幅太繁,若面面顾到,怕将成为庞然巨帙,所以只从结想"高妙"者着手。序中"精华"云云,想是只就近体说,一时兴到,未及深思,便成歧义了。

本书分期,颇为妥帖自然。向来论宋诗的,已经约略有此界画,老人不过水到渠成,代为拈出罢了。至于选录标准,可于评点及圈点中见出。本书评点扼要,于标示宗旨和指导初学,都甚方便。大抵首重吐属大方。此事关系修养,不尽在诗功深浅上。如评钱惟演《对竹思鹤》云:"有身分,是第一流人语。"陈与义《次韵乐文卿北园》云:"五六濡染大笔,百读不厌。"苏轼《和子由踏青》云:"不甚高妙景物,名大家能写得恰如分际,小名家则非雅事不肯落笔矣。"这都说的是胸襟广阔,能见其大。又评黄鲁直《宿旧彭泽怀陶令》云:"古人命名,未尝非用意有在。但专就名字上着笔,终近小巧。"《题竹石牧牛》云:"用太白《独漉篇》调甚妙,但须少加以理耳。"按此处语太简略,其详见《诗话》十七,以为如诗语"何其厚于竹而薄于石",未免巧而伤理了。又评陈师道《妾薄命》云:"二诗比拟,终嫌不伦。"《放歌行》第一首云:"终嫌炫玉。"所谓"不伦",当是说得太亲昵,失了身份之意。又评乐雷发《送丁少卿自桂帅移镇西蜀》云:"如用'瑞露'等字,终嫌小方。"又评文同《此君庵》云:"谚所谓'巧言不如直道',这是墨守明人议论的所不敢说的。"老人不甚喜欢禅语。评饶节云:"诗多禅语,非浅尝者比,然兹所不录。"又评苏轼《百步洪》云:"坡公喜以禅语作达,数见无味。此诗就眼前篙眼指点出,真非钝根人所及矣。"老人能够领略非浅尝的禅语而不喜东坡以禅语作达,大约也是觉得他太以此自炫了。至于不选饶节禅语之作,或因禅太多而诗太少之故。不过禅学影响于诗甚大,有人说黄山谷的新境界全是禅学本领。这层似尚值得详论。大方不但指思想,也指才力。书中评严羽云:"沧浪有诗话,论诗甚高,以禅为喻。而所造不过如此。专宗王孟者,囿于思想,短于才力也。"老人论诗,所以不主一格。他说过:"知同体之善,忘异量之美,皆未尝出此。"(《诗话》十二)评秦观《春日五首》之一云:"遗山讥'有情'二语为'女郎诗'。诗者,劳人思妇公共之言,岂能有雅颂而无国风,绝不许女郎作诗耶?"

大方而外,真挚与兴趣也是本书选录的标准。评苏舜卿《哭曼卿》云:"归来句是实在沉痛语。"评梅尧臣《悼亡》之三云:"情之所钟,不免质言,虽过当,无伤也。"《殇小女称称》之二云:"末十字苦情写得出。"评黄鲁直《次韵吴宣义三径怀友》云:"末四句沉痛。"《次韵文潜》云:"沉痛语一二敌人千百。"评陈师道《妾薄命》之一云:"沉痛语,可以长接顾长康之于桓宣武。"评陆游《沈氏小园》等作云:"古今断肠之作,无如此前后三首者。"这都是真挚之作。语不真挚而入选者也有,那必是别有可取处。评王安石《寄阙下诸父兄兼示平甫兄弟》云:"虽非由衷之言,而说来故自动听。"黄鲁直《次韵子瞻武昌西山》云:"并子瞻于次山,付诸一慨,此时境地同也。"评尤袤《送吴待制守襄阳》云:"酬应之作,然三四六语有分寸。"都可见。评黄鲁直《题伯时画严子陵钓滩》云:"此兴到语耳。"《病起荆江亭即事》十首之一云:"兴会之作。"老人并不特别看重伫兴之作,《诗话》三有评说,所以此二诗评语也只轻描淡写出之。但于蔡襄、欧阳修、苏轼、陆游梦中四诗,却极端推重,以为"如有神助",甚至说"四诗之高妙为四君生平所未曾有"。欧作确奇,而一句一意,没有多少组织的工夫。陆作贴切便利,"自然"可喜。苏作可称"兴会"。蔡作句奇意不奇。老人推许似乎太过了些。这和他论王安石诗,以"柳叶鸣蜩暗绿"二首压卷,同是难解。又评穆修《贵侯园》云:"善戏谑兮,不为虐兮。"孔武仲《瓜步阻风》云:"第二句甚趣。"杨万里《题钟家村石崖》云:"末七字使人失笑。"诗杂诙谐,杜甫晚年作品实开风气(胡适之先生《白话文学史》说)。宋人颇会学他。老人也赏识这一种的。

自来论诗文,都重模拟。死的模拟,所谓画死人坐像,不足重;重在能变化,能以故为新,所谓脱胎换骨的便是。本书评语往往指出诗句蓝本;其按而不断者都是能变化的。这种评语不但有助于诗的多义,兼能指点初学的人。有时也指出死模拟的句子,告诉人不可学。评陈师道《赠欧阳叔弼》云:"末二句学杜而得其皮者,切不可学。"但评陈与义《再登岳阳楼感赋》云:"五六学杜而得其骨者。"得皮是死,得骨便活了,避熟就生也是活法,也是变。评苏舜钦《中秋夜吴江亭上对月怀前宰张子野及寄君谟蔡大》云:"望月怀人语数见不鲜矣,此作颇能避熟就生。"变化其实也是创新;纯粹的创新是可遇而不可求的。评王安石《壬辰寒食》云,"起十字无穷生清新"。苏轼《题西林壁》云:"此诗有新思想,似未经人道过。"杨万里《池口移舟入江再泊十里头潘家湾阻风不止》云:"写逆风全就江水西流着想,惊人语乃未经人道矣。"诚斋诗中,新境较多,但时流于巧;巧就不大方了。老人评徐照《柳叶词》云,"新巧而已",也不满意于那巧味。书中于用字,造句,押韵,也偶然评及。用字如陈师道《和李使君九日登戏马台》云:"三四加'堪'字'更'字,便不陈旧。"这也是变。又如文同《北斋雨后》云:"'占'字'寻'字下得切。"造句如黄鲁直《宿旧彭泽怀陶令》云:"铸词有极工处。"唐庚、张求诗云:"工于造句。"押韵如楼钥《求仲抑招游山归途遇雨》云:"押'及'韵如抛砖落地,从《左氏传》'师何及'句来。"都颇精当。只有辩黄鲁直《醇遂得蛤蜊复索舜泉》诗中"前"字韵诸语,未免牵强附会。其实那"前"字与"边"字同意,并无趁韵之嫌;"世人借口",未知何指,似不足辩。书中尤重章句组织。评古诗常有"辞费"之语。如梅尧臣名作《范饶州坐中客语食河豚鱼》云:"此诗绝佳者,实只首四句,余皆辞费。然所谓探骊得珠,其余鳞爪之物,听之而已。"组织工者曰"健",就是"经济的"之意。句健易,全诗健难。老人评苏轼《王维吴道子画》云:"大凡名大家诗,每篇必有一二惊人名句,全篇方镇压得住;其鳞爪之处,亦不处处用全力也。"这是为名大家辩护,实在是组织不容易。近体也如此,所以古今诗话,摘句者多,录全篇者少。《石遗室诗话》中论此最精云:

> 作近体诗,患在意不足。如七律诗八句,奈无八句之意,则空滑搪塞,无所不至矣。但果是作手,尚张罗得来,八句中有两三句三四句可味,余亦可观耳。意有余,而后

如截奔马,如临水送将归,非施手段善含蓄不可。意仅足,则刬溪归棹,故作从容,故有余地,工于作态而已。(《诗话》)

书中评近体诸作,不大说及组织,实因全美的少,一一指疵,未免太烦。只有组织特别者才有说明。评郑文宝《阙题》云:"案此诗首句一顿,下三句连作一气说,体格独创。唐人中唯太白'越王勾践破吴归'一首,前三句一气连说,末句一扫而空之。此诗异曲同工。善于变化。"陈师道《春怀示邻里》云:"此诗另是一种结构,似两绝句接成一律。"杨万里《题沈子寿旁观录》云:"倒戟而入作法。"这三首诗若不细加吟味,是会囫囵看过的。

书中选录的诗甚有别裁,而且宋人诗话中称道的,和有关诗家掌故的作品,大抵也都在选中。读此书如在大街上走,常常看见熟人。评论诗家,如王安石苏轼黄鲁直朱熹陆游刘克庄等人,语虽简短而能扼要,绝非兴到振笔者可比。至于说诗,更是老人的长处。如说王安石《元丰行》、《明妃曲》,抉出用意,鞭辟入里,古今人所未道及。又如黄鲁直《戏作林夫人欸乃歌》之一,时序先后,颇不易明,老人一语点破,便觉豁然。评语中也间有附会处,上文论押韵,已举一条。他如评王安石《歌元丰》云:"微有杨子幼'豆落为萁'意。"细味原诗,却绝无此意。与《元丰行》、《后元丰行》不同,只"南山"二字,涉想过远,才有此评;但他自己也不深信,所以只说"微有"。不过书中如此附会处极少。评语中间论改诗。欧阳修《丰乐亭小饮》云:"第五句以太守而说游女丑,似未得体,当有以易之。"原诗云"看花游女不知丑,古妆野态争花红",这是诙谐语,与苏轼《于潜女》貌异心同;重在游女之朴真,不在品题美丑。再说诗并非作给游女看,也不是作给州民看,乃是给朋友们看的;既非宣教,何苦以体统相绳呢?又《招许主客》诗五六句云:"更扫广庭宽百亩,少容明月放清光。"评云"'少容'若作'多容',更佳"。明月清光何限?即"横扫广庭宽百亩",岂能尽容其放开来?说"少容",是比较的多之意,意曲而趣,改"多容"就未免太"直道"了。

论中国文学选本与专籍

有一位朋友在大学里教词史,他的学生问他,读词是哪几种选本好。他和我们谈起这件事,当作一个笑话:大学生还只晓得读选本!他论的是大学生,自然不错。但对于大学生以外的人,譬如说中学生罢,这个意见很值得讨论了。近世中国学人有一个传统,就是看不起选本。他们觉得读书若只读选本,只算是陋人而不是学人。这也有时代背景的。明朝以来,读书人全靠八股文猎取功名,他们用不着多读书,只消拿几种选本加意揣摩,便什么都有了,所以选本风行一时。大家脑子里有的是文章,而切实地做学问的却少。八股文选本风行以后,别种文体的选本也多起来;取材的标准以至评语圈点,大都受八股文的影响。空疏俗滥,辗转流传。选本为人诟病的主要原因在此。这种风气诚然是陋,是要不得,但因此就抹杀一切选本和选家,却是不公道的。

近代兴办学校以后,大学中学国文课程的标准共有三变:一是以专籍为课本,二是用选本,三还是用选本,但加上课外参考书。一是清光绪中《钦定学堂章程》中所规定。二是自然的转变。转变的原因,据我想,是因为学校中科目太多了,不能在文字上费很多的精力。三是胡适之先生的提倡,他在《中学国文的教授》一文里,力主教学生多读参考书。后来人便纷纷开书目,又分出精读泛读等名目。中学如此,大学自然更该如此。但实际上学生读那些课外参考书的,截至现在为止,似乎还不多。道尔顿制流行的时候,照实施该制的学校的表册看,应该有些学生真正读过些参考书;可惜未及知其详,该制就渐渐不大有人提起了。结果,大体还是以选本为主,只不过让学生另外多知道些书名而已。选本势力之大,由此可见,虽反对选本的人也不能否认。

大学生姑且不谈,就中学生说,我并不反对他们读选本,无论教授及自修。但单读选本是不够的,还得辅以相当分量的参考书(胡先生所拟议的太多了,中学生即使是文科的,怕也来不及)和严格的督促。我想中学生念国文的目的,不外乎获得文学的常识,培养鉴赏的能力,和练习表现的技术。无论读文言白话,俱是如此。我主张大家都用白话作文,但文言必须要读;词汇与成语,风格与技巧,白话都还有借助于文言的地方。这三种目的里,三是作文方面现在不论。论前两种,则读选本实为最经济最有效的办法。旧说选本的毛病共有三件:一是太熟太狭,如上所言。这是取材关系,补救极易。曾国藩《经史百家杂钞》已见及此;近年的选本更多推陈出新,自经史至于笔记、译文、诗、词、曲等,都可入选,只可惜又太零碎了。二是偏而不全,读者往往以一二篇概其余,养成不正确的观念。这是分量关系，也可矫正，详在下节。三是读者易为选者成见所囿，不能运用自家的思考力。但在中学生，常识还不够作判断的根据，只要指给他不至太偏的选本，于他正是适宜的引导。若让他读几本专书，他于这几本书即使能有自己意见，而对于相关的材料知道太少，那样意见也不会正确。若要他将相关的重要专籍都读过，又是时间所不许。——其实真正编得有道理的选本，也还有它的价值。读过专籍的人，可以拿它来印证自己的意见，增进对于原书的了解，不过这已不是中学生的事了。我说的选本是指用心选出来的，有目的有意义的而言。至于随手检阅而得，只要是著名的人著名的篇，便印为讲义，今日预备明日之用，这是碰本，不是选本。这种也许可以叫做"模范文"，但文之可以为"模范"者甚多，碰着的便是"模范"，碰不着的便不是，是什么道理？

　　选本的标准不同：或以时代，或以体制，或以事类，或以派别，或以人，或以地；也有兼用两种标准的。为中学生起见，我主张初中用分体办法；体不必多，叙事、写景、议论三种便够。因为初中学生对于文字的效用还未了然，这样做，意在给他打好鉴赏力和表现力的基础。类目标明与否，无甚关系，但文应以类相从。材料取近人白话作品及译文为主，辅以古今浅近的文言；不必采录古白话，古白话小说可另作参考之用。去取看表现艺术，思想也当注意。高中用分代分家办法，全选文言。分代只需包括周秦、汉魏、晋南北朝、唐宋的文和诗，加上宋词、元曲。每种只选最重要的几个大家，家数少，每家作品便多，不致有上文所说以一二篇概全体的弊病。每家不能专选一方面，大品与小品都要有。我主张只选这几个时代，并非看轻以后作品，只因最脍炙人口的东西，也就是一般人应有的中国文学常识，都在这几个时代内。中学生是不必求备的，这样尽够了，求备怕反浮而不切了。这种选本分量不至很多，再有简明的注，毋须逐字句地讲解或检查，便是理科的学生也可相当采用的。文明书局有分代的诗文读本，有注，但还嫌家数太多，方面也太多。分人是进一步的专精的读法。专籍往往太多，且瑕瑜互见，徒乱初学心目，故我也主张用选本。旧有的如《十八家诗钞》，颇合用，《四史菁华录》虽选而且删，却仍然好；——新的各种"精华"（中华、商务都有），当分别地看。这种宜用作参考书。此外可多读小说，古今作译，只要著名的都行，小说增加人的经验，提示种种生活的样式，又有趣味，最是文学入门的捷径。杂剧、传奇也可读，文字也许困难些。最后，各种关于中国文学的通论或导言，也是好的参考书；本刊编者夏先生曾说要编辑中学生丛书，其中必有一部分是关于中国文学的。这种书应以精实为贵，但单读这种书，还不免是戏论，非与前说各种选本及参考书印证不可；因为那些是第一原料。

1930 年

论中国诗的出路

读了两期《诗刊》，引起一些感想。这些感想也不全然是新的，也不全然是自己的。平常自己乱想，或与朋友谈论：牵涉到中国诗，总有好多不同的意见。现在趁读完《诗刊》的机会，将这些意见整理一下，写在这里。

近代第一期意识到中国诗该有新的出路人要算是梁任公夏穗卿几位先生。他们提倡所谓"诗界革命"，他们一面在诗里装进他们的政治哲学，一面在诗里引用西籍中的典故，创造新的风格。但诗不是哲学的工具，而新典故比旧典故更难懂：这样他们便失败了。

第二期自然是胡适之先生及其他的白话诗人。这时候大家"多半是无意识的接收外国文学的暗示"，"注重的是白话，不是诗"，诚如梁实秋先生在《诗刊》中所说。

第三期是民国十四年办《晨报·诗刊》及现在办《诗刊》的诸位先生。他们主张创造新的格律，但所做到还只是模仿外国近代诗，在意境上，甚至在音节上。模仿意境，在这过渡期是免不了的，并且是有益好。模仿音节，却得慎重，不能一概而论。

音节麻烦了每一个诗人，不论新的旧的。从新诗的初期起，音节并未被作诗的人忽略过，如一般守旧的人所想。胡适之先生倡"自然的音节"论（见《谈新诗》），这便是一切自由诗及小诗的根据。从此到闻一多先生"诗的格律"论（见《晨报·诗刊》），中间有不少的关于诗的音节的意见。这以后还有，如陈勺水先生所主张的"有律现代诗"（见《乐群》半月刊第四期）及最近《诗刊》中诸先生的议论。这可见音节的重要了。

中国诗体的变迁，大抵以民间音乐为枢纽。四言变为乐府，诗变为词，词变为曲，都源于民间乐曲。所以能行远持久，大半便靠这种音乐性，或音乐的根据。这其间也许有外国影响，如胡乐之代替汉乐，及胡适之先生所说吟诵诗文的调子由梵呗而来（见《白话文学史》）之类；但只在音乐方面，不在诗的本体上。还有，词曲兴后，五七言之势并不衰；不但不衰，似乎五七言老是正宗一样。这不一定是偏见，也许中国语的音乐性最宜于五七言。你看九言诗虽有人做过，都算是一种杂体，毫不发达（参看《小说月报·中国文学研究》中刘大白先生的论文）。（俞平伯先生说）

按照上述的传统，我们的新体诗应该从现在民间流行的，曲调词嬗变出来，如大鼓等似乎就有变为新体诗的资格。但我们的诗人为什么不去模仿民间乐曲（从前倒也有，如招子庸的粤讴，缪莲仙的南词等，但未成为风气），现在都来模仿外国，作毫无音乐的白话诗？这就要看一看外国的影响的力量。在历史上外国对于中国的影响自然不断地有,但力量之大,怕以近代为最。这并不就是奴隶根性,他们进步得快,而我们一向是落后的,要上前去,只有先从效法他们入手。文学也是如此。这种情形之下,外国的影响是不可抵抗的,它的力量超过本国的传统。就新诗而论,无论自由诗,格律诗(姑用此名),每行之长,大抵多于五七言,甚至为其倍数。在诗词曲及现在的民集乐曲中,是没有这样长的停顿或乐句的。(词曲每顿过七字者极少;在大鼓书通常十字三顿,皮黄剧词亦然。)

这种影响的结果,诗是不能吟诵了。有人说不能吟诵不妨,只要可读可唱就行。新诗的可唱,由赵元任的新诗歌集证明。但那不能证明新诗具有充分音乐性,我们宁可说,赵先生的谱所给的音乐性也许比原诗所具有的多。至于读诗,似乎还没有好的方法。《诗刊》诸先生似乎也有鉴于此,所以提倡诗的格律。他们的理论有些很可信,但他们的实际,模仿外国诗音节还是主要工作。这到底能不能成功呢?我们且先看看中国语言所受过的外国的影响如何。(本节略采浦江清先生说)

佛经的翻译是中国语言第一次受到外国的影响。梁任公先生有过《佛典翻译与文学》一文(见梁任公近著)详论此事。但华梵语言组织相去甚远,习梵文者又如凤毛麟角,所以语言上虽有很大的影响(佛经翻译,另成新体文字),却一直未能普遍应用。有普遍应用的是翻译文中的许多观念和故事的体裁;故事体后来发展便成小说,重要自不待言。中国语言第二次受到的外国影响,要算日本名词的输入;日本的句法也偶被采用,但极少。因为报章文学的应用,传播极快;二三十年前的"奇字"如"运动"（受人运动的运动），现在早成了常语。第三次是我们躬自参加的一次，便是新文学运动中白话文欧化的事。这回的欧化起初是在句法上多，后来是在表现（怎样措辞）上多。无论如何，这回传播的快的广，比佛经翻译文体强多了。这里主要的原因是懂得外国文的人多得多了，他们触类旁通，自然容易。大概中国语言本身最不轻易接受外来的影响，句法与表现的变更要有伟大的努力或者方便的环境。至于音节，那是更难变更——不但难，有时竟是不可能的。音节这东西太复杂了，太微妙了，不独这种语言和那种语言不同，一个人的两篇作品，也许会大大地差异；以诗论，往往体格相同之作，音节上会有繁复的变化，如旧体律诗便是如此——特别是七律。

徐志摩先生是试用外国诗的音节到中国诗里最可注意的人。他试用了许多西洋诗体。朱湘先生评志摩的诗一文（见《小说月报》十七卷一号）中曾经列举，都有相当的成功。近来综观他所作，觉得最成功的要算无韵体（Blank Verse）和骈句韵体。他的紧凑与利落，在这两体里表现到最好处。别的如散文体姑不论，如各种奇偶韵体和章韵体，虽因徐先生的诗行短，还能见出相当的效力，但同韵的韵字间距离太长，究竟不能充分发挥韵的作用。韵字间的距离应该如何，自然还不能确说；顾亭林说古诗用韵无隔十字以上者，暂时可供参考。不但章韵体奇偶韵体易有此病，寻常诗行太长，也易有此病。商籁体之所以写不像，原因大部分也在此。梁实秋先生说"用中国话写Sonnet，永远写不像"，我相信。孙大雨先生的商籁（见《诗刊》），诚然是精心结撰的作品，但到底不能算是中国的，不能被中国人消化。徐志摩先生一则说孙先生之作可成定体，再则说商籁可以试验中国语的柔韧性等，但他自己却不做（据我所知，他只有过一首所谓"变相的十四行诗"）。这如何能叫人信？

西洋诗的音节只可相当的采用，因为中国语有它的特质，有时是没法凑合的。创造新格律，却是很重要的事。在现在所有的意见中，我相信闻一多先生的音尺与重音说（见《晨报·诗刊》中《诗的格律》一文及《诗刊》中梁实秋先生的信），可以试行。自然这两种说法也都是从西洋诗来的。我相信将来的诗还当以整齐的诗行为正宗，长短句可以参用，正如五七言为旧诗的正宗一样。采用西洋的音节创造新格律都得倚赖着有天才的人。单是理论一点用也没有。我们要的是作品的证明，作品渐渐多了，也许就真有定体了。

有一种理论家我们也要的。他们是用科学方法研究中国语言的音乐性的。他们能说出平仄声，清浊声，双声叠韵，四等呼，以及其他数不完的种种字音上的玩意，对于我们情感的影响。这种理论的本身虽然也许太烦琐，太死板，但到了一个天才的手里应用起来，于中国诗的前途，未必没有帮助。（本节采杨今甫先生说）

上文说过新诗不能吟诵，因此几乎没有人能记住一首新诗。固然旧诗中也只近体最便吟诵，最好记，词曲次之，古体又次之，但究竟都能吟诵，能记，与新诗悬殊。新诗的不能吟诵，就表面看，起初似乎因为行不整齐，后来诗行整齐了，又太长，其实，我想，是因为新诗没有完成的格律或音节。但还有最重要的，如胡适之先生《谈新诗》里所说及刘大白先生《中国诗篇里的声调问题》文中所主张，是轻重音代替了平仄音。说得更明白些，旧诗句里的每个字，粗粗地说，是一样的重音，轻音字如"了"字也变成重音；新诗模仿自然的语言，至少也接近自然的语言，轻音字便用得多，轻音字的价值也便显露了。这一种改变，才是新诗不能吟诵的真因；新诗大约只能读和唱，只应该读和唱的。唱诗是以诗去凑合音乐，且非人人所能，姑不论。读诗该怎么着，是我们现在要知道的。赵元任先生在《新诗歌集》里说读诗应按照自然的语气，明白，清朗（大意）；曾听见他读《我是少年》等诗，在国语留声机片中。但这是以国语为主，不以诗为主，故不及听他唱新诗的有味。又曾听见朱湘先生读他的《采莲曲》，用旧戏里韵白的调子。这自然是个经济的方法，但显然不是唯一的方法。用这种方法读诗，似乎还有些味儿。读诗的方法最为当务之急，新诗音节或格律的完成与公认，一半要靠着那些会读的人。这大概也得等待天才，不是尽人所能；但有了会读的人，大家跟着来便容易，不像唱那么难。朱湘先生在民国十五年曾提倡过读诗会（见是年四月《晨报画刊》），可惜没有实行；现在这种读诗会还得多多提倡才行。

在外国影响之下，本国的传统被阻遏了，如上文所说；但这传统是不是就中断或永断了呢？现在我们不敢确言。但我们若有自觉的努力，要接续这个传统，其势也甚顺的。这并非空话。前《大公报》上有一位蜂子先生写了好些真正白话的诗，记载被人忘却的农村里小民的生活。那些诗有些像歌谣，又有点像大鼓调,充满了中国的而且乡土的气息。有人嫌它俗,但却不缺少诗味。可惜蜂子先生的作品久不见了,又没个继起的人。这种努力其实是值得的。

五七言古近体诗乃至词曲是不是还有存在的理由呢?换句话,这些诗体能不能表达我们这时代的思想呢?这问题可以引起许多的辩论。胡适之先生一定是否定的,许多人却徘徊着不能就下断语。这不一定由于迷恋骸骨,他们不信这经过多少时代多少作家锤炼过的诗体完全是塚中枯骨一般。固然照傅孟真先生的文学的有机成长说(去年在清华讲演),一种文体长成以后,便无生气,只余技巧;技巧越精,领会的越少。但技巧也正是一种趣味;况如宋诗之于唐诗,境界一变,重新,沈曾植比之于外国人开埠头本领(见《石遗室诗话》),可见骸骨运会之谥,也不尽确。"世界革命"诸先生似乎就有开埠头之意。他们虽失败了,但与他们同时的黄遵宪乃至现代的吴芳吉、顾随、徐声越诸先生,向这方面努力的不乏其人,他们都不能说没有相当的成功。他们在旧瓶里装进新酒去。所谓新酒也正是外国玩意儿。这个努力究竟有没有创造时代的成绩,现在还看不透;但有件事不但可以帮助这种努力,并且可以帮助上述的种种;便是大规模地有系统地试译外国诗。

这是本文最末的一个主张。译专集也成,总集也成,译莎士比亚固好,译 Golden Treasury 也行。但先译总集或者更方便些。你可以试验种种诗体,旧的新的,因的创的;句法,音节,结构,意境,都给人新鲜的印象(在外国也许已陈旧了)。不懂外国文的人固可有所参考或仿效,懂外国文的人也还可以有所参考或仿效；因为好的翻译是有它独立的生命的。译诗在近代是不断有人在干，苏曼殊便是一个著名的，但规模太小，太零乱，又太少，不能行远持久。要能行远持久，才有作用可见。这是革新我们的诗的一条大路；直接借助于外国文，那一定只有极少数人，而且一定是迂缓的，仿佛羊肠小径一样，这还是需要有天才的人；需要精通中外国文，而且愿意贡献大部分甚至全部分生命于这件大业的人。

诗　韵

　　新诗开始的时候,以解放相号召,一般作者都不去理会那些旧形式。押韵不押韵自然也是自由的。不过押韵的并不少。到现在通盘看起来,似乎新诗押韵的并不比不押韵的少得很多。再说旧诗词曲的形式保存在新诗里的,除少数句调还见于初期新诗里以外,就没有别的,只有韵脚,这值得注意。新诗独独的接受了这一宗遗产,足见中国诗还在需要韵,而且可以说中国诗总在需要韵。原始的中国诗歌也许不押韵,但是自从押了韵以后,就不能完全甩开它似的。韵是有它的存在的理由的。

　　韵是一种复沓,可以帮助情感的强调和意义的集中。至于带音乐性,方便记忆,还是次要的作用。从前往往过分重视这种次要的作用,有时会让音乐淹没了意义,反觉得浮滑而不真切。即如中国读诗重读韵脚,有时也会模糊了全句;近体律绝声调铿锵,更容易如此。幸而一般总是隔句押韵,重读的韵脚不至于句句碰头。句句碰头的像"柏梁体"的七言古诗,逐句押韵,一韵到底,虽然是强调,却不免单调。所以这一体不为人所重。新诗不应该再重读韵脚，但习惯不容易改，相信许多人都还免不了这个毛病。我读老舍先生的《剑北篇》，就因为重读韵脚的原故，失去了许多意味；等听到他自己按着全句的意义朗读，只将韵脚自然的带过去，这才找补了那些意味。——不过这首诗每行押韵，一韵又有许多行，似乎也嫌密些。

有人觉得韵总不免有些浮滑，而且不自然。新诗不再为了悦耳，它重在意义，得采用说话的声调，不必押韵。这也言之成理。不过全是说话的声调也就全是说话，未必是诗。英国约翰·德林瓦特（John Drinkwater）曾在《论读诗》的一张留声机片中说全用说话调读诗，诗便跑了。是的，诗该采用说话的调子，但诗的自然究竟不是说话的自然，它得加减点儿，夸张点儿，像电影里特别镜头一般，它用的是提炼的说话的调子。既是提炼而得自然，押韵也就不至于妨碍这种自然。不过押韵的样式得多多变化，不可太密，不可太板，不可太响。

押韵不可太密，上文已举"柏梁体"为例。就是隔句押韵，有些人还恐怕单调，于是乎有转韵的办法；这用在古诗里，特别是七古里。五古转韵，因为句子短，隔韵近，转韵求变化，道理明白。但七古句子长，韵隔远，为什么转韵的反而多呢？这有特别的理由。原来六朝到唐代七古多用谐调，平仄铿锵，带音乐性已经很多，转韵为的是怕音乐性过多。后来宋人作七古，多用散文化的句调，却怕音乐性过少，便常一韵到底，不换韵。所以韵的作用，归根结底，还是随着意义变的；我们就韵论韵，只是一种方便，得其大概罢了，并没有什么铁律可言。词的句调比较近于说话，变化多，转韵也多。可是词又出于乐歌，带着很多的音乐性，所以一般的看，用韵比较密。它以转韵调剂密韵，显明的例子如《河传》。还有一种平仄通押（如贺铸《水歌调头》"南国本潇洒，六代竞豪奢"一首，见《东山寓声乐府》）也是转韵；变化虽然不及一般转韵的大，却能保存着那一韵到底的一贯的气势，是这一体的长处。曲的句调也近于说话，但以明快为主，并因乐调的配合，都是到底一韵。不过平仄通押是有的。

词的押韵的样式最多，它还有间韵。如温庭筠的《酒泉子》道：

楚女不归，
楼枕小河春。
月孤明，风又起，
杏花稀。

玉钗斜篸云鬟髻，
裙上镂金凤。
八行书，千里梦，
雁南飞。

（据《词律》卷三）

这里间隔的错综的押着三个韵，很像新诗；而那"稀"和"飞"两韵，简直就是新诗的"章韵"。又如苏轼的《水调歌头》的前半阕道：

> 明月几时有？把酒问青天。
> 不知天上宫阙，今夕是何年！
> 我欲乘风归去，
> 又恐琼楼玉宇，
> 高处不胜寒。
> 起舞弄清影，何似在人间！
>
> （据任二北先生《词学研究法》，与《词律》异）

这也是间隔着押两个韵。这些都是转韵，不过是新样式罢了。

诗里早有人试过间韵。晚唐章碣有所谓"变体"律诗，平仄各一韵，就是这个：

> 东南路尽吴江畔，
> 正是穷愁暮雨天。
> 鸥鹭不嫌斜两岸，
> 波涛欺得逆风船。
> 偶逢岛寺停帆看，
> 深羡渔翁下钓眠。
> 今古若论英达算，
> 鸱夷高兴固无边。
>
> （《全唐诗》四函一册）

章碣"变体"只存这一首,也不见别人仿作,可见并未发生影响。他的试验是失败了。失败的原因,我想是在太板太密。新诗里常押这种间韵,但是诗行节奏的变化多,行又长,就没有什么毛病了。间韵还可以跨句。如上举《酒泉子》的"起"韵,《水调》的"宇"韵,都不在意义停顿的地方,得跟下面那个不同韵的韵句合成一个意义单位。这是减轻韵脚的重量,增加意义的重量,可以称为跨句韵。这个样式也从诗里来,鲍照是创始的人。如他的《梅花落》诗道:

中庭杂树多,偏为梅咨嗟。问君何独然?念其霜中能作花;霜中能作实,摇荡春风媚春日。念尔零落逐寒风,徒有霜华无霜质!

"实"韵正是跨句韵,但这首诗只是转韵,不是间韵。现在新诗里用间韵很多,用这种跨句韵也不少。

任二北先生在《词学研究法》里论"谐于吟讽之律",以为押韵"连者密者为谐"。他以为《酒泉子》那样押韵嫌"隔"而不连,《西平乐》后半阕"十六句只三叶韵",嫌"疏"而不密。他说这些"于歌唱之时,容或成为别调,若于吟讽之间,则皆无取焉"。他虽只论词,但喜欢连韵和密韵,却代表着传统的一般的意见。我们一向以高响的说话和歌唱为"好听"(见王了一先生《什么话好听》一文,《国文月刊》),所以才有这个意见。但是现代的生活和外国的影响磨锐了我们的感觉;我们尤其知道诗重在意义，不只为了悦耳。那首《酒泉子》的韵倒显得新鲜而不平凡，那《西平乐》一调的疏韵也别有一种"谐"处。《词律拾遗》卷六收吴文英的《西平乐》一首，后半阕十六句中有十三个四字短句。这种句式的整齐复沓也是一种"谐"，可以减少韵的负担。所以"十六句三叶韵"并不为少。

这种疏韵除利用句式的整齐复沓外，还可与句中韵（内韵）和双声叠韵等合作，得到新鲜的和谐。疏韵和间韵都有点儿"哑"，但在哑的严肃里，意义显出了重量。新诗逐行押韵的比较少，大概总是隔行押韵或押间韵。新诗行长，这就见得韵隔远，押韵疏了。间韵能够互相调谐，从十四行体的流行可知；隔行押韵，也许加点儿花样更和谐些。新诗这样减轻了韵脚的分量，只是我们有时还不免重读韵脚的老脾气。这得靠朗读运动来矫正。新诗对于韵的态度，是现代生活和外国诗的影响，前已提及。但这新种子，如本篇所叙，也曾在我们的泥土里滋长过，只不算欣欣向荣罢了。所以这究竟也是自然的发展。

作旧诗词曲讲究选韵。这就是按着意义选押合宜的韵——指韵部，不指韵脚。周济《宋四家词选》序论中说到各韵部的音色，就是为的选韵。他道：

"东""真"韵宽平，"支""先"韵细腻，"鱼""歌"韵缠绵，"萧""尤"韵感慨，各具声响，莫草草乱用。

这只是大概的说法，有时很得用，但不可拘执不化。因为组成意义的分子很多，韵只居其一，不可给予太多的分量。韵部的音色固然可以帮助意义的表现，韵部的通押也有这种作用，而后者还容易运用些。作新诗不宜全押本韵，全押本韵嫌太谐太响。参用通押，可以哑些，所谓"不谐之谐"（现代音乐里也参用不谐的乐句，正同一理）；而且通押时供选择的韵字也增多。不过现在的新诗作者，押韵并不查诗韵，只以自己的蓝青官话为据，又常平仄通押，倒是不谐而谐的多。不过"谐韵"也用得着。这里得提到教育部制定的《中华新韵》。这是一部标准的国音韵书，里面注明通韵；要谐，押本韵，要不谐，押通韵。有本韵书查查，比自己想韵方便很多。作方言诗自然可用方音押韵，也很新鲜别致的。新诗又常用"多字韵"或带轻音字的韵，有一种轻快利落的意味，这也在减少韵脚的重量。胡适之先生的"了字韵"创始于新诗的"多字韵"，但他似乎用得太多。

现在举卞之琳先生《傍晚》这首短诗，显示一些不平常的押韵的样式。

　　　倚着西山的夕阳
　　　和呆立着的庙墙

　　　对望着：想要说什么呢？
　　　又怎么不说呢？

　　　驮着老汉的瘦驴

匆忙的赶回家去，
忒忒的，足蹄鼓着道儿——
枯涩的调儿！

半空里哇的一声
一只乌鸦从树顶
飞起来，可是没有话了，
　　依旧息下了。

按《中华新韵》，这首诗用的全是本韵。但"驴"与"去"，"声"与"顶"是平仄通押；"阳""墙""驴""顶"都是跨句韵；"么呢""说呢"，"道儿""调儿"，"话了""下了"，都是"多字韵"。而"么""去""下"都是轻音字，和非轻音字相押，为的顺应全诗的说话调。轻音字通常只作"多字韵"的韵尾，不宜与非轻音字押韵，但在要求轻快流利的说话的效用时，也不妨有例外。

诗的趋势

一九三九年六月份的《大西洋月刊》载有现代诗人麦克里希（Archibald MacLeish）《诗与公众世界》一文。这篇文曾经我译出，登在香港《大公报》的文艺副刊里。文中说：

如果我们作为社会分子的生活——那就是我们的公众生活，那就是我们的政治生活——已经变成了一种生活，可以引起我们私人的厌恶，可以引起我们私人的畏惧，也可以引起我们私有的希望；那么，我们就没有法子，只得说，对于这种生活的我们的经验，是有强烈的、私人的情感的经验了。如果对于这种生活的我们的经验，是有强烈的、私人的情感的经验，那么，这些经验便是诗所能使人认识的经验了——也许只有诗才能使人认识它们呢。

又说：

> 要用归依和凭依的态度将我们这样的经验写出来，使人认识，必须那种负责任的，担危险的语言，那种表示接受和信仰的语言。

而他论到滂德（Ezra Pound）说：

> 他夜间做梦，总梦见些削去修饰的词儿，那修饰是使它们陈旧的；总梦见些光面儿没油漆的词儿，那油漆曾将它们涂在金黄色的柚木上；总梦见些反剥在白松木上、带着白松香气的词儿。

他所谓"我们自己时代的真诗"，所用的经验是怎样，所用的语言是怎样，这儿都具体的说了。他还说，在英美青年诗人的作品里，已经可以看出，那真诗的时代是近了。

近来得见一本英国现代诗选，题为《再别怕了》（*Fear No More*）。似乎可以印证麦克里希的话。这本诗选分题作《为现时代选的生存的英国诗人的诗集》，一九四〇年剑桥大学出版部印行的。各位选者和各篇诗的作者都不署名。《给读者》里这样说：

> ……但可以看到〔这么办〕于本书有好处。虽然一切诗人都力求达到完美的地步，但没有诗人达到那地步。不署名见出诗的公共的财富，并且使人较易秉公读一切好诗。

集中许多诗曾在别处发表,都是有署名的。全书却也有一个署名,那是当代英国桂冠诗人约翰·买司斐尔德(John Masefield)的题辞,这本书是献给他的。题辞道:

> 在危险的时期,群众的心有权力。只有个人的心能创造有价值的东西,这时候却不看重了。人靠着群众的心抵抗敌人;靠着个人的心征服"死亡"。作这本有意思的书的人们知道这一层,他们告诉我们,"再别怕了"。

集中的诗差不多都是一九四〇前五年内写的。选录有两个条件:一是够好的,一是够近的。为了够好,先请各位诗人选送自己的诗,各位选者再加精择;末了儿将全稿让几位送稿的诗人看,请他们再删一次。至于"够近的"这条件,是全书的目的和特性所在,《给读者》里有详尽的说明:

"过去五年时运压人,是些黑暗而烦恼的年头;可是比私人的或个人的幸福更远大的幸福却在造就中。凡沉思〔的人〕是不能不顾到这些烦恼的。人不再是上帝的玩意了:眼见他的命运归他自己管了——一种新责任,新体验到的危险。"这本书的名字取自买司斐尔德的题辞,原拟的名字是"人正视自己"(Man Facing Himself)。"这句话写出战争,也写出了诗。……虽然时势紧急,使我们去做大规模的,拼性命的动作,可是我们中没有一个因此就免掉沉想的义务。这战争我们得'想'到底;这一回战争对于思想家相关〔之切〕,是别的战争所从不曾有过的。……著述人,政治家,记者,宣教师,广播员,都赞同这个意见……诗的重要不在特殊的结论而在鼓励沉思。……人要诗，如饥者之于食，不为避开环境，是为抓住环境。因为诗是生活的路子的一个例子。人要的是例子；不是诗人写下的聪明话，是他们沉思的路子；更不是别的旧诗选本，是切于现时代的事例和实证——这事例和实证表显人类用来测量并维持那些精神标准的权力。本书原不代表一切写着诗的英国诗人；可是只要诗人同是活着的人，本书也可以代表他们，并可以代表人类。因为时代的诗是人类的声音。这种诗没有劝告，没有标语；只有自觉的路子。诗人在写作的时候，他们是自己的一帖解药，可以解掉群众心理〔的影响〕；他们将孤注押在自己这个人身上，这个自觉的人身上，这个正视自己的人身上。这样做时，他们就表显怎样为人类作战。"——这一番话和麦克里希的话是可以互相映发的。

现在选译本集的诗二首，作为例证。

冬鸳鸯菊

簇着，小小的仿佛一口气，
不是颗花儿，倒是一群人；
好像在用心头较热的力，
造他们心头自己的气温。

他们活着：不怨载他们的
地土，也不怨他们的出世。

他们跟大地最是亲近的,
他们懂得大地怎么回事;

这儿冬天用枯枝的指头
将我们拘入我们的门槛,
他们却承受一年最冷流
建筑他们的家园在中间。

一九三九年九月三日

吃着苹果,摘下来从英国树,
脚底下是秋季,我们在战争。
战氛的星球上许害了疯症,
眼睛里能见到一切的凭据——
黄峰猛攫着梅子,像我们一流,
但他们聪明些,有分际——四方
都到成熟期,除我们一帮
无季节,无理性,有死而不自由。
话有何用。我们本然的地位
是本然的自我。人能依赖的
希望还是人,虽然人类遭了劫。
希望会将恨来划破了大地
和人的脸;但若尽力于无害的,
我们,这最后的亚当,未必最劣。

麦克里希文中论到艾略特（T. S. Eliot）曾说道，"冷讽是勇敢而可以不负责任的语言，否定是聪明而可以不担危险的态度"。冷讽和否定是称为"近代"或"当代"的诗的一个特色。可是到这两首诗就不同了。前一首没有冷讽和否定，不避开环境而能够抓住环境，正是"负责任的，担危险的语言"。那鸳鸯菊耐寒不怨，还能够"用心头较热的力，造他们心头自己的气温"，正是我们"生活的路子的一个例子"。后一首第一节虽由冷讽和否定组织而成，第二节却是"表示接受和信仰的语言"——跟前节对照，更见出经验的强烈来。这正是"正视着自己"，正是"自觉的路子"。"话有何用"，重要的是力行。"但若尽力于无害的，我们，这最后的亚当，未必最劣。""无害的"对战争的有害而言；这确见出远大的幸福在造就中。苹果是秋季的符号，也是亚当的符号；亚当吃了苹果，才开始了苦难。"我们这最后的亚当"也是自作自受，苦难重重。可是我们接受苦难，信仰自己，负起责任，担起危险，未必不能征服死亡，胜过前辈的亚当。这两首诗的作者虽然"将孤注押在自己这个人身上"，可是"自己这个人"是"作为社会分子"而生活着；所以诗中用的是"他们""我们"两个复数词。作为社会分子而生活就是"公众生活"，就是"政治生活"；对于这种生活的经验，就是"怎样为人类作战"。这种诗似乎可以当得麦克里希所谓"能做现在所必须做的新的建设工作的诗"。这两首诗里用的都是些"削去修饰的词儿"。译文里也可见出。这跟一般称为"近代"或"当代"的诗是不同的。近来还看到一本英国诗选，题为《明日诗人》（*Poets of Tomorrow*）（第三集），去年出版。

从这本书知道近年的诗人已经不爱"晦涩",不迷恋文字和技巧,而要求无修饰的平淡的实在感,要求明确的直截的诗。还有人以为诗不是专门的艺术而是家庭的艺术;以为该使平常人不怕诗,并且觉着自己是个潜在的诗人(分见各诗人小传)。那么,这两首的平淡也是近年一般的倾向了。

我国诗人现在是和这些英国诗人在同一战争中,而且在同一战线上,我国抗战以来的诗,似乎侧重"群众的心"而忽略了"个人的心",不免有过分散文化的地方。《再别怕了》这本诗选也许是一面很好的借镜。

1943 年

《中国新文学大系》诗集导言

一

胡适之氏是第一个"尝试"新诗的人,起手是民国五年七月。新诗第一次出现在《新青年》四卷一号上,作者三人,胡氏之外,有沈尹默、刘半农二氏;诗九首,胡氏作四首,第一首便是他的《鸽子》。这时是七年正月。他的《尝试集》,我们第一部新诗集,出版是在九年三月。

清末夏曾佑、谭嗣同诸人已经有"诗界革命"的志愿,他们所作"新诗",却不过检些新名词以自表异。只有黄遵宪走得远些,他一面主张用俗话作诗——所谓"我手写我口",一面试用新思想和新材料——所谓"古人未有之物,未辟之境"——入诗。这回"革命"虽然失败了,但对于民七的新诗运动,在观念上,不在方法上,却给予很大的影响。

不过最大的影响是外国的影响。梁实秋氏说外国的影响是白话文运动的导火线;他指出美国印象主义者六戒条里也有不用典,不用陈腐的套语;新式标点和诗的分段分行,也是模仿外国；而外国文学的翻译，更是明证。胡氏自己说《关不住了》一首是他的新诗成立的纪元，而这首诗却是译的，正是一个重要的例子。

新诗运动从诗体解放下手。胡氏以为诗体解放了，"丰富的材料，精密的观察，高深的理想，复杂的感情，方才能跑到诗里去"。这四项其实只是泛论。他具体的主张见于《谈新诗》。消极的不作无病之呻吟，积极的以乐观主义入诗。他提倡说理的诗。音节，他说全靠：一，语气的自然节奏；二，每句内部所用字的自然和谐，平仄是不重要的。用韵，他说有三种自由：一，用现代的韵；二，平仄互押；三，有韵固然好，没有韵也不妨。方法，他说须要用具体的做法。这些主张大体上似乎为《新青年》诗人所共信；《新潮》、《少年中国》、《星期评论》，以及文学研究会诸作者，大体上也这般作他们的诗。《谈新诗》差不多成为诗的创造和批评的金科玉律了。

那正是"五四"之后，刚在开始一个解放的时代。《谈新诗》切实指出解放后的路子，彷徨着的自然都走上去。乐观主义，旧诗中极罕见；胡氏也许受了外来影响，但总算是新境界；同调的却只有康白情氏一人。说理的诗可成了风气，那原也是外国影响。直到民十五止，这个风气才渐渐的衰下去，但在徐志摩氏的诗里，还可寻着多少遗迹。"说理"是这时期诗的一大特色。照周启明氏看法，这是古典主义的影响，却太晶莹透澈了，缺少了一种余香与回味。

民七以来，周氏提倡人道主义的文学。所谓人道主义，指"个人主义的人间本位主义"而言。这也是时代的声音，至今还为新诗特色之一。胡适之氏《人力车夫》、《你莫忘记》也正是这种思想，不过未加提倡罢了。——胡氏后来却提倡"诗的经验主义"，可以代表当时一般作诗的态度。那便是以描写实生活为主题，而不重想象，中国诗的传统原本如此。因此有人称这时期的诗为自然主义。这时期写景诗特别发达，也是这个缘故。写景诗却是新进步；胡氏《谈新诗》里的例可见。

自然音节和诗可无韵的说法，似乎也是外国"自由诗"的影响。但给诗找一种新语言，决非容易，况且旧势力也太大。多数作者急切里无法丢掉旧诗词的调子；但是有死用活用之别。胡氏好容易造成自己的调子，变化可太少。康白情氏解放算彻底的，他能找出我们语言的一些好音节，《送客黄浦》便是，但集中名为诗而实是散文的却多。只有鲁迅氏兄弟全然摆脱了旧镣铐，周启明氏简直不大用韵。他们另走上欧化一路。走欧化一路的后来越过越多。——这说的欧化，是在文法上。

"具体的做法"不过用比喻说理，可还是缺少余香与回味的多，能够浑融些或精悍些的便好。像周启明氏的《小河》长诗，便融景入情，融情入理。至于有意的讲究用比喻，怕要到李金发氏的时候。

这时期作诗最重自由。梁实秋氏主张有些字不能入诗，周启明氏不以为然，引起一场有趣的争辩。但商务印书馆主人却非将《将来之花园》中"小便"删去不可。另一个理想是平民化，当时只俞平伯氏坚持，他"要恢复诗的共和国"；康白情氏和周启明氏都说诗是贵族的。诗到底怕是贵族的。

这时期康白情氏以写景胜，梁实秋氏称为"设色的妙手"；

写情如《窗外》拟人法的细腻，《一封没写完的信》那样质朴自然，也都是新的。又《鸭绿江以东》、《别少年中国》，悲歌慷慨，令人奋兴。——只可惜有些诗作的太自由些。俞平伯氏能融旧诗的音节入白话，如《凄然》；又能利用旧诗里的情境表现新意，如《小劫》；写景也以清新著，如《孤山听雨》。《呓语》中有说理浑融之作；《乐谱中之一行》颇作超脱想。《忆》是有趣的尝试，童心的探求，时而一中，教人欢喜赞叹。

中国缺少情诗，有的只是"忆内""寄内"，或曲喻隐指之作；坦率的告白恋爱者绝少，为爱情而歌咏爱情的更是没有。这时期新诗做到了"告白"的一步。《尝试集》的《应该》最有影响，可是一半的趣味怕在文字的缴绕上。康白情氏《窗外》却好。但真正专心致志做情诗的，是"湖畔"的四个年轻人。他们那时候差不多可以说生活在诗里。潘漠华氏最凄苦，不胜掩抑之致；冯雪峰氏明快多了，笑中可也有泪；汪静之氏一味天真的稚气；应修人氏却嫌味儿淡些。

周启明氏民十翻译了日本的短歌和俳句。说这种体裁适于写一地的景色，一时的情调，是真实简炼的诗。到处作者甚众。但只剩了短小的形式：不能把捉那刹那的感觉，也不讲字句的经济，只图容易，失了那曲包的余味。周氏自己的翻译，实在是创作；别的只能举《论小诗》里两三个例，和何植三氏《农家的草紫》一小部分。也在那一年，冰心女士发表了《繁星》，第二年又出了《春水》，她自己说是读泰戈尔而有作；一半也是衔接着那以诗说理的风气。民十二宗白华氏的《流云》小诗也是如此。这是所谓哲理诗，小诗的又一派。两派也都是外国影响，不过来自东方罢了。《流云》出后，小诗渐渐完事，新诗跟着也中衰。

　　白采的《羸疾者的爱》一首长诗，是这一路诗的押阵大将。他不靠复沓来维持它的结构，却用了一个故事的形式。是取巧的地方，也是聪明的地方。虽然没有持续的想象，虽然没有奇丽的比喻，但那质朴，那单纯，教它有力量。只可惜他那"优生"的理在诗里出现，还嫌太早，一般社会总看得淡淡的远远的，与自己水米无干似的。他读了尼采的翻译，多少受了他一点影响。

　　和小诗运动差不多同时，一支异军突起于日本留学界中，这便是郭沫若氏。他主张诗的本职专在抒情，在自我表现，诗人的利器只有纯粹的直观；他最厌恶形式，而以自然流露为上乘，说"诗不是'做'出来的，只是'写'出来的"。他说：

　　　　只要是我们心中的诗意诗境底纯真的表现，命泉中流出来的 Strain，心琴上弹出来的 Melody，生底颤动，灵底喊叫，那便是真诗，好诗，便是我们人类底欢乐底源泉，陶醉的美酿，慰安的天国。

"诗是写出来的"一句话，后来让许多人误解了，生出许多恶果来；但于郭氏是无损的。他的诗有两样新东西，都是我们传统里没有的：——不但诗里没有——泛神论，与二十世纪的动的和反抗的精神。中国缺乏冥想诗。诗人虽然多是人本主义者，却没有去摸索人生根本问题的。而对于自然，起初是不懂得理会；渐渐懂得了，又只是观山玩水，写入诗只当背景用。看自然作神，作朋友，郭氏诗是第一回。至于动的和反抗的精神，在静的忍耐的文明里，不用说更是没有过的。不过这些也都是外国影响。——有人说浪漫主义与感伤主义是创造社的特色，郭氏的诗正是一个代表。

二

十五年四月一日，北京《晨报诗镌》出世。这是闻一多、徐志摩、朱湘、饶孟侃、刘梦苇、于赓虞诸氏主办的。他们要"创格"，要发见"新格式与新音节"。闻一多氏的理论最为详明，他主张"节的匀称"，"句的均齐"，主张"音尺"，重音，韵脚。他说诗该具有音乐的美，绘画的美，建筑的美；音乐的美指音节，绘画的美指词藻，建筑的美指章句。他们真研究，真实验；每周有诗会，或讨论，或诵读。梁实秋氏说，"这是第一次一伙人聚集起来诚心诚意的试验作新诗"。虽然只出了十一号，留下的影响却很大——那时大家都做格律诗；有些从前极不顾形式的，也上起规矩来了。"方块诗""豆腐干块"等等名字，可看出这时期的风气。

新诗形式运动的观念，刘半农氏早就有。他那时主张：一，"破坏旧韵，重造新韵"；二，"增多诗体"。"增多诗体"又分自造，输入他种诗体，有韵诗外别增无韵诗三项，后来的局势恰如他所想。"重造新韵"主张以北平音为标准，由长于北平语者造一新谱。后来也有赵元任氏作了《国音新诗韵》。出版时是十二年十一月，正赶上新诗就要中衰的时候，又书中举例，与其说是诗,不如说是幽默;所以没有引起多少注意。但分韵颇妥帖,论轻音字也好,应用起来倒很方便的。

第一个有意实验种种体制,想创新格律的,是陆志韦氏。他的《渡河》问世在十二年七月。他相信长短句是最能表情的做诗的利器;他主张舍平仄而取抑扬,主张"有节奏的自由诗"和"无韵体"。那时《国音新诗韵》还没出,他根据王璞氏的《京音字汇》,将北平音并为二十三韵。这种努力其实值得钦敬,他的诗也别有一种清淡风味;但也许时候不好吧,却被人忽略过去。

《诗镌》里闻一多氏影响最大。徐志摩氏虽在努力于"体制的输入与试验",却只顾了自家,没有想到用理论来领导别人。闻氏才是"最有兴味探讨诗的理论和艺术的";徐氏说他们几个写诗的朋友多少都受到《死水》作者的影响。《死水》前还有《红烛》,讲究用比喻,又喜欢用别的新诗人用不到的中国典故,最为繁丽,真教人有艺术至上之感。《死水》转向幽玄,更为严谨;他作诗有点像李贺的雕锼而出,是靠理智的控制比情感的驱遣多些。但他的诗不失其为情诗。另一面他又是个爱国诗人,而且几乎可以说是唯一的爱国诗人。

但作为诗人论,徐氏更为世所知。他没有闻氏那样精密,但也没有他那样冷静。他是跳着溅着不舍昼夜的一道生命水。他尝试的体制最多,也译诗;最讲究用比喻——他让你觉着世上一切都是活泼的,鲜明的。陈西滢氏评他的诗,所谓不是平常的欧化,按说就是这个。又说他的诗的音调多近羯鼓铙钹,很少提琴洞箫等抑扬缠绵的风趣,那正是他老在跳着溅着的缘故。他的情诗,为爱情而咏爱情;不一定是实生活的表现,只是想象着自己保举自己作情人,如西方诗家一样。但这完全是新东西,历史的根基太浅,成就自然不大——一般读者看起来也不容易顺眼。闻氏作情诗,态度也相同;他们都深受英国影响,不但在试验英国诗体,艺术上也大半模仿近代英国诗。梁实秋氏说他们要试验的是用中文来创造外国诗的格律,装进外国式的诗意。这也许不是他们的本心,他们要创造中国的新诗,但不知不觉写成西洋诗了。这种情形直到现在,似乎还免不了。他也写人道主义的诗。

留法的李金发氏又是一支异军;他民九就作诗,但《微雨》出版已经是十四年十一月。"导言"里说不顾全诗的体裁,"苟能表现一切";他要表现的是"对于生命欲揶揄的神秘及悲哀的美丽"。讲究用比喻,有"诗怪"之称;但不将那些比喻放在明白的间架里。他的诗没有寻常的章法,一部分一部分可以懂,合起来却没有意思。他要表现的不是意思而是感觉或情感;仿佛大大小小红红绿绿一串珠子,他却藏起那串儿,你得自己穿着瞧。这就是法国象征诗人的手法;李氏是第一个人介绍它到中国诗里。许多人抱怨看不懂,许多人却在模仿着。他的诗不缺乏想象力,但不知是创造新语言的心太切,还是母舌太生疏,句法过分欧化,教人像读着翻译;又夹杂着些文言里的叹词语助词,更加不像——虽然也可以说是自由诗体制。他也译了许多诗。

后期创造社三个诗人,也是倾向于法国象征派的。但王独清氏所作,还是拜伦式的雨果式的为多;就是他自认为仿象征派的诗,也似乎豪胜于幽,显胜于晦。穆木天氏托情于幽微远渺之中,音节也颇求整齐,却不致力于表现色彩感。冯乃超氏利用铿锵的音节,得到催眠一般的力量,歌咏的是颓废、阴影、梦幻、仙乡。他诗中的色彩感是丰富的。

戴望舒氏也取法象征派。他译过这一派的诗。他也注重整齐的音节,但不是铿锵的而是轻清的;也找一点朦胧的气氛,但让人可以看得懂;也有颜色,但不像冯乃超氏那样浓。他是要把捉那幽微的精妙的去处。姚蓬子氏也属于这一派;他却用自由诗体制。在感觉的敏锐和情调的朦胧上,他有时超过别的几个人。——从李金发氏到此,写的多一半是情诗。他们和《诗镌》诸作者相同的是,都讲究用比喻,几乎当作诗的艺术的全部;不同的是,不再歌咏人道主义了。

若要强立名目,这十年来的诗坛就不妨分为三派:自由诗派,格律诗派,象征诗派。

1935 年

语文写作：致用与守正

中国语的特征在哪里

——序王力《中国现代语法》(商务印书馆)

现在所谓"语法"或"文法",都是西文"葛朗玛"的译语,这是个外来的意念。我国从前只讲"词"、"词例",又有所谓"实字"和"虚字"。词就是虚字,又称"助字";词例是虚字的用法。虚实字的分别,主要的还是教人辨别虚字;虚字一方面是语句的结构成分,一方面是表示情貌、语气、关系的成分。就写作说,会用虚字,文字便算"通",便算"文从字顺"了。就诵读说,了解虚字的用例,便容易了解文字的意义。这种讲法虽只着眼在写的语言——文字——上,虽只着眼在实际应用上,也可以属于"语法"的范围,不过不成系统罢了。——系统的"语法"的意念是外来的。中国的系统的语法,从《马氏文通》创始。这部书无疑的是划时代的著作。著者马建忠借镜拉丁文的间架建筑起我国的语法来,他引用来分析的例子是从"先秦"至韩愈的文字——写的语言。那间架究竟是外来的,而汉语又和印欧语相差那么远,马氏虽然谨严,总免不了曲为比附的地方。两种文化接触之初，这种曲为比附的地方大概是免不了的；人文科学更其如此，往往必须经过一个比附的时期，新的正确的系统才能成立。马氏以后，著中国语法的人都承用他的系统，有时更取英国语法参照；虽然详略不同，取例或到唐以来的文字，但没有什么根本的变化。直到新文学运动时代，语法或国语文法的著作，大体上还跟着马氏走。不过有一些学者也渐渐看出马氏的路子有些地方走不通了：如陈承泽先生在《国文法草创》里指出他"不能脱模仿之窠臼"，金兆梓先生在《国文法之研究》里指出他"不明中西文字习惯上的区别"（《自序》），杨遇夫先生（树达）在《马氏文通刊误》里指出他"强以外国文法律中文"（《自序》），都是的。至于杨先生论"名词代名词下'之''的'之词性"，以为"助词说尤为近真"（《词诠附录》一），及以"所"字为被动助动词（所字之研究，见《马氏文通刊误》卷二），黎劭西先生（锦熙）论"词类要把句法做分业的根据"（《新著国语文法》订正本），及以直接作述语的静词属于同动词（同上）等，更已开了独立研究的风气。"脱模仿之窠臼"，自然可以脱离，苦的是不知道。这得一步步研究才成。英国语法出于拉丁语法，到现在还没有完全脱离它的窠臼呢。

十年来我国语法的研究却有了长足的进步。我们第一该提出的是本书著者王了一先生（力）。他在《清华学报》上发表了《中国文法初探》和《中国文法里的系词》两篇论文（并已由商务印书馆合印成书）；根据他看到的中国语的特征，提供了许多新的意念，奠定了新的语法学的基础。他又根据他的新看法写

《中国现代语法讲义》，二十八年由国立西南联合大学印给学生用。本书就用那讲义做底子，重新编排并增补而成。讲义是二十六年秋天在长沙动笔的。全书写定整整经过五个年头。二十七年陆志韦先生主编的《国语单音词汇》的《序论》跟样张等，合为一册，由燕京大学印出。《序论》里建议词类的一种新分法，创改的地方很多，差不多是一种新的语法系统的样子。陆先生特别着重所谓"助名词"——旧称"量词"，本书叫做"称数法"，——认为"汉缅语"的特征，向来只将这种词附在名词里，他却将它和"代名词"、"数名词"同列在"指代词"一类里。这种词的作用和性质这才显明。到了今年，又有吕叔湘先生的《中国文法要略》上册出版（商务）。这部书也建立了一个新的语法系统。但这部语法是给中学国文教师参考用的，侧重在分析应用的文言，那些只有历史的或理论的兴趣的部分，多略去不谈。本书是《中国现代语法》作者的立场，和陆先生、吕先生不一样；著者王先生在他那两篇论文（还有三十五年在《当代评论》上发表的《中国语法学的新途径》一篇短文）的基础上建筑起新的家屋。他的规模大，而且是整个儿的，书中也采取陆志韦先生的意见，将代词和称数法列为一章，称数法最为复杂纷歧，本书却已整理出一个头绪来。其中分析"一"和"一个"两个词的意义和用法最精细；这两个词老在我们的口头和笔下，没想到竟有那么多的辨别，读了使人惊叹。

　　本书所谓现代语，以《红楼梦》为标准，而辅以《儿女英雄传》。这两部小说所用的纯粹北平话。虽然前者离现在已经二百多年，后者也有六七十年，可是现代北平语法还跟这两部书差不多，只是词汇变换得厉害罢了。这两部书是写的语言，同时也差不多是说的语言。从这种语言下手，可以看得确切些：第一，时代确定，就没有种种历史的葛藤。《马氏文通》取例，虽然以韩文为断，但并不能减少这种葛藤。因为唐以后的古文变化少，变化多的是先秦至唐这一大段儿。国语文法若不断代取例，也免不了这种葛藤，如"我每""我们"之类。近年来丁声树先生、吕叔湘先生对于一些词的古代用例颇多新的贡献（分见中央研究院《史语所集刊》及华西大学《文化研究所集刊》），足以分解从前文法语法书的一些葛藤；但是没有分解的恐怕还多着呢。第二，地域确定，就不必顾到方言上的差异。北平语一向是官话，影响最广大，现在又是我国法定标准话，用来代表中国现代语，原是极恰当的。第三，材料确定，就不必顾到口头的变化。原来笔下的说的语言和口头的说的语言并非一种情形；前者较有规则，后者变化较多。小说和戏剧的对话有时也如此的记录这种口头的变化，不过只偶一为之。说话时有人，有我，有境，又有腔调，表情，姿态等可以参照，自然不妨多些变化。研究这种变化，该另立"话法"一科；语法若顾到这些，便太琐碎了。本书取材限于两部小说，自然不会牵涉到这些。——范围既经确定，语言的作用和意义便可以更亲切的看到。王先生用这种语言着手建立他的新系统，是聪明抉择。而对于这时代的人，现代语法也将比一般的语法引起更多的兴趣。

本书也参考外国学者的理论，特别是叶斯泊生及柏龙菲尔特，这两位都是语言学家，对于语法都有创见，而前者贡献更大，他的《英国语法》和《语法哲学》都是革命的巨著。本书采取了他的"词品"的意念。词品的意念应用于着重词序的中国语，可以帮助说明词、仂词、"谓语形式"、"句子形式"等的作用，并且帮助确定"词类"的意念。书中又采取了柏龙菲尔特的"替代法"的理论（原见《语言》一书中），特别给代词加了重量。代词在语言里作用确很广大，从前中外的文法语法书都不曾给它适当的地位，原应该调整；而中国语法的替代法更见特征，更该详论。书中没有关系代词一目，是大胆的改革。关系代词本是曲为比附，不过比附得相当巧妙，所以维持了五六十年。本书将从前认为关系代词的"的"字归入"记号"，在那"的"字上面的部分归入"谓语形式"或"句子形式"，这才是"国文风味"呢。

书中"语法成分"一章里有"记号"一目。从前认为关系代词的"的"字、名词代词和静词下面的"的"字；还有文言里遗留下来的"所"字，从前也认为关系代词，杨遇夫先生定为被动助动词——这些都在这一目里。这是个新意义，新名字。我们让印欧语法系统支配惯了，不易脱离它的窠臼，乍一接触这新意念，好像没个安放处，有巧立名目之感。继而细想，如所谓关系代词的"的"字和"所"字，实在似是而非——以"所"字为被动助动词，也难贯通所有的用例；名词下面的"的"字像介词，代词下面的像领格又像语尾，静词下面的像语尾，可又都不是的。本书新立"记号"一目收容这些，也是无办法的办法，至少有消极的用处。——再仔细想，这一目实在足以表现中国语的特征，决不止于消极的用处。像上面举出的那些"的"字,和"所"字,并无一点实质的意义,只是形式;这些字的作用是做语句的各种结构成分。这些字本来是所谓虚字;虚字原只有语法的意义,并无实质的意义可言。但一般的语法学家让"关系代词"、"助动词"、"介词"、"领格"、"语尾"等意念迷惑住了,不甘心认这些字为形式,至少不甘心认为独立的形式,便或多或少的比附起来;更有想从字源上说明这些字的演变的。这样反将中国语的特征埋没了,倒不如传统的讲法好了。

本书没有介词和连词,只有"联结词";这是一个语法成分。印欧语里有介词一类,为的介词下面必是受格,而在受格的词多有形态的变化。中国语可以说是没有形态的变化的,情形自然不同。像"在家里坐着"的"在"字,"为他忙"或"为了他忙"的"为"字,只是动词;不过"在家里"、"为他"或"为了他"这几个谓语形式是限制"次品"的"坐着"与"忙"的"末品"罢了。联结词并不就是连词,它永远只在所联结者的中间,如"和"、"得"(的)、"但"、"况"、"且"、"而且"、"或"、"所以"以及文言里遗留下的"之"字等。中国语里这种词很少。因为往往只消将两个或两个以上的成分排在一起就见出联结的关系,用不着特别标明。至于"若"、"虽"、"因"一类字,并不像印欧语里常在语句之首,在中国语里的作用不是联结而是照应,本书称为"关系末品",属于副词。本书"语法成分"一章里最先讨论的是系词。这成分关系句子的基本结构,关系中国语的基本结构,是一个重大的问题,王先生曾有长文讨论。据他精细研究的结果,系词在中国语里是不必要的。那么，句子里便不一定要动词了。这是中国语和印欧根本差异处。柏龙菲尔特等一些学者也曾见到这里，但分析的详尽，发挥的透彻，得推王先生。经过这番研究，似乎便不必将用作述语的静词属于同动词了。

系词的问题解决了，本书便能提供一种新的句子的分类。从前文法语法书一般的依据印欧语将句子分为叙述、疑问、命令、感叹四类。印欧语里这四类句子确可各自独立，或形态不同，或词序有别。但在中国语里并不然。这里分类只是意义的分别，只有逻辑的兴趣，不显语法的作用。本书只分三类句子："叙述句"、"描写句"、"判断句"。叙述句可以说是用动词作谓语；描写句可以说是用静词作谓语；判断句可以说是用系词"是"字作谓语（这一项是就现代语而论）。这三类句子，语法作用互异，才可各自独立。而描写句见出中国语的特征；这些特征是值得表彰的。书中论"简单句"和"复合句"，也都从特征着眼。简单句是"仅含一个句子形式的句子"，复合句是"由两个以上的分句联结而成者"。先说复合句。复合句中各分句的关系不外平行（或等立）和主从两型。本书不立"主从"的名称，而将这一型的句子分别列入"条件式"、"让步式"、"申说式"、"按断式"四目。这个分类以意义为主，有逻辑的完整。王先生指出在中国语里这些复合句有时虽也用"关系末品"造成，但是用"意合法"的多。因此他只能按意义分类。至于一般所谓包孕句，如"家人知贾政不知理家"，本书却只认为"简单句"。因为书中只有一个句子形式。"贾政不知理家"，而"家人知"并没有成功一个句子形式。"贾政不知理家"这个句子形式在这里只用作"首品",和一个名词一样作用。

书中论简单句,创见最多。中国语的简单句可以没有一个动词,也可以有一个以上的动词,如上文举过的"在家里坐着"便是一例。这也是和印欧语根本差异处。这是"谓语形式"的应用。"谓语形式"这意义是个大贡献。这给了我们一个全新的"句子"的意义,在简单句的辨认,也就是在句子与分句的辨认上,例如"紫鹃……便出去开门",按从前的文法语法书,该是一个平行的复合句,因为有两个动词,两个谓语。但照意义看,"出去"、"开门"是"连续行为",是两个谓语形式合成一个"完整而独立的语言单位";这其实是简单句。再举一个复杂些的例:"东府里珍大爷来请过去看戏放花灯",就意义上看,更显然是一个简单句;"来"、"请"是连续行为,"过去"、"看戏"、"放花灯"也是的。五个谓语形式构成一个简单句的谓语。一般的语法学家也可以比附散动词(即无定性动词)的意念来说明这种简单句。但印欧语的散动词往往有特殊的记号或形态,中国语里并无这种词,中国语其实没有所谓散动词。只有"谓语形式"可以圆满的解释这种简单句。本书称这种句子为"递系式",是中国语的特殊句式之一。

"递系式"以外,本书还列举了"能愿式"、"使成式"、"处置式"、"被动式"、"紧缩式"五种特殊句式,都是简单句。从前的文法语法书也认这些为简单句,但多比附印欧语法系统去解释。如用印欧语里所谓助动词解释能愿式的句子"也不能看脉"里的"能"字,"被动式"句子"我们被人欺负了"里的"被"字,用散动词解释"能愿式"句子"那玉钏儿虽不欲理他"里的"理"字,"使成式"句子"就叫你儒大爷爷打他的嘴巴子"里的"打"字;用介词解释"处置式"的句子"我把你膀子折了"里的"把"字;"紧缩式"句子"穷的(得)连饭也没的吃"里的"的"(得)字。其实这些例子除了末一个以外,都该用谓语形式解释。那"紧缩式"句子里的"的"(得)字本书认为联结词,联结的也还是"谓语形式"。这五种句式其实都是"递系式"的变化。有了"谓语形式"这意义,这些句子的结构才可以看得清楚,中国语的基本特征也才可以完全显现。书中并用新的图解法表示这些结构,更可使人了然。书中又说到古人文章不带标点,遇着某一意义可以独立也可以不独立时,句与分句的界限就不能十分确定;我们往往得承认几种看法都不错,这是谨慎而切用的态度。关系也很大。

新文学运动和新文化运动以来,中国语在加速地变化。这种变化,一般称为欧化,但称为现代化也许更确切些。这种变化虽然还只多见于写的语言——白话文,少见于说话的语言,但日子久了,说的语言自然会跟上来的。王先生在本书里特立专章讨论"欧化的语法",可见眼光远大。但所谓欧化语的标准很难选择。新文学运动到现在只有廿六年,时间究竟还短;文学作品诚然很多,成为古典的还很少,就是有一些可以成为古典,其中也还没有长篇的写作。语法学家取材自然很难;他若能兼文学批评家最好,但这未免是奢望。本书举的欧化语的例子,范围也许还可以宽些,标准也许还可以严些,但这对于书中精确的分析的结果并无影响。欧化的语法这一章的子目便可以表现分析的精确,现在抄在这里:一,"复音词的制造";

二,"主语和系词的增加";三,"句子的延长";四,"可能式、被动式、记号的欧化";五,"联结成分的欧化";六,"新代替法和新称数法";七,"新省略法、新倒装法、新语法及其他"。看了这个子目,也就可以知道欧化的语法的大概了。中国语的欧化或现代化已经二十六年,该有人清算一番,指出这条路子哪些地方走通了,哪些地方走不通,好教写作的人知道努力的方向,大家共同创造"文学的国语"。王先生是第一个人做这番工作,他研究的结果影响中国语的发展一定不在小处。

  本书从"造句法"讲起,词类只占了一节的地位,和印欧语的文法先讲词类而且逐类细讲的大不同。这又是中国语和印欧语根本差异处。印欧语的词类,形态和作用是分不开的,所以在语法里占重要的地位。中国语词可以说没有形态的变化,作用又往往随词序而定,词类的分辨有些只有逻辑的兴趣,本书给的地位是尽够了的。本书以语法作用为主,而词类,仂语等都在句子里才有作用,所以从造句法开始。词类里那些表现语法作用的如助动词("把"字"被"字等)、副词、情貌词、语气词、联结词、代词都排在相当的地位分别详论。但说明作用,有时非借重意义不可。语句的意义固然不能离开语词的结构——就是语法作用——而独立,但语法作用也不能全然离开意义而独立。最近陈望道先生有《文法的研究》一篇短文(《读书通讯》五十九期),文后附语里道:"国内学者还多徘徊于形态中心说与意义中心说之间。两说都有不能自圆其说之处。鄙见颇思以功能中心说救其偏缺。"功能就是作用。可惜他那短文只描出一些轮廓,无从详细讨论,他似是注重词类(文中称为

"语部")的。这里只想举出本书论被动句的话,作为作用和意义关系密切的一例。书中说被动句所叙述的,对句子的主格而言,是不如意或不企望的事。这确是一个新鲜的发现;中国语所以少用被动句,我们这才了然。——本书虽以语法作用为主,同时也注重种种用例的心理;这对于语文意义的解释是有益处的。

本书目的在表彰中国语的特征,它的主要的兴趣是语言学的。如上文所论,这一个目的本书是达到了。我们这时代的人对于口头说的也是笔下写的现代语最有亲切感。在过去许多时代里,口头说的是一种语言(指所谓官话。方言不论),笔下写的另是一种语言,他们重视后者而轻视前者。我们并不轻视文言,可是达意表情一天比一天多用白话,在现实生活里白话的地位确已超出文言之上。本书描写现代语,给我们广博的精确的新鲜的知识,不但增加我们语言学的兴趣,并且增加我们生活的兴趣,真是一部有益的书。但本书还有一个目的,书中各节都有"定义",按数目排下去,又有"练习"、"订误"和"比较语法",是为的便于人学习白话文和国语,用意很好;不过就全书而论,这些究竟是无关宏旨的。

1943 年

日本语的欧化

——谷崎润一郎《文章读本》提要

（一）本书著者是有名的小说家，议论平正，略偏于保守。《论文调》一章说日本文章可大别为"流丽"、"简洁"两派：前者即《源氏物语》派，也就是和文调；后者即非《源氏物语》派，也就是汉文调。著者说前一体最能发挥日本文的特长。从前人称赞文章，惯用"流畅"、"流丽"等形容词，以读来柔美为第一条件。现在的人气味却不同了，喜欢确切鲜明的表现，这种表现法便流行了，他希望要稍稍使流丽调复活才好。所谓确切鲜明的表现固然近于汉文调，还受了西洋文的影响。著者反对西洋文的影响，他是个国粹论者。

（二）书中反对西洋化的话，随处可见。他说现在的口语文并不是照实际的口语写的，现在的文章似乎是西洋语的译文，成了日本语与西洋语的混血儿。实际的口语虽然也渐渐染上西洋臭味，可还保存着本来的日本语特色不少。又说现代人好滥费语言，也是西洋人的癖好。小说家、评论家、新闻记者等以文为业的人，所写作的也竟有此倾向。西洋人爱用最上级的形容词，如 all、must 等，日本人从而模仿，于没有必要时也用。著者说："我们祖先所夸诩的幽邃慎深之德，便日渐消失了。"

（三）他举过一例，指出现代文与古典文有三个不同之处：一是省略敬语；二是句读显明；三是有主词。古典文如《源氏物语》，正要句读不显，造成朦胧的境界，其柔美在此。著者本人的文章也学这一派；他的点句法并不依照文法的句子而要使句断不明，文句气长，如用淡墨信笔写去的神气。又日本语的句子，主格是不必要的。他说有个俄国人要翻译他的戏剧叫做"要是真爱的话"的，觉得题目很难翻。到底谁爱呢？是"我"？是"她"？是"世间一般人"？要而言之，这个句子的主词是谁？他说按戏讲，主词可以说是"我"；可是按理说，限定爱者是"我"，意味未免狭窄些。虽然是"我"，同时是"她"，是"世间一般人"，是别的任何人都行：这样气概就广阔，令人有抽象感。所以这个句子还是不加主词的好，他说，尽量模糊，于具体的半面中含有一般性，是日本文的特长；关于特别的事物的话，可以有格言与谚语之广之重之深。要是可能，翻成俄文，也还是不用主词的好。他又举李白的《静夜思》说此诗能有悠久的生命，能诉诸任何时代任何人的心，原因固然很多，而没有主词，动词不明示"时间"这两件事关系甚大。

（四）著者是不看重文法的。他说："文法正确的未必是名文；别教文法拘束住罢。"况且所谓日本语的文法，除动词助动词的活用，假名用法，系活的用法以外，大部分模仿西洋，学了实际上没有用处，不学怕倒觉自然。即如动词的时间规则，日本语也不是没有，可是谁也不去正确的应用。他说现在日本中学校都有文法的科目，因为学生说本国话虽无特别困难，但写文章却和外国人一般，须有规则可以据依。而现在的学生虽小学校的幼童也用科学方法教育，从前私塾里非科学的教法，如无理的暗诵朗读，他们是不服的；他们头脑已习于演绎归纳，不用这种方法教，是记不住的。先生也觉得这么办有标准有秩序，所以现在学校里教的日本文法，实是为了师生双方的便利，将非科学的日本语的构造，尽量装成科学的，西洋式的。强立许多"非如此不可"的规则，如无主词的句子是错误之类。但他说来说去也还是只能承认，在初学的人，将日本文照西洋式结构，也许容易记些。但这只是一时不得已的方便法门，到了相当的程度，就不能再用这种笨拙的办法，须将因遵照文法而用的烦琐的语言竭力省减，还原于日本文简素的形式，这是作名文的秘诀。但还原怕未必是容易的事罢。著者颇赞成私塾的朗读法，引了"读书百遍意自通"的谚语；但口语文不适于朗读，私塾的朗读法终于是不行的。

（五）主词的有无与敬语有关。用了敬语的动词助动词，便可省略主词而不致混淆，以造成复杂的长句。所以敬语的动词助动词不仅有表示礼仪的作用，并且是补救日本语构成上的缺点的利器。著者说今日阶级制度撤废，烦琐的敬语虽已无用，但是敬语决无全废之理，因为敬语在日本国民性及日本语的机能中有着很深的根据的缘故。现在人已将昔日的书简文中相似的动词助动词应用于日常的口语里，便是一证。敬语不限于动词、助动词，别的品词中也有，尊称便是。如"颜"上加"御"

字,便可省说"你呢"、"你的";其省略作用正同。但现代口语中虽用敬语,文章中却不多用,这是什么缘故呢?因为文人相信文章不是对面说话,而是向公众说话,所以叙述时不愿将个人的感情参在里面;再说留给后世人看,即使对于尊敬的人的事,也当取科学者的冷静态度。著者的意思,有些书里不妨参入一些亲爱敬慕的感情,如子侄记尊亲的事,学生记先生的事,妻子记丈夫的事,仆婢记主人的事等。就是本书著者"对于诸位先生也在用着某种程度的敬语"的。著者《论文体》一章中,将日本口语体分为"讲义体"、"兵语体"、"口上体"、"会话体"四类。"讲义体"去实际的口语最远,而与"文章体"相近;演说时讲书时都用此体,现在普及于一般日本人的口语文大部分是这个。"讲义体"可以说就是现代文。可是"讲义体不适于多用敬语",著者的意思怕到底不容易多多实现。

（六）著者论"会话体"的特长有四。一,说法自由,句末用名词、用副词都成,不像别体有死板的句式。二,句终有音的变化,即表示口气的声音。三,可以实际的感到作者的语势,想象他微妙的心境与表情。四,可以辨出作者的性别。著者主张论文与感想文等皆可试用此体,小说更不用说。但是近来年轻人将他们自己平素随便的发音移写入文字里,如"シコヰタ"作"シコタ"之类,而小说家于叙述的文字里也流行这种错误的用法。著者认为是可慨叹的。其实音的变化也是自然的趋势,一两个人是挡不住的。

（七）本书论文极重含蓄,可以说自始至终只说了含蓄一事。《论品格》一章,有论古典中人名一节,著者开头就说:"我们以直述活的现实为卑下，言语与所表现的事情间必须隔着一重薄纸似的，才觉着品高。我们是这种国民。"他举《伊氏物语》中的插话，总以"昔有一男子"句起始，而决不记这些男子的姓名、身份、住所、年龄。又这类书中记女人的名字，多只写一个"女"字。见于《源氏物语》中的"桐壶"、"夕颜"等名，也并非女人们的本名，而是借房室或花的名字以称之。著者说：以"物语"而论，若用女人们真名，就对她们失礼了。对于男子，也多避记真名，而以其官职、爵位、住所邸宅的名称间接指示之。这样，述情写景就能"如隔薄纸一张"了。他说，真实虽可贵，但写得太显，便教人觉着如在人前露出胫股似的了。

（八）他又以含蓄解释日本语语汇的少。在日本语里，陀螺或水车转，地球绕着太阳转，都用"マハル"或"メグル"两字；前者是自转，后者是绕着别的东西转，在日本语却不分别。中国语里相当于"マハル"或"メグル"的字，可就多了，如"转"、"旋"、"绕"、"环"、"巡"、"周"、"运"、"回"、"循"等，意义皆略有不同。他说，这是日本语的缺点之一。从前日本人取汉语以补充自己的语汇，现在又取欧美语，这是很对的。但是他又说语汇丰富起来了，便过于依赖言语的力量，过于好说话，而忘却沉默的效果，那就不妥当了。他说日本语语汇的缺乏，不一定就是日本文化劣于西洋或中国，他宁以为这是日本国民性不好说话的证据。自古中国与西洋都有以雄辩著闻的伟人，日本的历史上就没有这种伟人。他说日本自来的风气是看不起能辩的人的。他说因为日本人正直，贵实行，不爱巧语花言，又性不执拗，对于一件事不愿意烦言。他说日本人有十分实力，自己只觉着七八分，叫人看也只七八分；这是东洋式的谦让之德，与西洋人正相反。又说优劣暂不必论，而由此可见日本语的发达，不适于多言，并非偶然。著者论述此意，占了三面半的地位，才真是雄辩呢。

（九）可是日本人依赖言语的习性，到了记述西洋输入的科学哲学法律等学问，就发生困难了。这些学问在性质上必须细密正确，非处处写得清清楚楚不可。但日本语的文章却怎么也不能如此周到的。著者说他常读日译德国哲学书，许多处问题稍深入，就常会不懂。这固然也是哲理本身的深奥，而日本语构造不完备却是主要原因。自古以来，东洋关于学问技术的著述也不是没有，但都以难言传的境界为贵，以写的太露为嫌。徒弟教育时代，弟子直接受先生口传，一面受先生的人格陶冶，自然领会，并不全依赖书。这样看来，日本文章不适于科学著述也是当然的了。现在日本的科学家解决这种不便，大概以参用"原语"为主。他们讲书，在日本语里挟上非常多的原语，发表论文，既用日本文，同时又用外国文发表，而以外国文体为标准。他们的日本文在具有专门的知识及外国语的素养的，虽然看得懂，在常人简直茫然。体裁虽说是日本文，实在是外国文化的东西。这种外国文化的东西要比外国文还难懂，实际上说，翻译文在没有外国文的素养的人才是必要的。日本的翻译文，没有一点外国文的素养的却看不懂。那有什么用呢？

（十）但日本语这种缺陷该怎样补救才好呢？这不仅是文章的问题，而是由于思想方法、长时间养成的习惯、传统气质等等。就眼前而论，不适于用本国国语发表的学问，不能真算是本国的东西。著者说："迟早我们得创造适于我们自身的国民性及历史的文化式样。"他说，今后不可单模仿西洋人，非得将从他们学得的东西与东洋的传统精神融合起来开辟新路不成。著者相信他们立在文化的前头发挥独创力的机运已经到了。但是谈何容易呵！

（十一）从以上种种看，在创造中的日本语的问题，颇跟在创造中的中国语的问题相像。这也难怪，日本语在构造上虽与国语不属一系，但在文化及表现的样式上，却是差不多的。日本语所受汉文的影响实在太大了。又日本维新在别的方面进步很快，但在语文方面似乎并不如此。我们和他们至多也不过五十步百步之差罢了。所以谷崎的议论很足供我们参考。但他的意见究竟过于保守，在这个时代，讲 Tempo，讲 Speed，人心忙迫而忘却悠闲的这个时代，怕不合于实际罢。

1938 年

鲁迅先生的中国语文观

　　这里是就鲁迅先生的文章中论到中国语言文字的话，综合的加以说明，不参加自己意见。有些就抄他的原文，但是恕不一一加引号，也不注明出处。

　　鲁迅先生以为中国的言文一向就并不一致，文章只是口语的提要。我们的古代的纪录大概向来就将不关重要的词摘去，不用说是口语的提要。就是宋人的语录和话本，以及元人杂剧和传奇里的道白，也还是口语的提要。只是他们用的字比较平常，删去的词比较少，所以使人觉得"明白如话"。至于一般所谓古文，又是古代口语的提要而不是当时口语的提要，更隔一层了。

　　他说中国的文或话实在太不精密。向来作文的秘诀是避去俗字，删掉虚字，以为这样就是好文章。其实不精密。讲话也常常会辞不达意，这是话不够用，所以教员讲书必须借助于粉笔。文与话的不精密，证明思路不精密，换一句话，就是脑筋有些糊涂。倘若永远用着这种糊涂的语言，即使写下来读起来滔滔而下，但归根结蒂所得的还是一些糊涂的影子。要医这糊涂的病，他以为只好陆续吃一点苦，在语言里装进异样的句法去，装进古的、外省外府的、外国的句法去。习惯了，这些句法就可变为己有。

他赞成语言的欧化而反对刘半农先生"归真反朴"的主张。他说欧化文法侵入中国白话的大原因不是好奇，乃是必要。要话说得精密，固有的白话不够用，就只得采取些外国的句法。这些句法比较的难懂，不像茶泡饭似的可以一口吞下去，但补偿这缺点的是精密。反对欧化的人说中国人"话总是会说的"，一点不错，但要前进，全照老样子是不够的。即如"欧化"这两个字本身就是欧化的词儿，可是不用它，成吗？

"归真反朴"是要回到现在的口语，还有语录派，更主张回到中古的口语，鲁迅先生不用说是反对的。他提到林语堂先生赞美的语录的便条，说这种东西在中国其实并未断绝过种子，像上海弄堂口摊子上的文人代男女工人们写信，用的就是这种文体，似乎不劳重新提倡。他还反对"章回小说体的笔法"，都因为不够用，不精密。

他赞成语言的大众化，包括书法的拉丁化。他主张将文字交给一切人。他将中国话大略分为北方话、江浙话、两湖川贵话、福建话、广东话，主张地方语文的大众化，然后全国语文的大众化。这全国到处通行的大众语，将来如果真有的话，主力恐怕还是北方话。不过不是北方的土话，而是好像普通话模样的东西。

大众语里也有绍兴人所谓"炼话"。这"炼"字好像是熟练的意思，而不是简练的意思。鲁迅先生提到有人以为"大雪纷飞"比"大雪一片一片纷纷的下着"来得简要而神韵。他说在江浙一带口语里，大概用"凶"、"猛"或"厉害"来形容这下雪的样子。《水浒传》里的"那雪正下得紧"，倒是接近现代大众语的说法，比"大雪纷飞"多两个字，但那"神韵"却好得远了。这里说的"神韵"大概就是"自然"、"到家"，也就是"熟练"或"炼"的意思。

对文言的"大雪纷飞"，他取"那雪正下得紧"的自然。但一味注重自然是不行的。他主张语言里得常常加进些新成分，翻译的作品最宜担任这种工作。即使为略能识字的读众而译的书，也应该时常加些新的字眼，新的语法在里面。但自然不宜太多，以偶尔遇见而自己想想或问问别人就能懂得的为度。这样逐渐的拣必要的一些新成分灌输进去，群众是会接受的，也许还胜过成见更多的读书人。必须这样，大众语才能够丰富起来。

鲁迅先生主张的是在现阶段一种特别的语言，或四不像的白话，虽然将来会成为"好像普通话模样的东西"。这种特别的语言不该采取太特别的土话，他举北平话的"别闹""别说"做例子，说太土。可是要上口，要顺口。他说做完一篇小说总要默读两遍，有拗口的地方，就或加或改，到读得顺口为止。但是翻译却宁可忠实而不顺，这种不顺他相信只是暂时的，习惯了就会觉得顺了。若是真不顺，那会被自然淘汰掉。他可是反对凭空生造，写作时如遇到没有相宜的白话可用的地方，他宁可用古语就是文言，决不生造，决不生造"除自己之外谁也不懂的形容词"。

他也反对"做文章"的"做","做"了会生涩,格格不吐。可是太"做"不行,不"做"却又不行。他引高尔基的话"大众语是毛坯,加了工的是文学",说这该是很中肯的指示。他所需要的特别的语言,总起来又可以这样说:"采说书而去其油滑,听闲谈而去其散漫,博取民众的口语而存其比较的大家能懂的字句,成为四不像的白话。这白话得是活的,因为有些是从活的民众口头取来,有些要从此注入活的民众里面去。"

1946 年

中国文的三种型

——评郭绍虞编著的《语文通论》与《学文示例》（开明书店版）

这两部书出版虽然已经有好几年，但是抗战结束后我们才见到前一部书和后一部书的下册，所以还算是新书。《语文通论》收集关于语文的文章九篇，著者当作《学文示例》的序。《学文示例》虽然题为"大学国文教本"，却与一般国文教本大不相同。前一部书里讨论到中国语文的特性和演变，对于现阶段的白话诗文的发展关系很大，后一部书虽然未必是适用的教本，却也是很有用的参考书。

《语文通论》里《中国语词之弹性作用》、《中国文字型与语言型的文学之演变》、《新文艺运动应走的新途径》、《新诗的前途》，这四篇是中心。《文笔再辨》分析"六朝"时代的文学的意念，精详确切，但是和现阶段的发展关系比较少。这里讨论，以那中心的四篇为主。郭先生的课题可以说有三个：一是语词；二是文体；三是音节。语词包括单音词和连语。郭先生"觉得中国语词的流动性很大,可以为单音同时也可以为复音,随宜而施,初无一定,这即是我们所谓弹性作用"。他分"语词伸缩"、"语词分合"、"语词变化"、"语词颠倒"四项,举例证明这种弹性作用。那些例子丰富而显明,足够证明他的理论。笔者尤其注意所谓"单音语词演化为复音的倾向"。笔者觉得中国语还是单音为主,先有单音词,后来才一部分"演化为复音",商朝的卜辞里绝少连语,可以为证。但是这种复音化的倾向开始很早,卜辞里连语虽然不多,却已经有"往来"一类连语或词。《诗经》里更有了大量的叠字词与双声叠韵词。连语似乎以叠字与双声叠韵为最多,和六书里以形声字为最多相似。笔者颇疑心双声叠韵词本来只是单音词的延长。声的延长成为双声,如《说文》只有"蟋"字,后来却成为"蟋蟀";韵的延长成为叠韵,如"消摇",也许本来只说"消"一个音。书中所举的"玄黄"、"犹与"等双声连语可以自由分用,似乎就是从这种情形来的。

但是复音化的语词似乎限于物名和形况字,这些我们现在称为名词、形容词和副词;还有后世的代词和联结词(词类名称,用王了一先生在《中国现代语法》里所定的)。别的如动词等,却很少复音化的。这个现象的原因还待研究,但是已经可以见出中国语还是单音为主。本书说"复音语词以二字连缀者为最多,其次则三字四字"。双声叠韵词就都是"二字连缀"的。三字连缀似乎该以上一下二为通例。书中举《离骚》的"忳郁邑余侘傺兮",并指出"忳与郁邑同义",正是这种通例。这种复音语词《楚辞》里才见,也最多,似乎原是楚语。后来五七言诗里常用它。我们现在的口语里也还用着它,如"乱哄哄"之类。四字连缀以上二下二为主,书里举的马融的《长笛赋》"安翔骀荡,从容阐缓"等,虽然都是两个连语合成,但是这些合成的连语,意义都相近或相同,合成之后差不多成了一个连语。书里指出"辞赋中颇多此种手法",笔者颇疑心这是辞赋家在用着当时口语。现代口语里也还有跟这些相近的,如"死乞白赖"、"慢条斯理"之类。不过就整个中国语看,究竟是单音为主,二音连语为辅,三四音的语词只是点缀罢了。

郭先生将中国文体分为三个典型,就是"文字型、语言型与文字化的语言型"。他根据文体的典型的演变划分中国文学史的时代。"春秋"以前为诗乐时代,"这是语言与文字比较接近的时代"。文字"组织不必尽同于口头的语言",却还是经过改造的口语;"虽与习常所说的不必尽同,然仍是人人所共晓的语言"。这时代的文学是"近于语言型的文学"。古代言文的分合,主张不一,这里说的似乎最近情理。"战国"至两汉为辞赋时代,这是"渐离语言型而从文字型演进的时代,同时也可称是语言文字分离的时代"。郭先生说:

> 这是中国文学史上一个极重要的时代,因为是语文变化最显著的时代。此种变化,分为两途:其一,是本于以前寡其词协其音,改造语言的倾向以逐渐进行,终于发见单音文字的特点,于是在文学中发挥文字之特长,以完成辞赋的体制,使文学逐渐走上文字型的途径;于是始与语言型的文学不相一致。其又一,是借统一文字以统一语言,

> 易言之，即借古语以统一今语，于是其结果成为以古语为文辞，而语体与文言遂趋于分途。前一种确定所谓骈文的体制，以司马相如的功绩为多；后一种又确定所谓古文的体制，以司马迁的功绩为多。

"以古语为文辞，即所谓文字化的语言型。"这里指出两路的变化，的确是极扼要的。魏晋南北朝是骈文时代，"这才是充分发挥文字特点的时代"，"是以文字为工具而演进的时代"。

"文字型的文学既演进到极端，于是起一个反动而成为古文时代"，隋唐至北宋为古文时代。书中说这是"托古的革新"。"古文古诗是准语体的文学，与骈文律诗之纯粹利用文字的特点者不同。"南宋至现代为语体时代，"充分发挥语言的特点"，"语录体的流行，小说戏曲的发展，都在这一个时代，甚至方言的文学亦以此时为盛"。这"也可说是文学以语言为工具而演进的时代"。语体时代从南宋算起，确是郭先生的特见。他觉得：

> 有些文学史之重在文言文方面者，每忽视小说与戏曲的地位；而其偏重在白话文方面者，又抹煞了辞赋与骈文的价值。前者之误，在以文言的余波为主潮；后者之误，又在强以白话的伏流为主潮。

这是公道的评论。他又说"中国文学的遗产自有可以接受的地方（辞赋与骈文），不得仅以文字的游戏视之"，而"现在的白话文过度的欧化也有可以商榷的地方，至少也应带些土气息，合些大众的脾胃"。他要白话文"做到不是哑巴的文学"。书中不止一回提到这两点,很是强调,归结可以说是在音节的课题上。他以为"运用音节的词,又可以限制句式之过度欧化",这样"才能使白话文显其应用性"。他希望白话文"早从文艺的路走上应用的路","代替文言文应用的能力",并"顾到通俗教育之推行"。笔者也愿意强调白话文"走上应用的路"。但是郭先生在本书自序的末了说:

> 我以为施于平民教育,则以纯粹口语为宜;用于大学的国文教学,则不妨参用文言文的长处;若是纯文艺的作品,那么即使稍偏欧化也未为不可。

这篇序写在三十年。照现在的趋势看,白话文似乎已经减少了欧化而趋向口语,就是郭先生说的"活语言"、"真语言",文言的成分是少而又少了。那么,这种辨别雅俗的三分法,似乎是并不需要的。

郭先生特别强调"中国文学的音乐性",同意一般人的见解,以为欧化的白话文是"哑巴文学"。他对中国文学的音乐性是确有所见的。书中指出古人作文不知道标点分段,所以只有在音节上求得句读和段落的分明;骈文和古文甚至戏剧里的道白和语录都如此,骈文的匀整和对偶,古文句子的短,主要的都是为了达成这个目的。而这种句读和段落的分明,是从诵读中觉出。但是照晋朝以来的记载,如《世说新语》等,我们知道诵读又是一种享受,是代替唱歌的。郭先生虽没有明说,显然也分到这种情感。他在本书自序里主张"于文言取其音节，于白话取其气势，而音节也正所以为气势之助"，这就是"参用文言文的长处"。书中称赞小品散文，不反对所谓"语录体"，正因为"文言白话无所不可"，又主张白话诗"容纳旧诗词而仍成新格"，都是所谓"参用文言文的长处"。但是小品文和语录体都过去了，白话诗白话文也已经不是"哑巴文学"了。自序中说"于白话取其气势"，在笔者看来，气势不是别的，就是音节，不过不是骈文的铿锵和古文的吞吐作态罢了。朗诵的发展使我们认识白话的音节，并且渐渐知道如何将音节和意义配合起来，达成完整的表现。现在的青年代已经能够直接从自己唱和大家唱里享受音乐，他们将音乐和语言分开，让语言更能尽它的职责，这是一种进步。至于文言，如书中说的，骈文"难懂"，古文"只适宜于表达简单的意义"；"在通篇的组织上，又自有比较固定的方法，遂也不易容纳复杂的思想"（《自序》）。而古诗可以用古文做标准，律诗可以用骈文做标准。那么，文言的终于被扬弃，恐怕也是必然的罢。

《语文通论》里有一篇道地的《学文示例·序》，说这部书"以技巧训练为主而以思想训练为辅"，"重在文学之训练"，兼选文言和白话，散文和韵文，"其编制以例为纲而不以体分类"，"示人以行文之变化"。书全共分五例：

一、评改例，分摘谬、修正二目，其要在去文章之病……。二、拟袭例，分摹拟、借袭二目，摹拟重在规范体貌，借袭重在点窜成言，故又为根据旧作以成新制之例。

三、变翻例，分译辞、翻体二目，或透译古语，或櫽括成文，这又是改变旧作以成新制之例。四、申驳例，分续广、驳难二目，续广以申前文未尽之意，驳难以正昔人未惬之见，这又重在立意方面，是补正旧作以成新制之例。五、熔裁例，此则为学文最后工夫，是摹拟而异其形迹，出因袭而自生变化，或同一题材而异其结构，或异其题材而合其神情，……这又是比较旧作以启迪新知之例。

郭先生编《学文示例》这部书，搜采的范围很博，选择的作品很精，类列的体例很严，值得我们佩服。书中白话的例极少，这是限于现有的材料，倒不是郭先生一定要偏重文言，不过结果却成了以训练文言为主。所选的例子大多数出于大家和名家之手，精诚然是精，可是给一般大学生"示例"，要他们从这里学习文言的技巧，恐怕是太高太难了。至于现在的大学生有几个乐意学习这种文言的，姑且可以不论。不过这部书确是"一种新的编制，新的方法"，如郭先生序里说的。近代陈曾则先生编有《古文比》，选录同体的和同题的作品，并略有评语。这还是"班马异同评"一类书的老套子，不免简单些。战前郑奠先生在北京大学任教，编出《文镜》的目录，同题之外，更分别体制，并加上评改一类，但是也不及本书的完备与变化。这《学文示例》确是一部独创的书。若是用来启发人们对于古文学的欣赏的兴趣，并培养他们欣赏的能力，这是很有用的一部参考书。

如面谈

朋友送来一匣信笺，笺上刻着两位古装的人，相对拱揖，一旁题了"如面谈"三个大字。是明代钟惺的尺牍选第一次题这三个字，这三个字恰说出了写信的用处。信原是写给"你"或"你们几个人"看的，原是"我"对"你"或"你们几个人"的私人谈话，不过是笔谈罢了。对谈的人虽然亲疏不等，可是谈话总不能像是演说的样子，教听话的受不了。写信也不能像作论的样子，教看信的受不了，总得让看信的觉着信里的话是给自己说的才成。这在乎各等各样的口气。口气合式，才能够"如面谈"。但是写信究竟不是"面谈"，不但不像"面谈"时可以运用声调表情姿态等等，并且老是自己的独白，没有穿插和掩映的方便，也比"面谈"难。写信要"如面谈"，比"面谈"需要更多的心思和技巧，并不是一下笔就能做到的。

可是在一种语言里，这种心思和技巧，经过多少代多少人的运用，渐渐的程式化。只要熟习了那些个程式，应用起来，"如面谈"倒也不见得怎样难。我们的文言信，就是久经程式化了的，写信的人利用那些程式，可以很省力的写成合式的，多多少少"如面谈"的信。若教他们写白话，倒不容易写成这样像信的信。《两般秋雨随笔》记着一个人给一个妇人写家信，那妇人要照她说的写，那人周章了半天，终归搁笔。他没法将她说的那些话写成一封像信的信。文言信是有样子的，白话信压根儿没有样子，那人也许觉得白话压根儿就不能用来写信。同样心理，测字先生代那些不识字的写信，也并不用白话，他们宁可用那些不通的文言，如"来信无别"之类。我们现在自然相信白话可以用来写信，而且有时也实行写白话信。但是常写白话文的人，似乎除了胡适之先生外，写给朋友的信，还是用文言的时候多，这只要翻翻现代书简一类书就会相信的。原因只是一个"懒"字。文言信有现成的程式，白话信得句句斟酌，好像作文一般，太费劲，谁老有那么大工夫？文言至今还能苟延残喘，就靠它所有的写信和别的应用文的程式。若我们肯不偷懒，慢慢找出些白话应用文的程式，文言就真"死"了。

林语堂先生在《论语录体之用》(《论语》二十六期)里说过：

> 一人修书，不曰"示悉"，而曰"你的芳函接到了"。不曰"至感""歉甚"，而曰"很感谢你""非常惭愧"，便是噜哩噜苏，文章不经济。

"示悉"、"至感"、"歉甚"，都是文言信的程式，用来确是很经济、很省力的。但是林先生所举的三句"噜哩噜苏"的白话，恐怕只是那三句文言的直译,未必是实在的例子。我们可以说"来信收到了"、"感谢"、"对不起"、"对不起得很",用不着绕弯儿从文言直译。——若真有这样绕弯儿的,那一定是新式的测字先生!这几句白话似乎也是很现成,很经济的。字数比那几句相当的文言多些,但是一种文体有一种经济的标准,白话的字句组织与文言不同,它们其实是两种语言,繁简当以各自的组织为依据,不当相提并论。白话文固然不必全合乎口语,白话信却总该是越能合乎口语,才越能"如面谈"。这几个句子正是我们口头常用的,至少是可以上口的,用来写白话信,我想是合式的。

麻烦点儿的是"敬启者"、"专此"、"敬请大安",这一套头尾。这是一封信的架子,有了它才像一封信,没有它就不像一封信。"敬启者"如同我们向一个人谈话,开口时用的"我对你说"那句子,"专此"、"敬请大安"相当于谈话结束时用的"没有什么啦,再见"那句子。但是"面谈"不一定用这一套儿,往往只要一转脸向着那人,就代替了那第一句话,一点头就代替了那第二句话。这是写信究竟不"如面谈"的地方。现在写白话信,常是开门见山,没有相当于"敬启者"的套头。但是结尾却还是装上的多,可也只用"此祝健康!""祝你进步!""祝好!"一类,像"专此"、"敬请大安"那样分截的形式是不见了。"敬启者"的渊源是很悠久的,司马迁《报任少卿书》开头一句是"太史公牛马走司马迁再拜言,少卿足下","再拜言"就是后世的"敬启者"。"少卿足下"在"再拜言"之下,和现行的格式将称呼在"敬启者"前面不一样。既用称呼开头,"敬启者"原不妨省去,现在还因循地写着,只是遗形物罢了。写白话信的人不理会这个,也是自然而然的。"专此"、"敬请大安"下面还有称呼作全信的真结尾,也可算是遗形物,也不妨省去。但那"套头"差不多全剩了形式,这"套尾"多少还有一些意义,白话信里保存着它,不是没有理由的。

在文言信里,这一套儿有许多变化,表示写信人和受信人的身份。如给父母去信,就须用"敬禀者"、"谨此"、"敬请福安",给前辈去信,就须用"敬肃者"、"敬请道安",给后辈去信,就须用"启者"、"专泐"、"顺问近佳"之类,用错了是会让人耻笑的——尊长甚至于还会生气。白话信的结尾,虽然还没讲究到这些,但也有许多变化,那些变化却只是修辞的变化,并不表明身份。因为是修辞的变化,所以不妨掉掉笔头,来点新鲜花样,引起看信人的趣味,不过总也得和看信人自身有些关切才成。如"敬祝抗战胜利",虽然人同此心,但是"如面谈"的私人的信里,究竟嫌肤廓些。又如"谨致民族解放的敬礼",除非写信人和受信人的双方或一方是革命同志,就不免不亲切的毛病。这都有些像演说或作论的调子。修辞的变化,文言的结尾里也有。如"此颂文祺"、"敬请春安"、"敬颂日祉"、"恭请痊安",等等,一时数不尽,这里所举的除"此颂文祺"是通用的简式外,别的都是应时应景的式子,不能乱用。写白话信的人既然不愿扔掉结尾,似乎就该试试多造些表示身份以及应时应景的式子。只要下笔时略略用些心,这是并不难的。

最麻烦的要数称呼了。称呼对于口气的关系最是直截的,一下笔就见出,拐不了弯儿。谈话时用称呼的时候少些,闹了错儿,还可以马虎一些。写信不能像谈话那样面对面的,用称呼就得多些,闹了错儿,白纸上见黑字,简直没个躲闪的地方。文言信里称呼的等级很繁多,再加上称呼底下带着的敬语,真是数不尽。开头的称呼,就是受信人的称呼,有时还需要重叠,如"父母亲大人"、"仁兄大人"、"先生大人"等。现在"仁兄大人"等是少用了,却换了"学长我兄"之类;至于"父母亲"加上"大人",依然是很普遍的。开头的称呼底下带着的敬语,有的似乎原是些位置词,如"膝下"、"足下",这表示自己的信不敢直率的就递给受信人,只放在他或他们的"膝下"、"足下",让他或他们得闲再看。有的原指伺候的人,如"阁下"、"执事",这表示只敢将信递给"阁下"的公差,或"执事"的人,让他们觑空儿转呈受信人看。可是用久了,用熟了,谁也不去注意那些意义,只当作敬语用罢了。但是这些敬语表示不同的身份,用的人是明白的。这些敬语还有一个紧要的用处。在信文里称呼受信人有时只用"足下"、"阁下"、"执事"就成;这些缩短了,替代了开头的那些繁琐的词儿。——信文里并有专用的简短的称呼,像"台端"便是的。另有些敬语,却真的只是敬语,如"大鉴"、"台鉴"、"钧鉴"、"勋鉴"、"道鉴"等,"有道"也是的。还有些只算附加语,不能算敬语,像"如面"、"如晤"、"如握",以及"览"、"阅"、"见字"、"知悉"等,大概用于亲近的人或晚辈。

结尾的称呼,就是写信人的自称,跟带着的敬语,现在还通用的,却没有这样繁杂。"弟"用得最多,"小弟"、"愚弟"只偶然看见。光头的名字,用的也最多,"晚"、"后学"、"职"

也只偶然看见。其余还有"儿"、"侄"等;"世侄"也用得着,"愚侄"却少——这年头自称"愚"的究竟少了。敬语是旧的"顿首"和新的"鞠躬"最常见;"谨启"太质朴,"再拜"太古老,"免冠"虽然新,却又不今不古的,这些都少用。对尊长通用"谨上"、"谨肃"、"谨禀"——"叩禀"、"跪禀"有些稀罕了似的;对晚辈通用"泐"、"字"等,或光用名字。

白话里用主词句子多些,用来写信,需要称呼的地方自然也多些。但是白话信的称呼似乎最难。文言信用的那些,大部分已经成了遗形物,用起来即使不至于觉着封建气,即使不至于觉着满是虚情假意,但是不亲切是真的。要亲切,自然得向"面谈"里去找。可是我们口头上的称呼,还在演变之中,凝成定型的绝无仅有,难的便是这个。我们现在口头上通用于一般人的称呼,似乎只有"先生"。而这个"先生"又不像"密斯忒"、"麦歇"那样真可以通用于一般人。譬如英国大学里教师点名,总称"密斯忒某某",中国若照样在点名时称"某某先生",大家就觉得客气得过火点儿。"先生"之外,白话信里最常用的还有"兄",口头上却也不大听见。这是从文言信里借来称呼比"先生"亲近些的人的。按说十分亲近的人,直写他的名号,原也未尝不可,难的是那些疏不到"先生",又亲不到直呼名号的。所以"兄"是不可少的词儿——将来久假不归,也未可知。

更难的是称呼女人,刘半农先生曾主张将"密斯"改称"姑娘",却只成为一时的谈柄,我们口头上似乎就没有一个真通用的称呼女人的词儿。固然,我们常说"某小姐"、"某太太",但写起信来,麻烦就来了。开头可以很自然的写下"某小姐"、"某太太",信文里再称呼却就绕手,还带姓儿,似乎不像信,不带姓儿,又像丫头老妈子们说话。只有我们口头上偶而一用的"女士",倒可以不带姓儿,但是又有人嫌疑它生剌剌的。我想还是"女士"大方些,大家多用用就熟了。要不,不分男女都用"先生"也成,口头上已经有这么称呼的——不过显得太单调罢了。至于写白话信的人称呼自己,用"弟"的似乎也不少,不然就是用名字。"弟"自然是从文言信里借来的,虽然口头上自称"兄弟"的也有。光用名字,有时候嫌不大客气,这"弟"字也是不可少的,但女人给普通男子写信,怕只能光用名字,称"弟"既不男不女的,称"妹"显然又太亲近了,——正如开头称"兄"一样。男人写给普通女子的信,不用说,也只能光用名字。白话信的称呼却都不带敬语,只自称下有时装上"鞠躬"、"谨启"、"谨上",也都是借来的,可还是懒得装上的多。这不带敬语,却是欧化。那些敬语现在看来原够腻味的,一笔勾销,倒也利落、干净。

　　五四运动后,有一段儿还很流行称呼的欧化。写白话信的人开头用"亲爱的某某先生"或"亲爱的某某",结尾用"你的朋友某某"或"你的真挚的朋友某某",是常见的,近年来似乎不大有了,即使在青年人的信里。这一套大约是从英文信里抄袭来的。可是在英文里,口头的"亲爱的"和信上的"亲爱的",亲爱的程度迥不一样。口头的得真亲爱的才用得上,人家并不轻易使唤这个词儿;信上的不论你是谁,认识的,不认识的,都得来那么一个"亲爱的"——用惯了,用滥了,完全成了个形式的敬语,像我们文言信里的"仁兄"似的。我们用"仁兄",不管他"仁"不"仁";他们用"亲爱的",也不管他"亲爱的"不"亲爱的"。可是写成我们的文字,"亲爱的"就是不折不扣的亲爱的——在我们的语言里,"亲爱"真是亲爱,一向是不折不扣的——,因此看上去老有些碍眼,老觉着过火点儿,甚至还肉麻呢。再说"你的朋友"和"你的真挚的朋友"。有人曾说"我的朋友"是标榜,那是用在公开的论文里的。我们虽然只谈不公开的信,虽然普通用"朋友"这词儿,并不能表示客气,也不能表示亲密,可是加上"你的",大书特书,怕也免不了标榜气。至于"真挚的",也是从英文里搬来的。毛病正和"亲爱的"一样。——当然,要是给真亲爱的人写信,怎么写也成,上面用"我的心肝",下面用"你的宠爱的叭儿狗",都无不可,不过本文是就一般程式而论,只能以大方为主罢了。

白话信还有领格难。文言信里差不多是看不见领格的,领格表现在特种敬语里。如"令尊"、"嫂夫人"、"潭府"、"惠书"、"手教"、"示"、"大著"、"鼎力"、"尊裁"、"家严"、"内人"、"舍下"、"拙著"、"绵薄"、"鄙见"等等,比起别种程式,更其是数不尽。有些口头上有,大部分却是写信写出来的。这些足以避免称呼的重复,并增加客气。文言信除了写给子侄,是不能用"尔"、"汝"、"吾"、"我"等词的,若没有这些敬语,遇到领格,势非一再称呼不可;虽然信文里的称呼简短,可是究竟嫌累赘些。这些敬语口头上还用着的,白话信里自然还可以用,如"令尊"、"大著"、"家严"、"内人"、"舍下"、"拙著"等,但是这种非常之少。白话信里的领格,事实上还靠重复称呼，要不就直用"你"、"我"字样。称呼的重复免不了累赘，"你"、"我"相称，对于生疏些的人，也不合式。这里我想起了"您"字。国语的"您"可用于尊长，是个很方便的敬词——本来是复数，现在却只用作单数。放在信里，作主词也好，作领格也好，既可以减少那累赘的毛病，也不至于显得太托熟似的。

写信的种种程式，作用只在将种种不同的口气标准化，只在将"面谈"时的一些声调表情姿态等等标准化。熟悉了这些程式，无需句斟字酌，在口气上就有了一半的把握，就不难很省力的写成合式的，多多少少"如面谈"的信。写信究竟不是"面谈"，所以得这样办；那些程式有的并不出于"面谈"，而是写信写出来的，也就是为此。各色各样的程式，不是耍笔头，不是掉枪花，都是实际需要逼出来的。文言信里还不免残存着一些不切用的遗物，白话信却只嫌程式不够用，所以我们不能偷懒，得斟酌情势，多试一些，多造一些。一番番自觉的努力，相信可以使白话信的程式化完成得更快些。

但是程式在口气的传达上至多只能帮一半忙，那一半还得看怎么写信文儿。这所谓"神而明之，存乎其人"，没什么可说的。不过这里可以借一个例子来表示同一事件可以有怎样不同的口气。胡适之先生说过这样一个故事：

有一裁缝，花了许多钱送他儿子去念书。一天，他儿子来了一封信。他自己不认识字。他的邻居一个杀猪的倒识字，不过识的字很少。他把信拿去叫杀猪的看。杀猪的说信里是这样的话，"爸爸！赶快给我拿钱来！我没有钱了，快给我钱！"裁缝说，"信里是这样的说吗！好！我让他从中学到大学念了这些年书，念得一点礼貌都没有了！"说着就难过起来。正在这时候，来了一个牧师，就问他为什么难过。他把原因一说，牧师说，"拿信来，我看看。"就接过信来，戴上眼镜，读道，"父亲老大人，我现在穷得不得了了，请你寄给我一点钱罢！寄给我半镑钱就够了，谢谢你。"裁缝高兴了，就寄两镑钱给他儿子。（《中国禅学的发展史》讲演词）

有人说，日记和书信里，最能见出人的性情来，因为日记只给自己看，信只给一个或几个朋友看，写来都不做作。"不做作"可不是"信笔所之"。日记真不准备给人看，也许还可以"信笔所之"一下；信究竟是给人看的，虽然不能像演说和作论，可也不能只顾自己痛快，真的"信笔"写下去。"如面谈"不是胡帝胡天的，总得有"一点礼貌"，也就是一份客气。客气要大方，恰到好处，才是味儿，"如面谈"是需要火候的。

1940 年

你　我

　　现在受过新式教育的人,见了无论生熟朋友,往往喜欢你我相称。这不是旧来的习惯而是外国语与翻译品的影响。这风气并未十分通行,一般社会还不愿意采纳这种办法——所谓粗人一向你呀我的,却当别论。有一位中等学校校长告诉人,一个旧学生去看他,左一个"你",右一个"你",仿佛用指头点着他鼻子,真有些受不了。在他想,只有长辈该称他"你",只有太太和老朋友配称他"你"。够不上这个份儿,也来"你"呀"你"的,倒像对当差老妈子说话一般,岂不可恼!可不是,从前小说里"弟兄相呼,你我相称",也得够上那份儿交情才成。而俗语说的"你我不错","你我还这样那样",也是托熟的口气,指出彼此的依赖与信任。

　　同辈你我相称,言下只有你我两个,旁若无人;虽然十目所视,十手所指,视他们的,指他们的,管不着。杨震在你我相对的时候,会想到你我之外的"天知地知",真是一个玄远的托辞,亏他想得出。常人说话称你我,却只是你说给我,我说给你；别人听见也罢，不听见也罢，反正说话的一点儿没有想着他们那些不相干的。自然也有时候"取瑟而歌"，也有时候"指桑骂槐"，但那是话外的话或话里的话，论口气却只对着那一个"你"。这么着，一说你我，你我便从一群人里除外，单独地相对着。离群是可怕又可怜的，只要想想大野里的独行，黑夜里的独处就明白。你我既甘心离群，彼此便非难解难分不可；否则岂不要吃亏？难解难分就是亲昵；骨肉是亲昵，结交也是个亲昵，所以说只有长辈该称"你"，只有太太和老朋友配称"你"。你我相称者，你我相亲而已。然而我们对家里当差老妈子也称"你"，对街上的洋车夫也称"你"，却不是一个味儿。古来以"尔汝"为轻贱之称，就指的这一类。但轻贱与亲昵有时候也难分，譬如叫孩子为"狗儿"，叫情人为"心肝"，明明将人比物，却正是亲昵之至。而长辈称晚辈为"你"，也夹杂着这两种味道——那些亲谊疏远的称"你"，有时候简直毫无亲昵的意思，只显得辈分高罢了。大概轻贱与亲昵有一点相同，就是，都可以随随便便，甚至于动手动脚。

生人相见不称"你"。通称是"先生"，有带姓不带姓之分；不带姓好像来者是自己老师，特别客气，用得少些。北平人称"某爷"、"某几爷"，如"冯爷"、"吴二爷"，也是通称，可比"某先生"亲昵些。但不能单称"爷"，与"先生"不同。"先生"原是老师，"爷"却是"父亲"；尊人为师犹之可，尊人为父未免吃亏太甚。（听说前清的太监有称人为"爷"的时候，那是刑余之人，只算例外。）至于"老爷"，多一个"老"字，就不会与父亲相混，所以仆役用以单称他的主人，旧式太太用以单称她的丈夫。女的通称"小姐"、"太太"、"师母",却都带姓;"太太"、"师母"更其如此。因为单称"太太",自己似乎就是老爷,单称"师母",自己似乎就是门生,所以非带姓不可。"太太"是北方的通称,南方人却嫌官僚气;"师母"是南方的通称,北方人却嫌头巾气。女人麻烦多,真是无法奈何。比"先生"亲近些是"某某先生"、"某某兄"、"某某"是号或名字,称"兄"取其仿佛一家人。再进一步就以号相称,同时也可称"你"。在正式的聚会里,有时候得称职衔,如"张部长"、"王经理";也可以不带姓,和"先生"一样;偶尔还得加上一个"贵"字,如"贵公使"。下属对上司也得称职衔。但像科员等小脚色却不便称衔,只好屈居在"先生"一辈里。

仆役对主人称"老爷"、"太太",或"先生"、"师母";与同辈分别的,一律不带姓。他们在同一时期内大概只有一个老爷、太太,或先生、师母,是他们衣食的靠山;不带姓正所以表示只有这一对儿才是他们的主人。对于主人的客,却得一律带姓;即使主人的本家,也得带上号码儿,如"三老爷"、"五太太"——大家庭用的人或两家合用的人例外。"先生"本可不带姓,"老爷"本是下对上的称呼,也常不带姓;女仆称"老爷",虽和旧式太太称丈夫一样,但身份声调既然各别,也就不要紧。仆役称"师母",决无门生之嫌,不怕尊敬过分;女仆称"太太",毫无疑义,男仆称"太太",与女仆称"老爷"同例。晚辈称长辈,有"爸爸"、"妈妈"、"伯伯"、"叔叔"等称。自家人和近亲不带姓,但有时候带号码儿;远亲和父执、母执,都带姓;干亲带"干"字,如"干娘";父亲的盟兄弟,母亲的盟姊妹，有些人也以自家人论。

　　这种种称呼，按刘半农先生说，是"名词替代代词"，但也可说是他称替代对称。不称"你"而称"某先生"，是将分明对面的你变成一个别人，于是乎对你说的话，都不过是关于"他"的。这么着，你我间就有了适当的距离，彼此好提防着；生人间说话提防着些，没有错儿。再则一般人都可以称你"某先生"，我也跟着称"某先生"，正见得和他们一块儿，并没有单独挨近你身边去。所以"某先生"一来，就对面无你，旁边有人。这种替代法的效用，因所代的他称广狭而转移。譬如"某先生"，谁对谁都可称，用以代"你"，是十分"敬而远之"；又如"某部长"，只是僚属对同官与长官之称，"老爷"只是仆役对主人之称，敬意过于前者，远意却不及；至于"爸爸"、"妈妈"，只是弟兄姊妹对父母的称，不像前几个名字可以移用在别人身上，所以虽不用"你"，还觉得亲昵，但敬远的意味总免不了有一些；在老人家前头要像在太太或老朋友前头那么自由自在，到底是办不到的。

　　北方话里有个"您"字，是"你"的尊称，不论亲疏贵贱全可用，方便之至。这个字比那拐弯抹角的替代法干脆多了，只是南方人听不进去，他们觉得和"你"也差不多少。这个字本是闭口音，指众数；"你们"两字就从此出。南方人多用"你们"代"你"。用众数表尊称，原是语言常例。指的既非一个，你旁边便仿佛还有些别人和你亲近的，与说话的相对着；说话的天然不敢侵犯你，也不敢妄想亲近你。这也还是个"敬而远之"。湖北人尊称人为"你家"，"家"字也表众数，如"人家"、

"大家"可见。

　　此外还有个方便的法子，就是利用呼位，将他称与对称拉在一块儿。说话的时候先叫声"某先生"或别的，接着再说"你怎样怎样"；这么着好像"你"字儿都是对你以外的"某先生"说的，你自己就不会觉得唐突了。这个办法上下一律通行。在上海，有些不三不四的人问路，常叫一声"朋友"，再说"你"；北平老妈子彼此说话，也常叫声"某姐"，再"你"下去——她们觉得这么称呼倒比说"您"亲昵些。但若说"这是兄弟你的事"，"这是他爸爸你的责任"，"兄弟"、"你"、"他爸爸"、"你"简直连成一串儿，与用呼位的大不一样。这种口气只能用于亲近的人。第一例的他称意在加重全句的力量，表示虽与你亲如弟兄，这件事却得你自己办，不能推给别人。第二例因"他"而及"你"，用他称意在提醒你的身份，也是加重那个句子；好像说你我虽亲近，这件事却该由做他爸爸的你，而不由做自己的朋友的你负责任，所以也不能推给别人。又有对称在前他称在后的，但除了"你先生"、"你老兄"还有敬远之意以外，别的如"你太太"、"你小姐"、"你张三"、"你这个人"、"你这家伙"、"你这位先生"、"你这该死的"、"你这没良心的东西"，却都是些亲口埋怨或破口大骂的话。"你先生"、"你老兄"的"你"不重读，别的"你"都是重读的。"你张三"直呼姓名，好像听话的是个远哉遥遥的生人，因为只有毫无关系的人，才能直呼姓名；可是加上"你"字，却变了亲昵与轻贱两可之间。近指形容词"这"，加上量词"个"成为"这个"，都兼指人与物；说"这个人"和说"这个碟子"，一样地带些无视的神气在指点着。加上"该死的"、"没良心的"、"家伙"、"东西",无视的神气更足。只有"你这位先生"稍稍客气些;不但因为那"先生",并且因为那量词"位"字。"位"指"地位",用以称人,指那有某种地位的,就与常人有别。至于"你老"、"你老人家"、"老人家"是众数,"老"是敬辞——老人常受人尊重。但"你老"用得少些。

最后还有省去对称的办法,却并不如文法书里所说,只限于祈使语气,也不限于上辈对下辈的问语或答语,或熟人间偶然的问答语,如"去吗"、"不去"之类。有人曾遇见一位颇有名望的省议会议长,随意谈天儿。那议长的说话老是这样的:

去过北京吗?
在哪儿住?
觉得北京怎么样?
几时回来的?

始终没有用一个对称,也没有用一个呼位的他称,仿佛说到一个不知是谁的人。那听话的觉得自己没有了,只看见俨然的议长。可是偶然要敷衍一两句话,而忘了对面人的姓,单称"先生"又觉不值得的时候,这么办却也可以救眼前之急。

生人相见也不多称"我"。但是单称"我"只不过傲慢,仿佛有点儿瞧不起人,却没有那过分亲昵的味儿,与称你我的时候不一样。所以自称比对称麻烦少些。若是不随便称"你","我"字尽可麻麻糊糊通用;不过要留心声调与姿态,别显出拍胸脯指鼻尖的神儿。若是还要谨慎些,在北方可以说"咱",说"俺",在南方可以说"我们";"咱"和"俺"原来也都是闭口音,与"我们"同是众数。自称用众数,表示听话的也在内,"我"说话,像是你和我或你我他联合宣言;这么着,我的责任就有人分担,谁也不能说我自以为是了。也有说"自己"的,如"只怪自己不好","自己没主意,怨谁!"但同样的句子用来指你我也成。至于说"我自己",那却是加重的语气,与这个不同。又有说"某人"、"某某人"的,如张三说,"他们老疑心这是某人做的,其实我一点也不知道"。这个"某人"就是张三,但得随手用"我"字点明。若说"张某人岂是那样的人!"却容易明白。又有说"人"、"别人"、"人家"、"别人家"的;如,"这可叫人怎么办?""也不管人家死活。"指你我也成。这些都是用他称(单数与众数)替代自称,将自己说成别人;但都不是明确的替代,要靠上下文,加上声调姿态,才能显出作用,不像替代对称那样。而其中如"自己"、"某人",能替代"我"的时候也不多,可见自称在我的关系多,在人的关系少,老老实实用"我"字也无妨;所以历来并不十分费心思去找替代的名词。

演说称"兄弟"、"鄙人"、"个人"或自己名字,会议称"本席",也是他称替代自称,却一听就明白。因为这几个名词,除"兄弟"代"我",平常谈话里还偶然用得着之外,别的差不多都已成了向公众说话专用的自称。"兄弟"、"鄙人"全是谦词,"兄弟"亲昵些;"个人"就是"自己";称名字不带姓,好像对尊长说话。——称名字的还有仆役与幼儿。仆役称名字兼带姓,如"张顺不敢"。幼儿自称乳名,却因为自我观念还未十分发达,听见人家称自己乳名,也就如法炮制,可教大人听着乐,为的是"像煞有介事"。——"本席"指"本席的人",原来也该是谦称;但以此自称的人往往有一种诡诡然的声调姿态,所以反觉得傲慢了。这大约是"本"字作怪,从"本总司令"到"本县长",虽也是以他称替代自称,可都是告诫下属的口气,意在显出自己的身份,让他们知所敬畏。这种自称用的机会却不多。对同辈也偶然有要自称职衔的时候,可不用"本"字而用"敝"字。但"司令"可"敝","县长"可"敝","人"却"敝"不得;"敝人"是凉薄之人,自己骂得未免太苦了些。同辈间也可用"本"字,是在开玩笑的当儿,如"本科员"、"本书记"、"本教员",取其气昂昂的,有俯视一切的样子。

　　他称比"我"更显得傲慢的还有,如"老子"、"咱老子"、"大爷我"、"我某几爷"、"我某某某"。老子本非同辈相称之词,虽然加上众数的"咱",似乎只是壮声威,并不为的分责任。"大爷"、"某几爷"也都是尊称,加在"我"上,是增加"我"的气焰的。对同辈自称姓名,表示自己完全是个无关系的陌生人,本不如此,偏取了如此态度,将听话的远远地推开去,再加上"我",更是神气。这些"我"字都是重读的。但除了"我某某某",那几个别的称呼大概是丘八流氓用得多。他称也有比"我"显得亲昵的。如对儿女自称"爸爸"、"妈",说"爸爸疼你","妈在这儿,别害怕"。对他们称"我"的太多了,对他们称"爸爸"、"妈"的却只有两个人,他们最亲昵的两个人。所以他们听起来,"爸爸"、"妈"比"我"鲜明得多。幼儿更是这样，他们既然还不甚懂得什么是"我"，用"爸爸"、"妈"就更要鲜明些。听了这两个名字，不用捉摸，立刻知道是谁而得着安慰，特别在他们正专心一件事或者快要睡觉的时候。若加上"你"，说"你爸爸"、"你妈"，没有"我"，只有"你的"，让大些的孩子听了，亲昵的意味更多。对同辈自称"老某"，如"老张"，或"兄弟我"，如"交给兄弟我办吧，没错儿"，也是亲昵的口气。"老某"本是称人之词。单称姓，表示彼此非常之熟，一提到姓就会想起你，再不用别的；同姓的虽然无数，而提到这一姓，却偏偏只想起你。"老"字本是敬辞，但平常说笑惯了的人，忽然敬他一下，只是惊他以取乐罢了；姓上加"老"字，原来怕不过是个玩笑，正和"你老先生"，"你老人家"有时候用作滑稽的敬语一种。日子久了，不觉得，反变成"熟得很"的意思。于是自称"老张"，就是"你熟得很的张"，不用说，顶亲昵的。"我"在"兄弟"之下，指的是做兄弟的"我"，当然比平常的"我"客气些；但既有他称，还用自称，特别着重那个"我"，多少免不了自负的味儿。这个"我"字也是重读的。用"兄弟我"的也以江湖气的人为多。自称常可省去；或因叙述的方便，或因答语的方便，或因避免那傲慢的字。

"他"字也须因人而施，不能随便用。先得看"他"在不在旁边儿。还得看"他"与说话的和听话的关系如何——是长辈、同辈、晚辈，还是不相干的，不相识的？北平有个"怹"字，用以指在旁边的别人与不在旁边的尊长；别人既在旁边听着，用个敬词，自然合式些。这个字本来也是闭口音，与"您"字同是众数，是"他们"所从出。可是不常听见人说，常说的还是"某先生"。也有称职衔、行业、身份、行次、姓名号的。"他"和"你""我"情形不同，在旁边的还可指认，不在旁边的必得有个前词才明白。前词也不外乎这五样儿。职衔如"部长"、"经理"。行业如店主叫"掌柜的"，手艺人叫"某师傅"，是通称；做衣服的叫"裁缝"，做饭的叫"厨子"，是特称。身份如妻称夫为"六斤的爸爸"，洋车夫称坐车人为"坐儿"，主人称女仆为"张妈"、"李嫂"。——"妈"、"嫂"、"师傅"都是尊长之称，却用于既非尊长，又非同辈的人，也许称"张妈"是借用自己孩子们的口气，称"师傅"是借用他徒弟的口气，只有称"嫂"才是自己的口气，用意都是要亲昵些。借用别人口气表示亲昵的，如媳妇跟着他孩子称婆婆为"奶奶"，自己矮下一辈儿；又如跟着熟朋友用同样的称呼称他亲戚，如"舅母"、"外婆"等，自己近走一步儿；只有"爸爸"、"妈"，假借得极少。对于地位同的既可如此假借，对于地位低的当然更可随便些；反正谁也明白，这些不过说得好听罢了。——行次如称朋友或儿女用"老大"、"老二"；称男仆也常用"张二"、"李三"。称号在亲子间，夫妇间，朋友间最多，近亲与师长也常这么称。称姓名往往是不相干的人。有一回政府不让报上直称当局姓名，说应该称衔带姓，想来就是恨这个不相干的劲儿。又有指点似的说"这个人"、"那个人"的，本是疏远或轻贱之称。可是有时候不愿、不便，或不好意思说出一个人的身分或姓名，也用"那个人"；这里头却有很亲昵的，如要好的男人或女人，都可称"那个人"。至于"这东西"、"这家伙"、"那小子"，是更进一步；爱憎同辞，只看怎么说出。又有用泛称的，如"别怪人"、"别怪人家"、"一个人别太不知足"、"人到底是人"。但既是泛称,指你我也未尝不可。又有用虚称的,如"他说某人不好,某人不好";"某人"虽确有其人,却不定是谁,而两个"某人"所指也非一人。还有"有人"就是"或人"。用这个称呼有四种意思:一是不知其人,如"听说有人译这本书"。二是知其人而不愿明言,如"有人说怎样怎样",这个人许是个大人物,自己不愿举出他的名字,以免矜夸之嫌。这个人许是个不甚知名的脚色,提起来听话的未必知道,乐得不提省事。又如"有人说你的闲话",却大大不同。三是知其人而不屑明言,如"有人在一家报纸上骂我"。四是其人或他的关系人就在一旁,故意"使子闻之";如,"有人不乐意,我知道","我知道,有人恨我,我不怕"——这么着简直是挑战的态度了。又有前词与"他"字连文的,如"你爸爸他辛苦了一辈子,真是何苦来?"是加重的语气。

　　亲近的及不在旁边的人才用"他"字,但这个字可带有指点的神儿,仿佛说到的就在眼前一样。自然有些古怪,在眼前的尽管用"您"或别的向远处推,不在的却又向近处拉。其实推是为说到的人听着痛快,他既在一旁,听话的当然看得亲切,口头上虽向远处推无妨。拉却是为听话人听着亲切,让他听而如见。因此"他"字虽指你我以外的别人,也有亲昵与轻贱两种情调,并不含含糊糊地"等量齐观"。最亲昵的"他",用不着前词;如流行甚广的"看见她"歌谣里的"她"字——一个多情多义的"她"字。这还是在眼前的。新婚少妇谈到不在眼前的丈夫,也往往没头没脑地说"他如何如何",一面还红着脸儿。但如"管他，你走你的好了"，"他——他只比死人多口气"，就是轻贱的"他"了。不过这种轻贱的神儿若"他"不在一旁却只能从上下文看出，不像说"你"的时候永远可以从听话的一边直接看出。"他"字除人以外，也能用在别的生物及无生物身上，但只在孩子们的话里如此。指猫指狗用"他"是常事，指桌椅指树木也有用"他"的时候。譬如孩子让椅子绊了一交，哇的哭了，大人可以将椅子打一下，说"别哭。是他不好。我打他"。孩子真会相信，回嗔作喜，甚至于也捏着小拳头帮着捶两下。孩子想着什么都是活的，所以随随便便地"他"呀"他"的，大人可就不成。大人说"他"，十回九回指人；别的只称名字，或说"这个"、"那个"、"这东西"、"这件事"、"那种道理"。但也有例外，像"听他去吧"、"管他成不成，我就是这么办"。这种"他"有时候指事不指人。还有个"彼"字，口语里已废而不用，除了说"不分彼此"、"彼此都是一样"。这个"彼"字不是"他"，而是与"这个"相对的"那个"，已经在"人称"之外。"他"字不能省略，一省就与你我相混；只除了在直截的答语里。

　　代词的三称都可用名词替代，三称的单数都可用众数替代，作用是"敬而远之"。但三称还可互代，如"大难临头，不分你我"、"他们你看我，我看你，一句话不说"，"你"、"我"就是"彼"、"此"。又如"此公人弃我取"，"我"是"自己"。又如论别人，"其实你去不去与人无干，我们只是尽朋友之道罢了"，"你"实指"他"而言。因为要说得活灵活现，才将三人间变为二人间，让听话的更觉得亲切些。意思既指别人，所以直呼

"你"、"我",无需避忌。这都以自称对称替代他称。又如自己责备自己说:"咳,你真糊涂!"这是化一身为两人。又如批评别人,"凭你说干了嘴唇皮,他听你一句才怪!""你"就是"我",是让你设身处地替自己想。又如,"你只管不动声色地干下去,他们知道我怎么办?""我"就是"你";是自己设身处地替对面人想。这都是着急的口气:我的事要你设想,让你同情我;你的事我代设想,让你亲信我。可不一定亲昵,只在说话当时见得彼此十二分关切就是了。只有"他"字,却不能替代"你"、"我",因为那么着反把话说远了。

众数指的是一人与一人,一人与众人,或众人与众人,彼此间距离本远,避忌较少。但是也有分别,名词替代,还用得着。如"各位"、"诸位"、"诸位先生",都是"你们"的敬词;"各位"是逐指,虽非众数而作用相同。代词名词连文,也用得着。如"你们这些人"、"你们这班东西",轻重不一样,却都是责备的口吻。又如发牢骚的时候不说"我们"而说"这些人"、"我们这些人",表示多多少少,是与众不同的人。但替代"我们"的名词似乎没有。又如不说"他们"而说"人家"、"那些位"、"这班东西"、"那班东西",或"他们这些人"。三称众数的对峙,不像单数那样明白的鼎足而三。"我们"、"你们"、"他们"相对的时候并不多,说"我们",常只与"你们"、"他们"二者之一相对着。这儿的"你们"包括"他们","他们"也包括"你们",所以说"我们"的时候,实在只有两边儿。所谓"你们",有时候不必全都对面,只是与对面的在某些点上相似的人;所谓"我们",也不一定全在身旁,只是与说话的在某些点上相似的人。所以"你们"、"我们"之中,都有"他们"在内。"他们"之近于"你们"的,就收编在"你们"里;"他们"之近于"我们"的,就收编在"我们"里;于是"他们"就没有了。"我们"与"你们"也有相似的时候,"我们"可以包括"你们","你们"就没有了;只剩下"他们"和"我们"相对着。演说的时候,对听众可以说"你们",也可以说"我们"。说"你们"显得自己高出他们之上,在教训着;说"我们",自己就只在他们之中,在彼此勉励着。听众无疑地是愿意听"我们"的。只有"我们",永远存在,不会让人家收编了去;因为没有"我们",就没有了说话的人。"我们"包罗最广,可以指全人类,而与一切生物无生物对峙着。"你们"、"他们"都只能指人类的一部分;而"他们"除了特别情形,只能指不在眼前的人,所以更狭窄些。

北平自称的众数有"咱们"、"我们"两个。第一个发现这两个自称的分别的是赵元任先生。他在《阿丽思漫游奇境记》的凡例里说:

"咱们"是对他们说的,听话的人也在内的。
"我们"是对你们或他们说的,听话的人不在内的。

赵先生的意思也许说,"我们"是对你们或(你们和)他们说的。这么着"咱们"就收编了"你们","我们"就收编了"他们"——不能收编的时候,"我们"就与"你们"、"他们"成鼎足之势。这个分别并非必需,但有了也好玩儿;因为说"咱们"

亲昵些，说"我们"疏远些，又多一个花样。北平还有个"俩"字，只指两个，"咱们俩"、"你们俩"、"他们俩"，无非显得两个人更亲昵些，不带"们"字也成。还有"大家"是同辈相称或上称下之词，可用在"我们"、"你们"、"他们"之下。单用是所有相关的人都在内；加"我们"拉得近些，加"你们"推得远些，加"他们"更远些。至于"诸位大家"，当然是个笑话。

代词三称的领位，也不能随随便便的。生人间还是得用替代，如称自己丈夫为"我们老爷"，称朋友夫人为"你们太太"，称别人父亲为"某先生的父亲"。但向来还有一种简便的尊称与谦称，如"令尊"、"令堂"、"尊夫人"、"令弟"、"令郎"，以及"家父"、"家母"、"内人"、"舍弟"、"小儿"等等。"令"字用得最广，不拘哪一辈儿都加得上，"尊"字太重，用处就少；"家"字只用于长辈同辈，"舍"字、"小"字只用于晚辈。熟人也有用通称而省去领位的，如自称父母为"老人家"，——长辈对晚辈说他父母，也这么称——称朋友家里人为"老太爷"、"老太太"、"太太"、"少爷"、"小姐"；可是没有称人家丈夫为"老爷"或"先生"的，只能称"某先生"、"你们先生"。此外有称"老伯"、"伯母"、"尊夫人"的，为的亲昵些；所省去的却非"你的"而是"我的"。更熟的人可称"我父亲"、"我弟弟"、"你学生"、"你姑娘"，却并不大用"的"字。"我的"往往只用于呼位，如，"我的妈呀！""我的儿呀！""我的天呀！"被领位若不是人而是事物，却可随便些。"的"字还用于独用的领位，如"你的就是我的"、"去他的"。领位有了"的"字，显得特别亲昵似的。也许"的"字是齐齿音,听了觉得挨挤着、紧缩着,才有此感。平常领位,所领的若是人,而也用"的"字,就好像有些过火。"我的朋友"差不多成了一句嘲讽的话,一半怕就是为了那个"的"字。众数的领位也少用"的"字。其实真正众数的领位用的机会也少,用的大多是替代单数的。"我家"、"你家"、"他家"有时候也可当众数的领位用,如"你家孩子真懂事"、"你家厨子走了"、"我家运气不好"。北平还有一种特别称呼,也是关于自称领位的。譬如女的向人说:"你兄弟这样长那样短。""你兄弟"却是她丈夫。男的向人说:"你侄儿这样短,那样长。""你侄儿"却是他儿子。这也算对称替代自称,可是大规模的,用意可以说是"敬而近之"。因为"近",才直称"你"。被领位若是事物,领位除可用替代外,也有用"尊"字的,如"尊行"(行次)、"尊寓",但少极;带滑稽味而上"尊"号的却多,如"尊口"、"尊须"、"尊靴"、"尊帽"等等。

外国的影响引我们抄近路,只用"你"、"我"、"他"、"我们"、"你们"、"他们",倒也是干脆的办法,好在声调姿态变化是无穷的。"他"分为三,在纸上也还有用,口头上却用不着,读"她"为"ㄧ"[①],"它"或"牠"为"ㄊㄜ"[②],大可不必,也行不开去。"它"或"牠"用得也太洋味儿,真蹩扭,有些实在可用"这个"、"那个"。再说代词用得太多,好些重复是不必要的;而领位"的"字也用得太滥点儿。

[①] 注音符号,音同 yi。——编注
[②] 注音符号,音同 te。——编注

译　名

"译"是拿外国文翻成本国文；我是中国人，我现在所说的译，就是拿外国文翻成中国文。论到译字的意义，本有许多：《礼记·王制》"北方曰译"一句的疏说："通传北方语官谓之译；译，陈也。……刘氏曰，'译，释也，犹言誊也。'"《扬子方言》说："译，传也。"注，"传宣语，即相见"。《说文》说是"传译四夷之言者"。这些都拿译字作"译人"讲，原是名词。到了汉明帝时，"摩腾始至，而译四十二章，因称译也。"《翻译名义集》说："译之言，易也；谓以所有，易其所无。"从此译字的意义变了，作"拿外国文翻成本国文"讲了，——由名词转成动词了——到现在还是这样。那摩腾就是中国翻译事业创始的人。

讲到翻译的问题，可以分两层说：第一，外国的材料有好的，有坏的；有不可不译的，有犯不着译的。我们应该怎样的选择呢？这是译材问题。第二，译成的文字怎样才能达出原意，怎样就失掉原意了？这是译法问题。里面又包着两个问题：甲是译笔问题，是从译者修辞的方法一方面看。乙就是译名问题，是从所译的名确当与否一方面看。——这里所有的名，是指一切能拿来表示事物的字——一切词品——不单限于文典里名词一部或名、静、动词三部。原来外国的名，有我们有的，有没有的，有同我们有的相似的。译的时候，自当分别办理，才能把原意达的确当。但是究竟怎样的分别办理呢？这便是我们所要讨论的。

一

现在该讲到正文。但在讲正文之先，我还须说点关于译名讨论的历史。《翻译名义叙》说，"唐玄奘法师论五种不翻：……"这是最早讨论译名的了。后来译经的人对于这问题没有论的，大概都照着那五条办了。唐以后，译经的渐渐少——可以说没有。到南宋时，一般儒者都去讲性理之学，说佛教是异端，攻击得很厉害。那时更没有人敢译经了。没人译经，还有谁来讨论译名！这个问题简直是不成问题罢了。一直到近世，中国同各国交通，西方的文化，渐渐地流了进来。这时翻译事业又盛，因为介绍外国的文化到本国里来，翻译是第一件利器呢。这种情形，明末的时候就有点萌芽。到了清朝，越来越盛；但是译名问题一直没人提出讨论。近十年来，译事格外发达了，因此也就有人注意到此。以我所晓得的，那时第一个讨论这问题的，是章行严先生。他先在《民立报》上发表他的意见，得了许多来信，都是讨论这件事的。后来他办《独立周报》同《甲寅》杂志，仍然继续讨论，得的来信也不少。

这个问题渐渐有许多人注意，差不多成了一个大问题了。又有一位胡仰曾先生，他又作了一篇长文讨论译名。但是《甲寅》不久停刊，胡先生也死了，这个问题就搁下来，好几年没有人提。直到前年北京大学研究所把译名列为一科，才又有点生气勃发起来。然而大学研究所设这一科的宗旨，是要审定各科的译名，以及创译新名；并不专以讨论译名的方法为事，同章胡诸先生的旨趣有些不同。我现在觉着章胡诸先生所论的格外重要，我的意见同他们略有出入，所以"旧话重提"，再把这问题拿来考究一番。

二

我前节说过，翻译是介绍外国的文化到本国里来的第一利器。既然这样，那些翻译的问题自然是很要紧，必须研究研究的了。那译材问题是译前应该注意的。选好了译材，动手来译，这时就要注意译法，要晓得译出来的东西的价值和效力，全仗着他呢。至于译法问题所包的两层，比较起来，还是译名格外重要些。为什么呢？因为名是拿来表示实的，要是名不确当，那他所表示的实也就跟着不确当；译出来的东西的意义自然是模糊影响，不可印持了。那么，还能有什么价值同效力呢？——简直对不起作者。这时虽是修辞的方法高明得很，又有何用？再说，若是我们有了许多确当的学术上译名，国语的科学、哲学等自然会一天一天的发达；世界上新学术、新思想渐渐可以普及到中国来了，我们那些不通外国文的同胞也不致向隅了。——一国里能通外国文的，毕竟是少数呢。以前德文没有发达的时候，德国的学者，多是用法文或拉丁文著书，因为他们本国字太少，不够用的缘故。单就哲学说，拉拔尼芝（Leibnitz）的时代，用德文著的书还很少；他自己的书，还是用法文、拉丁文著的多呢。到了吴尔夫（Wolff）起来，用德文造了许多哲学上名字。后人渐渐采用，德文的哲学著作，才一天一天的多了。

三

那么，译名怎样才能确当呢？我们有的名，固然可以把他容容易易的翻过来，那些我们没有，或是同我们有的相似的名，又该怎样翻呢？总而言之，译名用什么方法才好呢？

从来译名的方法，大概有五种，那五种是：

一、音义分译　这是从前人译佛经的一条法则，原叫做"华梵双举"。是一半译音，一半译义的；就是拿梵名的音同义各翻出一部分来——所翻的音，大概是原名的第一音。——联合成词。（这个词是指兼词 Syn-Categorematical Term，同单词 Categorematical Term 不同。下仿此）。例如帝释，是佛教八部里的神名，他原名的音是释迦提婆因提，《翻译名义集·八部》篇引《大论》说："释迦秦言能，提婆秦言天，因提秦言主。（即帝）……今略云帝释，盖华梵双举也。"又如忏悔，梵音作忏摩，同书《众善行法》篇说："此翻悔过。"又说："此云忍，谓容恕我罪也。"译的人觉得要拿中国字把这个名的意义表示出来，非常累赘，所以因陋就简的用了一个悔字，来表示他义的一部，加上一个忏字，来表示他音的一部；以为音义合璧，那义的一面就阙略点，也不妨事的了。

二、音义兼译　这种是拿中国字切外国字的音；同时所切的音，要能将原名的意义表示出来。例如幺匿 Unit，图腾 Totem，胞蛋质 Protein 之类。

三、造译　这有二种办法：

（一）造新字　这里面又包含两种：

1. 拿含有原名一部意义的中国国字，加上一个偏旁，或换掉原来的偏旁。所加或所换的偏旁，须要和原名性质相近。例如张振名君所举的魝（Economy）。

2. 拿和原名同音的中国字，加上或换上一个和原名性质相近的偏旁，还读原来的音。例如耿毅君所举的愣惺（Logic）。

（二）造新义　就是拿冷僻的中国字偏旁同原名性质相近的，给他一个新义，教他成一个新名。例如锑（Antimony）。

四、音译　拿中国字切外国字的音的，便是。例如逻辑（Logic）。

五、义译　按着外国字的意义，用中国字表示出来的，便是。例如端词（Term）。

四

以上我把从来译名的方法，已经大概说了。现在且将他们仔细考察一番。

音义分译的办法虽是译佛经的人创下来的，但是佛经里这类译名却很少。大概他们原不过因为有些梵名的意义，不是一两个中国字所能具足表示；用了原名的切音，又怕人家看了不懂，还得附加解释，也是麻烦。所以才想出这个法子来试试，拿原名一部音和一部义合成新词，音义都有而都不全。但是他们希望原名的意义或者可以借此大部表示出来。这原是他们一种不得已的办法，姑且试试，不当他是正法的。所以这类译名毕竟很少。——或者他们经了试验之后觉得这种法很不妥当，因而不用他了，也未可知。我们且看上举两例：帝释那个名，现在未曾读佛经的人差不多不晓得他，见了也不能懂。忏悔一词，倒很通行。但是都把他当作骈字，合表悔过的意义，有时单用忏字表白陈悔的意义。谁还管他是怎样的来历呢？这算被同化了。假如这类译名都能这样，岂不很好。无如竟非常之少——佛经里这类本少，能通行的，简直是少而又少。也可见他们的效力了。再说忏悔这种词所以通行，或是因为宗教上常用他，又没有别种译名同他竞争，所以他就借着宗教的势力来征服我们，并不是单凭着他所表示的思想自身的力量，就能这样的。所以不能看了这种词的通行，便以为这种译法是好的。我以为这种办法的大坏处是既不像音，又不像义——简直是四不像。四不像的名字怎样能传达确当的思想到人脑筋里去呢？人家既不能借他们得着思想，还要他们干什么？他们所以不通行，大概是为此了。照以上看来，这种试而未效的译法，我们自当摈而不用的。

音义兼译一层，是译者想两全其美、贯通中外的办法。但是音义都和中国字相同的外国字非常之少——简直可说没有。如用这法，势必至求切音，义就难通；求合义，音就难肖；如要两全，必然两失，这又何苦来呢？胡仰曾先生说："幺匿，图腾，义既不通，音又不肖。粗通国文者或将视之为古语，通外语者又不及联想之为外语；似两是而实皆非。……即为几何有义可解矣，然数学皆求几何，于斯学未尝有特别关联也。彼名'几何米突'（Geometry），原义量地，几何地之义也。割截其半，将何别于地质学，地球学，地理学等之均以几何二字为冠者乎？音义各得其一部，不如译为形学多矣。"我以为幺匿，图腾音是对的，如严先生原是译的音，倒还可说；若说音义并有，那义的一面，可真是晦极了。初看这两个名的人，一定有像胡先生所说的两种现象的。至于几何那个译名的坏处，确如胡先生所论。但是现在用他的很多，他通用的又很久，一时只怕难于改善的了。又如胞蛋质，是蛋白质的总名，本义是变形质，是细胞同卵的成分的主体，所以把他译成胞蛋质。论到这个译名的意义，原可讲得过，——可以算是义译——但是音确不像；要是译音，须译为勃罗定才对。

况且既译了义，何必又译音？若是嫌义译不能将原名的涵义充分表示，难道兼译了音，就可以么？为什么就可以呢？恐怕没人能回答。其实不能充分表示原名涵义也不妨的，又何必这样费事呢？若说这样办法可以显得所译的名格外确当，那也不见得。译名确当的程度是靠着表示原名的义的量的，同原名的音毫没关系（必须音译的是例外）。用了这种译法，即使音切的很对，要是义不确当，那译名依旧糊涂。若是要叫人借此晓得原名，那么，他们至多能算晓得原名的音罢了，形是不能晓得的。要是他们不懂得外国文，将来看见了原名，还是不能明白他的意义，听人说时，也不能懂，因为中国字切外国音是不能准的。略懂外国文的人，但知道原字的中国切音，也是这样。何妨痛痛快快把原名写在译名下面，让略懂外国文的人还可以在看译名时，顺便知道了原名，岂不省事而有益的多着么？照以上看来，这种音义兼译的办法，真是吃力不讨好的。

　　造译的办法，用的很少。以我所晓得的，从前译佛经的人简直没用过他。近来只有译化学书的人，在他译原质名字的时候，才参用造新字的第二个办法——是拿和原名重音同音的中国字，加上一个同他性质相近的偏旁。例如氩（Argonium）、钙（Calcium）、硅（Silicium）等。皆于造新义的办法，确也有用的，但是他们用时，另外又附上一个条件，就是所取冷僻的中国字，须要同原名同音，这已到了音译的范围，不是造译了。纯粹合着这条办法的极少，我只找着一个溴字。溴字本来作水气讲，现在拿他做原质（Bromine）的译名了。这原质在常温时是汁体，有一种特别臭味，所以拿溴字来译他。

　　有人说，造译很有用。因为世界上事物一天一天的发展，人心的思想也一天一天的扩充；思想扩充，就凭着那些不绝发展的事物。但是那些事物不能直接给思想做凭借；直接给他作凭借的，便是他们的概念，表示概念的，便是名。这些概念既然有许多是本来没有的，自然不是旧时通用的名所能表示。必得新造些字，或是拿些废了的旧字换上新义，才能够用。这是言语变迁自然的趋势。我说，你这些话都对，不过你是说的造字，和造译——造字翻外国字——不能相通。因为新字的发生——就是造新字——是因为大多数人先有了那字所表示的思想，才能够的；不是先造了一个字，然后他们才有那思想的。

造出来的字是随着言语自然趋势来的，自然会通行。照此下去，字是当然一天比一天多；永久是这样。总是造来表示社会新发生的思想的，和造来翻外国字，介绍外国思想到本国来的——就是造来表示社会新输入的思想的——不同：一是有了大多数思想才有字，一是借了字去传播思想给大多数，两下里因果是相反的。所以不能并为一谈。那么，造译的字，所表示的思想既不是大多数人有的，同他们的接触，当然很少。他们看见听见了他，一定莫名其妙——无论晓得不晓得他的原名。这样，这种字的效力自然是极微的了。若是附了解释，恐怕人家尽看解释，谁也不去理那四不像的怪字，解释变成不可离了，日子一久，或是那解释的文字渐渐被人缩短，变成义译名，喧宾夺主了。造的那个字，到此就算消灭；原先何必费力去造，落得结果这样！就不至此，加解释总是麻烦，何如义译！再说造译原是按着原名的涵义来。但是人心不齐，就是所按的涵义是一样，也难保所造的字不歧异；差不多是你要这样，我那样，叫人格外糊涂了。这又不比音译按着原名的音，不会差得太远，又不比义译用旧字按着原名的义，虽有歧异，大旨可通；这种字先给人一个认不得，人对于他的音义，都是茫然，加上歧异，却更难了。——好容易学会了甲造的字，到了看着乙、丙、丁所造的，哪里能看出他们相通的所在呢？只好阙疑或重请教人；这是多么费力，多么不方便啊！

五

从前到现在，译名用上三种办法的，不过十之一二；其余十之七八，大概都是用音译、义译两个法子。近十年来关于译名的辩论，也是就这两说的多。现在且说音译。

音译这个名字，是胡仰曾先生所不承认的，他说："传四裔之语者，曰译。故称译必从其义。若袭用其音，则为借用语。音译二字，不可通也。借用语固不必借其字形；字形虽为国字，而语非已有者，皆为借用语。……"章行严先生驳他说："《扬子方言》'译，传也'。传其义，自传其音。纵曰，译，释也。……然遇义则兼传、释两训，遇音则仅含传训，读者会心，不必一致。……以故佛经音义两收，皆言翻译。"章先生的话很是。我以为胡先生原太拘了；音译的名也是中国字——切外国字的音的中国字——这原可说译的，何必一定说是借用呢？——径用外国字，才是借用。胡先生把借用的意义用的太广，把译字的意义又用的太狭了。

从广义说，音译有三种：就是音义兼译，造译第一个办法的第二项，和拿中国字切外国字的音。上两种都在上面说过。现在所讨论的，单是第三种一种。

主张音译的人并不是绝对主张一切外国名字都该音译。他们不过以音译为主，义译为辅罢了，遇着中国有的名字，他们也要义译的。——在这范围内，音译差不多不成问题。他们要用音译的名字，是中国没有的，或是同中国有的相似的两种。

我们国里翻译事业，自然要算从翻译佛经起手的。那时已是"音义两收，兼言翻译"。音译的办法，便从那时传了下来。他们用音译的标准——也是理由——有五种，就是玄奘所论的五种不翻了。《翻译名义序》说这五种是：

一、秘密故，如陀罗尼真言、咒语。

二、含多义故，如薄伽梵，具六义自在、炽盛、端严、名称、吉祥、尊贵。

三、此无故，如阎浮胜金树，中夏实无此木。

四、顺古故，如阿耨菩提正遍知。非不可翻，而摩腾以来，常存梵音。

五、生善故，如般若尊重，智慧轻浅。……皆掩而不翻。

现在主张音译的人所持的理由，除了上面第二、三两条和第五条的变相外，还有三条——也可说是音译的好处。这三条是：

一、不滥　章行严先生答容挺公君《论译名》的文里说："逻辑非谓……所有定义悉于此二字收之，乃谓以斯字名斯学，诸所有定义乃不至踏夫迷惑牴牾之弊也。"

二、持久　章先生同文里又说："若取音译，则定名时与界义无关涉；界义万千，随时吐纳，绝无束缚驰骤之病。……一名既立，无论学之领域扩充至于何地，皆可勿更。"

三、免争　章先生论胡先生《论译名》时，说："惟苟论争之点纯在立义，诚不必避；若不在义而在名，则为无谓之尤。……义者，为名作界也。名者，为物立符也。作界之事诚有可争，作符之事，则一物甲之而可，乙之亦可。不必争也。惟以作界者作符，则人将以争界者争符，而争不可止。"

音译的理由同好处大概是这样。但是这些果然可以教我们充分满意么？

五种不翻的第一种——秘密——只有译宗教经典，还可适用。因为陀罗尼一类东西本来是宗教上神秘的产品，原不要普及的，又没大用，人不晓得，毫不要紧，尽可用音译。况且这类东西，既是神秘，原文的意义，也不见得会明白，虽要义译，也无从的。第四种——顺古——直没道理。难道"古"就是"不可背"么？摩腾不是万能，为什么他没用义译的名字，后人便不能改用义译呢？这是崇古之情太深，原是感情作用，不含着真理的。论到其他三种：多义一层，容易解决。一个名字虽有许多意义，但是在一句里，——单字本来没有意义，到句里才有。——同时不能有两个以上的意义；有了，便和毋相反律违背了。译时只消按他在一句里的意义就好。若是他到了别句里，意义变了，就按变的意义译，这原不妨事的。这样一名一义，或者比歧义的原名还来的清楚一点；要是字字都能这样，那真是名学家所喜欢不尽的了。"此无"一层，也可不虑。虽然此无，至少有些因为交通便利，传播迅速，也可以"此有"的。那么让人由名字上晓得他些意义，岂不容易明白熟习，不比用那些佶屈聱牙的字，去切原名的音，叫人摸不着头脑的，强得多么？况且翻译的事，原是想叫此无变成此有；我想只有用了义译的名，才可以"此有"得容易而快，音译是不行的。"生善"一层，也是带着宗教的色彩的，本没有讨论的必要。但是现在主张音译的人，竟把他当尊重讲，——其实生善的意义，不是尊重所能包括；那时所说的尊重，范围也较狭些。——以为要保原名的尊重讲，有时不得不音译。这话却须细看：就尊重说，他的界说是什么？什么名字才配尊重呢？我看他们所谓尊重的，大概是些宗教或哲学上的名字。这些又为什么尊重呢？或者因为古代对于宗教和玄学上的名字，以为有神秘的意味，所以才这样么？其实要说尊重，哪一个名字自身不尊重呢？就是有应该特别尊重的名字，我以为除专名本不以义重的外，也不妨用义译，加上一两个字或符号，表示尊重的意思；原没有音译的必要的。

至于章先生所说的三条，第三条免争，实不见得。因为译名断不会限于一人，同智的人都会动手的。那么，所译的名一定不止一个。于是大家各信其所译，出力来争，以求通行。结果呢，一面须看译名的好坏，一面还须靠着鼓吹的力量。无论用哪种译法，都要这样的。音译虽像没大出入，但是方音不同，用字无准，已尽够叫译名歧异的了。况且像章先生主张音译，就有主张译义的同他争，这不又是"固欲无争，反以来争"么？

不滥，和持久确是音译的好处。章先生已经说得透彻，不用我再唠叨了。但是我想，音译的好处就这两种，并不能敌过他的坏处。且这两样，义译也有；义译还有别的好处。所以主张音译的人不能就拿他们做根据的。至于义译的好处怎样，且待后面说罢。

有人说，音译还有一层好处，就是可以造出许多新词。原来中国现在词的需要很大，后详。用了音译的方法，在固有的拿义联缀成词的方法之外，又添上拿音联缀的方法来，岂不是可以得格外多的词么？若是他们通行了，同化了，岂不是于国语的科学、哲学发展上，大大有益么？但是音译是不是能这样呢？

音译的名最大坏处，——同造译一样——就是教一般人看了听了，莫名其妙；因此把前后的话交通隔断，看的听的，自然觉着扫兴。这样，还说什么通行、同化和传播思想！这还罢了，有的人不晓得名字是音译，硬拿自己的意思来解释，——这是人类好奇心必然的现象——往往会"谬以千里"。这是很危险的。就是通人，也有这样的。章太炎先生《菿汉微言》里说："王介甫以三昧为数名，叶少蕴以禅为传，谓与易同义，焦弱侯云：'释者，放也'，此三子皆读佛书，而于译者译义尚不能解；然自李通玄《华严合论》已启斯弊矣。"这可见得音译的弊了，这些读佛书的人还这样，那不读佛书的，看了这种名字，又该怎样呢？我们知道，现在佛经里音译的名，确有许多通行的，但是这些大概是音译、义译并有的；并且借着宗教势力，才能这样；和佛经里全数音译的名字比较起来，毕竟是少数。所以这不能算音译有效的证据。况且这些通行的名字里：如"梵"字，本义是离欲或净行，现在差不多变成指印度的专名了；"禅"字，本是静虑，现在差不多拿他做佛教的通名了；和尚，本有力生、依学、亲教师等好几个意义，现在却只拿他指那剃发出家的男人了；这些都已失掉原义的大部了。又如三昧，本作正定或正受讲，本是一种修证的功夫，同禅字一样，现在用的很多，却都当作奥妙的所在讲，原义简直没了。又如南无，本有归命、恭敬等义，现在念佛号的人，大概总拿他当一种口号，晓得原义的怕很少；这简直是全没义了。这些名字，因为宗教上的势力，能通行了这样久，也同化了；但是不能表示原义了——原名表示的思想，不曾大部传播。所以我以为印度哲学在中国一衰不振的原因，名相的难，未尝不居其一。有义译附行，借着宗教的势力的音译名，效力也只这样，单用音译，又没宗教势力帮他的，更可想而知了。音译的大弊，就在这里；那方言不同，用字无准，缀音累赘，还是小节。

但是音译也不是绝对的不能用。我想可用音译——非用音译不可——的名字，大概有两种——这种音译，若遇了多音字的尽可斟酌缩减，叫他们便于记忆书写：容易通行：

一、所重在音的——虽有取义，但不重要；或是已经消灭了。如人名，同地名的大部。

二、意义暧昧的——还没到明确的程度；或是不明确的。如伊太（Ether），他的性质，现在还没明白，无从取义，是非音译不可的。又如陀罗尼一类，本不明确，也不会明确，只好音译，前面已说过了。

至于胡先生所说的"史乘上一民族一时特有之名"，我以为也可以用义译，加上一个引号""，便够表示他的特殊了。相类的特殊名字，都可以这样办。

六

义译的办法，用的最多；我以为是译名的正法，是造新词的唯一方法。

现在中国人的思想确是贫乏得很。世界上的重要的学术思想，我们不知道的着实多。要介绍他们，总得先想法用中国文字把他们表示出来，——翻译——一般的人才能感着亲切得用。但是中国字果然够表示么？现在中国通用的字，大约只有三四千，这是最多的数目，词章家所用的字，也不过这些。西洋各国总有五六万。两下一比，真是相形见绌了。说到字书：《说文》只有九千字。后来《玉篇集韵》上所载，差不多有二万字。到了《康熙字典》才有五万多字。至于外国的字典，就英文说，现在最大的威勃斯特（Webster）字典，却有四十万字，差不多有中国字的八倍了。这是差多远啊！但是中国字是单音的，又有四声的区别，可以用种种方法联合成词；所以字数虽少，成词很多。所成的词的意义，不一定是联成词的各个字的意义的综积，大概是略加变化而成。单字在词里的意义，往往同独用时不同。这种联合成词的方法，言语学上叫做复合法（Composition），是言语变迁的一种自然程序。现在这种词越过越多，单字的用处少了；有人说国语渐有多节的 Polysyllabic 倾向，这话是不错的。唯其这样，所以字数虽同外国相差那样远，一向却也不觉不够用。但是现在既然同外国接触的多了，想从他们那里把我们所缺乏的学术思想介绍进来，旧有的词一定不够。所以现在顶要紧的，就是造新词；字数的少，是不要紧的。因为国语既有多节的倾向，将来的发展，一定在词不在字：字都变成语根；有五万多的语根，错列起来，成的词就着实不少了。这正同外国"字"的发展一样。有了许多新词，才能传播许多新思想，国语的科学、哲学等，才能发达。

造词的对象，自然是取于外国的多，他们人事发达，尽可取资的。方法是用义译的好。有人说，音译何尝不可用？名这东西，本是"然于然"，"不然于不然"的。现在译外国名的音，就算定他的名；定名由人；甲之而可，乙之也可，为什么定要义译的才可呢？这话固然不错，但是"名之起缘，于德业之摹仿"，德业摹仿并不是随便的，必得人人对于那种德业熟悉了，才行；摹仿所成的名字才可通用、有效。这是造原同造译——造词译——不一样，上面论造译时，已将这理说过。就造词译说，义译确比音译好。义译所成的词，无论循旧、造新，人家看了，听了，既不至茫然不解，也不至误会。他们传播新思想的效力自然大的多——容易而快。这才是有效的词。义译的名越多，有效的词越多，新思想越发传播的快了。

反对义译的人说义译的大坏处，只是一件，就是定名混于作界。因此生了以下三个结果：

一、不能把原名涵义全行表示，叫人对于原名的概念，不能有十分明确的认识。

二、原名界说变了；新界说列在根据旧界说的译名底下，实是矛盾。

三、名字界说本没一定，是大家的争点。现在根据一种界说译名，恐怕人要拿争界的来争名了。

我以为这些理由总不足以驳倒义译，且待我分条说来：

章先生说定名混于作界是义译的大障害，他又说，"吾人译名，每不求之本名，而求之定义"，因而就生出种种弊来。但是所谓"求之本名"，却有两意义；一是求之本名的音——音译——章先生的意思，大概是指这种。这层的坏处上文已说过了。况且就是求之本名的音，也不能字字这样；字字这样，那译文还能读吗？二是求之本名起原的义，这不过是求之最初界说，还是求之界说；既求之界说，放着现在的，求顶陈旧的，也就无理由之至了。章先生的意思，虽不这样，但读他这句话的人，很容易误会到这里。照以上说，求之本名，是不行了。我们自然应该求之界说。定名混于作界，本不妨事。须晓得只是混于作界，并非就是作界；取界说的意义来译名，目的只在立名，不在作界；只可将原名涵义表示出大部分来，不能将他全部表示出来；还是名字，不是界说。人看了听了，也只能得着他涵义的大部，因而认识了这个概念，至于全体界说，他还要研究，才可知道详细。义译既不就是作界，自然不会像界说那样固定，自然可以随时限制变迁的。虽混于作界，又何足为患呢？

　　不能把原名的涵义全行表示，义译是不能免的。但是我以为这也不妨事。因为拿名去表示实，本不能将各个实全部的意义表示出来，不过用存同的方法——分析同综合——归纳成许多概念，用名字来表示他；名字是间接的，抽象的表示实的。所以严格说起来，名字本不曾把实的意义全行表示出来；大凡一个实，只他自己是全的，其余代表他的，总不能像他一般全，不过程度不同罢了。——太阳底下，原没绝对相同的东西。译名也是这样，要想绝对的确当，和原名一样，那是没有的事。却是语言不可免的阙陷，只好靠思想来补助他。所以我觉得，义译的名，只须竭力求确当，求把原名涵义大部的表示；不能全行表示，也不必引以为憾。日子久了，概念也可扩张；但须看名字用的如何；用的好，或者概念竟会比原名格外扩张，也未可知。人对于他起初虽不能十分明确认识，渐渐地自然会向十分明确的方面去的。就是最初非十分明确的认识，比那音译的名叫人不能认识概念的，还强得多呢！

第二层也容易解决。反对的人误把名的作用，看作等于界说的作用，所以才这样说。其实名字既不是界说，如何两样有相同的作用呢？我们译名时，拿了原名现在最通行的界说做标准，做成译名的涵义——就是义译成名。将来原名界说变了，译名涵义尽可一同引申。因为界说是比较的固定，有了新的，旧的便该废；至于名字却活的多，字义的变迁，是常有的事，人所能操纵的。界说是解释思想的，思想变了，解释自然该换；名字是直接表示思想的，思想变了，他也变了，不必换的。所以新界说放在旧名字下，不能算是矛盾，照常同一。譬如论理学（Logic）的语源是 Logos，作思想，或思想所显语言讲，原很简陋。后来他的界说屡变，名字仍旧，至今未改，不过他的涵义也屡变罢了。这可见界说能限制名字；名字没有限制界说的道理，因为他不过是一个符号，不就是思想的缘故。所以比音译的符号好者，因其初译出时，能将原名涵义大部告人，容易引入到他所表示的思想里去——能尽传播思想的责任。

至于说义译起争，那是固然，不过起争不是义译所独有的结果，其余的译法，都要有的。且所谓争，绝不是以"争界说者争符"，因为符不是界说。所以争，大概是因为同智的人各是其所译，而非他人所译，所争只在名。但是同智的人，究是少数，这是也可望解决；大部分的统一是可以办到的。后详。所以义译起争，不过一时的现象，尽可不要虑他。

有人说，照这样，义译的名，不论新旧好坏，总是好的了。我说，这话却须分别看。义译的名大部固然比用其他译法的名好些。但是一个原名可能的译名绝不止一个；而况同智的人当仁不让，各译其所译，也绝不会一个的。这里头就要选择了。但是选择用什么标准呢？我们一方面须看他能达原义的多少，比较多的，自然好些；一方面须看他字面适当不适当，适当的便好。适当就是严而不滥；因为粗疏迷离的字面要减少概念明确的程度。这两个标准是相需为用的，所以一般的重要。他们是义译的名"通行"和"有效"的条件。但是要注意，字面虽不要滥，太晦涩了却也不行；过和不及，是一样的不适当啊。

义译对于我们有的，或同我们有的相似的名字，不妨竟用或借用我们旧有的名来译。若是我们没有的名字，同我们旧名字绝牵不上去的，那却万不能拿旧名译他，总须造新词才行；因为一名歧义是名学上所最忌的，因此可以生出许多弊来，正在救之不暇，何必去效尤呢？章太炎先生说："中国文词素无论理。新学迭起，更立名号，亦或上本经典点窜诗书，徒取其名义相似，而宗旨则一切不顾；欺饰观听，诪张为幻。其最可喷鄙者，则有格致二字。……徒见元晦有云，'穷致事物之理者'，以此妄相附会，遂称物理学为格致……"格致的解说，本不确定，就照朱元晦说，穷致事物之理者，何独理化二科；现在所有的科学，哪一个不是穷致事物之理的呢？章先生又说，"……徒以名词妄用，情伪混淆，而谬者更支离皮傅，以为西方声、光、化、电、有机、无机诸学，皆中国昔时所固有。此以用名之误，而贻谬及于事实者也"。这是中国人"合群爱国的自大"

的恶根性所致；大概凡是义译的名字，他们都喜欢附会附会，引经据典的瞎说。——就是对于新造的词，他们也要这样。他们引经典时，也只是迷离惝恍，说的天花乱坠，人听了其实莫名其妙。平心而论，科学的萌芽，中国何尝不曾有过。不过西洋今日的科学却不是从几万里外的中国萌芽上生出来的。自己不愧自己国里人不能绍述修明，反要采他人的美，这是怎么一回事呢？这是因了名字，起色晕的感，全是感情作用，不能尽归罪于译名。但是译名要谨慎些，少给他们借口，这种现象也可以渐渐消灭。再说，这种一名歧义，就没有像以上的弊，也着实可以减少概念明确的程度。总之是要不得的。

七

以上批评译名的方法完了。还有两个问题，是同译名连带着的，也得讨论讨论。这两个问题是：

一、采用日本译名的问题。

二、借用外语问题。

现在各科译籍，差不多有十分之八是用日本译名的。这因日本书上的名词大多数是拿汉字写的，他们的译名，也是这样；他们既将西文原名用汉字翻现成了，我们自然不妨尽量取用，免得另去费事翻译，这原是很合算的办法。近来这些年中国译出的书，从西文直接翻译的很少，从日本翻译或重译的却多得很，也是这个缘故。但是我以为采用日本译名，也须略加限制：第一，须拿他同其他的同字译名比较，如确系好些，才可采用。第二，自己须想想，有更好的名字没有？如想不着，才能用这些较好的名字；不可偷懒。

借用外语问题又可分两种讨论：

（一）借用日语。中日文字本是相近，现在交通又便利，照言语的自然趋势看来，借用一层是不能免的。但是我以为这种借用，应该多借那些义可相通的；那义不可相通的，借了过来，也难通行，例如他们的假借字（日本叫宛字）。这些还不如我们自找的好，所以以少借为佳。胡先生说："例如手形、手续等，乃日人固有语，不过假同训之汉字攟掇以成者，……徒有国语读音之形式，而不能通国语之义，则仍非国语；读音之形式既非，实质失其依据，则并非复日本语。名实相违，莫此为甚。票据之固有语，程叙之译语，未见其不适也。"他这话虽有点"国别"的偏见，但确有一部分真理涵在其中，是我们可以相信的。

（二）借用西语。借用本是言语变迁的一种方法，在西方各国，彼此互借，一部分真理，我们应该相信的。毫不希罕。在中国却很少，原来中国的六书文字，同西洋音标的文字性质本是格格难入，同他们交通的又很晚。以前同中国交通的，大概都是文化低下的国，没有什么新语输进来；只有汉到六朝之间，印度哲学输入，佛经译出的很多；结果也只是在中国文字里添了许多新词，并没有借用梵语的所在。直到近几十年，才有借用日本名词的现象。至于西洋文字，因为同中国的文字相差的实在太远了，所以一直还没有借用的事情。西洋文字互借容易，因为他们文字是同语族的，字形许多相近，自然觉着便当；他们借用的时候，就照本国的读音，渐渐的把他同化，变成本国字。中国语里，要借用西语，能这样么？他们音形，都差的太厉害，就是借用过来，要叫他普遍通行，人人明白他的意义，恐怕是千难万难呢！现在主张径用外国原名的人，用意未尝不好；他们以为这样可以免了许多意义上的剥削，省了许多劳力。但是免了，省了，却不能有效了，思想不容易传播了。他们想也不愿意的。他们又主张采用一种外国语做第二国语，即使能办到了，国语里借用这种外国字，可以叫人人懂了，但是借用这第二国语外的外国字，人还是不能懂；难道只许借用一国的字么？况且西洋各国，文化的程度相差的少，他们要借用的字，毕竟是少数。中国就不然了，学术上的名字，十分之九是中国没有的；要说借用，借用的字数，一定非常之多，满眼是借用字了。懂外国文的，不愿意看这种四不像的东西；不懂的人格外不懂。况且就现在情形论，全本国文的书报，能看的还少；再插进借用的字，能看的人格外少了；思想传播，反阻碍了；这又何取呢？我以为最好的办法，是暂在相当的译名的底下，附写原名，——随便哪一国的——让懂他的知道；也可以借此矫译名歧异的弊；又可以渐渐教中国文有容纳外国字的度量；那不懂外国文的，也不至向隅；这样才可以收普及之效。人名地名，虽不必义译，也要拿中国字切出他的音。这种名字，原没大紧要，不过若是径用原名，那不懂的人，甚至因此对全体的事情不能十分明白，这不是以小害大么？况且径用原名，不过是求真，附写原名，也尽可表示真了；切汉音，并不足损真，反能帮助他普遍。总之，我们做翻译的事情，是要介绍思想给那些大多数不懂外国文的人的；是要促进国语的科学哲学的发展的；认定这个主意便对。

八

现在再说些关于译名统一问题的事情，算做本篇的结束。

我前面说过，争名的事，不过一时的现象。争界现象却没止时，也不容有止时。因为争界是可以教学术进步的。争名只在名初出现时剧烈，终久总应该定于一，才便利；这固然靠着名字自身的价值，也要有人为的力量。我以这种人为力量，约有四种，就是：

一、政府审定。

二、学会审定。

三、学者鼓吹的力量。

四、多数意志的选择。

这四种是并行不悖的；不可少一种，更不可只有一种，那么，终局所得的译名才可确当不易，普及于大多数，——大部统一——虽有很少数人不从，也不妨的。统一需时的短长须看大家的努力。有了大部统一的译名，著书的人、求学的人都感着十分便当，国内学术更加容易发展了！

什么是散文

散文的意思不止一个。对骈文说，是不用对偶的单笔，所谓散行的文字。唐以来的"古文"便是这东西。这是文言里的分别，我们现在不大用得着。对韵文说，散文无韵；这里所谓散文，比前一文所包广大。虽也是文言里旧有的分别，但白话文里也可采用。这都是从形式上分别。还有与诗相对的散文，不拘文言白话，与其说是形式不一样，不如说是内容不一样。内容的分别，很难说得恰到好处；因为实在太复杂，凭你怎么说，总难免顾此失彼，不实不尽。这中间又有两边儿跨着的，如所谓散文诗，诗的散文；于是更难划清界限了，越是缠夹，用得越广，从诗与散文派生"诗的"、"散文的"两个形容词，几乎可用于一切事上，不限于文字。——茅盾先生有一个短篇小说，题作"诗与散文"，是一个有趣的例子。

按诗与散文的分法，新文学里的小说、戏剧（除掉少数诗剧和少数剧中的韵文外）、"散文"，都是散文。——论文、宣言等不用说也是散文，但是通常不算在文学之内——这里得说明那引号里的散文。那是与诗、小说、戏剧并举,而为新文学的一个独立部门的东西,或称白话散文,或称抒情文,或称小品文。这散文所包甚狭,从"抒情文"、"小品文"两个名称就可知道。小品文对大品而言,只是短小之文;但现在却兼包"身边琐事"或"家常体"等意味,所以有"小摆设"之目。近年来这种文体一时风行,我们普通说散文,其实只指的这个。这种散文的趋向,据我看,一是幽默;一是游记、自传、读书记。若只走向幽默去,散文的路确乎更狭更小,未免单调;幸而有第二条路,就比只写身边琐事的时期已展开了一两步。大体上说,到底是前进的。有人主张用小品文写大众生活,自然也是一个很好的意思,但盼望做出些实例来。

读书记需要博学,现在几乎还只有周启明先生一个人动手。游记、传记两方面都似乎有很宽的地步可以发展。我以为不妨打破小品,多来点儿大的。长篇的游记与自传都已有人在动手;但盼望人手多些,就可热闹起来了。传记也不一定限于自传,可以新作近世人物的传,可以重写古人的传;游记也不一定限于耳闻目睹,掺入些历史的追想,也许别有风味。这个先得多读书,搜集材料,自然费工夫些,但是值得做的。不愿意这么办,只靠敏锐的观察力和深刻的判断力,也可写出精彩的东西;但生活的方面得广大,生活的态度得认真。——不独写游记、传记如此,写小说、戏剧也得如此(写历史小说、历史戏剧,却又得多读书了)。生活是一部大书,读得太少,观察力和判断力还是很贫乏的。目前在天津看见张彭春先生,他说现在的文学有一条新路可以走,就是让写作者到内地或新建设区去,凭着他们的训练（知识与技巧）将所观察的写成报告文学。这不是报纸上简陋的地方通信，也不是观察员冗杂的呈报书，而应当是文学作品。他说大学生、高中学生都可利用假期试试这个新设计。我在《太白》里有《内地描写》一文，也有相似的说话，这确是我们散文的一个新路。此外，以人生为题的精悍透彻的——抒情的论文，像西塞罗《说老》之类，也可发展；但那又得多读书或多阅世，怕不是一时能见成绩的。

1935 年

中国散文的发展

一

现存的中国最早的无韵文（散文），是商代的卜辞。这只算是些纪事的句子，很少有一章一节的。后来《周易》卦爻辞和鲁《春秋》也是如此，不过经卜官和史官按着卦爻与年月的顺序编纂起来，比卜辞显得整齐些罢了。便是这样，王安石还说鲁《春秋》是"断烂朝报"；所谓"断"，正是不成片段、不成章节的意思。卜辞的简略大概是工具的缘故；在脆而狭的甲骨上用刀笔刻字，自然不得不如此。但卜辞的量定了纪事文的体制；卦爻辞和鲁《春秋》还在卜辞的氛围里，虽然写在竹木简上，自由比较多，却依然只跟着卜辞走。纪言文就不一样。《尚书》里的虞夏书大概是后人追记，而且大部分是战国末年的追记，可以不论；但那几篇商书，即使有些是追记，也总在商周之间。那不但有章节，并且成了篇，足以代表当时史的发展，就是叙述文的发展。而议论文也在这里面见了源头。卜辞是"辞"，《尚书》里大部分也是"辞"。这些都是官文书。

纪事纪言的辞之外，还有讼辞。打官司的时候，原、被告的口供都叫作"辞"；辞原是"讼"的意思。这种辞关系两造的利害很大，两造都得用心陈说；审判官也得用心听，他得公平的听两面儿的。这种辞也兼有叙述和议论；两造自己办不了，可以请教讼师。这是周代的情形。春秋时候，列国交际频繁，外交的言语关系国体和国家的利害更大，不用说更需慎了。这也叫作"辞"，又叫作"命"、"辞命"，后来通称"辞令"。郑子产便是个善于辞命的人。郑是个小国，他办外交，却能叫大国折服，便靠他的辞命。他的辞婉顺而有理，他的态度却坚强不屈。孔子赞美他的"文辞"，更赞美他的"慎辞"。孔子说当时郑国的辞命，子产先教裨谌创意起草，交给世叔审查，再教行人子羽修改，末了儿他再加润色。他的确是很慎重的。

孔子很注重辞令，他觉得这不是件易事，所以自己谦虚的说是办不了。但他教学生却有这一科，他称赞宰我子贡，擅长言语。"言语"就是"辞命"。那时候言文似乎是合一的，"辞"、"文辞"、"命"、"辞命"都兼指说出的和写出的言语。有时预备下稿子让使臣带着走，有时让使臣随机应变，自己想话说，却都称为"辞命"，并无分别。当时言语，方言之外有"雅言"。"雅言"就是"夏言"，是当时的京话或官话。孔子讲学就用雅言，不用鲁语。卜辞、尚书和辞命，大概都是历代的雅言，讼辞自当别论。雅言用的既多，所以每字大概都能写出；而写出的和说出的雅言，大体上是一致的。孔子说"辞"只要"达"就成。"辞"是辞命，"达"是明白；辞多了像背书，少了说不明白，多少要恰如其分。这也就是"慎辞"的意思。辞命的重要，代表议论文的发展。

战国时代，游说之风大盛。游士立谈可以取卿相，所以最重说辞。他们的说辞却不像春秋的辞命那样从容婉顺了。他们铺张局势，滔滔不绝，真像背书似的；他们的话，像天花乱坠，有时夸饰，有时诡曲，不问是非，只图激动人主的心。那时最重辩。孟子说，"吾岂好辩哉？吾不得已也"。荀子也说，"君子必辩"。这都是游士的影响，但是墨子老子韩非三家，却不重辩。墨子以为辩说文辞之言，教人重文忌用。老子说，"信言不美，美言不信"；老学所要的是自然。韩非却兼取两说。后来儒家作易文言传，也道，"君子进德修业：忠信，所以进德也；修辞立诚，所以居业也"。这不但是在暗暗的批评着游士好辩的风气，恐怕还在暗暗的批评着后来称为名家的"辩者"呢。这虽然不会是孔子的话，如有些人所信，可是和"辞达论"倒是合拍的。

孔子开了私人讲学的风气，从此也便有了私家的著作。第一种私家著作是《论语》，却不是孔子自作而是他的弟子们记的他的说话。诸子书大概多是弟子们及后学者所记，自作的极少。《论语》以记言为主，所记的多是很简单的。孔子主张"慎言"，痛恨"巧言"和"利口"；他向弟子们说话，大概是很质直的，弟子们体念他的意思，也只简单地记出。到了墨子和孟子，可就丰长得多。《墨子》大约也是弟子们所记。《孟子》据说是孟子晚年和他弟子公孙丑、万章等编定的，可也是弟子们记言的体制。那时是个"好辩"的时代。墨子虽不好辩，却也脱不了时代的影响；孟子本是个好辩的人。记言体制的恢复，也是自然的趋势。这种记言是直接的对话。由对话发展而为独白,便是"论"。初期的论,言意浑括,老子可为代表;后来的墨经,韩非子储说的经,管子的经言,都是这体制。再进一步,便是恢张的论,《庄子·齐物论》等篇以及《荀子》、《韩非子》、《管子》的一部分,都是的。《老子》、《庄子》里有时可都夹着一些韵文。古代无韵文里常有这种情形;大约韵文发达在先,所以在无韵文里还留着些遗迹。

还有一种"寓言",借着神话或历史故事来抒论。《庄子》多用神话,《韩非子》多用历史故事;《庄子》有些神仙家言,《韩非子》是继承《庄子》的寓言而加以变化。战国游士的说辞也好用譬喻。譬喻成了风气;这开了后来辞赋的路。论是进步的体制,但还只以篇为单位,"书"的观念还没有。直到《吕氏春秋》,才成了第一步有系统的书。这部书成于吕不韦的门客之手,有十二纪、八览、六论,共三十多万字。十二代表十二月,八是卦数,六是秦代的圣教;这些数目是本书的间架,是外在的系统,并非逻辑的秩序。汉代刘安主编《淮南子》,才按照逻辑的秩序,结构就严密多了。自从有了私家著作,学术日渐平民化。著作越来越多,流传也越来越广;"雅言"便成了凝定的文体了。后世大体采用,言文渐渐分离。战国末期,"雅言"之外原还有齐语楚语两种有势力的方言。但是齐语只在《春秋公羊传》里留下些;楚语只在屈原的"辞"里留下几个助词如"羌"、"些"等。它们都让"雅言"压倒了。

伴随着议论文的发展,记事文也有了长足的进步。这里《春秋左氏传》是一座里程碑。在前有分国记言的《国语》,《左传》从它里面取材很多。那是丰长的记言，一面以《尚书》为范本，一面让当时记言体的恢张的趋势推动着，成了这部书。其中自然免不了记事的文字；《左传》便从这里出发，将那恢张的趋势表现在记事文里。那时游士的说辞也有人分国记载，也是丰长的记言，后来成为《战国策》那部书。《左传》是说明春秋的，是中国第一部编年史。它最长于战争的记载；它能够将千头万绪的战争叙得层次分明，它的描写更是栩栩如生。它的记言也异曲同工，不过不算独创罢了。它可还算不得一部有自己的系统的书；它的顺序是依着春秋的。春秋的编年并不是自觉的系统，而且"断如复断"，也不成一部"书"。

汉代司马迁的《史记》，才是第一部有自己的系统的史书。他创造了"纪传"的体制。他的书包括十二本纪、十表、八书、三十世家、七十列传，共五十多万字。十二是十二月，是地支，十是天干，八是卦数。三十取老子"三十辐共一毂"的意思，表示那些"辅弼股肱之臣"，"忠信行道以奉主上"；七十表示人寿之大齐，因为列传是记载人物的。这也是用数目的哲学作系统，并非逻辑的秩序，和《吕氏春秋》一样。这部书"厥协六经异传，整齐百家杂语"，以剪裁与组织见长。但是它的文字最大的贡献，还在描写人物。左氏只是描写事，司马迁进一步描写人；写人更需要精细的观察和选择，比较更难些。班彪论《史记》"善叙事理，辨而不华，质而不野，文质相称"，这是说司马迁行文委曲自然。他写人也是如此。他行文又往往即事寓情，低徊不尽；他的悲愤的襟怀常流露在字里行间。明茅坤称他"出风入骚"，是不错的。

二

汉武帝时候,盛行辞赋;后世说"楚辞汉赋",真的,汉代简直可以说是赋的时代。所有的作家几乎都是赋的作家。赋既有这样压倒的势力,一切的文体,自然都受它的影响。赋的特色是铺张、排偶、用典故。西汉记事记言,都还用散行的文字,语意大抵简明;东汉就在散行里夹排偶,汉、魏之际,排偶更甚。西汉的赋,虽用排偶,却还重自然,并不力求工整;东汉到魏,越来越工整,典故也越用越多。西汉普通文字,句子很短,最短有两个字的,东汉的句子,便长起来,最短的是四个字;魏代更长,往往用上四下六或上六下四的两句以完一意。清代所谓"骈文"或"骈体",便这样开始发展。骈体出于辞赋,夹带着不少的抒情的成分;而句读整齐,对偶工丽,可以悦目,声词和谐,又可悦耳,也都助人情韵。这是别的无韵文所不及的,因此能够投人所好,成功不废的体制。

梁昭明太子在《文选·序》里第一次提出"文"的标准,可以说是骈体发展的指路牌。他不选经、子、史,也不选"说辞"。经太尊,不可选,史"褒贬是非,纪别异同",不算"文";子"以立意为宗,不以能文为本","说辞"是子、史的支流,也都不算"文"。他所选的只是"事出于沉思,义归乎翰藻"之作。"事"是"事类",就是典故;"翰藻"兼指典故和譬喻。典故用得好的,譬喻用得好的,他才选在他的书里。这种作品好像各种乐器,"并为入耳之娱",好像各种绣衣,"俱为悦目之玩"。这是"文",和经、子、史及"说辞"作用不同,性质自异。后来梁元帝又说,"吟咏风谣,流连哀思者谓之文","文者,惟须绮縠纷披,宫徵靡曼,唇吻遒会,情灵摇荡"。这是说,用典故,有对偶,谐声调的抒情作品才叫作"文"呢。这种"文"大体上专指诗赋和骈体而言,但应用的骈体如奏章等,却不算在里头。汉代本已称诗赋为"文",而以"文辞"或"文章"称纪言纪事之作。骈体原也是些纪言纪事之作,这时候却被提出一部分来,与诗赋并列在"文"的尊称之下,真是"附庸蔚为大国"了。

这时有两种新文体发展。一是佛典的翻译;一是群经的义疏。佛典翻译从前不是太直,便是太华;太直的不好懂;太华的简直是魏晋人讲老庄之学的文字,不见新义。这些都不能做到"达"的地步。东晋时候,后秦主姚兴聘印度僧鸠摩罗什为国师,主持译事。他兼通华语及西域语,所译诸书,一面曲从华语,一面不失本旨。他的译文可也不完全华化,往往有"天然西域之语趣";他介绍的"西域语趣"是华语所能容纳的,所以觉得"天然"。新文体这样成立在他的手里。但他的翻译虽能"达",却还不能尽"信";他对原文是不太忠实的。到了唐代的玄奘,更求精确,才能"信"、"达"兼尽,集佛典翻译的大成。这种新文体一面增扩了国语的词汇,也增扩了国语的句式。词汇的增扩,影响最大而易见,如现在口语里还用着的"因果"、"忏悔"、"刹那"等词便都是佛典的译语。句式的增扩,直接的影响比较小些,但像文言里常用的"所以者何"、"何以故"等,也都是佛典的译语。另一面,这种新文体是"组织的,解剖的"。这直接影响了佛教徒的"疏钞"之学,间接影响了一般解经和讲学的人。

演绎古人的话的有"故"、"解""传"、"注"等。用故事来说明或补充原文，叫作"故"；演绎原来辞意，叫作"解"。但后来解释字句，也叫作"故"或"解"。"传"，转也，兼有"故"、"解"的各种意义。如《春秋左氏传》补充故事，兼阐明春秋辞意。《公羊传》、《穀梁传》只阐明春秋辞意；它们用问答式的记言。《易传》推演卦爻辞的意旨，也是丰长的记言。《诗·毛氏传》解释字句，并给每篇诗作小序，阐明辞意。"注"原只解释字句，但后来也有推演辞意，补充故事的。用故事来说明或补充原文，以及一般的解释辞意，大抵明白易晓。《春秋》三传和《诗·毛氏传》阐明辞意，却是断章取义，甚至断句取义，所以支离破碎，无中生有。注字句的本不该有大出入，但因对于辞意的见解不同，去取字义，也有各别的标准。注辞意的出入更大；像王弼注《周易》，实在是发挥老庄的哲学；郭象注《庄子》，更是借了庄子发挥他自己的哲学。南北朝人作群经"义疏"，一面便是王弼等人的影响，一面也是翻译文体的间接影响。这称为"义疏"之学。

汉晋人作群经的注，注文简括，时代久了，有些便不容易通晓。南北朝人给"注"作解释，也是补充材料，或推演辞意。"义疏"便是这个。无论补充或推演，都得先解剖文义；这种解剖必然的比注文解剖经文更精细一层。这种精细的却不是破碎的解剖，似乎是佛典翻译的影响。就中推演辞意的有些也只发挥老庄之学，虽然也是无中生有，却能自成片段，便比汉人的支离破碎进步。这是王弼等人的衣钵，也是魏晋以来哲学发展的表现。这是又一种新文体的分化。到了唐人修"五经"正义，削去玄谈，力求切实，只以疏明注义为重，解剖字句的工夫，至此而极。宋人所谓"注疏"的文体，便成立在这时代。后来清代的精密的考证文，就是从这里变化出来的。

不过佛典只是佛典，义疏只是义疏，当时没有人将这些当作"文"的。"文"只用来称"沉思翰藻"的作品。但"沉思翰藻"的文，渐渐有人嫌"浮"、"艳"了。"浮"是不直说，不简截说的意思。"艳"正是隋代李谔上文帝书中所指斥的："连篇累牍，不出月露之形；积案盈箱，唯是风云之状。"那时北周的苏绰是首先提倡复古的人，李谔等纷纷响应。但是他们都没有找到路子；死板的模仿古人，到底是行不通的。唐代陈子昂提倡改革文体，和者尚少。到了中叶，才有一班人"宪章六艺，能探古人述作之旨"，而元结、独孤及、梁肃最著。他们作文，主于教化，力避排偶，辞取朴拙。但教化的观念，广泛难以动众，而关于文体，他们也不曾积极宣扬，因此未成宗派。开宗派的是韩愈。

三

韩愈，邓州南阳（今河南南阳）人。唐宪宗时，作刑部侍郎，因谏迎佛骨，被贬。后来官至吏部侍郎，所以称为"韩吏部"。他很称赞陈子昂、元结复古的功劳，又曾请教过梁肃、独孤及。他的脾气很坏，但提携后进，最是热肠。当时人不愿为师，以避标榜之名；他却不在乎，大收其弟子。他可不愿作章句师，他说师是"传道授业解惑"的。他实在是以文辞为教的创始者。他所谓"传道"，便是传尧、舜、禹、汤、文、武、周公、孔子、孟子的道；所谓"解惑"，便是排斥佛老。他是以继承孟子自命的；他排佛老，正和孟子的拒杨墨一样。当时佛老的势力极大，他敢公然排斥，而且因此触犯了皇帝。这自然足以惊动一世。他并没有传了什么新的道，却指示了道统，给宋儒开了先路。他的重要的贡献，还在他所提倡的"古文"上。

他说他作文取法《尚书》、《春秋》、《左传》、《周易》、《诗经》，以及《庄子》、《楚辞》、《史记》、扬雄、司马相如等。《文选》所不收的经、子、史，他都排进"文"里去。这是一个大改革、大解放。他这样建立起文统来。但他并不死板的复古，而以变古为复古。他说"惟古于辞必己出，降而不能乃剽贼"，又说"惟陈言之务去，戛戛乎其难哉"；他是在创造新语。他力求以散行的句子换去排偶的句子，句读总弄得参参差差的。但他有他的标准，那就是"气"。他说，"气盛则言之短长与声之高下者皆宜"；"气"就是自然的语气，也就是自然的音节。他还不能跳出那定体"雅言"的圈子而采用当时的白话；但有意的将当时白话的自然音节引到文里去，他是第一个人。在这一点上，所谓"古文"也是不古的；不过他提出"语气流畅"（气盛）这个标准，却给后进指点了一条明路。他的弟子本就不少，再加上私淑的，都往这条路上走，文体于是乎大变。这实在是新体的"古文"，宋代又称为"散文"，算成立在他的手里。

柳宗元与韩愈，宋代并称；他们是好朋友。柳作文取法《书》、《诗》、《礼》、《春秋》、《易》以及《榖梁》、孟、荀、庄、老、《国语》、《离骚》、《史记》，也将经、子、史排在"文"里，和韩的文统大同小异。但他不敢为师,"摧陷廓清"的劳绩,比韩差得多。他的学问见解,却在韩之上,并不墨守儒言。他的文深幽精洁,最工游记;他创造了描写景物的新语。韩愈的门下有难易两派,爱易派主张新而不失自然,李翱是代表。爱难派主张新就不妨奇怪,皇甫湜是代表。爱难派的流传盛些。他们矫枉过正,语艰义奥,扭曲了自然的语气,自然的音节。僻涩诡异,不易读诵。所以唐末宋初,骈体文又回光返照了一下。雕琢的骈体文和僻涩的古文先后盘踞着宋初的文坛。直到欧阳修出来,才又回到韩愈与李翱,走上平正通达的古文的路。

韩愈抗颜为人师而提倡古文,形势比较难;欧阳修居高位而提倡古文,形势比较容易,明代所称唐宋古文八大家,韩、柳之外,六家都是宋人。欧阳修为首;以下是曾巩、王安石、苏洵和他的轼、辙二子。曾巩、苏轼是欧阳修的门生;别的三个也都是他提拔的。他真是当时文坛的盟主。韩愈虽然开了宗派,却不曾有意的立宗派;欧、苏是有意的立宗派。他们虽也提倡道,但只促进了并且扩大了古文的发展。欧文主自然。他所作纡徐曲折,而能条达疏畅,无艰难劳苦之态。最以言情见长;评者说是从《史记》脱化而出。曾学问有根柢,他的文确实、谨严;王是政治家,所作以精悍胜人。三苏长于议论,得力于《战国策》、《孟子》;而苏轼才气纵横,并得力于《庄子》。他说他的文"常行于所当行,常止于不可不止";又说他意到笔随,无不尽之处。这真是自然的极致了。他的文,学的人最多。南宋有"苏文熟,秀才足"的俗谚,可见影响之大。

欧、苏以后,古文成了正宗。辞赋虽还算在古文里头,可是从辞赋出来的骈体却只拿来作应用文了。骈体声调铿锵，便于宣读，又可铺张词藻，不着边际，便于酬酢，作应用文是很相宜的。所以流传到现在，还没有完全死去。但中间却经过了散文化。这从唐代中叶的陆贽开始。他的奏议切实恳挚，绝不浮夸，而且明白晓畅，用笔如舌。唐末，骈体的应用文专称"四六"，却更趋雕琢；宋初还是如此。转移风气的也是欧阳修。他多用虚字和长句，使骈体稍稍近于语气之自然。嗣后群起仿效，散文化的骈文竟成了定体了。这也是古文运动的大收获了。

唐代又有两种新文体发展。一是语录，一是"传奇"，都是佛家的影响。语录起于佛家的禅宗。禅宗是革命的宗派，他们只说法而不著书。他们大胆的将师父们的话参用当时的口语记下来。后来称这种体制为语录。他们不但用这种体制记录演讲，还用来通信和讨论。这是新的记言的体制；里面夹杂着"雅言"和译语。宋儒讲学，也采用这种记言的体制，不过不大夹杂译语。宋儒的影响究竟比禅宗大得多，语录体从此便成立了，盛行了。传奇是有结构的小说。从前只有杂录或琐记的小说，有结构的从传奇起头。传奇记述艳情，也记述神怪；但将神怪人情化。这里面描写的人生，并非全是设想，大抵还是以亲切的观察作底子。这开了后来佳人才子和鬼狐仙侠等小说的先路。它的来源一方面是俳谐的辞赋，一方面是翻译的佛典故事；佛典里长短的寓言所给予的暗示最多。当时文士作传奇，原来只是向科举的主考官介绍自己的一种门路。当时应举的人在考试之前，得请达官将自己姓名介绍给主考官；自己再将文章呈给主考官看。先呈正经文章，过些时再呈杂文如传奇等。传奇可以见史才、诗笔、议论，人又爱看，是科举的很好媒介。这样，作者便日见其多了。

到了宋代，又有"话本"。这是白话小说的老祖宗。话本是"说话"的底本；"说话"略同后来的"说书"，也是佛家的影响。唐代佛家向民众宣讲佛典故事，连说连唱，本子夹杂"雅言"和口语，叫作"变文"；"变文"后来也有说唱历史故事及社会故事的。"变文"便是"说话"的源头；"说话"里也还有演说佛典这一派。"说话"是平民的艺术；宋仁宗很爱听，以后便变为专业，大流行起来了。这里面有说历史故事的，有说神怪故事的，有说社会故事的。"说话"渐渐发展，本来由一个或几个同类而不相关联的短故事，引出一个同类而不相关联的长故事的，后来却能将许多关联的故事组织起来，分为"章回"了。这是体制上一个大进步。

话本留存到现在的已经很少，但还足以见出后世的几部小说名著，如元罗贯中的《三国志演义》、《水浒传》，明吴承恩的《西游记》，都是从话本演化出来的；不过已是文人的作品，而不是话本了。就中《三国志演义》还夹杂着"雅言"，《水浒传》和《西游记》便都是白话了。这里《西游记》以设想为主外，别的都可说是写实的。这种写实的作风在清曹雪芹的《红楼梦》里得着充分的发展。《三国志演义》等书里的故事虽然是关联的，却不是联贯的。到了《红楼梦》，组织才更严密了；全书只是一个家庭的故事。虽然包罗万有，而能"一以贯之"。这不但是章回小说，而且是近代所谓"长篇小说"了。白话小说到此大成。

四

明代用八股文取士；一般文人都镂心刻骨的去简练揣摩，所以极一代之盛。"股"是排偶的意思；这种体制中间有八排文字，互为对偶，所以有此称。自然也有变化，不过"八股"可以说是一般的标准。又称为"四书文"，因为考试里最重要的文字，题目都出在"四书"里。又称为"制艺"，因为这是朝廷法定的体制。又称为"时文"，却是对古文而言。八股文也是推演经典辞意的；它的来源，往远处说，可以说是南北朝义疏之学，往近处说，便是宋元两代的经义。但它的格律，却是从"四六"演化的。宋代定经义为考试科目，是王安石的创制；当时限用他的群经"新义"，用别说的不录。元代考试，限于"四书"，规定用朱子的章句和集注。明代制度，主要的部分也是如此。

经义的格式，宋末似乎已有规定的标准，元明两代大体上递相承袭。但明代有两种大变化：一是排偶；一是代古人语气。因为排偶所以讲究声调。因为代古人语气，便要描写口吻；圣贤要像圣贤口吻，小人要像小人的。这是八股文的仅有的本领，大概是小说和戏曲的不自觉的影响。八股文格律定得那样严，所以得简练揣摩，一心用在技巧上。除了口吻、技巧和声调之外，八股文里是空洞无物的。而因为那样难，一般作者大都只能套套滥调，那真是"每下愈况"了。这原是君主牢笼士人的玩意儿，但它的影响极大；明清两代的古文大家几乎没有一个不是从八股文出身的。

清代中叶，古文有桐城派，便是八股文的影响。诗文作家自己标榜宗派,在前只有江西诗派,在后只有桐城派。桐城派的势力,绵延了二百多年,直到民国初期还残留着;这是江西派比不上的。桐城派的开山祖师是方苞,而姚鼐集其大成。他们都是安徽桐城人,当时有"天下文章在桐城"的话,所以称为桐城派。方苞是八股文大家。他提倡归有光的文章,归也是明代八股文兼古文大家。方是第一个提倡"义法"的人。他论古文以为"六经"和《论语》、《孟子》是根源,得其枝流而义法最精的是《左传》、《史记》;其次是《公羊传》、《穀梁传》、《国语》、《国策》,两汉的书和疏,唐宋八家文。再下怕就要数到归有光了。这是他的,也是桐城派的文统论。"义"是用意,是层次;"法"是求雅、求洁的条目,雅是纯正不杂,如不可用语录中语、骈文中丽语、汉赋中板重字法、诗歌中俊语、南北史中佻巧语,以及佛家语。后来姚鼐又加上注疏语和尺牍语。洁是简省字句。这些"法"其实都是从八股文的格律引申出来的。方苞论文,也讲"阐道";他是信程、朱之学的,不过所入不深罢了。

方苞受八股文的束缚太甚,他学得的只是《史记》、欧、曾、归的一部分,只是严整而不雄浑,又缺乏情韵。姚鼐所取法的还是这几家;虽然也不雄浑,却能"迂回荡漾,余味曲包"。这是他的新境界。《史记》本多含情不尽之处,所谓远神的。欧文颇得此味,归更向这方面发展,最善述哀。姚简直用全力揣摩。他的老师刘大櫆指出作文当讲究音节,音节是神气的迹象,可从字句下手。姚鼐得了这点启示,便从音节上用力,去求得那绵邈的情韵。他的文真是所谓"阴与柔之美"。他最主张诵读，又最讲究虚助字，都是为此。但这分明是八股文讲究声调的转变。刘是雍正副榜，姚是乾隆进士，都是用功八股文的。当时汉学家提倡考据，不免繁琐的毛病。姚鼐因此主张义理、考据、词章三端相济，偏废的就是"陋"儒。但他的义理不深，考据多误，所有的还只是词章本领。他选了《古文辞类纂》，序里虽提到"道"，却只成为古文的典范。书中也不选经、子、史；经也因为太尊，子、史却因为太多。书中也选辞赋，这部选本是桐城派的经典，学文的必由于此，也只须由于此。方苞评归有光的文庶几"有序"，但"有光之言"太少。曾国藩评姚鼐也说一样的话，其实桐城派都是如此。攻击桐城派的人说他们空疏浮浅，说他们范围太窄，全不错；但他们组织的技巧，言情的技巧，也是不可抹杀的。

姚鼐以后，桐城派因为路太窄，渐有中衰之势。这时候仪征阮元提倡骈文正统论。他以《文选序》和南北朝"文"、"笔"分别为根据，又扯上传为孔子作的易文言传。他说用韵的用偶的才是文；散行的只是笔，或是"直言"的"言"，"论难"的"语"。古文以立意记事为宗，是子、史正流，终究与文章有别。文言传多韵语偶语，所以孔子才题为"文"言。阮元所谓韵，兼指句末的韵与句中的和而言。原来南北朝所谓"文"、"笔"，本有两义："有韵为文，无韵为笔"，是当时的常言。韵只是句末韵，阮元根据此语，却将和也算是韵，这是曲解一。梁元帝说有对偶谐声调的抒情作品是文，骈体的章奏与散体的著述都是笔。阮元却只以散体为笔，这是曲解二。至于文言传，固然称"文"，却也称"言"，况且也非孔子所作；那更是附会了。

他的主张虽然也有些响应的人，但是不成宗派。

曾国藩出来，中兴了桐城派。那时候一般士人，只知作八股文；另一面汉学宋学的门户之争，却越来越厉害，各走偏锋。曾国藩为补偏救弊起见，便就姚鼐义理、考据、词章三端相济之说加以发扬光大。他反对当时一般考证文的芜杂琐碎，也反对当时崇道贬文的议论，以为要明先王之道，非精文研字不可；各家著述见道的多寡，也当以他们的文字为衡量的标准。桐城文的病在弱在窄，他却能以深博的学问，宏通的见识，雄直的气势使它起死回生。他才真回到韩愈，而且胜过韩愈。他选了《经史百家杂抄》，将经、史、子也收入选本里，让学者知道古文的源流，文统的一贯，眼光比姚鼐远大得多。他是一代伟人，幕僚和弟子极众，真是登高一呼，群山四应。这样延长了桐城派的寿命几十年。

但"古文不宜说理"。从韩愈就如此。曾国藩的力量究竟也没有能够补救这个缺陷于一千年之后。而海通以来，世变日及，事理的繁复，有些决非古文所能表现。因此聪明才智之士渐渐打破古文的格律，放手作去。到了清末，梁启超先生的"新文体"可算登峰造极。他的文"时杂以俚语、韵语及外国语法，纵笔所至不检束，学者竞效之"，而"条理明晰，笔锋常带情感，对于读者，别有一种魔力"。但这种"魔力"也不能持久；中国的变化实在太快，这种"新文体"又不够用了。胡适之先生和他的朋友们这才起来提倡白话文。经过五四运动，白话文是畅行了。这似乎又回到古代言文合一的路。然而不然。这时代是第二回翻译的大时代。白话文不但不全跟着国语的口语走，也不全跟着传统的白话走,却有意的跟着翻译的白话走。这是白话文的现代化,也就是国语的现代化。中国一切都在现代化的过程中,语言的现代化也是自然的趋势,是不足怪的。

1939 年

怎样学习国文

国文这科,在学校里是一种重要的功课,与英算居同等的地位。可是现在呢?国文只是名义上的重要了,其主要的原因,就是一般学生存着错误的观念,以为我们是中国人,学中国文,当然是容易的,于是多半对这门功课不很用功。无论白话文也罢,文言文也罢,在学习的时候,往往词不达意的地方很多,这就是没有对国文这科下过一番功夫的缘故。

最近的舆论,以为中学生的国文程度很低落,这种低落,指的是哪方面?所谓低落,若是在文言文这方面,确实是比较低落,尤其是近十余年来,中学生学做文言,许多地方真是不通。读文言的能力也不够。但从做白话文这方面来说,一般的标准是大大的进步了,对于写景,抒情的能力,尤其非常的可观。可是除此而外,对白话写议论文及应用文的能力,却非常的落后。

中学生对于"读"的功夫是太差了,现在把"读"的意义简单的说一说。"读"这方面,它是包含着了解的程度,及欣赏的程度。就像看一张图画,你觉得它确实太好了,但问你好到什么境地,那么得由你自己去体会,从体会的能力,就见出欣赏的深浅。

古人作一篇文章,他是有了浓厚的感情,发自他的胸膊,才用文字表现出来的。在文字里隐藏着他的灵魂,使旁人读了能够与作者共感共鸣。我们现在读文言,是因为时间远隔,古今语法不同,词汇差别很大,你能否从文字中体会古人的感情呢?这需要训练,需要用心,慢慢的去揣摩古人的心怀,然后才发现其中的奥蕴,这就是一般人觉得文言文了解的程度,比白话文实在是难的地方。

再进一步,可以说,白话与文言固然不同,白话与口语,又何尝一致呢?在五四运动的时候,有人提出口号:"文语一致。"这只是理想而已。"文"是许多字句组织起来的,"语"则不然,说话的时候,有声调、快慢、动作等因素来帮助它,可以随便的说,只要使对方的人能够了解。总之,"语"确实是比"文"容易。

文言文,大学生与中学生都不大喜欢读的,大半因为文言文中的词汇不容易了解,譬如文言文中的"吾谁欺?"在白话文中是"我欺负哪一个?"的意思。如果你不了解古代文法,也许会想到别的意义上去。然而只要多读它几遍,多体会一下,了解的程度就不同;所以"读"的功夫,我是以为非常重要的。

我们之所以对于典籍冷淡,另一方面,是因为它里面的事实与我们现在不同。电影、汽车、飞机等类,在古代书籍中就见不到。反之,古代许多事物在我们现在也无从看到,譬如官制、礼节、服装等等，必须考据才能知道，这都阻碍我们阅读的兴趣，然而，只要用心，是没有什么困难不可以克服的。

生在民国的人们，学做文章，便不须要像做古文那样费很大的力量，只要你多读近代的作品，欣赏过近代的文学作品，博览过近代的翻译书籍、文学名著，那么，你写的文章，也可以很通顺，这是不用举例证明的。文言文中的应用文，再过二十年，必定也要达到被废弃的境地，因为白话文的势力，渐渐地侵入往来的公文和交际的信函中了。

由于文言文在日常应用上渐渐地失去效用，我们对于过去用文言文写的典籍，便漠不关心，这是错误的思想。因为我们过去的典籍，我们阅读它，研究它，可以得到古代的学术思想，了解古代的生活状况，这便是中国人对于中国历史认识的任务，你多读文言，多研究历史、典籍、古文，这阅读工作的本身就是值得尊重的！

读文言最难的一步工作，是须要查字典，找考证，死记忆，有一种人图省事，对这步工作疏忽，囫囵吞枣地读下去，还自号"不求甚解"，这种态度，太错误了。假若我们模仿陶渊明的"好读书，不求甚解"的态度，那是有害无益的。他的不求甚解，是因为学问已经很渊博了，隐居时才自称"不求甚解"的，这句话含着他的人生观，青年人是万万不能从表面去仿效的。如果你以为他的不求甚解，就是马虎过去的意思，那么你非但没有了解"不求甚解"这句话的意义，对于你所读的书，就更无从了解。

碰见文言中不懂的词汇，除了请教国文老师而外，必须自己去查字典，以求"甚解"。如文言中的"驰骋文场"这成语，有一个人译到外国去是"人在书堆里跑马"的意思，这岂不是笑话吗？又如"巨擘"，原意是指拇指叫做巨擘，而它普通的意义是用来表扬"第一等"或"刮刮叫"等意义的赞语，这些地方就得留神，才不会出错。再举一例：

> 白日依山尽，黄河入海流。欲穷千里目，更上一层楼。

它在辞句上直接表示的意境已非常优美，但这首诗更说出另一种道理，它暗示人生，必须往高处走。所以我们读这首诗的时候，最要紧的是要懂得"言外之意"。又如下例：

> 铜炉在向往深山的矿苗，瓷壶在向往江边的陶泥……

这两句新诗，它的含意似乎更深了，有些人不解，但如果读了全文，便知道是非常容易明白的话。由此可见，诗里含着高尚的感情，要你多欣赏，多诵读，必能了解得更深刻。

此外关于了解文章的组织，也是必须的，须得把每篇文章做大纲，研究它怎样发展出来，中心在哪里，还要注意它表面的秩序，这种功夫，须得从现在就养成习惯，训练这种精神。

最后，我要告诉大家的，是关于写作方面，那你必须了解"创作"与"写作"的性质是不同的。自五四运动以后，许多人都希望成为一个作家，可是在今天，我们所能看见成功了的，出名的，确是寥寥无几。推究失败的原因，是到处滥用文学的感情和用语，时时借文字发泄感情，文学的成分太多了，不能恰到好处，反而失去文学真正的意义。

来纠正我们这些坏习惯，必须从报章文体学习。而我们更要学写议论文，从小的范围着手，拣与实际生活有密切关系的问题练习写，像关于学校中的伙食问题，你抓住要点，清清楚楚的写出来，即是有条理的文章。新闻事业在今世突飞猛进，发展的速度，可以超乎其他文体之上，因为它是简捷而扼要。这种文体，我希望大家能努力去学。与其想成功一个文学家，不如学做一个切切实实的新闻记者。

论别字

前年作过一篇文,说到高中毕业生写的别字之多。这一年多又看了多少高中毕业生、大学一年生的国文卷子及作文本子,还是觉得如此。前年十月十一月《申报·自由谈》里《论语》里有过一回别字的讨论,有人说青年人写别字,读别字应当宽恕,有人却主张提倡——因为汉字实在太难,这以着可以给简笔字之类开一条门路。去年《太白》创刊号里也有胡愈之先生《怎样打倒方块字?》一文,提供写别字,词类连书,准备拉丁化。那是更进一步了。

别字的界说并不容易定;说是以约定俗成为标准,就是以通用为标准,固然不错,可是通用的标准也很难严格说明。譬如"無"字固然通用,"无"字也不僻;"考"字固然通用,"攷"字也不僻。我们可以说"攷"字用得少些;但"无"字情形就不同,普通读书人多用"無"字,而俗刻书里却多用"无"字。从前说"约定俗成",大概只以普通读书人为限,俗刻书是不算的。按这个标准,"无""攷"两字算是"古字",而非通用字。——"古字"的名字有语病，实在就是"现在罕用字"的意思。所以旧时写别字固然为人所笑，为功令所斥，写"古字"也算是好奇之过，不讨好。至于读别字，说来也够复杂的。书音和语音不同，如"车水马龙"与"来辆车"的两个"车"字；方音有时不同，如"覃振"的"覃"，北平人读"谈"，湘西人读"琴"；字调（四声）的变化无方，更不用说了。但向来说读别字，只按普通读书人的书音为标准，那却简单得多。还有本来是别字或别音，因为一般人士都当作正字正音用，似乎有渐渐变成正字正音的样子，原有的正字正音倒反要成为"古字""古音"了。如"竭力"现在通写作"极力"，"滑稽"（骨稽）现在通读作"华稽"[①] 都是显例。这算是新的"约定俗成"，我们无须也怕不能深闭固拒。

　　新教育施行以来，直到近年，写"古字"的差不多很少了，写别字、读别字的却增多。这自然因为学习识字写字的时间减少之故；有人说汉字繁难也是主因，不然别国文字教育，时间也差不多，怎么会成功呢？这样说的人一定忘记了西洋文字教育里拼法错误一个大问题；那其实就是中国的写别字，他们也是至今还未解决的。读别字的问题，在西洋也许少些，但如伦敦俗音，不读 h 的声音（如 Hill 读为 Ill）之类，也颇为受教育的人所诟病。再说汉字虽然繁复，可是据周先庚先生研究，也有它们的完形性，易于辨识，或为拼音文字所不及。（详见周先

[①] 滑稽旧说也可读"华稽"，但向来通读"骨稽"，近年改读，原是读别，不是遵古。

生《美人判断汉字位置之分析》,《中国测验学会研究报告》之八)周先生的意思,汉字教学方法若改良,学起来也未必特别难。这个意思虽还是个假设,要等逐步实验才可下断语,可是说汉字繁难是别字的主因,却暂难相信了。

关于教学法改良,在前年那文中已说到应注重训练一层,特别在小学与初中里。具体的办法,该等专家去研究;但默写与字表考试似乎都可施行。字表可分年级制定,与教材连络,这个自然也得靠专家。数笔顺在小学里也是基本;但像前几年所见那样,教小学生们戟指书空,似乎不如让他们用笔写在练习簿上。——不知这句话外行否?关于写字,大约也需要心理技术,听说定县现在有人正在研究。除了教学法之外,简体字的施行,也可使汉字更容易写,即使不更容易识。有人怕简体字施行以后,一面要识简体字,一面还要识寻常汉字,如既要识"变"字,又要识"變"字,岂不更难。但主张简体字的人觉得如定好了一套简体字,由教育部公布,像公布注音符号一样,简体字便很易通行,不久当能取寻常汉字而代之。杂志报纸不用说,便是古书,如有必要,也可用简体字翻印。(也有主张简体繁体并用的,过渡时期事实上当不免如此。但不必主张,我们盼望那些繁体将来都变成"古字"。)我们得注意,现在《论语》《人间世》已搀用简体字,《太白》等四种杂志也将搀用,更重要的,教育部已请钱玄同先生编制简体字表,不久就可公布:这个运动已经离开了纯粹讨论的时期了。简体字通行,教学法改良,文字教育易于进步,别字必然减少。至于胡愈之先生的提议,我不以为然。一则拼音文字在中国施行的可能性太小，此层多有论者。二则胡先生故意满纸别字，虽和方块字开了大玩笑，却让读者费了九牛二虎之力；我猜那样满纸写别字，也必定比平常作文多费一两倍工夫。他的提议大概不会有实际影响。

至于现在人写别字读别字，应加宽恕，不必嘲笑，那是不错的。但该分别而论。在学校里的学生还该由教师随时矫正；不过标准可以放宽些，写的方面，可以准写简体字；读的方面，方音和国音可以准其并用。固然，因为上下文关系，写别字读别字实际上并没有什么妨害，但是不写别字不读别字，像穿干净衣服一样，岂不更好。爱好之心，人皆有之，我想没有人是爱写别字、爱读别字的，只是不由自主罢了。至于社会一般人，有机会也可给他们矫正，多一半却只能听其自然。

1935 年

语文杂谈

此次到南开大学访友。承英文学会的好意，要我这个隔行的人演讲。情不可却，只得登台乱说了一回。以为说过就算过了。不料，那些不相干的话竟被记下来，还要在《人生与文学》上刊出。这真叫我为难；但为报答这些朋友们的好意起见，也只好硬着头皮，就记录的稿子（记得很不错）稍稍补充些，交给编者。

朱自清记，民国二十四年六月六日

文言与白话

文言有所谓骈文、古文等等分别。现在作骈文的人很少，恐怕作也作不好。古文有腔调，普通应用，也不方便；古文有点像台步，平常走路，若是掺杂着些台步，岂不蹩扭？目下应用的文言并不是古文，而是一种"常体"（此名系我杜撰），便是书信、公牍、札记等等的文体；只求朴实记事说理，不作姿态。——真正的古文，作得好的怕也很少。

但是现在的文言不止于因袭从前的"常体"，而实在向白话化的路走。第一，句子越过越长，或说越过越啰嗦，虚字（之乎者也矣焉哉）越过越少。请看下一节文字：

> 日内瓦中国国际图书馆为沟通中西文化起见，特（地）举行世界图书馆展览会。在沪举行，成绩甚佳（好）。现（在）应华北各方请求，由今日起至七日止在北平图书馆展览一周（星期），每日展览时间，自晨（早）九时起，至下午五时止。（去年十一月一日《大公报》）

若将括弧里的字分别加入、换入，岂不就是现行的白话？这便因为句子长，又没虚字的缘故。第二，文言里叠床架屋的表现越来越多，如王力先生在《独立评论》里所举的"人生之生命"、"难保不无障碍"，还有如"空前未有之巨灾"等，都见得一般人对于文言的滥用；这样下去，文言是会自己毁灭的。照这两层看，将来白话一定能够取文言而代之。

与文言白话化同时，白话文却在欧化。欧化最显著的例子第一是堆砌的形容句，往往使人眼花缭乱。如《人生与文学》第二期所举的一节里，"一条"、"街"之间，夹上六十四个字还带四个逗点的形容句，真够瞧的，难怪"项雨"先生说是"鬼话文"。第二是被动句，如林语堂先生在《人间世》里所举的：

女人最可畏的物质贪欲和虚荣心，她渐渐的都被培植养成。

这种句子好像拗口令。

文字与口语

文字与口语能够恰合吗？不会的。第一，文字没有声调，口语却有。第二，口语里文法与文字不尽相同。如"没去哪，还"（还没去哪）"您问他，得"（您得问他），文字里就不会有。第三，口语有姿势或表情帮助传达意思，文字却无此方便。

不过文字采用口语体，就是求近于口语，是可能的。但是得有标准语。我们现在的标准语，已定为北平语。这件事曾经有过许多争辩。有人主张不必用活方言作标准，该兼容并包的定出所谓"国语"。他们所谓"国语"就是从前人所称的"蓝青官话"。但各人"蓝青"的程度不同，兼容并包的结果只是四不像罢了。我觉得总是有个活方言作标准的好。这里我们可以说一说拼音文字。有人主张中国用拼音文字；又叫作拉丁化。主张用拼音文字，不外两个理由：第一，文字口语合一；重要的怕还是第二，容易普及。第一层办不到，已见上文。第二层似乎太理想，我觉得推行简体字倒是实惠的办法。固然，从前有些教会用罗马字拼圣经，推行有相当的效果；但是简体字推行起来也许效果不比他们差。再说教会是用罗马字拼方言，才能推行；我们若仿作，各地印各地的书，怕无此财力，而各地文字，互不能识，也与国家统一有碍。我还是相信"书同文"的。

与采用口语体连着的，便是诵读。听说张仲述先生前回在南大电台广播，诵读徐志摩先生的诗，成绩很好。清华那边也有过两回诵读会。北大教授朱光潜先生也组织了一个诵读会，每月一回。诵读是很有意义的事。有几点可以注意。第一是轻重音的分别，如"的"、"啦"等都是轻音，应该轻读。这是一个意思。又如读诗，一行里有几个重音（若作者意识到这个）（如闻一多先生"满地是白杏儿红樱桃"有三个重音），读时也得注意。这是另一个意思。第二是表情。第三是声调。读旧诗文有差不多一定的腔调，但白话诗文当另找读法。也许将来会找出个标准读法，现在许多人却相信一篇该有一篇的声调。大致语体还好办些；不近口语的却很难。盼望大家多试验。曾听朱湘先生念过他自己的一首诗，是采用戏台上的艺术白，这个方法或者还可以试试。

文字与意义

文字有文义（Sense）与用意（Intention），最好能分别清楚。如"该死"二字，文义是应该死掉，其实用意不过表示自责或责人。这种只是表感情的词，与表思想的不同。

文字又有多意（ambiguity），不可只执一解。如燕大抗日会开过一个铺子，专卖通俗读物，字号叫"金利"。"金利"自然是财源茂盛的意思。但据命名的顾颉刚先生说，此外还有三种用意。第一，金属西方，中国在西，是说中国利。第二，是关合易经上"二人同心，其利断金"那句话。第三，是关合《左传》上"磨厉以须"那句话。又如陶渊明的名句，"采菊东篱下,悠然见南山",向来说是高人雅致。但古来有九月九日采菊花的风俗。采了放在酒里,喝下去可以延年益寿。陶句兼含此义也未可知。所以听人家的话,读人家的书最好能细细想想。

1935 年

写作杂谈

我是一个国文教师,我的国文教师生活的开始可以说也就是我的写作生活的开始。这就决定了我的作风,若是我也可说是有作风的话,我的写作大体上属于朴实清新一路。一方面自己的才力只能做到这地步,一方面也是国文教师的环境教我走这一路。我是个偏于理智的人,在大学里学的原是哲学。我的写作大部分是理智的活动,情感和想象的成分都不多。虽然幼年就爱好文学,也倾慕过《聊斋志异》和林译小说,但总不能深入文学里。开始写作的时候,自己知道对于小说没希望,尝试的很少。那时却爱写诗。不过自己的情感和想象都只是世俗的,一点儿也不能超群绝伦。我只是一个老实人。或一个乡下人,如有些人所说的。——外国文学的修养差,该也是一个原故。可是我做到一件事,就是不放松文字。我的情感和想象虽然贫弱,却总尽力教文字将它们尽量表达,不留遗憾。我注意每个词的意义,每一句的安排和音节,每一段的长短和衔接处,想多少可以补救一些自己的贫弱的地方。已故的刘大白先生曾对人说我的小诗太费力,实在是确切的评语。但这正是一个国文教师的本来面目。

　　后来丢开诗,只写些散文;散文对于自己似乎比较合宜些,所以写得也多些。所谓散文便是英语里的"常谈",原是对"正论"而言;一般人又称为小品文,好似对大品文而言,但没有大品文这名称。散文虽然也叙事、写景、发议论,却以抒情为主。这和诗有相通的地方,又不需要小说的谨严的结构,写起来似乎自由些。但在我还是费力。有时费力太过,反使人不容易懂。如《桨声灯影里的秦淮河》里有一处说到"无可无不可",有"无论是升的沉的"一句话。升的"无可无不可"指《论语》里孔子的话,所谓"时中"的态度。沉的指一般人口头禅的"无可无不可",只是"随便"、"马虎"的意思。有许多人不懂这"升的沉的"。也许那句话太简了,因而就太晦了。可是太简固然容易晦,繁了却也腻人。我有一篇《扬州的夏日》(在《你我》里),篇末说那些在城外吃茶的人回城去,有些穿上长衫,有些只将长衫搭在胳膊上。一个朋友说穿上长衫是常情,用不着特别叙出。他的话有道理。但这并不由于我的疏忽;这是我才力短,不会选择。我的写作有时不免牵于事实,不能自由运用事实,这是一例。

　　我的《背影》、《儿女》、《给亡妇》三篇,注意的人也许多些。《背影》和《给亡妇》都不曾怎样费力写出。《背影》里引了父亲来信中一句话。那封信曾使我流泪不止。亡妇一生受了多少委屈,想起来总觉得对不起她。写《给亡妇》那篇是在一个晚上,中间还停笔挥泪一回。情感的痕迹太深刻了,虽然在情感平静的时候写作,还有些不由自主似的。当时只靠平日训练过的一支笔发挥下去,几乎用不上力量来。但是《儿女》,还有早年的《笑的历史》,却是费了力琢磨成的。就是《给亡妇》,一方面也是一个有意的尝试。那时我不赞成所谓欧化的语调,想试着避免那种语调。我想尽量用口语,向着言文一致的方向走。《给亡妇》用了对称的口气,一半便是为此。有一位爱好所谓欧化语调的朋友看出了这一层,预言我不能贯彻自己的主张。我也渐渐觉得口语不够用。我们的生活在欧化(我愿意称为现代化),我们的语言文字适应着,也在现代化,其实是自然的趋势。所以我又回到老调子。所谓老调子是受《点滴》等书和鲁迅先生的影响。当时写作的青年很少不受这种影响的。后来徐志摩先生,再后来梁宗岱先生、刘西渭先生等,直接受取外国文学的影响,算是异军突起,可是人很少。话说回来,上文说到的三篇文里,似乎只有《背影》是"情感的自然流露",但也不尽然。《背影》里若是不会闹什么错儿,我想还是平日的训练的原故。我不大信任"自然流露",因为我究竟是个国文教师。

国文教师做久了,生活越来越狭窄,所谓"身边琐事"的散文,我慢慢儿也写不出了。恰好谢谢清华大学,让我休假上欧洲去了一年。回国后写成了《欧游杂记》和一些《伦敦杂记》。那时真是"身边琐事"的小品文已经腻了,而且有人攻击。我也觉得身边琐事确是没有多大意思,写作这些杂记时便专从客观方面着笔,尽力让自己站在文外。但是客观的描叙得有充分的、详确的知识作根据,才能有新的贡献。自己走马看花所见到的欧洲,加上游览指南里的一点儿记载,实在太贫乏了,所以写出来只是寒尘。不过客观的写作却渐渐成了我的唯一的出路。这时候散文进步了。何其芳先生的创作,卞之琳先生的翻译,写那些精细的情感,开辟了新境界。我常和朋友说笑,我的散文早过了时了。既没有创新的力量,我只得老老实实向客观的描叙的路走去。我读过瑞恰慈教授几部书,很合脾胃,增加了对于语文意义的趣味。从前曾写过几篇论说的短文,朋友们似乎都不大许可。这大概是经验和知识还不够的原故。但是自己总不甘心,还想尝试一下。于是动手写《语文影》。第一篇登在《中央日报》昆明版的《平明》上,闹了点错儿,挨了一场骂。可是我还是写下去。更想写一些论世情的短文,叫做《世情书》。试了一篇,觉得力量还差得多,简直不能自圆其说似的,只得暂且搁下。我是想写些"正论"或"大品文",但是小品文的玩世的幽默趣味害我"正"不住我的笔,也得再修养几年。十六年前曾写过一篇《正义》(见《我们的七月》),虽然幼稚,倒还像"正义",可惜没有继续训练下去。现在大约只能先试些《语文影》。这和《世情书》都以客观的分析为主,而客观的分析语文意义,在国文教师的我该会合宜些。

我的写作的经验有两点也许可以奉献给青年的写作者。一是不放松文字,注意到每一词句,我觉得无论大小,都该从这里入手。控制文字是一种愉快,也是一种本领。据说陀斯妥也夫斯基很不讲究文字,却也成为大小说家。但是他若讲究文字,岂不更美?再说像陀斯妥也夫斯基那样大才力,古今中外又有多少人?为一般写作者打算,还是不放松文字的好。现在写作的青年似乎不大在乎文字。无论他们的理由怎样好听,吃亏的恐怕还是他们自己，不是别人。二是不一定创作，"五四"以来，写作的青年似乎都将创作当做唯一的出路。不管才力如何，他们都写诗，写散文，写小说戏剧。这中间必有多数人白费了气力，闹得连普通的白话文也写不好。这也是时代如此，当时白话文只用来写论文，写文学作品，应用的范围比较窄。论文需要特殊的知识和经验，青年人办不了，自然便拥挤到创作的路上。这几年白话文应用的范围慢慢儿广起来了，报纸上可以见出。"写作"这个词代替了"创作"流行着，正显示这个趋势。写作的青年能够创作固然很好，不能创作，便该赶紧另找出路。现在已经能够看到的最大的出路，便是新闻的写作。新闻事业前途未可限量，一定需要很多的人手。现在已经有青年记者协会，足见写作的青年已找出这条路。从社会福利上看，新闻的写作价值决不在文艺的写作之下，只要是认真写作的话。

1943 年

关于写作答问

一　写作趣味的由来

读《聊斋志异》和林译小说都曾给我影响。家庭问题是我早年写作的主要题材。我的天性又自幼就爱好写作。

二　写作年龄的开始

中学时代曾写过一篇《聊斋志异》式的山大王的故事，词藻和组织大约还模仿林译小说，得八千字。写成寄于《小说月报》被退回。稿子早已失去。那时还集合了些朋友在扬州办了一个《小说日报》，都是文言，有光纸油印，只出了三天就停了。自己在上面写过一篇《龙钟人语》，大概是个侠客的故事，父亲讲给我听的。

大学时代受了《新青年》的启示，开始学习白话文写作。但写得很少。记得曾仿效《新青年》和《新潮》上的新诗写过一首，中间引了"逝者如斯夫！不舍昼夜"，别的却忘了。诗旨大概是人生的慨叹。大学毕业，做了国文教师，那时二十一岁。有一回寄了两首新诗给《小说月报》，主编给我登出，并来信鼓励，不久又发表了我的名字在特约撰稿人里。这些鼓励影响我极大，我后来的写作可以说都是从这儿来的。我很感谢该刊的主编。那时多写诗，也写了几篇小说样的东西，散文的写作略晚些。

三　写作的生活叙述

写作时间，我爱晚间，晚上事情完毕，写作可以定心些。

写作时间抽烟，比平常多些。早年没有学会抽烟，每回停笔思索，便用笔尖在纸上尽蘸。一个朋友看了那些笔尖痕，替我着急。

四　写作速率和作品修删

我写作很慢，平均每天只能写两千字，每次写作的持久力只有两小时左右。

我早年写作，都先起草，如《笑的历史》、《桨声灯影里的秦淮河》都是逐节起草的。后来觉得起草太费工夫，做作气也重，便直写下去。因为得随时斟酌字句，所以写得很慢。既然随时斟酌，完篇后改动便少。但是我若能将稿件留两三天再看一回，往往也还有修删的地方。我觉得稿成后隔两三天复审一回是很有益处的。

五　写作上的困难之点

早年作诗，因为自己想象力薄弱，常感到观念的推拓的困难。

写作散文，很注意文字的修饰。语句的层次和词义、句式，我都用心较量，特别是句式。《欧游杂记》序里曾提到我怎样变换句式。

六　写作完成的感觉

作品完成，了一桩事，总有些如释重负的愉快，却不一定是"胜利"的感觉。失败的感觉也有过。往年给《今日评论》写了一篇散文，一个朋友看了说不成，我将那篇稿毁了。

七　《欧游杂记》发表后的感觉

《欧游杂记》里懊悔的地方很多，因为有些话，关于绘画的，太外行了。《滂卑故城》那篇，我也很想删去。

八　作品落选后的感觉

奋勉二字而已。

九　对别人批评的观感

朋友的零星的批评对我很有益。别人的批评说到我的很少。有些概括的判断虽然确当，却不能使我改进，因为我的才力只能如此这般。

《文心》序

记得在中学校的时候，偶然买到一部《姜园课蒙草》，一部彪蒙书室的《论说入门》，非常高兴。因为这两部书都指示写作的方法。那时的国文教师对我们帮助很少，大家只茫然地读，茫然地写，有了指点方法的书，仿佛夜行有了电棒。后来才知道那两部书并不怎样高明，可是当时确得了些好处。——论读法的著作，却不曾见，便吃亏不少。按照老看法，这类书至多只能指示童蒙，不登大雅。所以真配写的人都不肯写；流行的很少像样的，童蒙也就难得到实惠。

新文学运动以来，这一关总算打破了。作法读法的书多起来了，大家也看重起来了。自然真好的还是少，因为这些新书——尤其是论作法的——往往泛而不切；假如那些旧的是饾饤琐屑，束缚性灵，这些新的又未免太无边际，大而化之了——这当然也难收实效的。再说论到读法的也太少，作法的偏畸的发展，容易使年轻人误解，以为只要晓得些作法就成，用不着多读别的书。这实在不是正路。

丏尊、圣陶写下《文心》这本"读写的故事",确是一件功德。书中将读法与作法打成一片,而又能近取譬,切实易行。不但指点方法,并且着重训练;徒法不能自行,没有训练,怎么好的方法也是白说。书中将教学也打成一片,师生亲切的合作才可达到教学的目的。这些年颇出了些中学教学法的书,有一两本确是积多年的经验与思考而成。但往往失之琐碎,又侧重督责一面,与本书不同。本书里的国文教师王先生不但认真,而且亲切。他那慈祥和蔼的态度,教学生不由地勤奋起来,彼此亲亲昵昵地讨论着,没有一些浮嚣之气。这也许稍稍理想化一点,但并非不可能的。所以这本书不独是中学生的书,也是中学教师的书。再则本书是一篇故事,故事的穿插,一些不缺少;自然比那些论文式纲举目张的著作容易教人记住——换句话说,收效自然大些。至少在这一件上,这是一部空前的书。丏尊、圣陶都做过多少年的教师,他们都是能感化学生的教师,所以才写得出这样的书。丏尊与刘薰宇先生合写过《文章作法》,圣陶写过《作文论》。这两种在同类的著作里是出色的,但现在这一种却是他们的新发展。

自己也在中学里教过五年国文,觉得有三种大困难。第一,无论是读是作,学生不容易感到实际的需要。第二,读的方面,往往只注重思想的获得而忽略语汇的扩展、字句的修饰、篇章的组织、声调的变化等。第三,作的方面总想创作,又急于发表。不感到实际的需要,读和作都只是为人,都只是奉行功令;自然免不了敷衍、游戏。只注重思想而忽略训练,所获得的思想必是浮光掠影。因为思想也就存在语汇、字句、篇章、声调里；中学生读书而只取其思想，那便是将书里的话用他们自己原有的语汇等等重记下来，一定是相去很远的变形。这种变形必失去原来思想的精彩而只存其轮廓，没有甚么用处。总想创作，最容易浮夸、失望；没有忍耐而求近功，实在是苟且的心理。——这似乎是实际的需要，细想却决非"实际的"。本书对于这三件都已见到，除读的一面引起学生实际的需要，还是暂无办法外（第一章，周枚叔论"编中学国文教本之不易"），其余都结实地分析、讨论，有了补救的路子（如第三章论"作文是生活中间的一个项目"，第九章朱志青论"文病"，第十四章王先生论"读文声调"，第十七章论"语汇与语感"，第二十九章论"习作创作与应用"）。此外，本书中的议论也大都正而不奇，平而不倚，无畸新畸旧之嫌，最宜于年轻人。譬如第十四章论"读文声调"，第十六章论"现代的习字"，乍看仿佛复古，细想便知这两件事实在是基本的训练，不当废而不讲。又如第十五章论"无别择地迷恋古书之非"，也是应有之论，以免学生钻入牛角尖里去。

最后想说说关于本书的故事。本书写了三分之二的时候，丏尊、圣陶做了儿女亲家。他们俩决定将本书送给孩子们做礼物。丏尊的令嫒满姑娘，圣陶的令郎小墨君，都和我相识；满更是我亲眼看见长大的。孩子都是好孩子，这才配得上这件好礼物。我这篇序也就算两个小朋友的订婚纪念罢。

1934 年

闻一多先生怎样走着中国文学的道路

——《闻一多全集》序

闻一多先生为民主运动贡献了他的生命,他是一个斗士。但是他又是一个诗人和学者。这三重人格集合在他身上,因时期的不同而或隐或现。大概从民国十四年参加《北平晨报》的诗刊到十八年任教青岛大学,可以说是他的诗人时期,这以后直到三十三年参加昆明西南联合大学的"五四"历史晚会,可以说是他的学者时期,再以后这两年多,是他的斗士时期。学者的时期最长,斗士的时期最短,然而他始终不失为一个诗人;而在诗人和学者的时期,他也始终不失为一个斗士。本集里承臧克家先生抄来三十二年他的一封信,最可以见出他这种三位一体的态度。他说:

> 我只觉得自己是座没有爆发的火山,火烧得我痛,却始终没有能力(就是技巧)炸开那禁锢我的地壳,放射出光和热来。只有少数跟我很久的朋友(如梦家)才知道我

有火,并且就在《死水》里感觉出我的火来。

这是斗士藏在诗人里。他又说:

> 你们做诗人的人老是这样窄狭,一口咬定世上除了诗什么也不存在。有比历史更伟大的诗篇吗?我不能想象一个人不能在历史(现代也在内,因为它是历史的延长)里看出诗来,而还能懂诗。……你不知道我在故纸堆中所做的工作是什么,它的目的何在,……因为经过十余年故纸堆中的生活,我有了把握,看清了我们这民族、这文化的病症,我敢于开方了。方单的形式是什么——一部文学史(诗的史),或一首诗(史的诗),我不知道,也许什么也不是。……你诬枉了我,当我是一个蠹鱼,不晓得我是杀蠹的芸香。虽然二者都藏在书里,他们的作用并不一样。

学者中藏着诗人,也藏着斗士。他又说"今天的我是以文学史家自居的"。后来的他却开了"民主"的"方单",进一步以直接行动的领导者的斗士姿态出现了。但是就在被难的前几个月,他还在和我说要写一部唯物史观的中国文学史。

闻先生真是一团火。就在《死水》那首诗里他说:

> 这是一沟绝望的死水,
> 这里断不是美的所在,
> 不如让给丑恶来开垦,

看他造出个什么世界。

这不是"恶之花"的赞颂,而是索性让"丑恶"早些"恶贯满盈","绝望"里才有希望。在《死水》这诗集的另一首诗《口供》里又说:

可是还有一个我,你怕不怕?——
苍蝇似的思想,垃圾桶里爬。

"绝望"不就是"静止",在"丑恶"的"垃圾桶里爬"着,他并没有放弃希望。他不能静止,在《心跳》那首诗里唱着:

静夜!我不能,不能受你的贿赂。
谁希罕你这墙内方尺的和平!
我的世界还有更辽阔的边境。
这四墙既隔不断战争的喧嚣,
你有什么方法禁止我的心跳?

所以他写下战争惨剧的《荒村》诗,又不怕人家说他窄狭,写下了许多爱国诗。他将中国看作"一道金光"、"一股火"(《一个观念》)。那时跟他的青年们很多,他领着他们做诗,也领着他们从"绝望"里向一个理想挣扎着,那理想就是"咱们的中国!"(《一句话》)。

可是他觉得做诗究竟"窄狭",于是乎转向历史,中国文学史。他在给臧克家先生的那封信里说,"我始终没有忘记除了我们的今天外,还有那二千年前的昨天,这角落外还有整个世界"。同在三十二年写作的那篇《文学的历史动向》里说起"对近世文明影响最大最深的四个古老民族——中国、印度、以色列、希腊——都在差不多同时猛抬头,迈开了大步"。他说:

> 约当纪元前一千年左右,在这四个国度里,人们都歌唱起来,并将他们的歌记录在文字里,给流传到后代……四个文化,在悠久的年代里,起先是沿着各自的路线,分途发展,不相闻问。然后,慢慢的随着文化势力的扩张,一个个的胳臂碰上了胳臂,于是吃惊,点头,招手,交谈,日子久了,也就交换了观念思想与习惯。最后,四个文化慢慢的都起着变化,互相吸收,融合,以至总有那么一天,四个的个别性渐渐消失,于是文化只有一个世界的文化。这是人类历史发展的必然路线,谁都不能改变,也不必改变。

这就是"这角落外还有整个世界"一句话的注脚。但是他只能从中国文学史下手。而就是"这角落"的文学史,也有那么长的年代,那么多的人和书,他不得不一步步的走向前去,不得不先钻到"故纸堆内讨生活",如给臧先生信里说的。于是他好像也有了"考据癖"。青年们渐渐离开了他。他们想不到他是在历史里吟味诗,更想不到他要从历史里创造"诗的史"或"史的诗"。他告诉臧先生,"我比任何人还恨那故纸堆,正因为恨它,更不能不弄个明白"。他创造的是崭新的现代的"诗的史"或"史的诗"。这一篇巨著虽然没有让他完成,可是十多年来也片断的写出了一些。正统的学者觉得这些不免"非常异义,可怪之论",就戏称他和一两个跟他同调的人为"闻一多派"。这却正见出他是在开辟着一条新的道路,而那披荆斩棘,也正是一个斗士的工作。这时期最长,写作最多。到后来他以民主斗士的姿态出现,青年们又发现了他,这一回跟他的可太多了!虽然行动时时在要求着他,他写的可并不算少,并且还留下了一些演讲录。这一时期的作品跟演讲录都充满了热烈的爱憎和精悍之气,就是学术性的论文如《龙凤》和《屈原问题》等也如此。这两篇,还有杂文《关于儒·道·土匪》,大概都可以算得那篇巨著的重要的片段罢。这时期他将诗和历史跟生活打成一片,有人说他不懂政治,他倒的确不会让政治的圈儿箍住的。

他在"故纸堆内讨生活",第一步还得走正统的道路,就是语史学的和历史学的道路,也就是还得从训诂和史料的考据下手。在青岛大学任教的时候,他已经开始研究唐诗,他本是个诗人,从诗到诗是很近便的路。那时工作的重心在历史的考据。后来又从唐诗扩展到《诗经》、《楚辞》,也还是从诗到诗。然而他得弄语史学了。他读卜辞,读铜器铭文,从这些里找训诂的源头。从本集二十二年给饶孟侃先生的信可以看出那时他是如何在谨慎的走着正统的道路。可是他"很想到河南游游,尤其想看洛阳——杜甫三十岁前后所住的地方"。他说"不亲眼看看那些地方我不知杜甫传如何写"。这就不是一个寻常的考据家了!抗战以后他又从《诗经》、《楚辞》跨到了《周易》和《庄子》;他要探求原始社会的生活,他研究神话,如高唐神女传说和伏羲故事等等,也为了探求"这民族,这文化"的源头,而这原始的文化是集体的力,也是集体的诗;他也许要借这原始的集体的力给后代的散漫和萎靡来个对症下药罢。他给臧先生写着:

我的历史课题甚至伸到历史以前,所以我研究神话,我的文化课题超出了文化圈外,所以我又在研究以原始社会为对象的文化人类学。

他不但研究着文化人类学,还研究佛罗依德的心理分析学来照明原始社会生活这个对象。从集体到人民,从男女到饮食,只要再跨上一步;所以他终于要研究起唯物史观来了,要在这基础上建筑起中国文学史。从他后来关于文学的几个演讲,可以看出他已经是在跨着这一步。

然而他为民主运动献出了生命,再也来不及打下这个中国文学史的基础了。他在前一个时期里却指出过"文学的历史动向"。他说从西周到北宋都是诗的时期,"我们这大半部文学史,实质上都是诗史"。可是到了北宋,"可能的调子都已唱完了",上前"接力"的是小说与戏剧。"中国文学史的路线从南宋起便转向了,从此以后是小说戏剧的时代。"他说"是那充满故事兴味的佛典之翻译与宣讲,唤醒了本土的故事兴趣的萌芽,使它与那较进步的外来形式相结合,而产生了我们的小说与戏剧"。而第一度外来影响刚刚扎根,现在又来了第二度的。第一度佛

教带来的印度影响是小说戏剧,第二度基督教带来的欧洲影响又是小说戏剧,……于是乎他说:

> 四个文化同时出发,三个文化都转了手,有的转给近亲,有的转给外人,主人自己却没落了,那许是因为他们都只勇于"予"而怯于"受"。中国是勇于"予"而不太怯于"受"的,所以还是自己文化的主人,然而……仅仅不怯于"受"是不够的,要真正勇于"受"。让我们的文学更彻底的向小说戏剧发展,等于说要我们死心塌地走人家的路。这是一个"受"的勇气的测验。

这里强调外来影响。他后来建议将大学的中国文学系跟外国语文学系改为文学系跟语言学系,打破"中西对立,文语不分"的局面,也有"要真正勇于受",都说明了"这角落外还有整个世界"那句话。可惜这个建议只留下一堆语句,没有写成。但是那印度的影响是靠了"宗教的势力"才普及于民间,因而才从民间"产生了我们的小说与戏剧"。人民的这种集体创作的力量是文学的史的发展的基础,在诗歌等等如此,在小说戏剧更其如此。中国文学史里,小说和戏剧一直不曾登大雅之堂,士大夫始终只当它们是消遣的玩意儿,不是一本正经。小说戏剧一直不曾脱去了俗气,也就是平民气。等到民国初年我们的现代化的运动开始,知识阶级渐渐形成,他们的新文学运动和新文化运动接受了欧洲的影响,也接受了"欧洲文学的主干"的小说和戏剧;小说戏剧这才堂堂正正的成为中国文学。《文学的历史动向》里还没有顾到这种情形，但在《中国文学史稿》里，闻先生却就将"民间影响"跟"外来影响"并列为"二大原则"，认为"一事的二面"或"二阶段"，还说，"前几次外来影响皆不自觉，因经由民间；最近一次乃士大夫所主持，故为自觉的"。

他的那本《中国文学史稿》，其实只是三十三年在昆明中法大学教授中国文学史的大纲，还待整理，没有收在全集里。但是其中有《四千年文学大势鸟瞰》，分为四段八大期，值得我们看看：

第一段　本土文化中心的抟成　一千年左右
　　第一大期　黎明　夏商至周成王中叶（公元前二〇五〇至一一〇〇）约九百五十年
第二段　从三百篇到十九首　一千二百九十一年
　　第二大期　五百年的歌唱　周成王中叶至东周定王八年（陈灵公卒，《国风》约终于此时，前一〇九九至五九九）约五百年
　　第三大期　思想的奇葩　周定王九年至汉武帝后元二年（前五九八至前八七）五百一十年
　　第四大期　一个过渡期间　汉昭帝始元元年至东汉献帝兴平二年（前八六至后一九五）二百八十一年
第三段　从曹植到曹雪芹　一千七百一十九年
　　第五大期　诗的黄金时代　东汉献帝建安元年至唐玄宗天宝十四载（一九六至七五五）五百五十九年

第六大期　不同型的余势发展　唐肃宗至德元载至南宋

恭帝德祐二年（七五六至一二七六）五百二十年

第七大期　故事兴趣的醒觉　元世祖至元十四年至民国

六年（一二七七至一九一七）六百四十年

第四段　未来的展望——大循环

第八大期　伟大的期待　民国七年至……（一九一八……）

第一段"本土文化中心的抟成"，最显著的标识是仰韶文化（新石器时代）的陶器花纹变为殷周的铜器花纹，以及农业的兴起等。第三大期"思想的奇葩"，指的散文时代。第六大期"不同型的余势发展"，指的诗中的"更多样性与更参差的情调与观念"，以及"散文复兴与诗的散文化"等。第四段的"大循环"，指的回到大众。第一、第二大期是本土文化的东西交流时代，以后是南北交流时代。这中间发展的"二大原则"，是上文提到的"外来影响"和"民间影响"，而最终的发展是"世界性的趋势"。——这就是闻先生计划着创造着的中国文学史的轮廓。假如有机会让他将这个大纲重写一次，他大概还要修正一些，补充一些。但是他将那种机会和生命一起献出了，我们只有从这个简单的轮廓和那些片段，完整的，不完整的，还有他的人，去看出他那部"诗的史"或那首"史的诗"。

他是个现代诗人，所以认为"在这新时代的文学动向中，最值得揣摩的，是新诗的前途"。他说新诗得"真能放弃传统意识，完全洗心革面，重新做起"——

> 那差不多等于说，要把诗做得不像诗了。也对。说得更准确点，不像诗，而像小说戏剧，至少让它多像点小说戏剧，少像点诗。太多"诗"的诗，和所谓"纯诗"者，将来恐怕只能以一种类似解嘲与抱歉的姿态，为极少数人存在着。在一个小说戏剧的时代，诗得尽量采取小说戏剧的态度，利用小说戏剧的技巧，才能获得广大的读众。……新诗所用的语言更是向小说戏剧跨近了一大步，这是新诗之所以为"新"的第一个也是最主要的理由。其他在态度上，在技巧上的种种进一步的试验，也正在进行着。请放心，历史上常常有人把诗写得不像诗，如阮籍、陈子昂、孟郊，如华茨渥斯、惠特曼，而转瞬间便是最真实的诗了。诗这东西的长处就在它有无限度的弹性，……只有固执与狭隘才是诗的致命伤，……

那时他接受了英国文化界的委托，正在抄选中国的新诗，并且翻译着。他告诉臧克家先生：

> 不用讲今天的我是以文学史家自居的，我并不是代表某一派的诗人。唯其曾经一度写过诗，所以现在有揽取这项工作的热心，唯其现在不再写诗了，所以有应付这工作的冷静的头脑而不至于对某种诗有所偏爱或偏恶。我是在

新诗之中，又在新诗之外，我想我是颇合乎选家的资格的。

是的，一个早年就写得出《女神的时代精神》和《女神的地方色彩》那样确切而公道的批评的人，无疑的"是颇合乎选家的资格的"。可惜这部诗选又是一部未完书，我们只能够尝鼎一脔！他最后还写出了那篇《时代的鼓手》，赞颂田间先生的诗。这一篇短小的批评激起了不小的波动，也发生了不小的影响。他又在三十四年西南联合大学"五四"周的朗诵晚会上朗诵了艾青先生的《大堰河》，他的演戏的才能和低沉的声调让每一个词语渗透了大家。

闻先生对于诗的贡献真太多了！创作《死水》，研究唐诗以至《诗经》、《楚辞》，一直追求到神话，又批评新诗，抄选新诗，在被难的前三个月，更动手将《九歌》编成现代的歌舞短剧，象征着我们的青年的热烈的恋爱与工作。这样将古代跟现代打成一片，才能成为一部"诗的史"或一首"史的诗"。其实他自己的一生也就是具体而微的一篇"诗的史"或"史的诗"，可惜的是一篇未完成的"诗的史"或"史的诗"！这是我们不能甘心的！

文学鉴赏：了解与欣赏

文学的一个界说

"什么是文学?"这是大家喜欢问的一个问题。答案的不同,却正如人的面孔!我也看过许多——其实只能说很少——答案;据我的愚见,最切实用的是胡适之先生的。他说:"达意达得好,表情表得妙,便是文学";更不立其他的界线。但是你若要晓得仔细一点,便会觉得他的界说是不够的;那么我将再介绍一位 Long 先生和你相见。他在《英国文学》里所给的文学的界说是这样的:

Literature is the expression of life in words of truth and beauty; it is the written record of man's spirit, of his thoughts, emotions, aspirations; it is the history, and the only history, of the human soul. It is characterized by its artistic, its suggestive, its permanent qualities. Its two tests are its universal interest and its personal style. Its object, aside from the delight it gives us, is to know man, that is, the soul of man rather than his actions; and since it preserves to the race the ideals upon which all our civilization is founded, it is one of the most important and delightful subject that can occupy the human mind.①

我觉得这个界说,仔细又仔细,切实又切实,想参加己意将它分析说明一番。

(一) 文学是用真实和美妙的话表现人生的。

什么是真实的话?是不是"据实招来"呢?我想"实"有两种意义,一是"事实",二是"实感"。若"据实"是据事实,则"真实的话"便是"与事实一致"的话。这个可能不可能呢?有人已经给我们答复了:事实的叙述,总多少经过"选择",决不能将事实如数地细大不遗地纪录出来的;况且即使能如数地记出,这种复写又有何等意义?何劳你抄录一番呢?除了"存副"一种作用外,于人是决无影响的,便是竭力主张"记录"的写实派,也还是免不了选择的。所以,"与事实一致"的话是没有的。从"与事实一致"的立场看,文学多少离不了说谎。但这是艺术的说谎,与平常随便撒谎不同。王尔德力主文学必须说谎,他说现在说谎的艺术是衰颓了:从前文学只说"不存在"与"不可能"的事物,所以美妙,现在却要拘拘于自然与人生,这就卑无足道了。这虽是极端的见解,但颇是有理。理想派依照他们的理想以创造事实,可说是"不存在"的;神秘

---

① 据 Genung and Hanson: *Outlines of Compostion and Rhetoric*, P. 295。

派依照他们的"烟士披里纯"以创造事实,可说是"不可能"的;这些创造的事实往往甚为美妙,却都免不了说谎。——创造原来就是说谎呀!便是写实派的文学,经过了选择的纪录,已多少羼杂主观在内,与事实的原面目有异,也可说是说谎,只程度较轻罢了。——王尔德却自然不会承认这也是说谎的!文学既都免不了说谎,那么,哪里还有"真实的话"?然而不然!从"与事实一致"的立场看是说谎的,从"表现自己"的立场看,也许是真实的。"表现自己"实是文学——及其他艺术——的第一义;所谓"表现人生",只是从另一方面说——表现人生,也只是表现自己所见的人生罢了。表现自己,以自己的情感为主。能够将自己的"实感"充分表现的,便是好文学,便能使人信,便能引人同情;不管所叙的事实与经过的事实一致否。现代文学尽有采用荒诞不稽的故事作题材的,但仍能表现现代人的情感,可知文学里的事实,只须自己一致,自己成一个协调的有机体,便行——所谓自圆其谎也。文学的生命全在实感——此"感"字意义甚广,连想象也包在内;能够表现实感的,便是"真实的话"。——近来有一种通行的误解;以为第一身的叙述必是作者自己经历的事实,第三身的叙述亦须是作者所曾见闻的事实。这样误解文学的人,真是上了老当;天下哪有这样老实的作家(?!)以"事实"而论,或者第三身的叙述倒反是作者自己的,也未可知。

什么是美妙的话?此地美妙的原文是 Beauty,通译作美,美有优美、悲壮、诙谐、庄严几种。怎样才是美呢?这是争辩最多的一个名词!吕澄先生的《美学浅说》里说:"美是纯粹的同情","由纯粹的同情,我们的生命便觉得扩充,丰富,最自然又最流畅的开展,同时有一片的喜悦;从这里就辨别得美",又说"美感是要在'静观'里领受的"。我想这个解释也就够用。所谓"美妙的话",便是能引人到无关心——静观——的境界。使他发生纯粹的同情的;这就要牵连到"暗示的"、"艺术的"性质及风格等,详见下文。另外,胡适之先生在《什么是文学》里也说及文学的美;他说有明白性及逼人性的便是美。这也可供参考。

至于"表现人生"一义,上文已约略说过。无论是纪录生活,是显扬时代精神,是创造理想世界,都是表现人生。无论是轮廓的描写,是价值的发现,总名都叫做表现。轮廓的描写所以显示生活的类型——指个性的类型,与箭垛式的类型,"谱"式的类型有别;价值的发现,所以显示生活的意义和目的。话说至此,可以再陈一义,Mathew Arnold 曾说,"诗是人生的批评";后来便有说文学是人生的表现和批评的,我的一位朋友反对此解,以为文学只是表现人生,不加判断;何有于批评?诗以抒情为主,表现之用最著,更说不上什么批评了。但安诺德之说,必非无因。我于他的批评见解,未曾细究,不敢申论。只据私意说来,"人生的批评"一说,似可成立。因为在文学作品中,作者诚哉是无判断,但却处处暗示着他的倾向,让读者自己寻觅。作品中写着人生的爱憎悲喜,而作者对于这种爱憎悲喜的态度,也便同时隐藏在内;作者落笔怎样写,总有怎样写的理由,——这种理由或许是不自觉的——这便是他对于所写的之态度。叙述不能无态度正如春天的树叶不能无绿一般。就如莫泊桑吧，他是纯粹的写实派，对于所叙述的，毫无容心，是非常冷静的；托尔斯泰曾举《画师》为例，以说明他的无容心。但他究竟不能无选择，选择就有了态度；而且诡辩地说，无容心也正是一种容心，一种态度；而且他的唯物观，在作品里充满了的，更是显明的态度！即如《月夜》里所写的爱，便是受物质环境的影响而发生的爱，与理想派作品所写的爱便决不会相同；这就是态度关系了。理想派之有态度，更不用说。态度就是判断，就是批评；"文学是人生的表现与批评"，实是不错的；但"表现"与"批评"不是两件东西，而是一体的两面。

（二）文学是记载人们的精神、思想、情绪、热望；是历史，是人的灵魂之唯一的历史。

文学里若描写山川的秀美，星月的光辉，那必是因它们曾给人的灵魂以力量；文学里若描写华灯照夜的咖啡店，"为秋风所破的茅屋"，那必是因为人的灵魂曾为它们所骚扰；文学里若描写人的"健饭""囚首垢面""小便"，那必是因为这些事有关于他的灵魂的历史：总之，文学所要写的，只是人的灵魂的戏剧，其余都是背景而已。灵魂的历史才是真正的历史。正史上只记政治上经济上文化上的大事；民间的琐屑是不在被采之列的。但大事只是轮廓，具体的琐屑的事才真是血和肉；要看一时代的真正的生活，总须看了那些琐屑的节目，才能彻底了解；正如有人主张参观学校，必须将厕所、厨房看看，才能看出真正好坏一样。况且正史所记，多是表面的行为，少说及内心的生活；它是从行为的结果看的，所以如此，文学却是记内心的生活的，显示各个人物的个性，告诉我们他们怎样思想，怎样动感情；便是写实派以写实为主的，也隐寓着各种详密的个性。懂得个性，才懂得真正的生活。所以说，"文学是人的灵魂之唯一的历史"。

（三）文学的特色在它的"艺术的"、"暗示的"、"永久的"等性质。

孔子说，"辞达而已矣"，又说，"修词立其诚"。如何才能"达"，如何才能"立诚"，便是"艺术"问题了。此地所说"艺术"，即等于"技巧"。文学重在引人同情，托尔斯泰所谓"传染情感于人"；而"自己"表现得愈充分，传染的感染便愈丰厚。"充分"者，要使读者看一件事物，和自己"一样"明晰，"一样"饱满，"一样"有力，"一样"美丽。自己要说什么，便说什么，要怎么说，便怎么说，这也叫做"充分"。要使得作品成为"艺术的"，最要紧的条件便是选择；题材的精粗，方法的曲直，都各有所宜，去取之间，全功系焉。

"暗示"便是旧来所谓"含蓄"，所谓"曲"。袁子才说，"天上只有文曲星而无文直星"，便是说明文贵曲不贵直。从刘半农先生的一篇文里，晓得"Half told story"一个名字，译言"说了一半的故事"。你要问问：还有一半呢？我将代答：在尊脑里！"暗示"是人心自然的要求，无问中外古今。这大概因为人都有"自表"（selfmanifestation）的冲动，若将话说尽了，便使他"英雄无用武之地"，不免索然寡味。"法国 Marlarme 曾说，作诗只可说到七分，其余的三分应该由读者自己去补足，分享创作之乐，才能了解诗的真味。""分享创作之乐"，也就是满足"自表"的冲动。小泉八云把日本诗歌比作寺钟的一击，

"他的好处是在缕缕的幽玄的余韵在听者心中永续的波动"。这是一个极好的比方。中国以"比""兴"说诗也正是这种意思。这些虽只说的诗，但决不只是诗要如此；凡是文学都要如此的。现在且举两个例来说明。潘岳《悼亡诗》第二首道：

> 皎皎窗中月，照我室南端。
> 清商应秋至，溽暑随节阑。——

"触景生情，是'兴'的性质。下面紧接：

> 凛凛凉风生，始觉夏衾单！
> 岂曰无重纩？谁与同岁寒！
> 岁寒无与同，朗月何朦胧？
> 展转眄枕席，长簟竟床空！
> 床空委清尘；室虚来悲风！
> …………

"他不直说他妻子死了。他只从秋至说到凉风生，从凉风生说到夏衾单，从夏衾单说到不是无重纩，是无同岁寒的人。你看他曲不曲。他又说他反复看了一看枕和席，那样长的簟子，把床遮完了，都瞧不见那一个人。只见那空床里堆了尘埃，虚室中来了悲风，他那悲伤之情，就不言而喻了。你看他曲不曲。"① 又

---

① 此例与说明，均从潘大道先生《何谓诗》中录出。

如堀口大学的《重荷》：

> 生物的苦辛！
>
> 人间的苦辛
>
> 日本人的苦辛！
>
> 所以我瘦了。（周作人先生译）

只区区四行，而意味无尽！前三行范围依次缩小，力量却依次增加；"人间的苦辛"已是两重的压迫，"日本人的苦辛"，竟是三层的了。"苦辛"原只是概括的名字，却使人觉着东也是苦辛，西也是苦辛，触目是苦辛，解手也是苦辛；觉着苦辛的担子真是重得不堪！所以自然就会"瘦"了。这一个"瘦"字告诉我们他是怎样受着三重的压迫，怎样竭力肩承，怎样失败，到了心身交困的境界；这其间是包含着许多的经历的。这都是暗示的效力！"说尽"是文学所最忌的，无论长文和短诗。

能够在作品中充分表现自己的，便是永久的。"永久的"是"使人不舍，使人不厌，使人不忘"之意。初读时使人没入其中，不肯放下，乃至迟睡缓餐，这叫"不舍"。初读既竟，使人还要再读，屡读屡有新意，决不至倦怠；所谓"不厌百回读"也。久置不读，相隔多年，偶一念及，书中人事，仍跃跃如生，这便是"不忘"了。备此三德，自然能传世行远了。大抵人类原始情感，并无多种；文明既展，此等情感，程度以渐而深而复，但质地殆无变化——喜怒哀乐，古今同之，中外无异，故若有深切之情感，作品即自然能感染读者，虽百世可知。而深切之情感,大都由身体力行得来,如人饮水,冷暖自知;故真有深切之情感者必能显其所得,与大众异,必能充分表现自己,以其个性示人。"永久的"性质,即系从此而来的。还有,从文体说,简劲朴实的文体容易有"永久的"性质,因能为百世所共喻;尚装饰的文体,华辞丽藻,往往随时代而俱腐朽,变为旧式,便不如前者有长远的效力——但仍须看"瓶里所装的酒"如何。

(四)文学的要素有二:普遍的兴味与个人的风格。

"老妪都解",便是这里所谓"普遍的兴味"。理论地说,文学既表现人生,则共此人生的人,自应一一领会其旨。但从另一面看,表现人生实即表现自己。此义前已说了。而天赋才能,人各有异;有聪明的自己,有庸碌的自己,有愚蠢的自己。这各各的自己之间,未必便能相喻;聪明的要使愚蠢的相喻,真是难乎其难!而屈己徇人,亦非所取。这样,普遍的兴味便只剩了一句绮语!我意此是自然安排,或说缺陷亦可,我辈只好听之而已。

风格是表现的态度,是作品里所表现的作者的个性。个性的重要,前面论"永久性"时,已略提过了;文学之有价值与否,全看它有无个性——个人的或地方的,种族的——而定。文学之所以感人,便在它所显示的种种不同的个性。马浩澜《花影集》序云:

> 偶阅《吹剑录》中,载东坡在玉堂日有幕士善歌。坡问曰,"吾词何如柳耆卿?"对曰,"柳郎中词,宜十七八女

孩儿，按红牙拍，歌杨柳岸晓风残月；学士词，须关西大汉，执铁板，唱大江东去"。

柳词秀逸，苏词豪放，可于此见之。惟其各有以异乎众，故皆能动人，而无所用其轩轾。所谓"豪放"，所谓"秀逸"，皆是作者之个性，皆是风格；昔称曰"品"，唐司空图有《二十四诗》品，描写各种风格甚详且有趣；虽是说诗，而可以通于文。但一种作品中的个性，不必便是作者人格的全部；若作者是多方面的人，他的作品也必是多方面的，有各种不同的风格——决不拘拘于一格的。风格的种类是无从列举；人生有多少样子，它便有多少样子。风格也不限于"个人的"，地方的种族的风格，也同样引人入胜。譬如胡适之先生《国语文学史讲义》中说，南北朝新民族的文学各有特别色彩：南方的是"缠绵宛转的恋爱"，北方的是"慷慨洒落的英雄"。请看下面两个例，便知不同的风格的对照，能引起你怎样的趣味：

啼着曙，泪落枕将浮，身沈被流去。（《华山畿》）
新买五尺刀，悬着中梁柱。一日三摩挲，剧于十五女。
（《琅琊王歌》）

（五）文学的目的，除给我们以喜悦而外，更使我们知道人——不要知道他的行动，而要知他的灵魂。

文学的美是要在"静观"里领受的，前面已说过了。"静观"即是"安息"（Repose）；所谓"喜悦"便指这种"安息"，这种无执着，无关心的境界而言，与平常的利己的喜悦有别，这种喜悦实将悲哀也包在内；悲剧的嗜好，落泪的愉快，均是这种喜悦。——"知道人的灵魂"一语，前于第二节中已及兹义；现在所要说的，只是"知道人的灵魂"，正所以知道"自己"的灵魂！人的灵魂是镜子，从它里面，可以清清楚楚地看见自己的灵魂的样子。

（六）在文学里，保存着种族的理想，便是为我们文明基础的种种理想；所以它是人心中最重要最有趣的题目之一。

所谓国民性，所谓时代精神，在文学里，均甚显著。即如中国旧戏里，充满着海淫海盗的思想，谁能说这不是中国文明的一种基础？又如近年来新文学里"弱者"的呼声，"悲哀"的叫喊，谁能说这不是时代精神的一面？周作人先生《论阿Q正传》文里说：

>……但是国民性真是奇妙的东西，这篇小说里收纳这许多外国的分子，但其结果，对于斯拉夫族有了他的大陆的迫压的气氛而没有那"笑中的泪"，对于日本有了他的东方的奇异的花样而没有那"俳味"，这句话我相信可以当作他的褒词，但一面就当作他的贬辞，却也未始不可。这样看来，文学真是最重要又最有趣的一个题目。

1925 年

文学的标准与尺度

我们说"标准",有两个意思。一是不自觉的,一是自觉的。不自觉的是我们接受的传统的种种标准。我们应用这些标准衡量种种事物种种人,但是对这些标准本身并不怀疑,并不衡量,只照样接受下来,作为生活的方便。自觉的是我们修正了的传统的种种标准,以及采用的外来的种种标准。这种种自觉的标准,在开始出现的时候大概多少经过我们的衡量,而这种衡量是配合着生活的需要的。本文只称不自觉的种种标准为"标准",改称种种自觉的标准为"尺度",来显示这两者的分别。"标准"原也离不了尺度,但尺度似乎不像标准那样固定;近来常说"放宽尺度",既然可以"放宽",就不是固定的了。这种"标准"和"尺度"的分别,在一个变得快的时代最容易觉得出:在道德方面在学术方面如此,在文学方面也如此。

中国传统的文学以诗文为正宗,大多数出于士大夫之手。士大夫配合君主掌握着政权。做了官是大夫,没有做官是士,士是候补的大夫。君主士大夫合为一个封建集团,他们的利害是共同的。这个集团的传统的文学标准,大概可用"儒雅风流"一语来代表。载道或言志的文学以"儒雅"为标准,缘情与隐逸的文学以"风流"为标准。有的人"达则兼济天下,穷则独善其身",表现这种情志的是载道或言志。这个得有"正其谊不谋其利,明其道不计其功"的抱负,得有"怨而不怒""温柔敦厚"的涵养,得用"熔经铸史""含英咀华"的语言。这就是"儒雅"的标准。有的人纵情于醇酒妇人,或寄情于田园山水,表现这种种情志的是缘情或隐逸之风。这个得有"妙赏""深情"和"玄心",也得用"含英咀华"的语言。这就是"风流"的标准。(关于"风流"的解释,用冯友兰先生语,见《论风流》一文中。)

在现阶段看整个的传统的文学,我们可以说"儒雅风流"是标准。但是看历代文学的发展,中间还有许多变化。即如诗本是"言志"的,陆机却说"诗缘情而绮靡"。"言志"其实就是"载道",与"缘情"大不相同。陆机实在是用了新的尺度。"诗言志"这一个语在开始出现的时候,原也是一种尺度,后来得到公认而流传,就成为一种标准。说陆机用了新的尺度,是对"诗言志"那个旧尺度而言。这个新尺度后来也得到公认而流传,成为又一种标准。又如南朝文学的求新,后来文学的复古,其实都是在变化,在变化的时候也都是用着新的尺度。固然这种新尺度大致只伸缩于"儒雅"和"风流"两种标准之间,但是每回伸缩的长短不同,疏密不同,各有各的特色。文学史的扩展从这种种尺度里见出。

这种尺度表现在文论和选集里,也就是表现在文学批评里。

中国的文学批评以各种形式出现。魏文帝的"论文"是在一般学术的批评的《典论》里，陆机《文赋》也许可以说是独立的文学批评的创始，他将文作为一个独立的课题来讨论。此后有了选集，这里面分别体类，叙述源流，指点得失，都是批评的工作。又有了《文心雕龙》和《诗品》两部批评专著。还有史书的文学传论，别集的序跋和别集中的书信。这些都是比较有系统的文学批评，各有各的尺度。这些尺度有的依据着"儒雅"那个标准，结果就是复古的文学，有的依据着"风流"那个标准，结果就是标新的文学。但是所谓复古，其实也还是求变化求新异；韩愈提倡古文，却主张务去陈言，戛戛独造，是最显著的例子。古文运动从独造新语上最见出成绩来。胡适之先生说文学革命都从文字或文体的解放开始，是有道理的，因为这里最容易见出改变了的尺度。现代语体文学是标新的，不是复古的，却也可以说是从文字或文体的解放开始；就从这语体上，分明地看出我们的新尺度。

这种语体文学的尺度，如一般人所公认，大部分是受了外国的影响，就是依据着种种外国的标准。但是我们的文学史中原也有这样一股支流，和那正宗的或主流的文学由分而合的相配而行。明代的公安派和竟陵派自然是这支流的一段，但这支流的渊源很古久，截取这一段来说是不正确的。汉以前我们的言和文比较接近，即使不能说是一致。从孔子"有教无类"起，教育渐渐开放给平民，受教育的渐渐多起来。这种受了教育的人也称为"士"，可是跟从前贵族的士不同，这些只是些"读书人"。士的增多影响了语言和文体，话要说得明白，说得详细，当时的著述是说话的纪录，自然也是这样。这里面该有平民语调的掺入，虽然我们不能确切的指出。汉代辞赋发达，主要的作为宫廷文学；后来变为远于说话的骈俪的体制，士大夫就通用这种体制。可是另一方面，游历了通都大邑名山大川的司马迁，却还用那近乎说话的文体作《史记》，古里古怪的扬雄跟《问孔》、《刺孟》的王充，也还用这种文体作《法言》和《论衡》；而乐府诗来自民间，不用问更近于说话。可见这种文体是废不掉的。就是骈俪文盛行的时代，也还有《世说新语》，记录那时代的说话。到了唐代的韩愈，提倡"气盛言宜"的古文，"气盛言宜"就是说话的调子，至少是近于说话的调子，还有语录和笔记，起于唐而盛于宋，还有来自民间的词，这些也都用着说话或近于说话的调子。东汉以来逐渐建立起来的门阀，到了唐代中叶垮了台，"寻常百姓"的士又增多起来，加上宋代印刷和教育的发达，所以那种详明如话的文体就大大的发达了。到了元明两代，又有了戏曲和小说，更是以说话体就是语体为主。公安派、竟陵派接受了这股支派，努力想将它变成主流，但是这一个尝试失败了。直到现代，一个新的尝试才完成了语体文学、新文学，也就是现代文学。

　　从以上一段语体文学发展的简史里可以看出种种伸缩的尺度。这些尺度大体上固然不出乎"儒雅"和"风流"那两个标准，可是像语录和笔记，有些恐怕只够"儒"而不够"雅"，有些恐怕既不够"儒"也不够"雅"，不够"雅"因为用俗语或近乎俗语，不够"儒"因为只是一些细事，无关德教，也与风流不相干。汉乐府跟《世说新语》也用俗语，虽然现在已将那些俗语看作了古典。戏曲和小说有的别忠奸，寓劝惩，叙风流，固然够得上标准，有的却不够儒雅，不算风流。在过去的文学传统里，这两种本没有地位，所谓不在话下。不过我们现在得给这些不够格的分别来个交代。我们说戏曲和小说可以见人情物理，这可以叫做"观风"的尺度，《礼记》里说诗可以"观民风"；可以观风，也就拐了弯儿达到了"儒雅"那个标准。戏曲和小说不但可以观民风，还可以观士风，而观风就是写实，就是反映社会，反映时代。这是社会的描写，时代的纪录。在我们看来，用不着再绕到"儒雅"那个标准之下，就足够存在的理由了。那些无关政教也不算风流的笔记，也可以这么看。这个"人情物理"或"观风"的尺度原是依据了"儒雅"那个标准定出来的，可是唐代中叶以后，这个尺度似乎已经暗地里独立运用，这已经不是上德化下的尺度而是下情上达的尺度了。人民参加着定了这个尺度，而俗语的掺入文学，正与这个尺度配合着。

说是人民参加着订定文学的尺度，如上文所提到的，该起于春秋末年贵族渐渐没落平民渐渐兴起的时候。这些受了教育的平民加入了统治集团，多少还带着他们的情感和语言。这种新的士流日渐增加，自然就影响了文化的面目乃至精神。汉乐府的搜集与流行，就在这样氛围之中。韩诗解《伐木》一篇说到"饥者歌其食，劳者歌其事"。"饥者歌其食，劳者歌其事"正是"人情物理"，正是"观风"；这说明了三百篇诗的一些诗，也说明了乐府里的一些诗。"饥者歌其食，劳者歌其事"，自然周代的贵族也会如此的，可是这两句话带着浓重的平民的色彩，配合着语言的通俗，尤其可以见出。这就是前面说的"参加"，这参加倒是不自觉的。但那"人情物理"或"观风"的尺度的订定却是自觉的。汉以来的社会是士民对立，同时也是士民流通。《世说新语》里纪录一些俗语，取其自然。在"风流"的标准下，一般的固然以"含英咀华"的语言为主，但是到了这时代稍加改变，取了"自然"这个尺度，也不足为怪的。

唐代中叶以后，士民间的流通更自由了，士人是更多了。于是乎"人情物理"的著作也更多。元代蒙古人压迫汉人，士大夫的地位降低下去。真正领导文坛的是一些吏人以及"书会先生"，他们依据了"人情物理"的尺度作了许多戏曲。明代士大夫的地位高了些，但是还在暴君压制之下。他们这时却恢复了文坛的领导权，他们可也在作戏曲，并且在提倡小说，作小说了。公安派、竟陵派就是受了这种风气的影响而形成的。清代士大夫的地位又高了些，但是又在外族统治之下，还不能恢复元代以前的地位。他们也在作戏曲和小说，可是戏曲和小说始终还是小道，不能跟诗文并列为正宗。"人情物理"还是一种尺度，不能成为标准。但是平民对文学的影响确乎渐渐在扩大。原来士民的对立并不是严格的。尤其在文学上，平民所表现的生活还是以他们所"虽不能至，然心向往之"的士大夫生活为标准。他们受自己的生活折磨够了，只羡慕着士大夫的生活，可又只能耐着苦羡慕着，不知道怎样用行动去争取，至多是表现在他们的文学就是民间文学里；低级趣味是免不了的，但那时他们的理想是爬上高处去。这样，士大夫的文学接受他们的影响，也算是个顺势。虽然"人情物理"和"通俗"到清代还没有成为标准，可是"自然"这尺度从晋代以来已渐渐成为一种标准。这究竟显出了人民的力量。

大清帝国改了中华民国，新文化运动新文学运动配合着五四运动画出了一个新时代。大家拥戴的是"德先生"和"赛先生"，就是民主与科学。但是实际上做到的是打倒礼教也就是反封建的工作。反封建解放了个人，也发现了民众，于是乎有了个人主义和人道主义，前者是实践，后者还是理论。这里得指出在那个阶段上，我们是接受了种种外国标准，而向现代化进行着。这时的社会已经不是士民的对立，而是封建的军阀官僚和人民的对立。从清末开设学校，受教育的人大量增多。士或读书人渐渐变了质，到这时一部分成为军阀和官僚的帮闲，大部分却成了游离的知识阶级。知识阶级从军阀和官僚独立，却还不能跟民众联合起来，所以是游离着。这里面大部分是青年学生。这时候的文学是语体文学，开始似乎是应用着"人情物理""通俗"那两个尺度以及"自然"那个标准。然而"人情物理"变了质成为"打倒礼教"就是"反封建"也就是"个人主义"这个标准，"通俗"和"自然"也让步给那"欧化"的新尺度，这"欧化"的尺度后来并且也成了标准。用欧化的语言表现个人主义，顺带着人道主义，是这时期知识阶级向着现代化的路。

五卅运动接着国民革命，发展了反帝国主义运动，于是"反帝国主义"也成了文学的一种尺度。抗战起来了，"抗战"立即成了一切的标准，文学自然也在其中。胜利却带来了一个动乱时代，民主运动发展，"民主"成了广大应用的尺度，文学也在其中。这时候知识阶级渐渐走近了民众，"人道主义"那个尺度变质成为"社会主义"的尺度，"自然"又调剂着"欧化"，这样与"民主"配合起来。但是实际上做到的还只是暴露丑恶和斗争丑恶。这是向着新社会发脚的路。受教育的越来越多，这条路上的人也将越来越多，文学终于要配合上那新的"民主"的尺度向前迈进的。大概文学的标准和尺度的变换，都与生活配合着，采用外国的标准也如此。表面上好像只是求新，其实求新是为了生活的高度深度或广度。社会上存在着特权阶级的时候，他们只见到高度和深度；特权阶级垮台以后，才能见到广度。从前有所谓雅俗之分，现在也还有低级趣味，就是从高度深度来比较的。可是现在渐渐强调广度，去配合着高度深度，普及同时也提高，这才是新的"民主"的尺度。要使这新尺度成为文学的新标准，还有待于我们自觉的努力。

1947 年

诗文评的发展

——评罗根泽《中国文学批评史》第一、二、三分册：《周秦两汉文学批评史》、《魏晋六朝文学批评史》、《隋唐文学批评史》(商务印书馆)与朱东润《中国文学批评史大纲》(开明书店)

"文学批评"是一个译名。我们称为"诗文评"的，与文学批评可以相当，虽然未必完全一致。我们的诗文评有它自己的发展，现在通称为"文学批评"，因为这个名词清楚些，确切些，尤其郑重些。但论到发展，还不能抹杀那个老名字。老名字代表一个附庸的地位和一个轻蔑的声音——"诗文评"在目录里只是集部的尾巴。原来诗文本身就有些人看作雕虫小技，那么，诗文的评更是小中之小，不足深论。一面从《文心雕龙》和《诗品》以后，批评的精力分散在选本和诗话以及文集里，绝少系统的专书，因而也就难以快快地提高自己身份。再说有许多人以为诗文贵在能作，评者往往不是作手，所评无非废话，至多也只是闲话。不过唐宋以来，诗文评确还在继承从前的传统发展着，各家文集里论文论诗之作，各家诗话，以及选本、评选本、评点本，加上词话、曲品等，数量着实惊人。诗文评虽在附庸地位，却能独成一类，便因为目录学家不得不承认这种发展的情势。但它究竟还在附庸地位，若没有"文学批评"这个新意念新名字输入，若不是一般人已经能够郑重的接受这个新意念，目下是还谈不到任何中国文学批评史的。

　　清末我们开始有了中国文学史。"文学史"虽也是输入的意念，但在我们的传统中却早就有了根苗。六朝时沈约、刘勰都论到"变"，指的正是文学的史的发展，所以这些年里文学史出的不算少，虽然只有三四本值得读的。中国文学批评史的出现，却得等到"五四"运动以后，人们确求种种新意念新评价的时候。这时候人们对文学取了严肃的态度，因而对文学批评也取了郑重的态度，这就提高了在中国的文学批评——诗文评——的地位。二十年来我们已经有了至少五种中国文学批评史，进展算是快的，在西方，贵创作而贱批评的人也不少，他们虽有很多文学批评的著作，但文学批评史一类著作似乎还是比文学史少的多。我们这二十来年里，文学批评史却差不多要追上了文学史。这也许因为我们正在开始一个新的批评时代，一个从新估定一切价值的时代，要从新估定一切价值，就得认识传统里的种种价值，以及种种评价的标准，于是乎研究中国文学的人有些就将兴趣和精力放在文学批评史上。再说我们对现代中国文学所用的评价标准，起初虽然是普遍的——其实是借用西方的——后来就渐渐参用本国的传统的，如所谓"言志派"和"载道派"——其实不如说是"载道派"和"缘情派"。文学批评史不止可以阐明过去，并且可以阐明现在，指引将来的路，这也增高了它的趣味与地位。还有，所谓文学遗产问题，解决起来，不但用得着文学史，也用得着文学批评史。中国文学批评史发展得相当快，这些情形恐怕都有影响。

　　第一个人大规模搜集材料来写中国文学批评史的，得推郭绍虞先生。他搜集的诗话，我曾见过目录，那丰富恐怕还很少有人赶得上的。他写过许多单篇的文字，分析了中国文学批评里的一些重要的意念，启发我们很多。可惜他那部《中国文学批评史》只出了上册，又因为写的时期比较早些，不免受到不能割爱之处，加上这种书还算在草创中，体例自然难得谨严些。罗先生的书，情形就不相同了。编制便渐渐匀称了，论断也渐渐公平了。这原也是自然之势。罗先生这部书写到五代为止，比郭先生写到北宋的包括的时期短些，可是详尽些。这原是一部书，因为战时印刷困难，分四册出版，但第四册还没有出。就已出的三册而论，这是一部值得细心研读的《中国文学批评史》。"文学批评"原是外来的意念，我们的诗文评虽与文学批评相当，却有它自己的发展，上文已经提及。写中国文学批评史，就难在将这两样比较得恰到好处，教我们能倚靠了文学批评这把明镜，照清楚诗文评的面目。诗文评里有一部分与文学批评无干，得清算出去，这是将文学批评还给文学批评，是第一步。还得将中国还给中国，一时代还给一时代。按这方向走，才能将我们的材料跟那外来意念打成一片，才能处处抓住要领，抓住要领以后，才值得详细探索。罗先生的书除绪言（第一册）似乎稍繁以外，只翻看目录，就教人耳目清新，就是因为他抓得住的原故。他说要兼揽编年、纪事本末、纪传三体之长，创立一种"综合体"。有时也不必拘泥体例：如就一般的文学批评而言，隋唐显与魏晋南北朝不同，所以分为两期。但唐初的音律说，则传南北朝衣钵，便附叙于南北朝的音律说后。他要做到章学诚所谓"尽其天而不益以人"的客观态度。能够这样才真能将一时代还给一时代。《隋唐文学批评史》（三册）开宗明义是两章"诗的对偶及作法"上下。乍看目录，也许觉得这种琐屑的题目不值得专章讨论，更不值得占去两章那么重要的地位；可是仔细读下去，才知道它的重要性比"音律说"（在二册中占两章）有过之无不及，著者特别提出，不厌求详，正是他的独见；而这也正是切实的将中国还给中国的态度。

《绪言》里指出"西洋的文学批评偏于文学裁判及批评理论，中国的文学批评偏于文学理论"。"中国的批评，大都是作家的反串，并没有多少批评专家。作家的反串，当然要侧重理论的建设，不侧重文学作品的批评"。又说中国的"批评不是创作的裁判，而是创作的领导"。他以为这是因为中国文化"尚用重于尚知，求好重于求真"。这里指出的事实大体是不错的；说是"尚用重于尚知"，也有一部分真理。但是说作家反串的"就当然侧重理论"，以及"求好重于求真"，似乎都还可以商榷。即如曹丕、曹植都是作家，前者说文人"各以所长，相轻所短"（《典论·论文》），后者更说"常好人讥弹其文，有不善者应时改定"（《与杨德祖书》），都并不侧重理论。罗先生称这些为"鉴赏论"，鉴赏不就是创作的批评或裁判么？照罗先生的意思，这正是求真；照曹植的话看，这也明明是求好——曹丕所谓长短,也是好与不好的别名。而西方的文学裁判或作家作品的批评,一面固然是求真,一面也还是求好。至于中国的文学理论,如载道说,却与其说是重在求好,不如说是重在求真还贴切些。总之,在文学批评里,理论也罢,裁判也罢,似乎都在一面求真,同时求好。我们可以不必在两类之间强分轻重。至于中国缺少作家作品的系统的批评,儒家尚用而不尚知,固然是一个因子,道家尚玄而不尚实,关系也许更大。原来我们的"求好"的艺术论渊源于道家,而道家不信赖语言,以为"言不尽意",所以崇尚"无端崖之辞"。批评到作家和作品便不免着实,成了"小言"有端崖之辞,或禅宗所谓死话头。所以这种批评多少带一点"陋",陋就是见小不见大。中国文学批评就此没有得着充分的发展;它所以不能成为专业而与创作分途并进,也由于此。至于现代西方人主张"创作必寓批评"、"批评必寓创作",如书中所引朱光潜先生的话,却又因为分业太过,不免重枝节而轻根本,所以百尺竿头,更进一步。这一步为的矫正那偏重的情形,促进批评的更健全的发展。但那批评和创作分业的现象,还要继续存在,因为这是一个分业的世界。中国对作家和作品的批评,钟嵘《诗品》自然是最早的一部系统的著作,刘勰《文心雕龙》也系统的论到作家,这些个大家都知道。但是大家都忽略了清代几部书。陈祚明的《古诗选》,对入选作家依次批评,以辞与情为主,很多精到的意思。《四库全书总目提要》集部各条,从一方面看,也不失为系统的文学批评,这里纪昀的意见为多。还有赵翼的《瓯北诗话》分列十家,家各一卷,朱东润先生说是"语长而意尽,为诗话中创格"(《批评史大纲》），也算得系统的著作。此外就都是零碎的材料了。罗先生提到"制艺选家的眉批总评"，以为毫无价值。这种选家可称为评点家。评点大概创始于南宋时代，为的是给应考的士子揣摩，这种选本一向认为陋书，这种评点也一向认为陋见。可是这种书渐渐扩大了范围，也扩大了影响，有的无疑的能够代表甚至领导一时创作的风气，前者如宋末方回的《瀛奎律髓》，后者如明末钟惺、谭元春的《古唐诗归》。文学批评史似乎也应该给予这种批评相当的地位，才是客观的态度。其实选本或总集里批评作家或作品的片段的话，是和选本或总集同时开始的。王逸的《楚辞章句》，该算是我们第一部总集或选本，里面就有了驳班固论《离骚》的话。班氏批评屈原和《离骚》，王氏又批评他的批评，这已经发展到二重批评的阶段了。原来我们对集部的工作，大致有两个方向。一是笺注，是求真。里面也偶有批评，却只算作笺注的一部分。《楚辞章句》里论《离骚》，似乎属于这一类。又如《文选》里左思《魏都赋》张载注，论到如何描写鸟将飞之势，如何描写台榭的高，比较各赋里相似的句子，指出同异，显明优劣，那更清楚的属于这一类。二是选录，是求好。选录旨趣大概见于序跋或总论里，有时更分别批评作家以至于作品。晋代挚虞的《文章流别》和李充的《翰林论》是开山祖师，他们已经在批评作家和作品了。选本的数量似乎远在注本之上，但是其中文学批评的材料并不多，完整的更少，原因上文已经论及。别集里又有论诗文等的书札和诗，其中也少批评到作家和作品；序跋常说到作家了，不过敷衍的多，批评的少，批评到作品的更是罕见。诗话文话等，倒以论作家和作品为主，可是太零碎；摘句鉴赏，尤其琐屑。史书文苑传或文学传里有些批评作家的话，往往根据墓志等等。墓志等等有时也批评到作品，最显著的例子是元稹作的杜甫的《墓志铭》，推尊杜甫的排律，引起至今争议莫决的李杜优劣论。从以上所说，可见所谓文学裁判，在中国虽然没有得着充分的发展，却也有着古久的渊源和广远的分布。这似乎是不容忽视的。

但是罗先生这部书的确能够借了"文学批评"的意念的光将我们的诗文评的本来面目看得更清楚了。他在《魏晋六朝文学批评史》里特立专章阐述"文体类"的理论。从前写文学史及文学批评史的人都觉得这种文体论琐屑而凌乱，没有给予充分的注意。可是读了罗先生的叙述和分析，我们能看出那种种文体论正是作品的批评。不是个别的，而是综合的，这些理论指示人们如何创作如何鉴赏各体文字。这不但见出人们如何开始了文学的自觉，并见出六朝时那新的"净化"的文学概念如何形成。这是失掉的一环，现在才算找着了，连上了。这一分册里"文学概念"一章，叙述也更得要领，其中"萧纲的鼓吹郑邦文学"和"徐陵的编辑丽人艳歌"，各占了一个独立的节目。还有上文提过的第三分册的头两章"诗的对偶及作法"，跟"文体类"有同样的作用，见出律诗是如何发展的，也见出"元稹、白居易的社会诗论"的背景的一面来。再说魏晋时代开始了文学的自觉以后，除文体论外，各种的批评还不少。这些批评，以前只归到时代或作家批评家的名下，本书却分立"创作论"和"鉴赏论"两章来阐述，面目也更清楚了。《周秦两汉文学批评史》里还提到"古经中的辞令论"，这也是失掉的一环。

春秋是"诗"和"辞"的时代;那时"诗"也当作"辞"用,那么,也可以说春秋是"辞"的时代。战国还是"辞"的时代。辞令和说辞如何演变为种种文体,这里不能讨论(章学诚《文史通义·诗教》篇曾触及这问题,但他还未认清"辞"的面目);现在只想指出孔子的"辞达而已矣"那句话和《易传》里"修辞立其诚"那句话,对后世文论影响极大,而这些原都是论"辞"的。从这里可见"辞令论"的重要性。可是向来都将"文"和"辞"混为一谈,又以为"辞"同于后世所谓的"文辞",因此就只见其流,不见其源了。《文选序》曾提出战国的"辞",但没有人注意。清代阮元那么推重《文选》,他读那篇序时,却也将这一点忽略了。罗先生现在注意到"古经中的辞令论",自然是难得的,只可惜他仅仅提了一下没有发挥下去。第三分册里叙述史学家的文论,特立"文学史观"一个节目;这是六朝以来一种新的发展,是跟着文学的自觉和文学概念的转变来的。前面说过"文学史"的意念在我们的传统中早就有了根苗,正是指此。以前的文学史等,却从没有这么清楚的标目,因此就隐蔽了我们传统中这个重要的意念。这一分册叙述"古文论",也很充实,关于韩愈,特别列出"不平则鸣"与"文穷益工"一目,这是韩愈的重要的文学见解,不在"惟陈言之务去"以下,但是向来没有得着应得的地位。本书《绪言》中说到"解释的方法",有"辨似"一项,就是分析词语的意义,在研究文学批评是极重要的。文学批评里的许多术语沿用日久,像滚雪球似的,意义越来越多。沿用的人有时取这个意义,有时取那个意义,或依照一般习惯,或依照行文方面,极其错综复杂。要明白这种词语的确切的意义，必须加以精密的分析才成。书中如辨汉代所谓"文"并不专指诗赋，又如论到辞赋的独特价值就是在不同于诗，而汉人将辞赋看作诗，"辞赋的本身品性，当然被他们埋没不少，辞赋的当时地位，却赖他们提高好多"，都是用心分析的结果，这才能辨明那些疑似之处。

朱先生的《中国文学批评史大纲》，《自序》里说："这本书的叙述特别注重近代的批评家"；他的书大部分以个别的批评家标目，直到清代《白雨斋词话》的著者陈廷焯为止。他的"远略近详"的叙述，恰好供给我们的需要，弥补我们的缺憾。这还是第一部简要的中国文学批评全史，我们读来有滋味的。这原是讲义稿，不是"详密的中国文学批评史"，《自序》里说得明白。我们只能当它"大纲"读着；有人希望书里叙述得详备些，但那就不是"大纲"了。《自序》中还说这本书是两次稿本凑合成的，现在却只留下一处痕迹，第三十七章里说："东坡少游于柳词皆不满，语见前"，前面并不见；这总算不错了。作为"大纲"，本书以批评家标目，倒是很相宜的；因为如《自序》所说，"这里所看到的，常常是整个的批评家"。朱先生关于中国文学批评的著作很多，《读诗四论》（商务）之外，还有许多研究历代批评家的论文，曾载在武汉大学的《文哲学报》上，现在听说已集成一书，由上海开明书店印行了。《读诗四论》和那些论文都够精详的，创见不少。他取的是客观的分析的态度。《大纲》的《自序》里提到有人"认为这本书不完全是史实的叙述，而有时不免加以主观的判断"。朱先生承认这一点，他提出"史观的问题"，说"作史的人总有他自己的立场"。本书倒是有夹叙夹议的，读来活泼有味，这正是一因。但是朱先生的史观或立场，似乎也只是所谓"释古"，以文学批评还给文学批评，中国还给中国，一时代还给一时代。这似乎是现代的我们一般的立场，不见其特别是朱先生主观的地方。例如书中叙"盛唐"以后论诗大都可分二派："为艺术而艺术，如殷璠、高仲武、司空图等"，"为人生而艺术，如元结、白居易、元稹等"。两派的存在得着外来的意念来比较而益彰。又如论袁枚为王次回辩护道："次回《疑雨集》，与《随园诗话》所举随园、香亭兄弟之诗论之，非特与男女性情之得其正者无当，即赠勺采兰，亦不若是之绘画裸陈也。……若因风趣二字，遂使次回一派，以孽子而为大宗，固不可矣。"这可以说是"雅正"的传统，不过是这时代已经批评的接受了的，和上例那一对外来的传统的意念的地位一般。这些判断都反映着我们的时代，与其说是主观的，不如说是客观的，可是全书以陈廷焯作殿军，在这末一章里却先叙庄棫谭献道："清人之词，至庄谭而局势大定，庄谭论词无完书，故以亦峰（廷焯字亦峰）之说终焉。"这个判断是客观的，但标目不列代表的批评家庄谭，只举出受庄氏影响的陈氏，未免有些偏畸或疏忽。然而这种小节是不足以定主客观之辨的。

　　《大纲》以个别的批评家标目，这些批评家可以说都是代表一个时代、一个派别或一种理论的批评家，著者的长处在能够根据客观的态度选出了一些前人未曾注意的代表批评家。如南宋反对"江西派"的张戒，清代论诗重变的叶燮，第一个有文学批评史的自觉的纪昀，创诗话新格的赵翼，他们的文学批评，一般的文学史，似乎都不大提及，有些简直是著者第一次介绍和我们相见。此外如金人瑞和李渔各自占了一章的地位，而袁宏道一章中也特别指出他推重小说戏曲的话，这些都表现着现代的客观态度。这种客观的态度，虽然是一般的，但如何应用这种态度，还得靠著者的学力和识力而定，并不是现代的套子，随意就可以套在史实上。论金人瑞批评到他的评点，并征引他的《西厢记》评语，论钟惺、谭元春一章，也征引《诗归》里的评语；论到近代批评，是不能不给予评点公平的地位的。因此想到宋元间的评点家刘辰翁，他评点了很多书，似乎也应该在这本书里占个地位。书中论曹丕兄弟优劣，引王夫之《姜斋诗话》："曹子建之于子桓，有仙凡之隔，而人称子建，不知子桓，俗论大抵如此。"以为"此言若就文学批评方面论之，殆不可废"，最是公平的断语。又评钟嵘持论"归于雅正"；向来只说钟氏专重"自然英旨"，似乎还未达一间。至于论严羽："吾国文学批评家，大抵身为作家，至于批判古今，不过视为余事。求之宋代，独严羽一人，自负识力，此则专以批评名家者。"这确是独到之见。两宋诗话的发达，培养出这种自觉心，也是理有固然，只是从来没人指出罢了。其他如论元稹"持论虽与白居易大旨相同，而所见之范围较大，作诗之母题较多，故其对人之批评，亦不若居易之苛"。论柳冕"好言文章与道之关系，与韩愈同，然有根本不同者，愈之所重在文，而冕之所重在道"。似乎也都未经人说及。书中又指出陆机兄弟"重在新绮"，而皇甫谧和左思的《三都赋序》持"质实"之说；人们一向却只注意到齐代裴子野的《雕虫论》。明初高棅的《唐诗品汇》列杜甫为大家，好像推尊之至，但书中指出他不肯当杜甫是"正宗"。韩愈的文统——文统说虽到明代茅坤才明白主张,但韩愈已有此意,这里依郭绍虞先生的意见——五经而下,列举左氏、庄、《骚》、太史公、司马相如、刘向、扬雄(《进学解》、《答刘正夫书》)。本书指出明代王世贞又以庄、列、淮南、左氏为"古四大家",这种异同该是很有意义的。又如引曾国藩日记"古文之道,与骈体相通",说"此为曾氏持论一大特点,故其论文,每每从字句声色间求之"。这也关系一时代一派别的风气。以上各例,都可见出一种慎思明辨的分析态度。

古文学的欣赏

新文学运动开始的时候，胡适之先生宣布"古文"是"死文学"，给它撞丧钟、发讣闻。所谓"古文"，包括正宗的古文学。他是教人不必再做古文，却显然没有教人不必阅读和欣赏古文学。可是那时提倡新文化运动的人如吴稚晖、钱玄同两位先生，却教人将线装书丢在茅厕里。后来有过一回"骸骨的迷恋"的讨论也是反对做旧诗，不是反对读旧诗。但是两回反对读经运动却是反对"读"的。反对读经，其实是反对礼教，反对封建思想，因为主张读经的人是主张传道给青年人，而他们心目中的道大概不离乎礼教，不离乎封建思想。强迫中小学生读经没有成为事实，却改了选读古书，为的是了解"固有文化"。为了解固有文化而选读古书，似乎是国民分内的事，所以大家没有说话。可是后来有了"本位文化"论，引起许多人的反感，本位文化论跟早年的保存国粹论同而不同，这不是残余的而是新兴的反动势力。这激起许多人，特别是青年人，反对读古书。

可是另一方面，在本位文化论之前有过一段关于"文学遗产"的讨论。讨论的主旨是如何接受文学遗产，倒不是扬弃它；自然，讨论到"如何"接受，也不免有所分别扬弃的。讨论似乎没有多少具体的结果，但是"批判的接受"这个广泛的原则，大家好像都承认。接着还有一回范围较小、性质相近的讨论。那是关于《庄子》和《文选》的。说《庄子》和《文选》的词汇可以帮助语体文的写作，的确有些不切实际。接受文学遗产若从"做"的一面看，似乎只有写作的态度可以直接供我们参考，至于篇章字句，文言语体各有标准，我们尽可以比较研究，却不能直接学习。因此许多大中学生厌弃教本里的文言，认为无益于写作；他们反对读古书，这也是主要的原因之一。但是流行的作文法、修辞学、文学概论这些书，举例说明，往往古今中外兼容并包；青年人对这些书里的"古文今解"倒是津津有味的读着，并不厌弃似的。从这里可以看出青年人虽然不愿信古，不愿学古，可是给予适当的帮助，他们却愿意也能够欣赏古文学，这也就是接受文学遗产了。

说到古今中外，我们自然想到翻译的外国文学。从新文学运动以来，语体翻译的外国作品数目不少，其中近代作品占多数，这几年更集中于现代作品，尤其是苏联的。但是希腊、罗马的古典，也有人译，有人读，直到最近都如此，莎士比亚至少也有两种译本。可见一般读者（自然是青年人多），对外国的古典也在爱好着。可见只要能够让他们接近，他们似乎是愿意接受文学遗产的，不论中外。而事实上外国的古典倒容易接近些。有些青年人以为古书古文学里的生活跟现代隔得太远，远的渺渺茫茫的，所以他们不能也不愿接受那些。但是外国古典该隔得更远了，怎么事实上倒反容易接受些呢？我想从头来说起，古人所谓"人情不相远"是有道理的。尽管社会组织不一样，尽管意识形态不一样，人情总还有不相远的地方。喜怒哀乐爱恶欲总是还是喜怒哀乐爱恶欲，虽然对象不尽同，表现也不尽同。对象和表现的不同，由于风俗习惯的不同；风俗习惯的不同，由于地理环境和社会组织的不同。使我们跟古代跟外国隔得远的，就是这种种风俗习惯；而使我们跟古文学跟外国文学隔得远的尤其是可以算做风俗习惯的一环的语言文字。语体翻译的外国文学打通了这一关，所以倒比古文学容易接受些。

　　人情或人性不相远，而历史是连续的，这才说得上接受古文学。但是这是现代，我们有我们的立场。得弄清楚自己的立场，再弄清楚古文学的立场，所谓"知己知彼"，然后才能分别出哪些是该扬弃的，哪些是该保留的。弄清楚立场就是清算，也就是批判；"批判的接受"就是一面接受着，一面批判着。自己有立场，却并不妨碍了解或认识古文学，因为一面可以设身处地为古人着想，一面还是可以回到自己立场上批判的。这"设身处地"是欣赏的重要的关键，也就是所谓"感情移入"。个人生活在群体中，多少能够体会别人，多少能够为别人着想。关心朋友，关心大众，恕道和同情，都由于设身处地为别人着想，甚至"替古人担忧"也由于此。演戏，看戏，一是设身处地的演出，一是设身处地的看人。做人不要做坏人，做戏有时候却得做坏人。看戏恨坏人，有的人竟会丢石子甚至动手去打那戏台上的坏人。打起来确是过了分，然而不能不是欣赏那坏人做得好,好得教这种看戏的忘了"我"。这种忘了"我"的人显然没有在批判着。有批判力的就不至如此,他们欣赏着,一面常常回到自己,自己的立场。欣赏跟行动分得开,欣赏有时可以影响行动,有时可以不影响,自己有分寸,做得主,就不至于糊涂了。读了武侠小说结伴上峨眉山,的确是糊涂。所以培养欣赏力同时得培养批判力,不然,"有毒的"东西有太多了。然而青年人不愿意接受有些古书和古文学,倒不一定是怕那"毒",他们的第一难关还是语言文字。

打通了语言文字这一关,欣赏古文学的就不会少,虽然不会赶上欣赏现代文学的多。语体翻译的外国古典可以为证。语体的旧小说如《水浒传》、《西游记》、《红楼梦》、《儒林外史》,现在的读者大概比二三十年前要减少了,但是还拥有相当广大的读众。这些人欣赏打虎的武松、焚稿的林黛玉,却一般的未必崇拜武松,尤其未必崇拜林黛玉。他们欣赏武松的勇气和林黛玉的痴情,却嫌武松无知识、林黛玉不健康。欣赏跟崇拜也是分得开的。欣赏是情感的操练,可以增加情感的广度、深度,也可以增加高度。欣赏的对象或古或今,或中或外,影响行动或浅或深,但是那影响总是间接的,直接的影响是在情感上。有些行动固然可以直接影响情感,但是欣赏的机会似乎更容易得到些。要培养情感,欣赏的机会越多越好,就文学而论,古今中外越多能欣赏越好。这其间古文和外国文学都有一道难关,语言文字。外国文学可用语体翻译,古文学的难关该也不难打通的。

我们得承认古文确是"死文字"、死语言,跟现在的语体或白话不是一种语言。这样看,打通这一关也可以用语体翻译。这办法早就有人用过,现代也还有人用着。记得清末有一部《古文析义》,每篇古文后边有一篇白话的解释,其实就是逐句的翻译。那些翻译够清楚的,虽然啰嗦些。但是那只是一部不登大雅之堂的启蒙书,不曾引起人们注意。五四运动以后,整理国故引起了古书今译。顾颉刚先生的《盘庚篇今译》(见《古史辨》),最先引起我们的注意。他是要打破古书奥妙的气氛,所以将《尚书》里佶屈聱牙的这《盘庚》三篇用语体译出来,让大家看出那"鬼治主义"的把戏。他的翻译很谨严,也够确切,最难得的,又是三篇简洁明畅的白话散文,独立起来看,也有意思。近来郭沫若先生在《由周代农事诗论到周代社会》一文(见《青铜时代》)里翻译了《诗经》的十篇诗,风雅颂都有。他是用来论周代社会的,译文可也都是明畅的素朴的白话散文诗。此外还有将《诗经》、《楚辞》和《论语》作为文学来今译的,都是有意义的尝试。这种翻译的难处在乎译者的修养,他要能够了解古文学,批判古文学,还要能够照他所了解与批判的译成艺术性的或有风格的白话。

翻译之外,还有讲解,当然也是用白话。讲解是分析原文的意义并加以批判,跟翻译不同的是以原文为主。笔者在《国文月刊》里写的《古诗十九首集释》,叶绍钧先生和笔者合作的《精读指导举隅》(其中也有语体文的讲解),浦江清先生在《国文月刊》里写的《词的讲解》,都是这种尝试。有些读者嫌讲得太琐碎,有些却愿意细心读下去。还有就是白话注释,更是以读原文为主。这虽然有人试过,如《论语》白话注之类,可只是敷衍旧注，毫无新义，那注文又啰里啰嗦的。现在得从头做起，最难的是注文用的白话，现行的语体文里没有这一体，得创作，要简明朴实。选出该注释的词句也不易，有新义更不易。此外还有一条路，可以叫做拟作。谢灵运有《拟魏太子邺中集》，综合的拟写建安诗人，用他们的口气作诗。江淹有《杂拟诗》三十首，也是综合而扼要的分别拟写历代无名的五言诗人，也用他们自己的口气。这是用诗来拟诗。英国麦克士·比罗姆著《圣诞花环》，却以圣诞节为题用散文来综合的扼要的拟写当代各个作家。他写照了各个作家，也写照了自己。我们不妨如法炮制，用白话来尝试。以上四条路都通到古文学的欣赏，我们要接受古代作家文学遗产，就可以从这些路子走近去。

论百读不厌

前些日子参加了一个讨论会,讨论赵树理先生的《李有才板话》。座中一位青年提出了一件事实:他读了这本书觉得好,可是不想重读一遍。大家费了一些时候讨论这件事实。有人表示意见,说不想重读一遍,未必减少这本书的好,未必减少它的价值。但是时间匆促,大家没有达到明确的结论。一方面似乎大家也都没有重读过这本书,并且似乎从没有想到重读它。然而问题不但关于这一本书,而是关于一切文艺作品。为什么一些作品有人"百读不厌",另一些却有人不想读第二遍呢?是作品的不同吗?是读的人不同吗?如果是作品不同,"百读不厌"是不是作品评价的一个标准呢?这些都值得我们思索一番。

苏东坡有《送章惇秀才失解西归》诗,开头两句是:

旧书不厌百回读,
熟读深思子自知。

"百读不厌"这个成语就出在这里。"旧书"指的是经典,所以要"熟读深思"。《三国志·魏志·王肃传》注:

> 人有从〔董遇〕学者,遇不肯教,而云"必当先读百遍",言"读书百遍而意自见"。

经典文字简短,意思深长,要多读,熟读,仔细玩味,才能了解和体会。所谓"意自见"、"子自知",着重自然而然,这是不能着急的。这诗句原是安慰和勉励那考试失败的章惇秀才的话,劝他回家再去安心读书,说"旧书"不嫌多读,越读越玩味越有意思。固然经典值得"百回读",但是这里着重的还在那读书的人。简化成"百读不厌"这个成语,却就着重在读的书或作品了。这成语常跟另一成语"爱不释手"配合着,在读的时候"爱不释手",读过以后"百读不厌"。这是一种赞词和评语,传统上确乎是一个评价的标准。当然,"百读"只是"重读""多读""屡读"的意思,并不一定一遍接着一遍的读下去。

经典给人知识,教给人怎样做人,其中有许多语言的、历史的、修养的课题,有许多注解,此外还有许多相关的考证,读上百遍,也未必能够处处贯通,教人多读是有道理的。但是后来所谓"百读不厌",往往不指经典而指一些诗、一些文,以及一些小说,这些作品读起来津津有味,重读、屡读也不腻味,所以说"不厌"。"不厌"不但是"不讨厌",并且是"不厌倦"。诗文和小说都是文艺作品,这里面也有一些语言的和历史的课题,诗文也有些注解和考证;小说方面呢,却直到近代才有人注意这些课题,于是也有了种种考证。但是过去一般读者只注意诗文的注解，不大留心那些课题，对于小说更其如此。他们集中在本文的吟诵或浏览上。这些人吟诵诗文是为了欣赏，甚至于只为了消遣，浏览或阅读小说更只是为了消遣，他们要求的是趣味，是快感。这跟诵读经典不一样。诵读经典是为了知识，为了教训，得认真、严肃、正襟危坐的读，不像读诗文和小说可以马马虎虎的、随随便便的，在床上、在火车轮船上都成。这么着可还能够教人"百读不厌"，那些诗文和小说到底是靠了什么呢？

在笔者看来，诗文主要是靠了声调，小说主要是靠了情节。过去一般读者大概都会吟诵，他们吟诵诗文，从那吟诵的声调或吟诵的音乐得到趣味或快感，意义的关系很少，只要懂得字面儿，全篇的意义弄不清楚也不要紧的。梁启超先生说过李义山的一些诗，虽然不懂得究竟是什么意思，可是读起来还是很有趣味（大意）。这种趣味大概一部分在那些字面儿的影像上，一部分就在那七言律诗的音乐上。字面儿的影像引起人们奇丽的感觉，这种影像所表示的往往是珍奇、华丽的景物，平常人不容易接触到的，所谓"七宝楼台"之类。民间文艺里常常见到的"牙床"等等，也正是这种作用。民间流行的小调以音乐为主，而不注重词句，欣赏也偏重在音乐上，跟吟诵诗文也正相同。感觉的享受似乎是直接的、本能的，即使是字面儿的影像所引起的感觉，也还多少有这种情形，至于小调和吟诵，更显然直接诉诸听觉，难怪容易唤起普遍的趣味和快感。至于意义的欣赏，得靠综合诸感觉的想象力，这个得有长期的教养才成。然而就像教养很深的梁启超先生，有时也还让感觉领着走，足见感觉的力量之大。

小说的"百读不厌",主要的是靠了故事或情节。人们在儿童时代就爱听故事,尤其爱奇怪的故事。成人也还是爱故事,不过那情节得复杂些。这些故事大概总是神仙、武侠、才子、佳人,经过种种悲欢离合,而以大团圆终场。悲欢离合总得不同寻常,那大团圆才足奇。小说本来起于民间,起于农民和小市民之间。在封建社会里,农民和小市民是受着重重压迫的,他们没有多少自由,却有做白日梦的自由。他们寄托他们的希望于超现实的神仙,神仙化的武侠,以及望之若神仙的上层社会的才子佳人,他们希望有朝一日自己会变成了这样的人物。这自然是不能实现的奇迹,可是能够给他们安慰、趣味和快感。他们要大团圆,正因为他们一辈子是难得大团圆的,奇情也正是常情啊。他们同情故事中的人物,"设身处地"的"替古人担忧",这也因为事奇人奇的原故。过去的小说似乎始终没有完全移交到士大夫的手里。士大夫读小说,只是看闲书,就是作小说,也只是游戏文章,总而言之,消遣而已。他们得化装为小市民来欣赏,来写作;在他们看,小说奇于事实,只是一种玩意儿,所以不能认真、严肃,只是消遣而已。

封建社会渐渐垮了,"五四"时代出现了个人,出现了自我,同时成立了新文学。新文学提高了文学的地位;文学也给人知识,也教给人怎样做人,不是做别人的,而是做自己的人。可是这时候写作新文学和阅读新文学的,只是那变了质的下降的士和那变了质的上升的农民和小市民混合成的知识阶级,别的人是不愿来或不能来参加的。而新文学跟过去的诗文和小说不同之处，就在它是认真的负着使命。早期的反封建也罢，后来的反帝国主义也罢，写实的也罢，浪漫的和感伤的也罢，文学作品总是一本正经的在表现着并且批评着生活。这么着文学扬弃了消遣的气氛，回到了严肃——古代贵族的文学如《诗经》，倒本来是严肃的。这负着严肃的使命的文学，自然不再注重"传奇"，不再注重趣味和快感，读起来也得正襟危坐，跟读经典差不多，不能再那么马马虎虎、随随便便的。但是究竟是形象化的，诉诸情感的，跟经典以冰冷的抽象的理智的教训为主不同，又是现代的白话，没有那些语言的和历史的问题，所以还能够吸引许多读者自动去读。不过教人"百读不厌"甚至教人想去重读一遍的作品，的确是很少了。

新诗或白话诗，和白话文，都脱离了那多多少少带着人工的、音乐的声调，而用着接近说话的声调。喜欢古诗、律诗和骈文、古文的失望了，他们尤其反对这不能吟诵的白话新诗；因为诗出于歌，一直不曾跟音乐完全分家，他们是不愿扬弃这个传统的。然而诗终于转到意义中心的阶段了。古代的音乐是一种说话，所谓"乐语"，后来的音乐独立发展，变成"好听"为主了。现在的诗既负上自觉的使命，它得说出人人心中所欲言而不能言的，自然就不注重音乐而注重意义了。——一方面音乐大概也在渐渐注重意义，回到说话罢？——字面儿的影像还是用得着，不过一般的看起来，影像本身，不论是鲜明的、朦胧的，可以独立的诉诸感觉的，是不够吸引人了。影像如果必需得用，就要配合全诗的各部分完成那中心的意义，说出那要说的话。在这动乱时代，人们着急要说话，因为要说的话实在太多。小说也不注重故事或情节了，它的使命比诗更见分明。它可以不靠描写，只靠对话，说出所要说的。这里面神仙、武侠、才子、佳人，都不大出现了，偶然出现，也得打扮成平常人，是的，这时代的小说的人物，主要的是些平常人了，这是平民世纪啊。至于文，长篇议论文发展了工具性，让人们更如意的也更精密的说出他们的话，但是这已经成为诉诸理性的了。诉诸情感的是那发展在后的小品散文，就是那标榜"生活的艺术"，抒写"身边琐事"的。这倒是回到趣味中心，企图着教人"百读不厌"的，确乎也风行过一时。然而时代太紧张了，不容许人们那么悠闲，大家嫌小品文近乎所谓"软性"，丢下了它去找那"硬性"的东西。

文艺作品的读者变了质了，作品本身也变了质了，意义和使命压下了趣味，认识和行动压下了快感。这也许就是所谓"硬"的解释。"硬性"的作品得一本正经的读，自然就不容易让人"爱不释手"、"百读不厌"。于是"百读不厌"就不成其为评价的标准了，至少不成其为主要的标准了。但是文艺是欣赏的对象，它究竟是形象化的、诉诸情感的，怎么"硬"也不能"硬"到和论文或公式一样。诗虽然不必再讲那带几分机械性的声调，却不能不讲节奏，说话不也有轻重高低快慢吗？节奏合式，才能集中，才能够高度集中。文也有文的节奏，配合着意义使意义集中。小说是不注重故事或情节了，但也总得有些契机来表现生活和批评它，这些契机得费心思去选择和配合，才能够将那要说的话、要传达的意义，完整的说出来，传达出来。集中了的完整了的意义，才见出情感，才让人乐意接受，"欣赏"就是"乐意接受"的意思。能够这样让人欣赏的作品是好的，是否"百读不厌"，可以不论。在这种情形之下，笔者同意：《李有才板话》即使没有人想重读一遍，也不减少它的价值、它的好。

但是在我们的现代文艺里，让人"百读不厌"的作品也有的。例如鲁迅先生的《阿Q正传》，茅盾先生的《幻灭》、《动摇》、《追求》三部曲，笔者都读过不止一回，想来读过不止一回的人该不少罢。在笔者本人，大概是《阿Q正传》里的幽默和三部曲里的几个女性吸引住了我。这几个作品的好已经定论，它们的意义和使命大家也都熟悉，这里说的只是它们让笔者"百读不厌"的因素。《阿Q正传》主要的作用不在幽默，那三部曲的主要作用也不在铸造几个女性，但是这些却可能产生让人"百读不厌"的趣味。这种趣味虽然不是必要的，却也可以增加作品的力量。不过这里的幽默决不是油滑的、无聊的，也决不是为幽默而幽默，而女性也决不就是色情，这个界限是得弄清楚的。抗战期中，文艺作品尤其是小说的读众大大的增加了。增加的多半是小市民的读者，他们要求消遣，要求趣味和快感。扩大了的读众，有着这样的要求也是很自然的。长篇小说的流行就是这个要求的反映，因为篇幅长，故事就长，情节就多，趣味也就丰富了。这可以促进长篇小说的发展，倒是很好的。可是有些作者却因为这样的要求，忘记了自己的边界，放纵到色情上，以及粗劣的笑料上，去吸引读众，这只是迎合低级趣味。而读者贪读这一类低级的软性的作品，也只是沉溺，说不上"百读不厌"。"百读不厌"究竟是个赞词或评语，虽然以趣味为主，总要是纯正的趣味才说得上的。

论逼真与如画

——关于传统的对于自然和艺术的态度的一个考察

"逼真"与"如画"这两个常见的批评用语，给人一种矛盾感。"逼真"是近乎真，就是像真的。"如画"是像画，像画的。这两个语都是价值的批评，都说是"好"。那么，到底是真的好呢？还是画的好呢？更教人迷糊的，像清朝大画家王鉴说的：

> 人见佳山水，辄曰"如画"，见善丹青，辄曰"逼真"。
> （《染香庵跋画》）

丹青就是画。那么，到底是"如画"好呢？还是"逼真"好呢？照历来的用例，似乎两个都好，两个都好而不冲突，怎么会的呢？这两个语出现在我们的中古时代，沿用得很久，也很广，表现着这个民族对于自然和艺术的重要的态度。直到白话文通行之后，我们有了完备的成套的批评用语，这两个语才少见了，但是有时还用得着，有时也翻成白话用着。

这里得先看看这两个语的历史。照一般的秩序，总是先有"真"，后才有"画"，所以我们可以顺理成章的说"逼真与如画"——将"逼真"排在"如画"的前头。然而事实上似乎后汉就有了"如画"这个语，"逼真"却大概到南北朝才见。这两个先后的时代，限制着"画"和"真"两个词的意义，也就限制着这两个语的意义，不过这种用语的意义是会跟着时代改变的。《后汉书·马援传》里说他：

　　为人明须发，眉目如画。

唐朝李贤注引后汉的《东观记》说：

　　援长七尺五寸，色理发肤眉目容貌如画。

可见"如画"这个语后汉已经有了，南朝范晔作《后汉书·马援传》，大概就根据这类记载；他沿用"如画"这个形容语，没有加字，似乎直到南朝这个语的意义还没有什么改变。但是"如画"到底是什么意思呢？

我们知道直到唐初，中国画是以故事和人物为主的，《东观记》里的"如画"，显然指的是这种人物画。早期的人物画由于工具的简单和幼稚，只能做到形状匀称与线条分明的地步，看武梁祠的画像就可以知道。画得匀称分明是画得好，人的"色理发肤眉目容貌如画"，是相貌生得匀称分明，也就是生得好。但是色理发肤似乎只能说分明，不能说匀称，范晔改为"明须发，眉目如画"，是很有道理的。匀称分明是常识的评价标准，也可以说是自明的标准，到后来就成了古典的标准。类书里还举出三国时代诸葛亮的《黄陵庙记》，其中叙到"乃见江左大山壁立，林麓峰峦如画"，上文还有"睹江山之胜"的话。清朝严可均编辑的《全三国文》里说"此文疑依托"，大概是从文体或作风上看。笔者也觉得这篇记是后人所作。"江山之胜"这个意念到东晋才逐渐发展，三国时代是不会有的，而文体或作风又不像。文中"如画"一语，承接着"江山之胜"，已经是变义，下文再论。

"如画"是像画，原义只是像画的局部的线条或形体，可并不说像一个画面，因为早期的画还只以个体为主，作画的人对于整个的画面还没有清楚的意念。这个意念似乎到南北朝才清楚的出现。南齐谢赫举出画的六法，第五是"经营布置"，正是意识到整个画面的存在的证据。就在这个时代，有了"逼真"这个语，"逼真"是指的整个形状。如《水经注·沔水》篇说：

　　上粉县……堵水之旁……有白马山，山石似马，望之逼真。

这里"逼真"是说像真的白马一般。但是山石像真的白马又有什么好呢？这就牵连到这个"真"字的意义了。这个"真"固然指实物，可是一方面也是《老子》、《庄子》里说的那个"真"，就是自然，另一方面又包含谢赫的六法的第一项"气韵生动"的意思，唯其"气韵生动"，才能自然，才是活的不是死的。死的山石像活的白马，有生气，有生意，所以好。"逼真"等于俗语说的"活脱"或"活像"，不但像是真的，并且活像是真的。如果这些话不错，"逼真"这个意念主要的还是跟着画法的发展来的。这时候画法已经从匀称分明进步到模仿整个儿实物了。六法第二"骨法用笔"似乎是指的匀称分明，第五"经营布置"是进一步的匀称分明。第三"应物象形"，第四"随类傅彩"，第六"传模移写"，大概都在说出如何模仿实物或自然，最重要的当然是"气韵生动"，所以放在第一。"逼真"也就是近于自然，像画一般的模仿着自然，多多少少是写实的。

唐朝张怀瓘的《书断》里说：

太宗……尤善临古帖，殆于逼真。

这是说唐太宗模仿古人的书法，差不多活像，活像那些古人。不过这似乎不是模仿自然。但是书法是人物的一种表现，模仿书法也就是模仿人物；而模仿人物，如前所论，也还是模仿自然。再说我国书画同源，基本的技术都在乎"用笔"，书法模仿书法，跟画的模仿自然也有相通的地方。不过从模仿书法到模仿自然，究竟得拐上个弯儿。老是拐弯儿就不免只看见那作品而忘掉了那整个儿的人，于是乎"貌同心异"，模仿就成了死板板的描头画角了。书法不免如此，画也不免如此。这就不成其为自然。郭绍虞先生曾经指出道家的自然有"神化"和"神遇"两种境界。而"气韵生动"的"气韵"，似乎原是音乐的术语借来论画的，这整个语一方面也接受了"神化"和"神遇"的意念,综合起来具体的说出,所以作为基本原则,排在六法的首位。但是模仿成了机械化,这个基本原则显然被忽视。为了强调它,唐朝人就重新提出那"神"的意念,这说是复古也未尝不可。于是张怀瓘开始将书家分为"神品"、"妙品"、"能品",朱景元又用来论画,并加上了"逸品"。这神、妙、能、逸四品,后来成了艺术批评的通用标准,也是一种古典的标准。但是神、妙、逸三品都出于道家的思想,都出于玄心和达观,不出于常识,只有能品才是常识的标准。

重神当然就不重形,模仿不妨"貌异心同",但是这只是就间接模仿自然而论。模仿别人的书画诗文,都是间接模仿自然,也可以说是艺术模仿艺术。直接模仿自然,如"山石似马",可以说是自然模仿自然,就还得"逼真"才成。韩愈的《春雪间早梅》诗说:

>   那是俱疑似,
>   须知两逼真!

春雪活像早梅,早梅活像春雪,也是自然模仿自然,不过也是像画一般模仿自然。至于韩偓的诗:

>   纵有才难咏,
>   宁无画逼真!

说是虽然诗才薄弱,形容不出,难道不能画得活像!这指的是女子的美貌,又回到了人物画,可以说是艺术模仿自然。这也是直接模仿自然,要求"逼真",跟"山石似马"那例子一样。

到了宋朝,苏轼才直截了当的否定了"形似",他《书鄢陵王主簿所画折枝》的诗里说:

> 论画以形似,
> 见与儿童邻。
> ……
> 边鸾雀写生,
> 赵昌花传神。
> ……

"写生"是"气韵生动"的注脚。后来董逌的《广川画跋》里更提出"生意"这个意念。他说:

> 世之评画者曰,妙于生意,能不失真如此矣。至是为能尽其技。尝问如何是当处生意?曰,殆谓自然。问自然,则曰能不异真者斯得之矣。且观天地生物,特一气运化尔,其功用秘移,与物有宜,莫知为之者。故能成于自然。今画者信妙矣,方且晕形布色,求物比之,似而效之,序以成者,皆人力之后失也,岂能以合于自然者哉!

"生意"是真,是自然,是"一气运化"。"晕形布色",比物求似,只是人工,不合自然。他也在否定"形似",一面强调那气化或神化的"生意"。这些都见出道家"得意忘言"以及禅家"参活句"的影响。不求"形似",当然就无所谓"逼真";因为"真"既没有定形,逼近与否是很难说的。我们可以说"神似",也就是"传神",却和"逼真"有虚实之分。不过就画论画,人物、花鸟、草虫,到底以形为本,常识上还只要求这些画"逼真"。跟苏轼差不多同时的晁以道的诗说得好:

> 画写物外形,
> 要于形不改。

就是这种意思。但是山水画另当别论。

东晋以来士大夫渐渐知道欣赏山水,这也就是风景,也就是"江山之胜"。但是在画里山水还只是人物的背景,《世说新语》记顾恺之画谢鲲在岩石里,就是一个例证。那时却有个宗炳,将自己游历过的山水,画在墙壁上,"卧以游之"。这是山水画独立的开始,但是这种画无疑的多多少少还是写实的。到了唐朝,山水画长足的发展,北派还走着近乎写实的路,南派的王维开创了文人画,却走上了象征的路。苏轼说他"诗中有画,画中有诗",文人画的特色就在"画中有诗"。因为要"有诗",有时就出了常识常理之外。张彦远说"王维画物多不问四时,如画花,往往以桃杏芙蓉莲花同画一景"。宋朝沈括的《梦溪笔谈》也说他家藏得有王氏的"《袁安卧雪图》,有雪中芭蕉"。但是沈氏却说:

> 此乃得心应手，意到便成，故造理入神，迥得天意。此难可与俗人论也。

这里提到了"神"、"天"就是自然，而"俗人"是对照着"文人"说的。沈氏在上文还说"书画之妙，当以神会"，"神会"可以说是象征化。桃杏芙蓉莲花虽然不同时，放在同一个画面上，线条、形体、颜色却有一种特别的和谐，雪中芭蕉也如此。这种和谐就是诗。桃杏芙蓉莲花等只当作线条、形体、颜色用着，只当作象征用着，所以就可以"不问四时"。这也可以说是装饰化、图案化、程式化。但是最容易程式化的最能够代表文人化的是山水画，苏轼的评语，正指王维的山水画而言。

桃杏芙蓉莲花等等是个别的实物，形状和性质各自分明，"同画一景"，俗人或常人用常识的标准来看，马上觉得时令的矛盾，至于那矛盾里的和谐，原是在常识以外的，所以容易引起争辩。山水，文人欣赏的山水，却是一种境界，来点儿写实固然不妨，可是似乎更宜于象征化。山水里的草木鸟兽人物，都吸收在山水里，或者说和山水合为一气；兽与人简直可以没有，如元朝倪瓒的山水画，就常不画人，据说如此更高远、更虚静、更自然。这种境界是画，也是诗，画出来写出来是的，不画出来不写出来也是的。这当然说不上"像"，更说不上"活像"或"逼真"了。"如画"倒可以解作像这种山水画。但是唐人所谓"如画"，还带有写实的意味，例如李商隐的诗：

> 茂苑城如画，

阊门瓦欲流。

皮日休的诗：

楼台如画倚霜空。

虽然所谓"如画"指的是整个画面，却似乎还是北派的山水画。上文《黄陵庙记》里的"如画"，也只是这个意思。到了宋朝，如林逋的诗：

白公睡阁幽如画。

这个"幽"就全然是境界，像的当然是南派的画了。"如画"可以说是属于自然模仿艺术一类。

上文引过王鉴的话，"人见佳山水，辄曰'如画'"，这"如画"是说像南派的画。他又说"见善丹青，辄曰'逼真'"，这丹青却该是人物、花鸟、草虫，不是山水画。王鉴没有弄清楚这个分别，觉得这两个语在字面上是矛盾的，要解决这个矛盾，他接着说：

则知形影无定法，真假无滞趣，惟在妙悟人得之；不尔，虽工未为上乘也。

形影无定，真假不拘，求"形似"也成，不求"形似"也成，只要妙悟，就能够恰到好处。但是"虽工未为上乘"，"形似"到底不够好。但这些话并不曾解决了他想象中的矛盾，反而越说越糊涂。照"真假无滞趣"那句话，似乎画是假的；可是既然不拘真假，假而合于自然，也未尝不可以说是真的。其实他所谓假，只是我们说的境界，与实物相对的境界。照我们看，境界固然与实物不同，却也不能说是假的。同是清朝大画家的王时敏在一处画跋里说过：

    石谷所作雪卷，寒林积素，江村寥落，一一皆如真境，宛然辋川笔法。

辋川指的王维，"如真境"是说像自然的境界，所谓"得心应手，意到便成"，"莫知为之者"。自然的境界尽管与实物不同，却还不妨是真的。

  "逼真"与"如画"这两个语借用到文学批评上，意义又有些变化。这因为文学不同于实物，也不同于书法的点画，也不同于画法的"用笔"、"象形"、"傅彩"。文学以文字为媒介，文字表示意义，意义构成想象；想象里有人物，花鸟，草虫，及其他，也有山水——有实物，也有境界。但是这种实物只是想象中的实物；至于境界，原只存在于想象中，倒是只此一家，所以"诗中有画，画中有诗"。向来评论诗文以及小说戏曲，常说"神态逼真"、"情景逼真"，指的是描写或描画。写神态写情景写得活像，并非诉诸直接的感觉，跟"山石似马，望之逼真"以及"宁无画逼真"的直接诉诸视觉不一样，这是诉诸想象中的视觉的。宋朝梅尧臣说过"状难写之景，如在目前"，"如"字很确，这种"逼真"只是使人如见。可是向来也常说"口吻逼真"，写口气写得活像，是使人如闻，如闻其声。这些可以说是属于艺术模仿自然一类。向来又常说某人的诗"逼真老杜"，某人的文"逼真昌黎"，这是说在语汇、句法、声调、用意上，都活像，也就是在作风与作意上都活像，活像在默读或朗诵两家的作品，或全篇，或断句。这儿说是"神似老杜"、"神似昌黎"也成，想象中的活像本来是可实可虚两面儿的。这是属于艺术模仿艺术一类。文学里的模仿，不论模仿的是自然或艺术，都和书画不相同；倒可以比建筑，经验是材料，想象是模仿的图样。

　　向来批评文学作品，还常说"神态如画"、"情景如画"、"口吻如画"，也指描写而言。上文"如画"的例句，都属于自然模仿艺术一类。这儿是说"写神态如画"，"写情景如画"，"写口吻如画"，可以说是属于艺术模仿自然一类。在这里"如画"的意义却简直和"逼真"是一样，想象的"逼真"和想象的"如画"在想象里合而为一了。这种"逼真"与"如画"都只是分明、具体、可感觉的意思，正是常识对于自然和艺术所要求的。可是说"景物如画"或"写景物如画"，却是例外。这儿"如画"的"画"，可以是北派山水，可以是南派山水，得看所评的诗文而定，若是北派，"如画"就只是匀称分明，若是南派，就是那诗的境界，都与"逼真"不能合一。不过传统的诗文里写景的地方并不很多，小说戏剧里尤其如此，写景而有境界的更少，因此王维的"诗中有画"才见得难能可贵，模仿起来不容易。他创始的"画中有诗"的文人画，却比那"诗中有画"的诗直接些，具体些，模仿的人很多，多到成为所谓南派。我们感到"如画"与"逼真"两个语好像矛盾，就由于这一派文人画的影响。不过这两个语原来既然都只是常识的评价标准，后来意义虽有改变，而除了"如画"在作为一种境界解释的时候变为玄心妙赏以外，也都还是常识的标准。这就可见我们的传统的对于自然和艺术的态度，一般的还是以常识为体，雅俗共赏为用的。那些"难可与俗人论"的，恐怕到底不是天下之达道罢。

"好"与"妙"

　　我们有一个烂熟的、差不多每天不离口的、雅俗共同的批评用语，这就是"好"。这可以用来批评人、批评事、批评地方和景物、批评艺术品和文学作品。"美"和"善"两个词儿虽然也常用，可是范围小得多。"佳"字有时包括"善"和"美"，却用得少；"优"字等更窄，用得也更少。"好"的反面是"不好"，又叫做"恶"，叫做"丑"，叫做"坏"，叫做"劣"和"歹"；正面却常只用一个"好"，这"好"字可真好。跟它似同非同的还有一个"妙"字，也常用，用处也很多。可是雅人和俗人的用法似乎不同，雅人的一套以后详论，俗人却只爱说"妙不可言"、"莫名其妙"、"你这个人真妙！"等等。"妙不可言"虽然肯定着"妙"，"不可言"可渐渐带上了点儿油腔滑调，所以会变成了"妙不可以酱油"，"酱油"从"盐"来，而"盐"是谐"言"的音。"莫名其妙"是说不出那妙处，现在许多人写成"莫明其妙"，是不懂得那妙处，反正是否定了"妙"。否定了"妙"，自然更不妨油腔滑调，所以会缩短成"莫名其"，也会拉长成"莫名其土地堂","土地堂"是"庙","庙"谐"妙"的音。"你这个人真妙!"也只是"莫名其"的意思。说"好"固然也有反话,如"你好!""好家伙!""你做的好事!"之类,可是没有这种油腔滑调。而"妙"的反面只有"不妙",再没有别的词儿,跟"好"字也不相同。这"妙"字也真够妙的。

从历史上看,"好"字的出现比"妙"字早些。《周易·中孚》九二爻辞说:"我有好爵,吾与尔靡之。""好爵"似乎是好看的酒杯,"靡"作"尽"解,这里就是共尽这杯酒的意思罢。《诗经》里"好"字很多,我只消举出《魏风·葛屦》篇中的"好人",《毛传》解做"好女手之人",还有《小雅·大田》篇的"既坚既好",指的是"百谷",郑玄《笺》,"尽坚熟矣,尽齐好矣"。据《说文》:"好,美也,从'女'、'子'。"《方言》二也说:"凡美色,或谓之好。"《淮南子·修务》篇:"曼颊皓齿,形夸骨佳,不待脂粉芳泽而性可说者,西施、阳文也。"高诱注:"曼颊,细理也。夸,弱也。佳,好也。性,犹姿也。西施、阳文,古之好女。"《文选·七发》和《辨命论》的注引《说文》著者许慎的《淮南子》注:"阳文,楚之好人也。""好女"和"好人"都以"美色"为主。而《尔雅·释言》说:"称,好也。""称"就是"匀称"。闻一多先生说"好"字的本义正是"匀称"。他指出《诗经·兔罝》篇"公侯好仇"的"好仇",《太玄经》内初一作"嬰孰",据《经典释文》,就是"妃仇",也就是"好仇";那么,"好"跟"妃"义同字通。而《尔雅·释诂》说:"妃,对也。""妃仇"或"好仇"就是"匹配"或"配对","好"和"仇"都是"配"或"对"的意思;"配"

或"对"也就是"匀称"。这里似乎还可以更进一步,"好"既然从"女"和"子"会意,照宋徐锴的解释,"子"是男子的美称,女和子相配正是一对儿。那么,"好"的本义也许就是"配"或"对",而"匀称"是从"配"或"对"引申出来的。无论如何,知道了"好"原有"匀称"的解释,就明白"好爵"指的爵形匀称,"好女手"指的手指匀称,"美色"指的颜色和形体的匀称。"齐好"也是指的谷粒匀称。这种"好"还只是审美的评语,不是道德的评语。

"妙"字似乎到《老子》中才见。《老子》第一章里说:

> 故常无欲以观其妙,常有欲以观其徼。此两者同出而异名,同谓之"玄"。玄之又玄,众妙之门。

这一章是论"道"的。王弼注:"妙者,微之极也。""徼"字据《经典释文》有"边"的解释,从"有欲"一面看,就有边儿,就"着边际";从"无欲"一面看,是"微之极","微之极"可以说是没有边儿,也就"不着边际"。可是"妙"和"徼"是"道"的两面,本是一物,这个物又叫做"玄"。《说文》:"玄,幽远也。"就是《庄子》里所谓"混沌",也就是"漆黑一团"。这"漆黑一团"却是"众妙之门";这是"正言若反",也是《庄子》里所谓"无端崖之辞",就是摸不着头脑的话。后来"玄妙"变成了一个连语,"玄"就是"妙","妙"就是"玄",连在一起是强调。《周易》的《说卦传》出现得很晚,其中也用了"妙"字:

> 神也者，妙万物而为言者也。

晋韩康伯注：

> 于此言"神"者，明八卦运动，变化推移，莫有使之然者，神则无物，"妙万物而为言"也。

《系辞传》上有"阴阳不测之谓神"一句话，韩康伯注：

> 神也者，变化之极，"妙万物而为言"，不可以形诘者也。

唐孔颖达《正义》：

> 妙谓微妙也。万物之体有变象可寻，神则微妙于万物而为言也，谓不可寻求也。

《说卦传》以及韩注、孔疏都接受了道家学说的影响，将"神"说成"莫有使之然"，就是自然，又说成"无物"、"不可以形诘"、"不可寻求"。这个"神"其实就是"道"，也就是"妙"。后来"神妙"也成了一个连语，正是出于自然。

《庄子·寓言》篇说了一个故事：

颜成子游谓东郭子綦曰：

"自吾闻子之言，一年而野，二年而从，三年而通，四年而物，五年而来，六年而鬼入，七年而天成，八年而不知死，不知生，九年而大妙。"

晋郭象注：

妙，善也。善恶同，故无往而不冥。此言久闻道，知天籁之自然，将忽然自忘，则秽累日去，以至于尽耳。

唐成玄英疏却说："妙，精微也。"又说"知照宏博，故称'大'也"。这个故事更强调了"妙"的出于自然。郭氏用"善"来解"妙"，重在"无往而不冥"，"善恶同"是"忘"了善恶的分别。成氏用"精微"来解"妙"，惟其"知照宏博"，才达到了"精微"的地步。"微妙"也成了一个连语。"妙"与"眇"通，《庄子·德充符》篇有"眇乎小哉"的一句，可见"妙"是含有"小"或"微"的意义的。这个"妙"出于自然，不可测，"不可寻求"，"不可以形诘"；而"道可道，非常道"，"妙"也是不可道的。可是虽然不可求，却未尝不可遇，"九年而大妙"由于"忽然自忘"，"自忘"由于"久闻道"；虽然终于不可道，还得从"可道"的"道"入手。

到这里为止，"妙"这一个字还只是道家哲学中的一个意念。道家是逃避现实提倡隐逸的，老子和庄子更用诗来写他们的哲学，关于老子和庄子生活的传说，也充满了诗味或艺术味。

郭沫若先生说《老子》是一部"精粹而韵致深醇的"哲理诗（见《关于接受文学遗产》中），的确不错；《庄子》也是一部"韵致深醇"的哲理诗，却以"丰富"见长。那丰富的神话或寓言，那丰富的比喻或辞藻，给了后世文学广大的影响，特别是那些故事里表现着的对艺术或技艺的欣赏，以及从那中间提出的"神"的意念，影响后来的文学和艺术，创造和批评都极其重大。比起儒家，道家对于我们的文学和艺术的影响的确广大些。那"神"的意念和通过了《庄子》影响的那"妙"的意念，比起"温柔敦厚"那教条来，应用的地方也许还要多些罢？特别是那"妙"的意念，经过汉代到了晋代渐渐成为士大夫或雅人一般常用的，主要的审美的评语。《汉书·贾捐之传》记着杨兴向他说："君房（捐之的号）下笔，言语妙天下，使君房为尚书令，胜五鹿充宗远甚。"这里"言语妙天下"指的是公文之类，唐颜师古注"于天下最为精妙"，"精妙"该是指措词得体和得当而言，虽然重在实用，同时也是欣赏，"妙"字正用作"下笔"这种技艺的评语。还有，《汉书》的著者班固作《离骚·序》，评论屈原，以为"其文弘博丽雅，为辞赋宗……虽非明智之器，可谓妙才"。这"妙才"专一是欣赏辞赋的技艺的话语，从引文可见。还有，《世说新语·捷悟》篇记《曹娥碑》碑文的评语是"绝妙好辞"，这句话后来成了常用的成语。刘孝标注引《异苑》说是蔡邕"读碑文，以为诗人之作，无诡妄也"，因而给了这个评语。"绝妙"是强调"好辞"，"好"与"妙"该就指的"无诡妄"，"无诡妄"就是平实而不浮夸；这似乎是针对着"辞人"说的，所以说是"'诗人'之作"。那么，这"好"

与"妙"也该是指措词得体和得当而言的了。

同事余冠英先生指出汉人用"奇"字跟后来的"妙"字相当,虽然并非相等。他指出古诗十九首里"庭中有奇树,绿叶发华滋"的"奇"字,还有《孔雀东南飞》里叙述兰芝拒绝媒人那一段儿:

> 阿女含泪答:"兰芝初还时,府吏见丁宁,结誓不别离。今日违情义,恐此事非奇。……"

余先生说闻一多先生在《乐府诗笺》里解释这个"奇"字为"佳"为"美",大概"非奇"跟后来的"不妙"差不多。伪《古文尚书·泰誓》下篇说纣王"作奇技淫巧","奇"是"异",是"非常",是可惊的,也未尝不是可爱的。"奇"字从"可"字得声,和古代常用的"嘉"字古音同在"歌"部;"嘉"字兼有"美"和"善"的意义,"奇"字又分得了"嘉"字的意义。《左传》昭公二年韩宣子称誉的"嘉树",《楚辞·橘颂》的"后皇嘉树",和"庭中有奇树"的"奇树",意义可以说是相同,虽然指的是不同的树。还有魏刘劭《人物志·三流》篇说:

> 思通道化,策谋奇妙,是谓术家,范蠡、张良是也。

这"奇妙"显然欣赏而重实用,余先生指出的那两个"奇"字也都偏于常识的、现实的。

魏、晋以来,老、庄之学大盛,特别是庄学;士大夫对于生活和艺术的欣赏与批评也在长足的发展。清谈家也就是雅人，要求的正是那"妙"。后来又加上佛教哲学，更强调了那"虚无"的风气。于是乎众妙层出不穷。在艺术方面，有所谓"妙篇"、"妙诗"、"妙句"、"妙楷"、"妙音"、"妙舞"、"妙味"，以及"笔妙"、"刀妙"等。在自然方面，有所谓"妙风"、"妙云"、"妙花"、"妙色"、"妙香"等，又有"庄严妙土"，指佛寺所在；至于孙绰《游天台山赋》里说到"运自然之妙有"，更将万有总归一"妙"。在人体方面，也有所谓"妙容"、"妙相"、"妙耳"、"妙趾"等；至于"妙舌"指的会说话，"妙手空空儿"（唐裴铏《聂隐娘传》）和"文章本天成，妙手偶得之"（宋陆游诗）的"妙手"，都指的手艺，虽然一个是武的，一个是文的。还有"妙年"、"妙士"、"妙客"、"妙人"、"妙选"，都指人，"妙兴"、"妙绪"、"妙语解颐"，也指人。"妙理"、"妙义"、"妙旨"、"妙用"，指哲学，"妙境"指哲学，又指自然与艺术；哲学得有"妙解"、"妙觉"、"妙悟"；自然与艺术得有"妙赏"，这种种又靠着"妙心"。有了这"妙心"，才可以受用种种妙处，享乐种种妙处，而这"妙心"却非"有闲"不可。所以只有"雅人"就是士大夫才有"深致"，只有他们不愁衣食，才能脱离现实去追求那"妙"。可是人们又说"妙算"、"妙计"，这却是前面说过的"奇妙"，指的是技能，跟"奇技"差不多，与"妙心"是不相干的，"妙用"也可以用作"奇妙的作用"，那也是例外的现实的。

"妙心"以"虚无"为常、为主，只看那些成串的带"妙"字的形容连语，除了前面特别提出的"玄妙"、"神妙"、"微妙"

之外，还有"高妙"、"超妙"等，以及另一面的"精妙"和"奇妙"等，差不多都是虚无缥缈、不着边际的，也就是唯心的、脱离现实的。既然"妙"得如此朦胧，那就难怪反面只能说"不妙"而没有别的明确的词儿了。这种妙处出于自然，归于自然，"不可寻求"，"不可以形诘"。《世说新语·巧艺》篇记着：

> 顾长康画人，或数年不点目精。人问其故，顾曰："四体妍蚩，本无关于妙处，传神写照正在阿堵中。"

"四体妍蚩，本无关于妙处"，正是"不可以形诘"；但是点睛传神，还不至于全然摸不着头脑，还有"可道"的"道"在这儿。后来却似乎越来越妙了。宋苏轼《答谢民师书》论"辞达"说：

> 夫言止于达意，则疑若不文，是大不然。求物之妙，如系风捕影，能使是物了然于心者，盖千万人而不一遇也，而况能使了然于口与手乎！是之谓"辞达"。辞至于能达，则文不可胜用矣。

"系风捕影"就比"点睛"难，又不像颜成子游那样可以分年达成。这显然加上了禅家顿悟说的影响。苏轼《夜直玉堂携李之仪端叔诗百余首读至夜半书其后》诗中就说：

> 暂借好诗消永夜，每逢佳处辄参禅。
> 愁侵砚滴初含冻，喜入灯花欲斗妍。

这里的"佳处"就是"妙处"。作者既然需要顿悟，读者也就需要"参禅"了。"愁侵砚滴"是未悟的时候，"喜入灯花"是顿悟之后。南宋严羽的《沧浪诗话》更直接的提出了"妙悟"，他说：

> 大抵禅道惟在妙悟，诗道亦在妙悟。且孟襄阳学力下韩退之远甚，而其诗独出退之之上者，一味妙悟而已。惟悟乃为当行，乃为本色。然悟有浅深，有分限，有透彻之悟，有但得一知半解之悟。汉、魏尚矣，不假悟也。谢灵运至盛唐诸公，透彻之悟也。他虽有悟者，皆非第一义也。（《诗辩》）

这里不但用"悟"来做创造和欣赏的手段，并且用来做批评的标准。标准不能不有些数量，所以"悟有浅深，有分限"，然而顿悟是无所谓"浅深"、"分限"的，严氏是回到那"可道"的"道"上去了。他应用他的新标准批评了韩、孟两家的诗，汉、魏到盛唐的诗。所谓"一味妙悟"或"透彻之悟"是这样：

> 盛唐诸人，惟在兴趣；羚羊挂角，无迹可求。故其妙处，透彻玲珑，不可凑泊，如空中之音，相中之色，水中之月，镜中之象，言有尽而意无穷。（《诗辩》）

这与"系风捕影"异曲同工，真是"不可寻求"，"不可以形诘"了。可是虽然没有形迹，却不妨有许多幻影，"如空中之音，相中之色，水中之月，镜中之象"。这其实还是"可道"的"道"，不过比较更难摸着头脑罢了。

因为并不在乎摸着头脑，所以才有"妙不可言"这句话。《庄子·外物》篇本来已经说了"得意而忘言"，但是"忘言"还不是"不可言"。宋玉《登徒子好色赋》形容"东家之子"的美，说：

> 东家之子，增之一分则太长，减之一分则太短，著粉则太白，施朱则太赤。……

"东家之子"太美了，难以形容恰当，只得这么加减着写出她，但是还不到"不可言"的地步。魏晋以来，从《庄子》里的"得意忘言"发展了"言不尽意"的理论，但也只是"不尽"而已，也还不到"不可言"的地步。佛经才介绍了"不可说"的话语（如《法华经》），"忘言"配上"不可说"，于是禅宗强调着"离言"。"妙不可言"这句话显然带了禅味，该出现在禅宗发展以后。我们现在还没有查明它的来历，但是至晚北宋已经有了这句话所代表的意念。如王安石在《和平甫舟中望九华山》诗第一首里说："变态生倏忽，虽神讵能占！"第二首又说："变态不可穷，诗者徒咕咕！"似乎就都是"妙不可言"的转语。"妙不可言"，"妙"在言外；言外的"妙"，只有在"妙解"、

"妙觉"、"妙悟"里心领神会。这样领会的"妙境",又叫做"象外之境"或"象外之妙"。唐刘禹锡《董武陵集序》里说:

> 诗者,其文章之蕴邪?义得而言丧,故微而难能。境生于象外,故精而寡和。

后来司空图论诗,更说到"象外之象,景外之景",乃至"韵外之致"、"味外之旨",都可以做"境生于象外"一句话的注脚,不过说得更具体些。所谓"意境",所谓"境界",也都是这种"象外之妙";不提"象外",也为的更具体些。但是"境"和"境界"都是借用的佛经里的名词,本来就带着玄味,具体终于还是无体的。司空图一面说着"象外之象",一面却在那著名的《二十四诗品》的"含蓄"品中留下了"不着一字,尽得风流"的警句,正是这个道理。"不着一字"其实指的是字外,也就是所谓"字里行间"。总而言之,这也就是人们常说的"可以意会,不可言传"。"妙"既然"不可言传",就难雅俗共赏;俗人也就是小市民说不出那妙处,这才有了"莫名其妙"那句话。"莫名其妙"直译口语,该是"没有人说得出那妙处",没有人说得出的妙处,岂不有点儿不妙?小市民或俗人本来享受不着那种妙处,又摸不着头脑,自然不会对它有多少敬意。因此"妙不可言!"这个赞美的句子就带上了嘲讽的口气,至少也带上了油腔滑调;它是在肯定着"妙",可也在否定着它。至于"莫名其妙"本来就否定了"妙",不用说更其容易油腔滑调了。

"好"字在这方面却好得多。作为欣赏或审美的评语,它指出了"匀称"。"匀称"诉诸感觉，多少是有客观的标准的，凭常识可以辨得出，用不着哲学。一个相貌好的人，至少得五官端正，五官端正不端正是容易看出的。"匀称"有时候也很复杂，如《诗经·郑风·清人》篇："左旋右抽，中军作好。"照郑玄的笺和孔颖达的疏，这是描写练习车战。四匹马的古战车上，左边的御者在转动车子，右边的武士在抽刃击刺，主将自己站在中间，这样表示军容的好。这好像现在的检阅，主要在样子整齐好看，这也正是"匀称"的动作。当然，"匀称"不止于好看。如《诗经·大雅·嵩高》篇："吉甫作诵，其诗孔硕，其风肆好，以赠申伯。""其风肆好"该解作"乐调很好"，乐调好就是音律"匀称"好听。而"好"字的本义既然是配对儿，就又引申为爱好和情好。《左传》昭公二十五年有郑子太叔对晋赵简子一段话，中间说：

> 喜生于好，怒生于恶。是故审行信令，祸福赏罚，以制死生。生，好物也；死，恶物也。好物，乐也；恶物，哀也。

说生活是"好物"，而"好物"是快乐的，可以见出"好"的现实性。这代表着一种积极的生活态度，爱好和情好原是积极的。《左传》庄公十二年卫石祁子说："与恶而弃好，非谋也！"是说不该保护宋国的恶人，伤了两国的情好。还有"惟口，出好兴戎"一句话，虽然见于伪《古文尚书》，大概原来也是古语，是教执政者小心这张嘴，说它可以发生情好，也可以惹动刀兵。

这都是积极的，国与国如此，我们说"相好"、"要好"，人与人也如此。谁都会问个"好"儿，不是吗？能够增进彼此的情好，彼此都有好处，这是普遍的，不论贵贱贫富都如此。因此后来就有了"好心"、"心肠好"等等话语，也就有了另一意义的"好人"。

　　这种意义的"好人"，对人好，做好事，给人好处。于是"好"字又成了道德的评语。假如"匀称"的"好"字相当于"美"字，这"好"字就相当于"善"字。"善"字和"美"字都从"羊"字，意义本来差不多。《论语·述而》篇："子与人歌而善，必使反之，而后和之。""反"是复唱一回。这"善"就是"美"。而"善"字又有"喜爱"、"亲和"的意思，它早在"好"字之先就成了道德的评语。"善人"的名称继承着神道意味的"吉人"而出现在春秋时代，直到现在乞丐嘴里还叫喊着。乞丐可不叫喊"好人"，因为"好人"还带有批评的意味，"善人"或"大善人"现在却已变成纯粹的尊称了。乞丐可叫喊着"做做好事！""修修好！"这"好事"跟"修好"自然就是给钱、给饭等等；这些都是布施，而布施又是为了来世的"好"或为了儿孙的"好"，算都是现实性的。一般说"好处"，大概都是现实性的，并且常是很具体的。说"好人"也如此，"好心得好报"，"好人"该得好报，也是现实性的信念，虽然现实往往与此相反。"好人"有时却成了"好好先生"，现在人们常说"他是个好人，但是——"，加上"但是"这条尾巴，那"好人"就成为老实而无用的可怜人了。"好人难做"，真是的！然而这种"好人"至少心平气和脾气好，总是真的。这种"好"和前面提到用作反话的那些"好",可都有一层好处,就是严肃而不带油腔滑调,因为"好"字究竟是道德的评语,跟"妙"字只是审美的评语不一样。这兼有"美"和"善"的意义的"好"字,又相当于"嘉"字。"嘉"和"善"同从"壴","壴"是乐器悬在架子上,表示快乐的意思。"好"也有快乐的意思,前面已经提过了。"嘉"字见于古书里很多,古人老用"嘉"字,好像我们老用"好"字,"好"字似乎是继承了"嘉"字的地位。但是"好"原是"匀称",比"嘉"字本义只是快乐和增加("嘉"一作"恕")的似乎更来得明确些。

从别一面看,"好"字本来是审美的评语,在"妙"字成为审美的评语而流行之后,也接受了"妙"字的影响而分担了它的涵义,于是乎"好"有时候其实就是"妙"。如所谓"初写《黄庭》,恰到好处"的"好处",其实是"妙处",因为"恰到"是不多不少,不是可以比较的数量而是绝对的一点儿。而"好"既是"匀称",多少总有些数量的分限的,就是用作道德的评语的时候,也含有"公平"、"平和"等意思,这些话语也多少带着数量性的。又如唐皮日休的《明月湾》诗结尾说:

对此老且死,不知忧与患。好境无处住,好处无境删;赧然不自适,脉脉当湖山。

上文说:"试问最幽处?号为明月湾。"这里"好境"就是"最幽处","幽"就是"玄",也就是"妙","好境"就是"妙境"。这样的"妙境"里可惜无处居住;而一般所谓"好处"就是好地方、好城市、好家屋等，又没有这样"妙境"，实在算不得"好"——其实该是算不得"妙"。诗里的"好处"原来指的好地方、好城市、好家屋等，好看，好住，可是算不得"妙"；算不得"妙"，那"好"就减少了，不够"好"了。于是那"好处"的"好"字就加上了"妙"的意思。此外如"风光好"、"风味好"，晋桓温问孟嘉的"酒有何好？"唐段成式的"闲中好，尘务不萦心"，宋张炎的"润色茶经，评量山水，如此闲方好"等等的"好"，显然都是"有闲"的"妙"的别名。

但是"好"究竟是"好"，与"妙"不同。"好"字作为形容单词的多，跟别的字合成形容连语的少。"美好"、"姣好"、"妍好"、"佳好"等，加上近代新造的"良好"，寥寥可数。也许因为"好"比较的具体，比较的有个边儿，所以不像"妙"那样容易连上别的词儿罢？"好"比较的偏重有用，这也是它的一个边儿。人们说"好本事""好工夫""好针线""好手艺"，大概都指的实用的技能，又如"好身手"，指的"朔方健儿"的善战（杜甫诗），至于"好手"，更代表着有某种技能的整个儿的人。这些"好"也都含着整齐匀称的意思。还有宋孝宗说洪迈的《容斋随笔》"瞭有好议论"，是称赞议论或批评的正确，这种"好"有"公平"的意思。又如"好话"，可以是有益或有用的话，也可以是赞美的话和客气话，而这赞美和客气都是处世的技能，这"好"也还是有用的。还有"好好儿的"，指的是"平和"的情状。这些"好"兼有"爱好"、"情好"、"平和"以及"匀称"等意思，可以说是多义的。"整齐"、"匀称"的"好"也就是所谓"工"或"巧"。《说文》："工，巧饰也，象人有规矩也。"又:"巧,技也,从工,丂声。""工"和"巧"原是同义词,所以《考工记》说:"知者创物,巧者述之,守之,世谓之工。""工"主要的"有规矩",还得有工具;《论语·卫灵公》篇孔子说:"工欲善其事,必先利其器。""器"正指工具而言。"工"和"巧"都得造作,都带做作的意味,所以孔子痛恶"巧言"。造作得配合实用,超过实际需要的造作是"淫巧",儒家是反对的。道家主自然,根本反对造作或做作,所以《老子》里主张"绝巧弃利"。然而后来"巧"字却跟"妙"字联合起来成为"巧妙",并且也成了一个烂熟的雅俗共用的批评的连语,用在技能和艺术上。这"妙"字却又是那最初义的"奇妙",跟"妙算"、"妙计",还有"工夫妙"等的"妙"字是一类。"工"、"巧"和技能的"妙"或"好"是可以学而能的,是"可道"的"道",靠着感觉靠着常识可以渐渐达成。所以"好"又有"容易"的意思。我们说"好看"、"好听"、"好吃"、"好喝"、"好穿"、"好住"、"好玩儿"、"好读"、"好写"、"好办"、"好商量",从"好看"到"好玩儿"一方面是"看起来好"、"玩儿起来好"等等,一方面也是"看起来容易"、"玩儿起来容易"等等。"好读"、"好写"、"好办"、"好商量"却只是"容易读"、"容易写"、"容易办"、"容易商量"。又有"好说",一面固然是"容易说",一面却是"说得太好",教人不敢当,这么将"好"字说得重些,是一句客气话。可是不能说得太重,太重就成了反话了。还有"好意思"和"不好意思"两个话语,如"你好意思要他还你的钱?"回答可以是"我好意思!"或是"真不好意思的!""不好意思"就是"难为情",那"好意思!"

的答话是"不难为情!"那"好意思?"的问话是"不难为情吗?"那么,这"好"字也还是"容易",不过是用在处世的技能上罢了。总结起来,称得"好"的是有规矩,又容易,又现实而积极,还可以有用,并且公道,这就无怪乎不分贵贱贫富大家都乐意老用着这个词儿了。至于那些"妙"字,到了现在的知识阶级,混合着雅俗的一大群人的,却已经不常用了,不过那些"妙处"还多多少少的存在他们的心里,他们多多少少将这些"妙处"欧化,换上了"直觉"、"神秘性"等等新名字。译名的"微妙"倒常用,却只用在实际事务上。还有也是一个译名的"妙"字,用来形容美国电影女明星的,也流行过一个时期。那其实近乎"风骚",未免有点儿油腔滑调了。

1948 年

《唐诗三百首》指导大概

有些人在生病的时候或烦恼的时候，拿过一本诗来翻读，偶尔也朗吟几首，便会觉得心上平静些，轻松些。这是一种消遣，但跟玩骨牌或纸牌等等不同，那些大概只是碰碰运气。跟读笔记一类书也不同，那些书可以给人新的知识和趣味，但不直接调平情感。读小说在这些时候大概只注意在故事上，直接调平情感的效用也不如诗。诗是抒情的，直接诉诸情感，又是节奏的，同时直接诉诸感觉，又是最经济的，语短而意长。具备这些条件，读了心上容易平静轻松，也是当然。自来说，诗可以陶冶性情，这句话不错。

但是诗决不只是一种消遣，正如笔记一类书和小说等不是的一样。诗调平情感，也就是节制情感。诗里的喜怒哀乐跟实生活里的喜怒哀乐不同。这是经过"再团再炼再调和"的。诗人正在喜怒哀乐的时候，决想不到作诗。必得等到他的情感平静了，他才会吟味那平静了的情感想到作诗，于是乎运思造句，作成他的诗，这才可以供欣赏。要不然，大笑狂号只教人心紧，有什么可欣赏的呢？读诗所欣赏的便是诗里所表现的那些平静了的情感。假如是好诗，说的即使怎样可气可哀，我们还是不厌百回读的。在现实生活里便不然，可气可哀的事我们大概不愿重提。这似乎是有私无私或有我无我的分别，诗里无我，现实生活里有我。别的文学类型也都有这种情形，不过诗里更容易见出。读诗的人直接吟味那无我的情感，欣赏它的发而中节，自己也得到平静，而且也会渐渐知道节制自己的情感。一方面因为诗里的情感是无我的，欣赏起来得设身处地，替人着想。这也可以影响到性情上去。节制自己和替人着想这两种影响都可以说是人在模仿诗。诗可以陶冶性情，便是这个意思。所谓温柔敦厚的诗教，也只该是这个意思。

部定初中国文课程标准"目标"里有"养成欣赏文艺之兴趣"一项，略读教材里有"有注释之诗歌选本"一项。高中国文课程标准"目标"里又有"培养学生欣赏中国文学名著之能力"一项，关于略读教材也有"选读整部或选本之名著"的话。欣赏文艺，欣赏中国文学名著，都不能忽略读诗。读诗家专集不如读诗歌选本。读选本虽只能"尝鼎一脔"，却能将各家各派鸟瞰一番，这在中学生是最适宜的，也最需要的。有特殊的选本，有一般的选本。按着特殊的作派选的是前者，按着一般的品味选的是后者。中学生不用说该读后者。《唐诗三百首》正是一般的选本。这部诗选很著名，流行最广，从前是家弦户诵的书，现在也还是相当普遍的书。但这部选本并不成为古典，它跟《古文观止》一样，只是当年的童蒙书，等于现在的小学用书。不过在现在的教育制度下，这部书给高中学生读才合式。

无论它从前的地位如何,现在它却是高中学生最合式的一部诗歌选本。唐代是诗的时代,许多大诗家都在这时代出现,各种诗体也都在这时代发展。这部书选在清代中叶,入选的差不多都是经过一千多年淘汰的名作,差不多都是历代公认的好诗。虽然以明白易解为主,并限定诗篇的数目,规模不免狭窄些,却因此成为道地的一般的选本,高中学生读这部书,靠着注释的帮忙,可以吟味欣赏,收到陶冶性情的益处。

本书是清乾隆间一位别号"蘅塘退士"的人编选的。卷头有《题辞》,末尾记着"时乾隆癸未年春日,蘅塘退士题"。乾隆癸未是公元一七六三年,到现在快一百八十年了。有一种刻本"题"字下押了一方印章,是"孙洙"两字,也许是选者的姓名。孙洙的事迹,因为眼前书少,还不能考出、印证。这件事只好暂时存疑。《题辞》说明编选的旨趣,很简短,抄在这里:

> 世俗儿童就学,即授《千家诗》,取其易于成诵,故流传不废。但其诗随手掇拾,工拙莫辨。且五七言律绝二体,而唐宋人又杂出其间,殊乖体制。因专就唐诗中脍炙人口之作择其尤要者,每体得数十首,共三百余首,录成一编,为家塾课本。俾童而习之,白首亦莫能废。较《千家诗》不远胜耶?谚云,"熟读唐诗三百首,不会作诗也会吟",请以是编验之。

这里可见本书是断代的选本,所选的只是"唐诗中脍炙人口之作"，就是唐诗中的名作。而又只是"择其尤要者"，所以只有三百余首，实数是三百一十首。所谓"尤要者"大概着眼在陶冶性情上。至于以明白易解的为主，是"家塾课本"的当然，无须特别提及。本书是分体编的，所以说"每体得数十首"。引谚语一方面说明为什么只选三百余首。但编者显然同时在模仿"三百篇"，《诗经》三百零五篇，连那有目无诗的六篇算上，共三百一十一篇；本书三百一十首，决不是偶然巧合。编者是怕人笑他僭妄，所以不将这番意思说出。引谚语另一方面叫人熟读，学会吟诗。我们现在也劝高中学生熟读，熟读才真是吟味，才能欣赏到精微处。但现在却无须再学作旧体诗了。

　　本书流传既广，版本极多。原书有注释和评点，该是出于编者之手。注释只注事，颇简当，但不释义。读诗首先得了解诗句的文义，不能了解文义，欣赏根本说不上。书中各诗虽然比较明白易懂，又有一些注，但在初学还不免困难。书中的评，在诗的行旁，多半指点作法，说明作意，偶尔也品评工拙。点只有句圈和连圈，没有读点和密点——密点和连圈都表示好句和关键句，并用的时候，圈的比点的更重要或更好。评点大约起于南宋，向来认为有伤雅道，因为妨碍读者欣赏的自由，而且免不了成见或偏见。但是谨慎的评点对于初学也未尝没有用处。这种评点可以帮助初学了解诗中各句的意旨并培养他们欣赏的能力。本书的评点似乎就有这样的效用。

　　但是最需要的还是详细的注释。道光间，浙江省建德县（?）人章燮鉴于这个需要，便给本书作注，成《唐诗三百首注疏》一书。他的自跋作于道光甲午，就是公元一八三四年，离蘅塘退士题辞的那年是七十一年。这注本也是"为家塾子弟起见",很详细。有诗人小传,有事注,有意疏,并明作法,引评语,其中李白诗用王琦《李太白集注》,杜甫诗用仇兆鳌《杜诗详注》。原书的旁评也留着,但连圈没有——原刻本并句圈也没有。书中还增补了一些诗,却没有增选诗家。以注书的体例而论,这部书可以说是驳杂不纯,而且不免繁琐疏漏附会等毛病。书中有"子墨客卿"(名翰,姓不详)的校正语十来条,都确切可信。但在初学,这却是一部有益的书。这部书我只见过两种刻本。一种是原刻本。另一种是坊刻本,四川常见。这种刻本有句圈,书眉增录各家评语,并附道光丁酉(公元一八三七)印行的江苏金坛于庆元的《续选唐诗三百首》。读《唐诗三百首》用这个本子最好。此外还有商务印书馆铅印本《唐诗三百首》,根据蘅塘退士的原本而未印评语。又,世界书局石印《新体广注唐诗三百首读本》,每诗后有"注释"和"作法"两项。"注释"注事比原书详细些,兼释字义,却间有误处。"作法"兼说明作意,还得要领。卷首有"学诗浅说",大致简明可看。书中只绝句有连圈,别体只有句圈,绝句连圈处也跟原书不同,似乎是抄印时随手加上,不足凭信。

本书编配各体诗,计五言古诗三十三首、乐府七首、七言古诗二十八首、乐府十四首、五言律诗八十首、七言律诗五十首、乐府一首、五言绝句二十九首、乐府八首、七言绝句五十一首、乐府九首,共三百一十首。五言古诗和乐府,七言古诗和乐府,两项总数差不多。五言律诗的数目超出七言律诗和乐府很多;七言绝句和乐府却又超出五言绝句和乐府很多。这不是编者的偏好，是反映着唐代各体诗发展的情形。五言律诗和七言绝句作的多，可选的也就多。这一层下文还要讨论。五、七、古、律、绝的分别都在形式，乐府是题材和作风不同。乐府也等下文再论，先说五七古律绝的形式。这些又大别为两类：古体诗和近体诗。五七言古诗属于前者，五七言律绝属于后者。所谓形式，包括字数和声调（即节奏），律诗再加对偶一项。五言古诗全篇五言句，七言古诗或全篇七言句，或在七言句当中夹着一些长短句。如李白《庐山谣》开端道：

我本楚狂人，狂歌笑孔丘。
手持绿玉杖，朝别黄鹤楼。
五岳寻山不辞远，一生好入名山游。

又如他的《宣州谢朓楼饯别校书叔云》开端道：

弃我去者昨日之日不可留，乱我心者今日之日多烦忧。
长风万里送秋雁，对此可以酣高楼。

这些都是五七言古诗。五七古全篇没有一定的句数。古近体诗都得用韵，通常两句一韵，押在双句末字；有时也可以一句一韵，开端时便多如此。上面引的第一例里"丘"、"楼"、"游"是韵，两句间见；第二例里"留"和"忧"是逐句韵，"忧"和"楼"是隔句韵。古体诗的声调比较近乎语言之自然，七言更其如此，只以读来顺口听来顺耳为标准。但顺口顺耳跟着训练的不同而有等差,并不是一致的。

近体诗的声调却有一定的规律,五七言绝句还可以用古体诗的声调,律诗老得跟着规律走。规律的基础在字调的平仄,字调就是平上去入四声,上去入都是仄声。五七言律诗基本的平仄式之一如次:

五律

仄仄平平仄　平平仄仄平
平平平仄仄　仄仄仄平平
仄仄平平仄　平平仄仄平
平平平仄仄　仄仄仄平平

七律

平平仄仄仄平平　仄仄平平仄仄平
仄仄平平平仄仄　平平仄仄仄平平
平平仄仄平平仄　仄仄平平仄仄平
仄仄平平平仄仄　平平仄仄仄平平

即使不懂平仄的人也能看出律诗是两组重复、均齐的节奏所构成,每组里又自有对称、重复、变化的地方。节奏本是异中有同,同中有异,律诗的平仄式也不外这个理。即使不懂平仄的人只默诵或朗吟这两个平仄式,也会觉得顺口顺耳,但这种顺口顺耳是音乐性的,跟古体诗不同,正和语言跟音乐不同一样。律诗既有平仄式,就只能有八句,五律是四十字,七律是五十六字——排律不限句数，但本书里没有。绝句的平仄式照律诗减半——七绝照七律的前四句——就是只有一组的节奏。这里所举的平仄式只是最基本的，其中有种种重复的变化。懂得平仄的自然渐渐便会明白。不懂平仄的，只要多读，熟读，多朗吟，也能欣赏那些声调变化的好处，恰像听戏多的人不懂板眼也能分别唱的好坏，不过不大精确就是了。四声中国人人语言中有，但要辨别某字是某声，却得受过训练才成。从前的训练是对对子跟读四声表，都在幼小的时候。现在高中学生不能辨别四声也就是不懂平仄的，大概有十之八九。他们若愿意懂，不妨试读四声表。这只消从《康熙字典》卷首附载的《等韵切音指南》里选些容易读的四声如"巴把霸捌"、"庚梗更格"之类，得闲就练习，也许不难一旦豁然贯通（中华书局出版的《学诗入门》里有一个四声表，似乎还容易读出，也可用）。律诗还有一项规律，就是中四句得两两对偶，这层也在下文论。

初学人读诗，往往给典故难住。他们一回两回不懂，便望而生畏，因畏而懒，这会断了他们到诗去的路。所以需要注释。但典故多半只是历史的比喻和神仙的比喻，用典故跟用比喻往往是一个理，并无深奥可畏之处。不过比喻多取材于眼前的事物，容易了解些罢了。广义的比喻连典故在内，是诗的主要的生命素，诗的含蓄，诗的多义，诗的暗示力，主要的建筑在广义的比喻上。那些取材于经验和常识的比喻——一般所谓比喻只指这些——可以称为事物的比喻，跟历史的比喻，神仙的比喻是鼎足而三。这些比喻（广义，后同）都有三个成分：一，喻依；二，喻体；三，意旨。喻依是作比喻的材料，喻体是被比喻的材料，意旨是比喻的用意所在。先从事物的比喻说起。如"天边树若荠"（五古，孟浩然，《秋登兰山寄张五》），荠是喻依，天边树是喻体，登山望远树，只如荠菜一般，只见树的小和山的高，是意旨。意旨却没有说出。又，"今朝此为别，何处还相遇？世事波上舟，沿洄安得住！"（五古，韦应物，《初发扬子寄元大校书》）世事是喻体，沿洄不得住的波上舟是喻依，惜别难留是意旨——也没有明白说出。又，"吴姬压酒劝客尝"（七古，李白，《金陵酒肆留别》），当垆是喻体，压酒是喻依，压酒的"压"和所谓"压装"的"压"用法一样，压酒是使酒的分量加重，更值得"尽觞"（原诗，"欲行不行各尽觞"）。吴姬当垆，助客酒兴是意旨。这里只说出喻依。又，"辞严义密读难晓，字体不类隶与蝌。年深岂免有缺画？快剑斫断生蛟鼍。鸾翔凤翥众仙下，珊瑚碧树交枝柯。金绳铁索锁纽壮，古鼎跃水龙腾梭。"（七古，韩愈，《石鼓歌》）"快剑"以下五句都是描写石鼓的字体的。这又分两层。第一，专描写残缺的字。缺画是喻体，"快剑"句是喻依，缺画依然劲挺有生气是意旨。第二，描写字体的一般。字体便是喻体，"鸾翔"以下四句是五个喻依——"古鼎跃水"跟"龙腾梭"各是一个喻依。意旨依次是隽逸、典丽、坚壮、挺拔——末两个喻依只一个意旨——都指字体而言，却都未说出。又："大弦嘈嘈如急雨，小弦切切如私语；嘈嘈切切错杂弹，大珠小珠落玉盘。间关莺语花底滑，幽咽泉流冰下难。"（原作"水下滩"，依段玉裁说改——七古，白居易，《琵琶行》）这几句都描写琵琶的声音。大弦嘈嘈跟小弦切切各是喻体，急雨跟私语各是喻依，意旨一个是高而急，一个是低而急。"嘈嘈"句又是喻体,"大珠"句是喻依,圆润是意旨。"间关"二句各是一个喻依,喻体是琵琶的声音;前者的意旨是明滑,后者是幽涩。头两层的意旨未说出,这一层喻体跟意旨都未说出。事物的比喻虽然取材于经验和常识,却得新鲜,才能增强情感的力量;这需要创造的工夫。新鲜还得入情入理,才能让读者消化;这需要雅正的品味。

有时全诗是一套事物的比喻,或者一套事物的比喻渗透在全诗里。前者如朱庆余《近试上张水部》:

> 洞房昨夜停红烛,待晓堂前拜舅姑。
> 妆罢低声问夫婿,"画眉深浅入时无?"(七绝)

唐代士子应试,先将所作的诗文呈给在朝的知名人看。若得他赞许宣扬,登科便不难。宋人诗话里说,"庆余遇水部郎中张籍,因索庆余新旧篇什,寄之怀袖而推赞之,遂登科"。这首诗大概就是呈献诗文时作的。全诗是新嫁娘的话,她在拜舅姑以前问夫婿,画眉深浅合式否?这是喻依。喻体是近试献诗文给人,朱庆余是在应试以前问张籍,所作诗文合式否?新嫁娘问画眉深浅,为的请夫婿指点,好让舅姑看得入眼。朱庆余问诗文合式与否,为的请张籍指点,好让考官看得入眼。这是全诗的主旨。又,骆宾王《在狱咏蝉》:

> 西陆蝉声唱,南冠客思深。
> 那堪玄鬓影,来对白头吟。

> 露重飞难进，风多响易沉。
> 无人信高洁，谁为表予心！（五律）

这是闻蝉声而感身世。蝉的头是黑的，是喻体，玄鬓影是喻依，意旨是少年时不堪回首。"露重"一联是蝉，是喻依，喻体是自己，身微言轻是意旨。诗有长序，序尾道："庶情沿物应，哀弱羽之飘零，道寄人知，悯余声之寂寞。"正指出这层意旨。"高洁"是蝉，也是人，是自己，这个词是双关的，多义的。又，杜甫《古柏行》（七古）咏夔州武侯庙和成都武侯祠的古柏，作意从"君臣已与时际会，树木犹为人爱惜"二语见出。篇末道：

> 大厦如倾要梁栋，万牛回首丘山重。
> 不露文章世已惊，未辞剪伐谁能送？
> 苦心岂免容蝼蚁？香叶终经宿鸾凤。
> 志士幽人莫怨嗟，古来材大难为用。

大厦倾和梁栋虽已成为典故，但原是事物的比喻。两者都是喻依。前者的喻体是国家乱，大厦倾会压死人，国家乱人民受难，这是意旨。后者的喻体是大臣，梁栋支柱大厦，大臣支持国家，这是意旨。古柏是栋梁材，虽然"不露文章世已惊"，也乐意供世用，但是太重了，太大了，谁能送去供用呢？无从供用，渐渐心空了，蚂蚁爬进去了，但是"香叶终经宿鸾凤"，它的身份还是高的。这是喻依。喻体是怀才不遇的志士幽人。

志士幽人本有用世之心，但是才太大了，无人真知灼见，推荐入朝。于是贫贱衰老，为世人所揶揄，但是他们的身份还是高的。这是材大难为用，是意旨。

典故只是故事的意思。这所谓故事包罗的却很广大。经史子集等等可以说都是的，不过诗文里引用，总以常见的和易知的为主。典故有一部分原是事物的比喻，有一部分是事迹，另一部分是成辞。上文说典故是历史的比喻和神仙的比喻，是专从诗文的一般读者着眼，他们觉得诗文里引用史事和神话或神仙故事的地方最困难。这两类比喻都应该包括着那三部分。如前节所引《古柏行》里的"大厦如倾要梁栋"，"大厦之倾，非一木所支"，见《文中子》；"栝柏豫章虽小，已有栋梁之器"，是袁粲叹美王俭的话，见《晋书》。大厦倾和梁栋都是历史的比喻，同时可还是事物的比喻。又，"乾坤日夜浮"（五律，杜甫，《登岳阳楼》）是用《水经注》。《水经注》道："洞庭湖广五百里，日月若出没其中。"乾坤是喻体，日夜浮是喻依。天地中间好像只有此湖；湖盖地，天盖湖，天地好像只是日夜飘浮在湖里。洞庭湖的广大是意旨。又，"古调虽自爱，今人多不弹"（五绝，刘长卿，《弹琴》），用魏文侯听古乐就要睡觉的话，见《礼记》。两句是喻依，世人不好古是喻体，自己不合时宜是意旨。这三例不必知道出处便能明白，但知道出处，句便多义，诗味更厚些。

引用事迹和成辞不然，得知道出处，才能了解正确。如"圣代无隐者，英灵尽来归。遂令东山客，不得顾采薇"（五古，王维，《送綦毋潜落第还乡》）。谢安曾隐居会稽东山。东山客是喻依，喻体是綦毋潜，意旨是大才隐处。采薇是伯夷、叔齐的故事，他们义不食周粟，隐于首阳山，采薇而食。采薇是喻依，隐居是喻体，自甘淡泊是意旨。又，"客心洗流水"（五律，李白，《听蜀僧濬弹琴》），流水用俞伯牙、钟子期的故事，俞伯牙弹琴，志在流水。钟子期就听出了，道："洋洋乎，若江河！"诗句是倒装，原是说流水洗客心。流水是喻依，喻体是蜀僧濬的琴曲，意旨是曲调高妙。洗流水又是双关的，多义的。洗是喻依，净是喻体，高妙的琴曲涤净客心的俗虑的意旨。洗流水又是喻依，喻体是客心；听琴而客心清净，像流水洗过一般，是意旨。又，钱起《送僧归日本》（五律）道："……浮天沧海远，去世法舟轻。……惟怜一灯影，万里眼中明。"一灯影用《维摩经》。经里道："有法门，名无尽灯。譬如一灯燃百千灯，冥者皆明，明终不尽。夫一菩萨开导千百众生，令发阿耨多罗三藐三菩提心（译言'无上正等正觉心'），其于道意亦不灭尽。是名无尽灯。"这儿一灯是喻依，喻体是觉者，一灯燃千百灯，一觉者造成千百觉者，道意不灭是意旨。但在诗句里，一灯影却指舟中禅灯的光影，是喻依，喻体是那日本僧，意旨是他回国传法，辗转无尽。——"惟怜"是"最爱"的意思。又，"后来鞍马何逡巡，当轩下马入锦茵。杨花雪落覆白𬞟，青鸟飞去衔红巾。炙手可热势绝伦，慎莫近前丞相嗔！"（七古，乐府，杜甫，《丽人行》）全诗咏三月三日长安水边游乐的情形，以杨国忠兄妹为主。诗中上文说到虢国夫人和秦国夫人，这几句说到杨国忠——他那时是丞相。"杨花"二语正是暮春水边的景物。但是全诗里只在这儿插入两句景语，奇特的安排暗示别有用意。北魏胡太后私通杨华作《杨白花歌辞》，有"杨花飘荡落南家"，"愿衔杨花入窠里"等语。白苹，旧说是杨花入水所化。杨国忠也和虢国夫人私通。"杨花"句一方面是个喻依，喻体便是这件事实。杨国忠兄妹相通，都是杨家人，所以用杨花覆白苹为喻，暗示讥刺的意旨。青鸟是西王母传书带信的侍者。当时总该有些侍婢是给那兄妹二人居间。"青鸟"句一方面也是喻依，喻体便是这些居间的侍婢，意旨还是讥刺杨国忠不知耻。青鸟是神仙的比喻。这两句隐约其辞，虽志在讥刺，而言之者无罪。又杜甫《登楼》（七律）：

花近高楼伤客心，万方多难此登临。
锦江春色来天地，玉垒浮云变古今。
北极朝廷终不改，西山寇盗莫相侵。
可怜后主还祠庙，日暮聊为《梁父吟》。

旧注说本诗是代宗广德二年在成都作。元年冬，吐蕃陷京师，郭子仪收复京师，请代宗反正。所以有"北极"二句。本篇组织用赋体，以四方为骨干。锦江在东，玉垒山在西，"北极"二句是北眺所思。当时后主附祀先主庙中，先主庙在成都城南。"可怜"二句正是南瞻所感（罗庸先生说，见《国文月刊》九期）。可怜后主还有祠庙，受祭享；他信任宦官，终于亡国，辜负了诸葛亮出山一番。《三国志》里说"亮躬耕陇亩，好为《梁父吟》"，《梁父吟》的原辞不传（流传的《梁父吟》决不是诸葛亮的《梁父吟》），大概慨叹小人当道。这二语一方面又是喻依，喻体是代宗和郭子仪；代宗也信任宦官，杜甫希望他"亲贤臣，远小人"（诸葛亮《出师表》中语），这是意旨。"日暮"句又是一喻依，喻体是杜甫自己，想用世是意旨。又，"今朝郡斋冷，忽念山中客。涧底束荆薪，归来煮白石"（五古，韦应物，《寄全椒山中道士》），煮白石用鲍靓事。《晋书》："靓学兼内外，明天文河洛书。尝入海，遇风，饥甚，取白石煮食之。"煮白石是喻依，喻体是那山中道士，他的清苦生涯是意旨。这也是神仙的比喻。又，"总为浮云能蔽日，长安不见使人愁"（七律，李白，《登金陵凤凰台》），两句一贯，思君的意思似甚明白。但乐府《古杨柳行》道，"谗邪害公正，浮云冷白日"，古句也道，"浮云蔽白日，游子不顾反"，本诗显然在引用成辞。陆贾《新语》说："邪官之蔽贤，犹浮云之障日月。"本诗的"浮云能蔽日"一方面也是喻依，喻体大概是杨国忠等遮塞贤路。意旨是邪臣蔽君误国，所以有"长安"句。历史的比喻和神仙的比喻引用故事，得增减变化，才能新鲜入目。宋人所谓"以旧为新"，便是这意思。所引各例可见。

典故渗透全诗的，如孟浩然《临洞庭上张丞相》（五律）：

八月湖水平，涵虚混太清。
气蒸云梦泽，波撼岳阳城。
欲济无舟楫，端居耻圣明。
坐观垂钓者，徒有羡鱼情。

张丞相是张九龄，那时在荆州。前四语描写洞庭湖，三四是名句。后四语蝉联而下，还是就湖说，只"端居"句露出本意，这一语便是《论语》"邦有道，贫且贱焉，耻也"的意思。"欲济"句一方面说想渡湖上荆州去，却没有船，一方面是一喻依。伪《古文尚书·说命》殷高宗命傅说道，若济巨川，"用汝作舟楫"。本诗用这喻依，喻体却是欲用世而无引进的人，意旨是希望张丞相援手。"坐观"二语是一喻依。《汉书》用古人言，"临渊羡鱼，不如退而结网"。本诗里网变为钓。这一联的喻体是羡人出仕而得行道。自己无钓具，只好羡人家钓得的鱼，自己不得仕，只好羡人家行道。意旨同上。

全诗用典故最多的，本书中推杜甫《寄韩谏议注》一首（七古）：

今我不乐思岳阳，身欲奋飞病在床。
美人娟娟隔秋水，濯足洞庭望八荒。
鸿飞冥冥日月白，青枫叶赤天雨霜。
玉京群帝集北斗，或骑麒麟翳凤凰。
芙蓉旌旗烟雾落，影动倒景摇潇湘。
星宫之君醉琼浆，羽人稀少不在旁。
似闻昨者赤松子，恐是汉代韩张良。
昔随刘氏定长安，帷幄未改神惨伤。
国家成败吾岂敢，色难腥腐餐枫香。
周南留滞古所惜，南极老人应寿昌。
美人胡为隔秋水！焉得置之贡玉堂！

韩谏议的名字事迹无考。从诗里看,他是楚人,住在岳阳。肃宗平定安史之乱,收复东西京,他大约也是参与机密的一人。后来去官归隐,修道学仙。这首诗是爱惜他,思念他。第一节说思念他,是秋日,自己是在病中。美人这喻依见《楚辞》,但在这儿喻体是韩谏议,意旨是他的才能出众。"鸿飞冥冥,弋人何篡焉!"见扬雄《法言》。这儿一方面描写秋天的实景,一方面是喻依;喻体还是韩谏议,意旨是他已逃出世网。第二节说京师贵官声势煊赫,而韩谏议不在朝。本节差不多全是神仙的比喻,各有来历。"玉京"句一喻依,喻体是集于君侧的朝廷贵官,意旨是他们承君命掌大权。"或骑"二语一套喻依——"烟雾落"就是落在烟雾中,喻体同上句,意旨是他们的骑从仪卫之盛。影是芙蓉旌旗的影。"影动"句一喻依,喻体是声势煊赫,从京师传遍天下,意旨是在潇湘的韩谏议也必闻知这种声势。星宫之君就是玉京群帝,醉琼浆的喻体是宴饮,意旨是征逐酒食。羽人是飞仙,羽人稀少就是稀少的羽人,全句一喻依,喻体是一些远隐的臣僚不在这繁华场中,意旨是韩谏议没有分享到这种声势。第三节说韩谏议曾参与定乱收京大计,如今却不问国事,修道学仙。全节是神仙的比喻夹着历史的比喻。昨者是从前的意思。如今的赤松子,昨者"恐是汉代韩张良"。韩张良的跟赤松子的喻体都是韩谏议,前者的意旨是他有谋略,后者的意旨是他修道学仙。别的喻依可以准此类推下去。第四节说他闲居不出很可惜,祝他老寿,希望朝廷再起用他来匡君济世。太史公司马谈因病留滞周南,不得参与汉武帝的封禅大典,引为平生恨事。诗中"周南留滞"是喻依,喻体是韩谏议,意旨是他闲居乡里。南极老人就是寿星，是喻依，喻体同，意旨便是"应寿昌"。以上只阐明大端，细节从略。

诗和文的分别，一部分是在词句篇段的组织上，诗的组织比文的组织要经济些。引用比喻或典故，一个原因便是求得经济的组织。在旧体诗里，有字数声调对偶等制限，有时更不得不铸造一些特别经济的组织来适应。这种特殊的组织在文里往往没有，至少不常见。初学遇到这种地方也感困难，或误解，或竟不懂。这得去看详细的注释。但读诗多了，常常比较着看，也可明白。这种特殊的组织也常利用比喻或典故组成，那便更复杂些。如刘长卿《送李中丞归汉阳别业》（五律）：

> 流落征南将，曾驱十万师。
> 罢归无旧业，老去恋明时。
> 独立三边静，轻生一剑知。
> 茫茫江汉上，日暮欲何之！

"轻生一剑知"就是一剑知轻生的意思，轻生是说李中丞作征南将时不顾性命杀敌人。一剑知就是自己知，剑是杀敌所用，是自己的一部分，部分代全体是修辞格之一。自己知又有两层用意：一是问心无愧，忠可报君；二是只有自己知，别人不知。上下文都可印证。又，"即此羡闲逸，怅然吟式微"（五古，王维，《渭川田家》），式微用《诗经》。《式微》篇道："式微，式微，胡不归！"本诗的《式微》是篇名，指的是这篇诗。吟《式微》，只是取"胡不归"那一语，用意是"何不归田呢"。又，

"惟将迟暮供多病,未有涓埃答圣朝"(七律,杜甫,《野望》),"恐美人之迟暮"见《楚辞》,迟暮是老大无成的意思。"惟将"句是说自己已老大,不曾有所建树报答圣朝,加上迟暮的年光又都消磨在多病里,虽然"海内风尘"(见本诗第三句),却丝毫的力量也不能尽。"供"是喻依,杜甫自己是喻体,消磨在里面是意旨。这三例都是用辞格(也是一种比喻)或典故组成的。又如李颀《送陈章甫》(七古)末尾道,"闻道故林相识多,罢官昨日今如何?"昨日罢官,想到就要别了许多朋友归里,自然不免一番寂寞;但是"闻道故林相识多",今日临行,想到就要会见着那些故林相识的朋友,又觉如何呢?——该不会寂寞了吧?昨今对照,用意是安慰。——昨日是日前的意思。又刘长卿《寻南溪常道士》:

　　一路经行处,莓苔见屐痕。
　　白云依静渚,芳草闭闲门。
　　过雨看松色,随山到水源。
　　溪花与禅意,相对亦忘言。

　　去寻常道士,他不在寓处,"随山到水源"才寻着。对着南溪边的花和常道士的禅意,却不觉忘言。相对是和"溪花与禅意"相对着。禅意给人妙悟,溪花也给人妙悟——禅家有拈花微笑的故事,那正是妙悟的故事——,所以说"与"。妙悟是忘言的。寻着了常道士,却被溪花与禅意吸引住!只顾欣赏那无言之美,不想多交谈,所以说"亦"忘言。又,韦应物《送杨氏女》（五古），是送女儿出嫁杨家，前面道："女子今有行，大江溯轻舟。尔辈苦无恃，抚念益慈柔。幼为长所育，两别泣不休。"篇尾道："归来视幼女，零泪缘缨流。"全诗不曾说出杨氏女是长女，但读了这几句关系自然明白。

倒装这特殊的组织，诗里也常见。如"竹喧归浣女，莲动下渔舟"（五律，王维，《山居秋暝》），"归浣女"、"下渔舟"就是浣女归，渔舟下。又，"家书到隔年"（五律，杜牧，《旅宿》）就是家书隔年到。又，"东门酤酒饮我曹"（七古，李颀，《送陈章甫》），"饮我曹"就是我曹饮，从上下文可知。又，"名岂文章著，官应老病休"（五律，杜甫，《旅夜书怀》），就是文章岂著名，老病应休官。又，"幽映每白日"（五律，刘眘虚，《阙题》），就是白日每幽映。又，"徒劳恨费声"（五律，李商隐，《蝉》），就是费声恨徒劳。又，"竹怜新雨后，山爱夕阳时"（五律，钱起，《谷口书斋寄杨补阙》），就是怜新雨后之竹，爱夕阳时之山——怜爱之意。又，"独夜忆秦关，听钟未眠客"（五古，韦应物，《夕次盱眙县》）就是听钟未眠客，独夜忆秦关。这些倒装句里纯然为了适应字数，声调对偶等制限的却没有，它们主要的作用还在增强语气。此外如"何因不归去，淮上对秋山？"（五律，韦应物，《淮上喜会梁州故人》）这是诘问自己，"何因"直贯下句，二语合为一句。这也为了经济的缘故。——至如"少陵无人谪仙死"（七古，韩愈，《石鼓歌》），"无人"也就是"死"。这是求新，求惊人。又，"百年多是几多时"（七律，元稹，《遣悲怀》之三），是说百年虽多，究竟又有多少时候呢？这也许是当时口语的调子。又如"云中君不见"

（五律，马戴，《楚江怀古》），云中君是一个词，这句诗上三字下二字，跟一般五言句上二下三的不同，但似乎只是个无意为之的例外，跟古诗里"出郭门直视"一般。可是如"永夜角声悲自语，中天月色好谁看"（七律，杜甫，《宿府》），"五更鼓角声悲壮，三峡星河影动摇"（七律，杜甫，《阁夜》），都是上五下二，跟一般七言句上四下三或上二下五的不同；又，"近寒食雨草萋萋，着麦苗风柳映堤"（七绝，无名氏，《杂诗》），每句上四字作一二一，而一般作二二或三一。这些却是有意变调求新了。

　　本书选诗，各方面的题材大致都有，分配又匀称，没有单调或琐屑的弊病。这也是唐代生活小小的一个缩影。可是题材的内容虽反映着时代，题材的项目却多是汉魏六朝诗里所已有。只有音乐图画似乎是新的。赋里有以音乐为题材的，但晋以来就少。唐代音乐图画特别发达，反映到诗里，便增加了题材的项目。这也是时势使然。在各种题材里，"出处"是一重大的项目。从前读书人唯一的出路是出仕，出仕为了行道，自然也为了衣食。出仕以前的隐居、干谒、应试（落第）等，出仕以后的恩遇、迁谪，乃至忧民、忧国、思林栖、思归田等，乃至真个辞官归田，都是常见的诗的题目，本书便可作例。仕君行道是儒家的思想，隐居和归田都是道家的思想。儒道两家的思想合成了从前的读书人。但是现在时势变了，读书人不一定出仕，林栖、归田等思想也绝无仅有。有些人读这些诗，也许会觉得不真切，青年学生读书，往往只凭自己的狭隘的兴趣，更容易有此感。但是会读诗的人，多读诗的人能够设身处地，替古人着想，依然觉得这些诗真切。这是情感的真切，不是知识的真切。这些人不但对于现在有情感，对于过去也有情感。他们知道唐人的需要，唐人的得失，和现代人不一样，可是在读唐诗的时候，只让那对于过去的情感领着走，这种无私、无我、无关心的同情教他们觉到这些诗的真切。这种无关心的情感需要慢慢调整自己，扩大自己，才能养成。多读史，多读诗，是一条修养的途径，就是那些比较有普遍性的题材，如相思、离别、慈幼、慕亲、友爱等也还是需要无关心的情感。这些题材的节目多少也跟着时代改变一些，固执"知识的真切"的人读古代的这些诗，有时也不能感到兴趣。

至于咏古之作，如唐玄宗《经鲁祭孔子而叹之》（五律），是古人敬慕古人，纪时之作；如李商隐《韩碑》（七古），是古人论当时事。虽然我们也敬慕孔子，替韩愈抱屈，但知识的看，古人总隔一层。这些题材的普遍性比前一类低减些，不过还在"出处"那项目之上。还有，朝会诗，如岑参，王维《和贾至舍人早朝大明宫之作》（七律），见出一番堂皇富丽的气象；又，宫词，往往见出一番怨情，婉转可怜。可是这些题材现代生活里简直没有。最别扭的是边塞和从军之作，唐人很喜欢作这类诗，而悯苦寒讥黩武的居多数，跟现代人冒险尚武的精神恰恰相反。但荒寒的边塞自是一种新境界，从军苦在当时也是一种真情的流露，若能节取，未尝没有是处。要能欣赏这几类诗，那得靠无关心的情感。此外，唐人酬应的诗很多，本书里也可见。有些人觉得作诗该等候感兴，酬应的诗不会真切。但伫兴而作的人向来大概不多，据现在所知，只有孟浩然是如此。作诗都在情感平静了的时候，运思造句都得用到理智，伫兴而作是无所为，酬应而作是有所为，在工力深厚的人其实无多差别。酬应的诗若能恰如分际，也就见得真切。况是这种诗里也不短至情至性之作。总之，读诗得除去偏见和成见，放大眼光，设身处地看去。

明代高棅编选《唐诗品汇》，将唐诗分为四期。后来虽有种种批评，这分期法却渐被一般沿用。初唐是高祖武德元年（公元六一八）至玄宗开元初（公元七一三），约一百年。盛唐是玄宗开元元年至代宗大历初（公元七六六），五十多年。中唐是代宗大历元年至文宗大和九年（公元八三五），七十年。晚唐是文宗开成元年（公元八三六）至昭宗天祐三年（公元九〇六），八十年。初唐诗还是齐梁的影响，题材多半是艳情和风云月露，讲究声调和对偶。到了沈佺期、宋之问手里，便成立了律诗的体制。这是唐代诗坛一件大事，影响后世最大。当时有个陈子昂，独主张复古，扩大诗的境界。但他死得早，成就不多。盛唐诗李白努力复古，杜甫努力开新。所谓复古，只是体会汉魏的作风和借用乐府诗的题目，并非模拟词句。所以陈子昂、李白都能够创一家，而李白的成就更大。他的成就主要的在七言乐府，绝句也独步一时。杜甫却各体诗都是创作，全然不落古人窠臼。他以时事入诗，议论入诗，使诗散文化，使诗扩大境界，一方面研究律诗的变化，用来表达各种新题材。他的影响的久远，似乎没有一个诗人比得上。这时期作七古体的最多，为的这一体比较自由，又刚在开始发展。而王维、孟浩然专用五律写山水，也能变古成家。中唐诗韦应物、柳宗元的五古以复古的作风创作，各自成家。古文家韩愈继承杜甫，更使诗向散文化的路上走。宋诗受他的影响极大。他的门下作诗，有词句冷涩的，有题材诡僻的，本书里只选了贾岛一首。另一面有些人描写一般的社会生活，这原是乐府精神，却也是杜甫开的风气。元稹、白居易主张诗该写社会生活而有规讽的作意，才是正宗。但他们的成就却不在此而在情景深切，明白如话。他们不避俗，跟韩愈一派恰相对照，可也出于杜甫。晚唐诗刻画景物，雕琢词句，题材又回到风云月露和艳情上，只加了一些雅事。诗境重趋狭窄，但精致过于前人。这时期的精力集中在近体诗。精致的只是词句，全篇组织往往配合不上。就中李商隐、温庭筠虽咏艳情，却有大处奇处，不跼蹐在绮靡的圈子里，而李商隐学杜学韩境界更广阔些。学杜韩而兼受温李熏染的是杜牧，豪放之余，不失深秀。本书选诗七十七家，初唐不到十家，盛中晚三期各二十多家。入选的诗较多的八家。盛唐四家：杜甫的三十六首、王维二十九首、李白二十九首、孟浩然十五首。中唐二家：韦应物十二首、刘长卿十一首。晚唐二家：李商隐二十四首、杜牧十首。

　　李白诗，书中选五古三首、乐府三首、七古四首、乐府五首、五律五首、七律一首、五绝二首、乐府一首、七绝二首、乐府三首。各体都备，七古和乐府共九首，最多，五七绝和乐府共八首，居次。李白，字太白，蜀人，玄宗时作供奉翰林，触犯了杨贵妃，不能得志。他是个放浪不羁的人，便辞了职，游山水，喝酒，作诗。他的态度是出世的，作诗全任自然。当时称他为"天上谪仙人"，这说明了他的人和他的诗。他的乐府很多，取材很广，他其实是在抒写自己的生活，只借用乐府的旧题目而已。他的七古和乐府篇幅恢张，气势充沛，增进了七古体的价值。他的绝句也奠定了一种新体制。绝句最需要经济的写出，李白所作，自然含蓄，情韵不尽。书中所收《下江陵》一首，有人推为唐代七绝第一。杜甫诗，计五古五首、七古五首、乐府四首、五七律各十首、五七绝各一首。只少五言乐府，别体都有。律诗共二十首，最多；七古和乐府共九首，居次。杜甫，字子美，河南巩县人。安禄山陷长安，肃宗在灵武即位。他从长安逃到灵武，作了左拾遗的官。后因事被放，辗转流落到成都，依故人严武，做到"检校工部员外郎"。世称杜工部。他在蜀住的很久。他是儒家的信徒，一辈子惦着仕君行道，又身经乱离，亲见民间疾苦。他的诗努力描写当时的情形，发抒自己的感想。唐代用诗取士，诗原是应试的玩意儿，诗又是供给乐工歌妓唱来伺候宫廷和贵人的玩意儿。李白用来抒写自己的生活，杜甫用来抒写那个大时代，诗的境界扩大了，地位也增高了。而杜甫抓住了广大的实在的人生，更给诗开辟了新世界。他的诗可以说是写实的，这写实的态度是从乐府来的。他使诗历史化，散文化，正是乐府的影响。七古体到他手里正式成立，律诗到他手里应用自如——他的五律极多，差不多穷尽了这一体的变化。

王维诗，计五古五首、七言乐府三首、五律九首、七律四首、五绝五首、七绝和乐府三首，五律最多。王维，字摩诘，太原人，试进士，第一，官至尚书右丞。世称王右丞。他会草书隶书，会画画。有别墅在辋川，常和裴迪去游览作诗。沈宋的五律还多写艳情，王维改写山水，选词造句都得自出心裁。从前虽也有山水诗，但体制不同，无从因袭。苏轼说他"诗中有画"。他是苦吟的，宋人笔记里说他曾因苦吟走入醋缸里，他的《渭城曲》（乐府），有人也推为唐代七绝压卷之作。他的诗是精致的。孟浩然诗，计五古三首、七古一首、五律九首、五绝二首，也是五律最多。孟浩然，名浩，以字行，襄州襄阳人，隐居鹿门山，四十岁才游京师。张九龄在荆州，召为僚属。他用五律写江湖，却不苦吟，伫兴而作。他专工五言，五言各体都擅长。山水诗不但描写自然，还欣赏自然；王维的描写比孟浩然多些。

韦应物诗，五古七首、五律二首、七律一首、五七绝各一首，五古多。韦应物，京兆长安人，作滁州刺史，改江州，入京作左司郎中，又出作苏州刺史。世称韦左司或韦苏州。他为人少食寡欲，常焚香扫地而坐。诗淡远如其人。五古学古诗，学陶诗，指事述情，明白易见——有理语也有理趣，正是陶渊明所长。这些是淡处。篇幅多短，句子浑含不刻画，是远处。朱子说他的诗无一字造作，气象近道。他在苏州所作《郡斋雨中与诸文士燕集》诗开端道："兵卫森画戟，宴寝凝清香；海上风雨至，逍遥池阁凉。"诗话推为一代绝唱，也只是为那肃穆清华的气象。篇中又道，"自惭居处崇，未睹斯民康"，《寄李儋元锡》（七律）也道，"邑有流亡愧俸钱"，这是忧民；识得为政之体，才能有些忠君爱民之言。刘长卿诗，计五律五首、七律三首、五绝三首，五律最多。刘长卿，字文房，河间人，登进士第，官终随州刺史。世称刘随州。他也是苦吟的人，律诗组织最为精密整炼；五律更胜，当时推为"五言长城"。上文曾举过两首作例，可见出他的用心处。

李商隐诗，计七古一首、五律五首、七律十首、五绝一首、七绝七首，七律最多，七绝居次。李商隐，字义山，河内人，登进士第。王茂元镇河阳，召他掌书记，并使他作女婿。王茂元是李德裕同党，李德裕和令狐楚是政敌。李商隐和令狐楚本有交谊，这一来却得罪了他家。后来令狐楚的儿子令狐绹做了宰相，李商隐屡次写信表明心迹，他只是不理。这是李商隐一生的失意事，诗中常常涉及，不过多半隐约其辞。后来柳仲郢镇东蜀，他去作过节度判官。他博学强记，又有隐衷，诗里的典故特别多。他的七律里有好些《无题》诗，一方面像是相思不相见的艳情诗，另一方面又像是比喻，咏叹他和令狐绹的事，寄托那"不遇"的意旨。还有那篇《锦瑟》，虽有题，解者也纷纷不一。那或许是悼亡诗，或许也是比喻。又有些咏史诗，如《隋宫》，或许不只是咏古，还有刺时的意旨。他的诗语既然是一贯的隐约，读起来便只能凭文义、典故和他的事迹作一些可能的概括的解释。他的七绝里也有这种咏史或游仙诗，如《隋宫》、《瑶池》等。这些都是奇情壮采之作——一方面七律的组织也有了进步——所以入选的多。他的七绝最著名的可是《寄令狐郎中》一首。杜牧诗，五律一首、七绝九首，几乎是专选一体。杜牧，字牧之，登进士第。牛僧孺镇扬州，他在节度府掌书记，又作过司勋员外郎。世称杜司勋，又称小杜——杜甫称老杜。他很有政治的眼光，但朝中无人，终于是个失意者。他的七绝感慨深切，情辞新秀。《泊秦淮》一首也曾被推为压卷之作。

唐以前的诗，可以说大多数是五古，极少数是七古，但那些时候并没有体制的分类。那些时候诗的分类，大概只从内容方面看，最显著的一组类别是五言诗和乐府诗。五言诗虽也从乐府转变而出，但从阮籍开始，已经高度的文人化，成为独立的抒情写景的体制。乐府原是民歌，叙述民间故事，描写各社会的生活，有时也说教，东汉以来文人仿作乐府的很多，大都沿用旧题旧调，也是五言的体制。汉末旧调渐亡，文人仿作，便只沿用旧题目，但到后来诗中的话也不尽合于旧题目。这些时候有了七言乐府，不过少极，汉魏六朝间著名的只有曹丕的《燕歌行》，鲍照的《行路难》十八首等。乐府多朴素的铺排，跟五言诗的浑含不露有别。五言诗经过汉魏六朝的演变，作风也分化。阮籍是一期，陶渊明、谢灵运是一期，"宫体"又是一期。阮籍抒情，"志在刺讥而文多隐避"（颜延年、沈约等注《咏怀诗》语），最是浑含不露。陶谢抒情、写景、说理，渐趋详切，题材是田园山水。宫体起于梁简文帝时，以艳情为主，渐讲声调对偶。

初唐五古还是宫体余风，陈子昂、张九龄、李白主张复古，虽标榜"建安"（汉献帝年号，建安体的代表是曹植），实是学阮籍。本书张九龄《感遇》二首便是例子。但盛唐五古，张九龄以外，连李白所作（《古风》除外）在内，可以说都是陶谢的流派。中唐韦应物、柳宗元也如此。陶谢的详切本受乐府的影响。乐府的影响到唐代最为显著。杜甫的五古便多从乐府变化。他第一个变了五古的调子，也是创了五古的新调子。新调子的特色是散文化。但本书所选他的五古还不是新调子，读他的长篇才易见出。这种新调子后来渐渐代替了旧调子。本书里似乎只有元结《贼退示官吏》一首是新调子；可是散文化太过，不是成功之作。至于唐人七古，却全然从乐府变出。这又有两派。一派学鲍照，以慷慨为主；另一派学晋《白纻（舞名）歌辞》（四首，见《乐府诗集》）等，以绮艳为主。李白便是著名学鲍照的，盛唐人似乎已经多是这一派。七言句长，本不像五言句的易加整炼，散文化更方便些。《行路难》里已有散文句。李白诗里又多些，如，"我欲因之梦吴越"（《梦游天姥吟留别》），又如上文举过的"弃我去者"二语。七古体夹长短句原也是散文化的一个方向。初唐陈子昂《登幽州台歌》全首道："前不见古人，后不见来者。念天地之悠悠，独怆然而涕下。"简直没有七言句，却也可以算入七古里。到了杜甫，更有意的以文为诗，但多七言到底，少用长短句。后来人作七古，多半跟着他走。他不作旧题目的乐府而作了许多叙述时事，描写社会生活的诗。这正是乐府的本来面目。本书据《乐府诗集》将他的《哀江头》、《哀王孙》等都放在七言乐府里，便是这个理。从他以后，用乐府旧题作诗的就渐渐的稀少了。另一方面，元稹、白居易创出一种七古新调，全篇都用平仄调协的律句，但押韵随时转换，平仄相间，各句安排也不像七律有一定的规矩。这叫长庆体。长庆是穆宗的年号，也是元白的集名。本书白居易的《长恨歌》、《琵琶行》都是的。古体诗的声调本来比较近乎语言之自然，长庆体全用律句，反失自然，只是一种变调，但却便于歌唱。《长恨歌》可以唱，见于记载，可不知道是否全唱。五七古里律句多的本可歌唱，不过似乎只唱四句，跟唱五七绝一样。

古体诗虽不像近体诗的整炼，但组织的经济也最著重。这也是它跟散文的一个主要的分别。前举韦应物《送杨氏女》便是一例。又如李白《宣州谢朓楼饯别校书叔云》里道，"蓬莱文章建安骨，中间小谢又清发"，一方面说谢朓（小谢），一方面是比喻。且不说喻旨，只就文义看，"蓬莱"句又有两层比喻，全句的意旨是后汉文章首推建安诗。"中间"句说建安以后"大雅久不作"（见李白《古风》第一首），小谢清发，才重振遗绪，"中间"、"又"三个字包括多少朝代，多少诗家，多少诗，多少议论！组织有时也变换些新方式，但得出于自然。如李白《梦游天姥吟留别》（七古）用梦游和梦醒作纲领，韩愈《八月十五夜赠张功曹》用唱歌跟和歌作纲领，将两篇歌辞穿插在里头。

律诗出于齐梁以来的五言诗和乐府。何逊、阴铿、徐陵、庾信等的五言都已讲究声调和对偶。庾信的《乌夜啼》乐府简直像七律一般；不过到了沈宋才成定体罢了。律首声调，前已论及。对偶在中间四句，就是第一组节奏的后两句，第二组节奏的前两句，也是异中有同，同中有异。这样，前四句由散趋整，后四句由整复归于散，增前两组节奏的往复回还的效用。这两组对偶又得自有变化，如一联写景，一联写情，一联写见，一联写闻之类，才不至板滞，才能和上下打成一片。所谓情景或见闻，只是从浅处举例，其实这中间变化很多，很复杂。五律如"地犹鄹氏邑，宅即鲁王宫。叹凤嗟身否，伤麟怨道穷"（唐玄宗，《经鲁祭孔子而叹之》）。四句虽两两平列，可是前一联上句范围大，下句范围小，后一联上句说平时，下句说将死，便见流走。又，"为我一挥手，如听万壑松。客心洗流水，余响入霜钟"(李白,《听蜀僧濬弹琴》)。前联一弹一听,后联一在弹,一已止,各是一串儿。又,"遥怜小儿女,未解忆长安;香雾云鬟湿,清辉玉臂寒。"(杜甫,《月夜》)"遥怜"直贯四句,小儿女"未解忆长安"固然可怜,"香雾"云云的人(杜甫妻)解得忆长安,也许更可怜些。前联只是一句话,后联平列,两相调剂着。律诗多在四句分段,但也不尽然,从这一首可见。又,前面引过的刘长卿《寻南溪常道士》次联"白云依静渚,芳草闭闲门",似乎平列,用意却侧重寻常道士不遇,侧重在下句。三联"过雨看松色,随山到水源",上句景物,下句动作,虽然平列而不是一类。再说"过雨",暗示忽然遇雨,雨住后松色才更苍翠好看,这就兼着叙事,跟单纯写景又不同。

七律如"云边雁断胡天月,陇上羊归塞草烟。回日楼台非甲帐,去时冠剑是丁年"(温庭筠,《苏武庙》)。前联平列,但不是单纯的写景句,这中间引用着《汉书·苏武传》,上句意旨是和汉朝音信断绝(雁足传书事),下句意旨是无归期(匈奴使苏武牧牡羊,说牡羊有乳才许归汉)。后联说去汉时还是冠剑的壮年,回汉时武帝已死,"丁年奉使"见李陵《答苏武书》,甲帐是头等帐,是武帝作来敬神的,见《汉武故事》。这一联是倒装,为的更见出那"不堪回首"的用意。又,"玉玺不缘归日角,锦帆应是到天涯。于今腐草无萤火,终古垂杨有暮鸦"(李商隐,《隋宫》)。日角是额骨隆起如日,是帝王之相,这儿是根据《旧唐书》,用来指太宗。锦帆指隋炀帝的游船,见《开河记》。这一联说若不因为太宗得了天下,炀帝还该游得远呢。上句是因,下句是果。放萤火,种垂杨,都是炀帝的事。后联平列,上句说不放萤火,下句说垂杨栖鸦,一有一无,却见出"而今安在"一个用意。又,李商隐《筹笔驿》中二联道:"徒令上将挥神笔,终见降王走传车。管乐有才真不忝,关张无命欲何如!"筹笔驿在绵州绵谷县,诸葛武侯曾在那里驻军筹划。上将指武侯,降王指后主;管乐是管仲、乐毅,武侯早年曾自比这二人。前联也是倒装,因为"终见",才觉"徒令"。但因"筹笔"想到"降王",即景生情,虽倒装还是自然。后联也将"有""无"对照,见出本诗末句"恨有余"的用意。七律对偶用倒装句,因果句,到晚唐才有。七言句长,整炼较难,整炼而能变化如意更难。唐代律诗刚创始,五言比较容易些,发展得自然快些。作五律的大概多些,好诗也多些,本书五律多,便是这个缘故。律诗也有不对偶或对偶不全的,如李白《夜泊牛渚怀古》(五律),又如崔颢《黄鹤楼》(七律)的次联,这些只算例外。又有不调平仄的,如《黄鹤楼》和王维《终南别业》(五律),也是例外。——也有故意这样作的,后来称为拗体,但究竟是变调。本书不选排律。七言排律本来少,五言的却多,也推杜甫为大家。排律将律诗的节奏重复多次,便觉单调,教人不乐意读下去。但本书不选,恐怕是为了典故多。晚唐律诗着重一句一联,忽略全篇的组织,因此后人评论律诗,多爱摘句,好像律诗篇幅完整的很少似的。其实不然,这只是偏好罢了。

绝句不是截取律诗的四句而成。五绝的源头在六朝乐府里。六朝五言四句的乐府很多,《子夜歌》最著名。这些大都是艳情之作,诗中用谐声辞格很多。谐声辞格如"蠶子"谐"喜"声,

"藳砧"就是"铁"（铡刀）谐"夫"声。本书选了权德舆《玉台体》一首，就是这种诗。也许因为诗体太短，用这种辞格来增加它的内容，这也是多义的一式。但唐代五绝已经不用谐声辞格，因为不大方，范围也窄，唐代五绝有调平仄的，有不调平仄而押仄声韵的，后者声调上也可以说是古体诗，但题材和作风不同。所以容许这种声调不谐的五绝，大约也是因为诗体太短，变化少，多一些自由，可以让作者多一些回旋的地步。但就是这样，作的还是不多。七言四句的诗，唐以前没有，似乎是唐人的创作。这大概是为了当时流行的西域乐调而作，先有调，后有诗。五七绝都能歌唱，七绝歌唱的更多——该是因为声调曼长，好听些。作七绝的比作五绝的多得多，本书选得也多。唐人绝句有两种作风：一是铺排，一是含蓄。前者如柳宗元《江雪》：

千山鸟飞绝，万径人踪灭；
孤舟蓑笠翁，独钓寒江雪。

又，韦应物《滁州西涧》：

独怜幽草涧边生，上有黄鹂深树鸣；
春潮带雨晚来急，野渡无人舟自横。

柳诗铺排了三个印象，见出"江雪"的幽静，韦诗铺排了四个印象，见出西涧的幽静，但柳诗有"千山"、"万径"、

"绝"、"灭"等词，显得那幽静更大些。所谓铺排，是平排（或略参差，如所举例）几个同性质的印象，让它们集合起来，暗示一个境界。这是让印象自己说明，也是经济的组织，但得选择那些精的印象。后者是说要从浅中见深，小中见大，这两者有时是一回事。含蓄的绝句，似乎是正宗，如杜牧《秋夕》：

银烛秋光冷画屏，轻罗小扇扑流萤。
天街夜色凉如水，卧看牵牛织女星。

是说宫人秋夕的幽怨，可作浅中见深的一例。又刘禹锡《乌衣巷》：

朱雀桥边野草花，乌衣巷口夕阳斜。
旧时王谢堂前燕，飞入寻常百姓家。

乌衣巷是晋代王导、谢安住过的地方，唐代早为民居。诗中只用野花，夕阳，燕子，对照今昔，便见出盛衰不常一番道理。这是小中见大，也是浅中见深。又，王之涣《登鹳雀楼》：

白日依山尽，黄河入海流。
欲穷千里目，更上一层楼。

鹳雀楼在平阳府蒲州城上。白日依山，黄河入海，一层楼的境界已穷，若要看得更远，更清楚，得上高处去。三四句上一层楼，穷千里目，是小中见大，但另一方面，这两句可能是个比喻，喻体是人生，意旨是若求远大得向高处去。这又是浅中见深了。但这一首比较前二首明快些。

论七绝的称含蓄为"风调"。风飘摇而有远情，调悠扬而有远韵，总之是余味深长。这也配合着七绝的曼长的声调而言，五绝字少节促，便无所谓风调。风调也有变化，最显著的是强弱的差别，就是口气否定、肯定的差别。明清两代论诗家推举唐人七绝压卷之作共十一首，见于本书的八首。就是：王维《渭城曲》（乐府）、王昌龄《长信怨》和《出塞》（皆乐府）、王翰《凉州曲》、李白《下江陵》、王之涣《出塞》（乐府，一作《凉州词》）、李益《夜上受降城闻笛》、杜牧《泊秦淮》。这中间四首是乐府，乐府的措辞总要比较明快些。其余四首虽非乐府，也是明快一类。只看八首诗的末二语便可知道。现在依次抄出：

劝君更尽一杯酒，西出阳关无故人。

玉颜不及寒鸦色，犹带昭阳日影来。

但使龙城飞将在，不教胡马度阴山。

醉卧沙场君莫笑，古来征战几人回？

两岸猿声啼不住，轻舟已过万重山。

> 羌笛何须怨杨柳？春风不度玉门关。
>
> 不知何处吹芦管，一夜征人尽望乡。
>
> 商女不知亡国恨，隔江犹唱后庭花。

这些都用否定语作骨子，所以都比较明快些。这些诗也有所含蓄，可是强调。七绝原来专为歌唱而作，含蓄中略求明快，听者才容易懂，适应需要，本当如此。弱调的发展该是晚点儿。——不见于本书的三首，一首也是强调，二首是弱调。十一首中共有九首强调，可算是大多数。

当时为人传唱的绝句见于本书的，五言有王维的《相思》，七言有他的《渭城曲》、王昌龄的《芙蓉楼送辛渐》和《长信怨》、王之涣的《出塞》。《相思》道：

> 红豆生南国，春来发几枝？
> 愿君多采撷！此物最相思。

《芙蓉楼送辛渐》道：

> 寒雨连江夜入吴，平明送客楚山孤。
> 洛阳亲友如相问，一片冰心在玉壶。

除《长信怨》外，四首都是对称的口气，——王之涣的"羌笛"

句是说"你何须吹羌笛的《折柳词》来怨久别？"——那不见于本书的高适的"开箧泪霑臆，见君前日书"一首也是的（这一首本是一首五古的开端四语，歌者截取，作为绝句）。歌词用对称的口气，唱时好像在对听者说话，显得亲切。绝句用对称口气的特别多，有时用问句，作用也一般。这些原都是乐府的老调儿，绝句只是推广应用罢了。——风调转而为才调，奇情壮采依托在艳辞和故事上，是李商隐的七绝。这些诗虽增加了些新类型，却非七绝的本色。他又有《夜雨寄北》一绝：

　　君问归期未有期，巴山夜雨涨秋池。
　　何当共剪西窗烛，却话巴山夜雨时！

这也是对称的口气。设想归后向那人谈此时此地的情形，见出此时此地思归和想念的心境，回环含蓄，却又亲切明快。这种重复的组织极精练可喜。但绝句以自然为主。像本诗的组织，精练不失自然，是可遇而不可求的。

　　朱宝莹先生有《诗式》（中华版），专释唐人近体诗的作法作意，颇切实，邵祖平先生有《唐诗通论》（《学衡》十二期），颇详明，都可参看。

图书在版编目（CIP）数据

你我的文学 / 朱自清著 ; 张定浩编. -- 上海 : 上海文艺出版社, 2023
ISBN 978-7-5321-8803-1
Ⅰ.①你… Ⅱ.①朱… ②张… Ⅲ.①随笔－作品集－中国－当代
Ⅳ.①I267.1
中国国家版本馆CIP数据核字(2023)第141108号

发 行 人：毕　胜
策 划 人：黄德海　肖海鸥
责任编辑：余静双
装帧设计：好谢翔

书　　　名：你我的文学
作　　　者：朱自清
编　　　者：张定浩
出　　　版：上海世纪出版集团　上海文艺出版社
地　　　址：上海市闵行区号景路159弄A座2楼　201101
发　　　行：上海文艺出版社发行中心
　　　　　　上海市闵行区号景路159弄A座2楼206室　201101　www.ewen.co
印　　　刷：苏州市越洋印刷有限公司
开　　　本：1240×890　1/32
印　　　张：13.25
插　　　页：5
字　　　数：275,000
印　　　次：2023年9月第1版　2023年9月第1次印刷
Ｉ Ｓ Ｂ Ｎ：978-7-5321-8803-1/I.6939
定　　　价：76.00元
告 读 者：如发现本书有质量问题请与印刷厂质量科联系　T: 0512-68180628